Michael Degen

Der Steuerhinterzieher

Michael Degen

Der Steuerhinterzieher

Roman

Ullstein

Für Suse
Jens Uwe
Helmut L.
und die Albertinen

Handlung und Personen sind frei erfunden.
Ähnlichkeiten mit lebenden Personen sind nicht beabsichtigt und wären rein zufällig.

Erster Teil

Die Verweigerung

Im Familienregister einer Kirchengemeinde der Stadt Hamburg war er als Maximilian Pippig, Sohn der Caroline Pippig aus München, eingetragen worden. Einige Zeit später, nach dem Tod seiner Mutter, deren Darmkrebs üppige Metastasen ausgeschüttet hatte, war er von Jon Claas, seines Zeichens höherer Finanzbeamter der Stadt, adoptiert worden, wobei seinem ersten Vornamen ein zweiter hinzugefügt wurde.

Dieses war der erste Fehler seines allein erziehenden »Adoptivvaters«. Von nun an hieß er Maximilian Morten Claas. Seine Abneigung gegen diesen zweiten Vornamen steigerte sich allmählich zu regelrechtem Haßempfinden, je stärker seine häusliche Umgebung den ersten ignorierte. Der zweite Fehler seines Vaters, dem er, wie er später einmal erklärte, den sukzessiven Vernichtungsversuch seiner Identität zu verdanken hatte.

Weshalb seine Mutter ihr farbenfrohes Bayern gegen diesen blassen Norden eingetauscht hatte, konnte er nie in Erfahrung bringen. Wahrscheinlich war es nichts als ein dümmliches und gefühlloses Schicksal gewesen, das sie dorthin verschlagen hatte.

Lange Zeit hörte er in seinen Tagträumen den Klang ihrer Stimme, den bezaubernden oberbayerischen Dialekt, mit dem sie ihm meist schwerverständliche Worte zurief, die er vergebens zu entschlüsseln suchte. Lediglich ein Wort leuchtete ab und zu auf und machte ihn derart süchtig auf seine Tagträume, daß er sie immer weiter ausdehnte, in der Erwartung dieses Zurufs, der nur allzu selten klar herüberkam.

Es war sein erster Vorname, den sie stets liebevoll, mit unnachahmlicher Zärtlichkeit aussprach, und wenn er dieses »Maxl« deutlich vernahm, hatte er sofort ihren umwerfenden Körpergeruch in der Nase und weigerte sich zunehmend, mit seiner realen Umgebung in Verbindung zu treten. Er hielt seinen Mund fest zusammengepreßt oder klemmte seine Nasenspitze mit Daumen und Zeigefinger ein, um diesen Eindruck so lange wie möglich lebendig zu erhalten.

Einige Male tat er sogar beides zur gleichen Zeit, um ihn noch eine Spur intensiver erscheinen zu lassen, doch das bekam ihm nicht. Jedesmal, und er tat es immer aufs neue, fiel er in Ohnmacht und wurde in die Eppendorfer Klinik zu einem dort praktizierenden Freund seines Vaters gebracht, der ihn ohne viel Mühe wieder auf die Beine stellte.

Als er das schulpflichtige Alter erreichte, war der mittlerweile zum Oberfinanzpräsidenten aufgestiegene Vater gezwungen, ihn in eine Art Sonderschule eintragen zu lassen, nachdem sich eine Lehrkraft fast einen ganzen Vormittag mit ihm beschäftigt hatte. Der Oberfinanzpräsident mußte dem Lehrkörper eingestehen, daß er selbst mit ihm, dem leiblichen Vater und Erzieher, seit dem Tod seiner Mutter noch kein einziges Wort gewechselt hatte.

»Dieser Junge ist stumm und wird, so fürchte ich, stumm bleiben, obwohl ich davon überzeugt bin, daß er die Sprache inzwischen bis in die kleinsten Nuancen beherrscht, und er mir fast täglich Proben seines Verständnisses liefert.«

»Wie erklären Sie sich das?« wurde er gefragt.

»Da fragen Sie mich zuviel. Ich nehme das als eine Art

Protest gegen den Tod seiner Mutter, mit der mich eine langjährige Freundschaft verband und die ich, in Erfüllung berufsbedingter Pflichten, zu heiraten vergessen habe.«

Der Pädagoge wurde immer neugieriger: »Könnte letzteres nicht ein ebenso bedeutsamer, wenn nicht sogar gewichtigerer Grund für die Sprachlosigkeit gewesen sein?«

Doch der Präsident wies das brüsk zurück. Die Spezialschule, so nannte sie der Präsident von nun an etwas verschämt, entpuppte sich für Maximilian Morten bald zu einem Hort quälender Langeweile. Die Rechenaufgaben der Erstkläßler bewältigte er spielend, baute darauf seine ersten Zahlenkombinationen auf und war seinen Mitschülern, da er sich weder in Wort noch Gestus äußerte, nicht nur um einiges voraus, sondern ließ sie über seine sich rasch entwickelnden Kenntnisse im unklaren.

Seine Hefte, die er bis an den Rand vollgeschrieben hatte, versteckte er sorgfältig oder saß auf ihnen. Wenn man ihn aber einmal während des Schreibens überraschte und ihm das Heft aus den Händen ziehen wollte, hielt er es krampfhaft an seine Brust gedrückt oder rollte es zusammen und schlug damit nach allen Seiten um sich.

Dazu äußerte er sich in so erschreckenden, unartikulierten und röhrenden Tönen, daß Lehrer und Mitschüler meinten, ein verzweifeltes Tier vor sich zu haben, in dem vergeblichen Bemühen um eine einigermaßen menschliche Ausdrucksweise. Ansonsten übersprang er das kleine Einmaleins, prägte sich mit atemberaubender Geschwindigkeit das große ein und war gerade auf dem Weg in die fortgeschrittene Mathematik, da wurde sein stilles Streben abrupt unterbrochen.

Die Direktion wies ihn trotz flehentlicher Einsprüche väterlicherseits von der Schule. Man war der Ansicht, daß die geistige Reife dieses jungen Menschen die seiner gleichaltrigen Mitschüler weit übertraf, und da er sich darüber hinaus konsequent weigerte, seine ungewöhnlichen Fähigkeiten zu formulieren, war man nicht in der Lage, ihn auf gebührende Weise in den Schulbetrieb einzugliedern.

Selbst wenn man ihn ein oder zwei Klassen überspringen ließe, würde das Problem seines absoluten Schweigens bestehenbleiben. Der Herr Oberfinanzpräsident, so formulierte man, möge doch so einsichtig sein und eine andere, für Morten adäquatere Lösung suchen. Es würde sich sicher ein spezielleres Institut finden lassen, das seinen Fähigkeiten mehr entspräche. Im Grunde wäre es nur eine Frage des finanziellen Potentials, und daran wolle es der Herr Präsident doch ganz gewiß nicht scheitern lassen.

Auf den Einwand desselben, er sehe in alldem immer noch keinen Grund, Morten von der Schule zu weisen, da diese ja gewissermaßen eine Sonderschule sei und seinem Sohn eine, wenn auch unbedeutende, Behinderung nicht abzusprechen wäre (er, Jon Claas, würde sich sogar bereit erklären, einen Psychiater hinzuzuziehen), wurde er mit der Gegenfrage konfrontiert, weshalb er dies nicht längst und in seinem eigenen Hause in die Wege geleitet hätte.

»Meine Herren, ich frage zurück: Warum hätte ich das diesem jungen Menschen antun sollen, da ich doch der Überzeugung war, sein stillschweigendes Verständnis könne sich in der Konfrontation mit meist unsensiblen Psychiatern (man nennt sie nicht grundlos Seelenklempner) in eine echte Panik hineinsteigern und sich angesichts seiner labialen Hemmung zu einer lebensgefährlichen Bedrohung auswachsen. Noch wissen wir ja nicht, welche Stürme in seiner Seele ein solches Unvermögen hervorgerufen haben.«

»Eben, eben«, riefen die Herren der Direktion.

»Nun aber denke ich darüber nach«, fuhr Jon Claas unbeirrt fort, »ob diesem hartnäckigen Schweigen nicht eine ganz simple Unlust zugrunde liegt, normalen Kontakt mit seiner Umwelt aufzunehmen. Deshalb, meine Herren, und nur deshalb, würde ich mich zum gegenwärtigen Zeitpunkt bereit finden, einen solchen Psychiater, den Sie mir doch sicher empfehlen könnten, zu Rate zu ziehen.«

Die Herren schüttelten die Köpfe. Dann, nach einer langen Pause, baten sie ihn, einen Blick in ihre Unterlagen zu werfen. »Es handelt sich hier um Berichte und Notizen einiger Lehrer unseres Instituts.«

Der leitende Direktor ergriff nun persönlich das Wort. »Vor allem bitten wir, die Notizen des Rechenlehrers, aber auch die des Deutschlehrers oder Sprachformers, wie wir ihn nennen, zu beachten. Schauen Sie sich nur einmal die Eintragungen Ihres Sohnes in puncto Mathematik an. Zur Zeit dieser Niederschrift hatte er sich kaum ein halbes Jahr in unserer Schule aufgehalten.«

Der Direktor blätterte in einem der vor ihm liegenden sehr säuberlichen Hefte und schob es dann, aufgeschlagen, dem Präsidenten über den Tisch. »Dies ist das Rechenheft eines knapp siebenjährigen Schülers. Hier stehen die noch ungelenk hingekritzelten Zahlen des kleinen Einmaleins«, er pochte mit der Zeigefingerspitze auf die kaum leserlichen Zeichen, »und hier geht er zum korrekt ausgeführten großen Einmaleins über, ohne von der Lehraufsicht dazu angehalten worden zu sein. Und hier beispielsweise«, er griff über den Tisch, blätterte kurz und wies mit dem Finger auf eine bestimmte Stelle, »schauen Sie sich das an. Er muß es gestern oder vorgestern eingetragen haben. Nehmen Sie sich die Zeit und sagen Sie mir in aller Aufrichtigkeit, ob Sie sich dieser Aufgabe gewachsen fühlen, die sich Ihr Sohn hier gestellt hat.«

Claas beugte sich nochmals und erheblich verwirrt über die Zahlenreihen seines Filius, die nun schon ein weitaus disziplinierteres Bild abgaben.

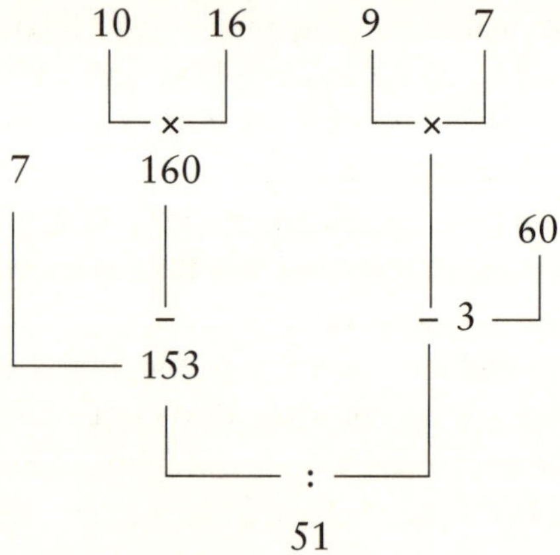

TERM: $(10 \times 16 - 7) : (9 \times 7 - 60)$

Nun ja, dachte er, nachdem er es sich einige Mühe hatte kosten lassen, die Aufgabe im Kopf durchzurechnen, so einmalig ist das nun auch wieder nicht. Man hat es ja hier außer ihm nicht nur mit jungen Idioten zu tun. Er hob den Kopf und sah den Direktor mit strahlendblauen Augen an.

Er sieht aus wie ein amerikanischer Schauspieler, dachte der Schulleiter und überlegte, welchem Hollywoodstar der Oberfinanzpräsident mit seinem langgezogenen Schädel und seinem grauen Haarschopf so verblüffend ähnelte. Ohne Zweifel, der Mann war eine imposante Erscheinung.

Irritiert fuhr der Direktor fort: »Aber damit noch nicht genug«, er zog ein weiteres Heft aus dem vor ihm liegenden Stoß heraus, »das nun sind seine ersten Versuche im Deutschunterricht. Wir nennen es ein koordiniertes Sprach- und Schrifttraining. Schauen Sie hier: Schon bei seinen allerersten Schreibversuchen bündelt er die Buchstaben zu gebräuchlichen Wörtern. Und bereits in der übernächsten Stunde versucht er, laut Notiz unseres Sprachformers, ganze Sätze zu formulieren. Wohlgemerkt, geschriebene Sätze, während seine Mitschüler noch den Schreibstift zu halten suchen.«

Der Oberfinanzpräsident las folgende Zeilen:

»Mein Vater hat vergessen, meine Mutter zu heiraten, weil er durch seine berufliche Tätigkeit zeitlich verhindert war. Mein Vater ist ein sehr beschäftigter Mann. Mein Vater hat das riesigste Beamtentum der Stadt Hamburg unter sich und trägt viel Verantwortung. Deshalb konnte er meine Mutter auch nicht pflegen, als sie im Sterben lag.

Meine Mutter hatte es sehr schwer mit dem Sterben. Sie wollte es auf keinen Fall. Sie wollte für mich ein schönes und sicheres Zuhause, bevor sie ›auf die lange Wanderung‹ gehen müßte. Meine Mutter wollte es als echt verheiratete Frau tun. Und wenn mein Vater Zeit gehabt hätte, wäre sie als ehrliche Ehefrau ins Grab gelegt worden. Mit viel Ehre und einer Menge Besuch.

Meine Mutter ist am frühen Morgen verbuddelt worden. Zu einer Zeit, zu der sie hätte ausschlafen können, wenn sie nicht tot gewesen wäre. Meine Mutter hat immer sehr lange schlafen müssen. Wegen ihrem Bauch, der sie in der Nacht so oft gequält hatte.

Mein Vater war immer ganz erschöpft, wenn er morgens ins Amt fuhr, und nahm sich schließlich eine kleine Wohnung in der Nähe seines Büros. Ich habe ihn oft ganze Tage nicht gesehen. Und wenn er uns einmal besuchte, sah er ganz alt aus und war sehr nervös. Mein Vater hat mir auch sehr leid getan.«

»Ja, geben Sie denn nicht zu, daß es sich hier um ein außergewöhnliches Talent handelt, das einer speziellen Förderung bedarf?« hörte er den Schulleiter sagen. »Die Tatsache, daß er sich weigert, mit seiner Umwelt zu kommunizieren, ist kein Grund, ihn als behindert einzustufen. Doch selbst wenn wir Ihrem Wunsch nachkämen und ihn bei uns behielten, was würden Sie und wir damit erreichen?

Es ist vorauszusehen, daß er in wenigen Jahren oder sogar Monaten (glauben Sie mir, der Junge kommt mir immer unheimlicher vor) dem hiesigen Lehrpersonal in allen Fächern entwachsen sein wird.

Von seinen Schulkameraden ganz zu schweigen, deren zunehmende Aggressivität gegen ihn bedrohlich ansteigen könnte. Mich würde weiterhin interessieren, ob Sie als sein Erzieher gar keinen Ehrgeiz für dieses seltsam hochentwikkelte Wesen haben?«

»Ich gebe zu«, unterbrach ihn Claas, »daß Sie in beeindruckender und eloquenter Manier für ›dieses Wesen‹, wie Sie es nennen, eintreten. Dennoch, so glaube ich, ist dieses Wesen, oder mein Sohn, wie ich ihn bezeichnen würde, kein intellektuelles Monster und könnte sich, mit ein wenig Geduld Ihrerseits, durchaus jeder Umgebung allmählich anpassen.

Weshalb ich meinerseits diese Geduld scheinbar nicht aufbringe, wollen Sie wissen? Nun, Sie werden sicher Verständnis dafür haben, daß ich als unverheirateter und in Staatsdiensten beschäftigter Mann die Zeit einfach nicht habe, die ich einem so komplizierten und mühsamster Pflege bedürftigen Kind widmen müßte. Als einsichtiger Mensch kann ich mich jedoch Ihren Argumenten nicht völlig verschließen. Ich werde also versuchen, ein Institut ausfindig zu machen, das diese Bürde auf sich zu nehmen gewillt ist.«

Damit verließ er ohne Gruß, unter Mitnahme der Schulhefte seines Sohnes, den Raum, nahm Morten aus dem Unterricht heraus, und sie fuhren nach Hause.

»Paul Newman!« entfuhr es dem Schulleiter, kaum daß Jon Claas den Raum verlassen hatte. »Natürlich!« Beinahe hätte er es dem Oberfinanzpräsident noch hinterhergerufen.

Die Suche nach einer konzilianten Grundschule erwies sich dann doch als schwierig, weil man der Schweigsamkeit seines Sohnes hilflos gegenüberstand und sich absolut nicht vorstellen konnte, wie er in einen normal stattfindenden Unterricht integriert werden könnte. Einige Lehrer empfahlen ihm, sogar bei einer Taubstummenschule nachzufragen, blätterten voll ängstlicher Bewunderung Mortens Hefte durch und beließen es bei ihrer Ablehnung angesichts so sturer Kontaktverweigerung.

Einer verstieg sich gar zu dem Vorwurf, er, Jon Claas, habe sich anscheinend nicht genügend um seinen Sohn kümmern wollen, zuwenig Zwiesprache mit ihm gehalten. Wo solle ein junger Mensch seine Sprecherfahrung denn hernehmen, wenn nicht durch Einfluß seiner nächsten Umwelt. Und die stelle in erster Linie wohl er, Jon Claas, dar.

Ein Einfluß, der übrigens schon in aller Frühe, mit anderen Worten im Kleinstkindesalter, hätte stattfinden müssen. Der Oberfinanzpräsident habe sich da eine mehr als sparsame Mühe gegeben. Selbst wenn man bedenke, daß er als alleinstehender Erzieher und höherer Bundesbeamter nicht so viel Zeit wie eine Hausfrau habe aufbringen können.

Schließlich fand sich aber doch eine Schule, die bereit war, Morten aufzunehmen, und den Vorschlag machte, ihn eine Klasse überspringen zu lassen, um aufkommende Langeweile von vornherein abzuwehren. Nach anfänglicher Skepsis stimmte der Präsident dem zu, obwohl er zu bedenken gab, daß die Jungen der höheren Klasse weder seine intellektuelle Schärfe noch seine Sprachverweigerung so ohne weiteres hinnehmen würden. Da ihre Physis logischerweise der Mortens überlegen sei, müsse man aufgrund seiner Besonderheit mit gewalttätigen Abstrafungen rechnen.

»Nun, wir werden dafür sorgen, daß er solche Gefahren nicht zu fürchten braucht«, beruhigte ihn ein noch junger, sehr großer und für sein Alter viel zu dicker Mensch, der sich als sein künftiger Klassenlehrer Hasan Inörglü vorstellte.

»Meine Schüler nennen mich Nörgel«, fügte er grinsend hinzu. »Ich bin selbst ein gebranntes Kind und habe, wenn auch aus anderen Gründen, verdeckte oder gar offene Anfeindungen durchstehen müssen. Im Gegensatz zu mir ist Ihr Sohn immerhin deutschstämmig. Die Bedrohung eines Fremdblütigen hat er also nicht zu fürchten.«

»Sie sind Türke, wie ich annehme«, hatte Jon Claas sich erkundigt.

»Aber geboren in Deutschland«, antwortete Inörglü mit fast unmerklichem Vorwurf.

»Konfession muslimisch?« Auch der Ton des Präsidenten wurde knapper.

»Zwingen Sie mich nicht zu gestehen, daß ich keine habe«, hatte der Lehrer lächelnd geantwortet.

«Bei Ihnen bestünde wenigstens nicht die Gefahr, daß Sie mit einem Kopftuch im Unterricht erscheinen.« Der Präsident hatte sich im Konferenzzimmer niedergelassen, Zitronenlimonade wurde in hohen Gläsern serviert, die niemand der Erwachsenen anrührte. Aber Morten trank mit ernsthafter Miene und schnellen geschickten Bewegungen in rascher Folge ein Glas nach dem anderen leer, wobei er jedes zu einem übertriebenen Prostgruß in die Höhe hob. Selbst den kleinsten Rülpser mit dick aufgeblasenen Wangen vermeidend, lief er so um den Tisch herum und ließ den verblüfften Anwesenden keine Zeit zum Einschreiten. Danach stellte er sich in eine Ecke des Raumes und fixierte die Gesellschaft mit seinen großen grauen Augen. Jeden einzelnen von ihnen. Ohne mit der Wimper zu zucken. Ohne daß seine Augen feucht wurden oder gar Tränen über seine Wangen liefen.

»Phänomenal«, äußerte sich nach längerer Pause ein behäbiger kleiner Mann, der sich anschließend mit Otmar Kuebl, Lehrer der »Vierten« und Trainer angehender Gymnasiasten, vorstellte. »Ich hätte ihn gern in meiner Klasse gesehen!«

So kam es, daß sich vor allem das »Junglehrergemüse«, wie Otmar Kuebl sie zu nennen pflegte, darum balgte, Morten unterrichten zu dürfen. Man hatte seine Mitschüler nicht auf sein absichtsvolles Gebrechen hingewiesen und war überrascht, mit welcher Selbstverständlichkeit sie es nach anfänglicher Irritation akzeptierten.

Jede Woche losten sie aufs neue aus, wer an seiner Seite sitzen durfte, nahmen seine immer eleganter werdenden Aufsätze mit steigender Bewunderung zur Kenntnis, ahmten seinen Stil nach und machten es dem Unterrichtenden nach einiger Zeit schwer, die Arbeiten auseinanderzuhalten.

Sie ließen neidlos zu, daß er allzuoft von Inörglü an die Tafel gerufen wurde, und trampelten begeistert Beifall, wenn ihm, sei es im Deutschen oder in Mathematik, entweder eine glänzende Sentenz oder die fixe Lösung einer Rechenaufgabe gelungen war. Vorhaltungen von seiten der Schulleitung schmetterte Inörglü damit ab, daß Morten sich anders als schriftlich nicht äußern könne oder wolle.

»Morten ist allen anderen trotz seiner Zungenlähmung weit voraus, und ich hoffe sehr, daß er seine Klassenkameraden mit sich zieht. Sie verehren ihn geradezu. Auf welche Weise er ihnen beim Diktat zu Hilfe eilt, habe ich bis dato noch nicht herausgefunden, obwohl ich, weiß Gott, meine Augen überall habe.«

Inörglü schob seine Brille auf die Nasenwurzel zurück und sah den Schulleiter bedrohlich, wie er meinte, durch seine dicken Gläser an.

»Sie sollten über kurz oder lang Ihren Augenarzt konsultieren«, bemerkte der Direktor mit einigem Ernst. »Ich habe in den letzten Aufsätzen Ihrer Klasse geblättert und fand erstaunliche Parallelen in Inhalt und Schreibstil der Ihnen anvertrauten Kinder.

Wenn Sie in diesem homogenen Stil – zugegeben, so lapidar wie treffend – den positiven Einfluß des Schülers Morten auf seine Mitschüler vermuten, so mag das ja hingehen. Nur, was tun Sie, wenn dieser Einfluß eines Tages erlischt? Wenn dieses mentale Monster ein oder zwei Jahre später seine Schwingen ausbreitet und hoch über den Köpfen seiner Klassenkameraden in eine andere Dimension entschwindet?«

Inörglü sah ihn lange an. Plötzlich huschte ein beifälliges Lächeln über sein Gesicht. »Das haben Sie hübsch gesagt.«

»Wenn ich Sie richtig verstanden habe«, fuhr der Schulleiter fort, »wollen Sie die enorme Lernbegierde des Schülers Morten auf keinen Fall dämpfen oder gar stoppen, nicht wahr? Also müßten wir die Konsequenzen ziehen und ihn wieder einmal überspringen lassen, oder?«

»Nicht doch, nicht doch!«

»Selbstverständlich erst nach eingehender Prüfung des Schülers Claas«, versuchte ihn der Schulleiter zu beruhigen.

»Das wäre ja eine Katastrophe«, stöhnte Inörglü.

»Für wen?«

»Für ihn. Stellen Sie sich dieses zarte Etwas in ein oder zwei Jahren unter lauter stämmigen Zwölfjährigen vor, denen die aufkommende Mannbarkeit schon anzusehen ist. Solche Kerls würden sich doch von Morten nicht ihre Mathearbeiten korrigieren lassen. Und wenn doch, würden sie ihn, davon bin ich überzeugt, aus schierer Dankbarkeit verprügeln.

Außerdem muß man unter ihnen auch noch mit ein paar sitzengebliebenen dreizehn- oder gar vierzehnjährigen Brutalos rechnen. Warum und aus welchem Grund sollte dieses kostbare Wesen so rücksichtslos die Stufen zur Erwachsenenwelt hinaufgestoßen werden? Denn das wäre doch das Resultat dieser überhasteten Ausbildung. Im Gegenteil also. Er hat es verdient, sich seine Kindheit so lange wie möglich zu erhalten.

Schauen Sie, lieber Rektor, wir wissen doch gar nicht,

was wirklich in diesem Jungen vorgeht. Welches Geheimnis verbirgt sich hinter seiner Stirn? Sein Vater setzt sich seit Jahren, im Grunde seit seiner Geburt, damit auseinander und kommt zu keinem echten Ergebnis. Gleichzeitig ist das aber auch die Faszination, die er auf seine Mitmenschen ausstrahlt. Ich betone ›Mitmenschen‹, denn auch unsere cleversten Kollegen können sich dieser Anziehungskraft nicht erwehren.«

Inörglü nahm seine Brille ab, die völlig beschlagen war, und suchte aufgeregt in seinen Jackettaschen nach einem Putztuch.

Endlich hatte er eines gefunden, riß mit zitternden Händen das Plastiktütchen auf und begann seine dicken Brillengläser zu bearbeiten.

»Sie scheinen ja wegen dieses Jungen ganz außer Rand und Band zu sein«, antwortete der Schulleiter. »Ich hätte es nie für möglich gehalten, daß meine sanften Einwände Sie so aus der Fassung bringen könnten.«

Er schüttelte betrübt den Kopf. »Vielleicht sollten wir in meinem Büro einen Kaffee nehmen. Was halten Sie davon?«

Der Direktor faßte den immer noch an seinen Gläsern herumarbeitenden Inörglü am Ellbogen und führte ihn in sein Arbeitszimmer.

»Sie haben sich ganz schön echauffiert, mein Bester, das bin ich gar nicht von Ihnen gewöhnt«, fuhr er fort, während er die Kaffeemaschine anwarf.

Inörglü fühlte, wie ihn seine Erregung langsam verließ. Er setzte die Brille auf und schien seinen Frohsinn wiedergefunden zu haben.

»Im Ernst, Herr Direktor, der Junge ist ein ungeschliffener Diamant, wenn er auch nicht so aussieht mit seinen Segelohren. Sobald es Ihnen gelingt, ihm in die Augen zu sehen, gewissermaßen in seinen Background einzudringen, tut sich da allerhand, sage ich Ihnen.«

»Und was genau?«

»Das weiß ich eben noch nicht. Aber es gibt Hinweise.«

»Hinweise?«

»Genau.« Inörglü dachte einen Moment nach. »Vielleicht hat er das Zeug zu einem großen Erneuerer oder zu einem ebenso großen Verbrecher. Wäre doch interessant, das eines Tages zu erfahren. Auf jeden Fall hat er ein Geheimnis. Wer hat denn schon heute noch ein Geheimnis in dieser persönlichkeitsarmen Welt? Und dann die Entscheidung. Wofür entscheidet sich dieser Junge? Welchen Weg schlägt er ein? Wem offenbart er sich am Ende?«

»Oder in welche Richtung müssen wir versuchen, ihn zu stoßen?« warf der Rektor dazwischen.

»Genau.«

»Wenn er das überhaupt zuläßt.«

»Wir müssen es versuchen. Das halte ich für unsere Pflicht.«

»Aber warum sollten wir dem Vater die ganze Arbeit abnehmen?«

»Der Vater ist ein Egomane. Er bringt nicht das mindeste Verständnis für seinen Sohn auf. Wie kommt ein solcher Mann zu einem solchen Sohn?«

»Herr Inörglü, ich glaube nicht, daß Sie den Vater bis dato genügend zur Kenntnis genommen haben.«

»Doch. Er jagt den ganzen Tag irgendwelchen Steuerhinterziehern nach. Er ist in einschlägigen Kreisen gefürchtet. Mehr als der Polizeipräsident.«

»Wo haben Sie denn das wieder her?«

»Ein ehemaliger Schulfreund und erfolgreicher Steuerprüfer hat mir das gesteckt. Er gehört zu den bissigen Hunden des Oberfinanzpräsidenten.«

»Widerwärtig.« Damit verabschiedete sich der Schulleiter und schlug ziemlich nachdrücklich die Tür seines Büros hinter sich zu.

Inörglü lauschte auf den herannahenden Lärm der Kinder, die sich unten in der Halle zum Turnunterricht versammelten. Langsam stieg er die Treppen hinunter und folgte den Jungen in die riesige, gut eingerichtete Turnhalle.

»Was machen Sie denn hier?« hörte er die Stimme Otmar Kuebls in seinem Rücken.

»Das gleiche frage ich Sie«, sagte Inörglü, während er sich umwandte.

»Ich vertrete unseren Kollegen von der Turnakademie. Er hat sich wieder einmal zum Profifußball abgemeldet. Eine Schande, daß man solche Kerle noch mit einem Lehramt betraut.«

»Verstehen Sie denn etwas von Leibesübungen?« fragte Inörglü.

»Ebensoviel wie Sie«, antwortete Otmar Kuebl.

»Aber einige Erfahrungen müssen Sie wohl haben, weil Sie offensichtlich Ersatzmann sind.«

»Wer den Schaden hat ... Ich könnte längst auf dem Heimweg sein.«

»Soll ich Sie vertreten? Ich weiß im Moment nicht allzuviel mit mir anzufangen.«

»Herzlichen Dank. Das nächste Mal werde ich gern darauf zurückkommen. Sie können mich ja begleiten und ein bißchen zuschauen.«

Otmar Kuebl grinste mißmutig und riß die Tür zur Turnhalle auf. »Und jetzt Rolle rückwärts!« schrie er hinein.

»Beginnen Sie immer so?« erkundigte sich Inörglü.

»Ach was, so melde ich mich an, wenn ich über den Lärm hinwegkommen will.«

Sie betraten die Halle, und tatsächlich versuchten einige Jungen, die Rolle rückwärts vorzuzeigen, wurden aber wegen ihrer Ungeschicklichkeit von ihren Mitschülern ausgelacht.

»Immerhin haben sie den Mut, es zu probieren«, sagte Kuebl.

Inörglü sah in die Halle hinein, in der sich die beinahe vollständige vierte Klasse an verschiedenen Geräten zu schaffen machte.

»Weg vom Barren!« rief Kuebl und klatschte in die Hände. »Heute ist das Reck dran. Oder soll ich eingreifen?«

Inörglü ließ die ganze Zeit kein Auge von Morten Claas, der ohne erkennbare Regung an einem Fenster stand und mit seinen grauen, unergründlichen Augen die Szene verfolgte. In der herabhängenden Hand hielt er den unvermeidlichen Notizblock und seinen kurzen, akkurat gespitzten Bleistift.

»Woher kommt eigentlich der Name ›Reck‹?« rief Inörglü in die Halle hinein.

Alle blickten ihn überrascht an, und einige Schüler fingen an zu kichern.

»Ruhe!« sagte Kuebl und konnte seine Überraschung ebenfalls nicht verbergen. Dann wandte er sich wieder seinen Schülern zu.

»Kann einer von euch darauf eine Antwort geben?«

Inörglü sah zum Fenster hinüber, an dem Morten Claas immer noch lehnte und eifrig etwas in seinen Notizblock schrieb.

Inörglü machte Kuebl darauf aufmerksam und bemerkte in gedämpftem Ton, daß der Schüler Claas offensichtlich etwas zu sagen habe.

»Claas!« rief Kuebl. »Wenn du mit deiner Antwort fertig bist, kannst du mir ja mal deinen Block rüberreichen.«

Morten machte keine Anstalten, dem Folge zu leisten.

»Oder möchtest du lieber, daß einer deiner Schulkameraden deine Antwort vorliest?«

Lehrer und Schüler blickten gespannt auf Morten, der immer noch unschlüssig dastand und sich sehr viel Zeit ließ. Unvermittelt streckte er mit einer abrupten Bewegung die Hand in Richtung seiner Mitschüler aus, ohne sich ihnen jedoch nur im geringsten zu nähern.

Seine Hand schien immer größer und schwerer zu werden und dabei in der Luft zu schweben. Gerade in diesem Augenblick, da sie sich vom Leib des Eigentümers zu lösen schien, stürzten die Kinder auf sie zu.

Jeder versuchte den Notizblock zu erreichen, doch die Hand schien nach einem besonders geeigneten Vorleser zu suchen. Schließlich ließ sie sich auf einen pechschwarzen Kopf herabsinken.

Sofort schoß eine olivfarbene kleine Hand hervor, umklammerte einen Moment lang die Mortens und nahm ihm sanft den Block aus den Fingern. Kopf und Notizblock verschwanden, tauchten unter Turnhemden, erhobenen Armen und schrillen Rufen weg, und im nächsten Augenblick stand ein kleiner, stämmiger Kerl vor den beiden Lehrern und hielt ihnen den Notizblock hin.

»Der Türke«, sagte eine einsame, helle Stimme.

Das aufkommende Gelächter unterbrach Kuebl. »Der Türke heißt Günül und war schneller als ihr alle zusammen.«

Dann nahm er dem Jungen den Block aus der Hand, blätterte kurz darin und gab ihn ihm zurück. »Offensichtlich will Morten, daß du das vorliest«, fuhr er fort.

Kuebl sah zu Morten Claas hinüber, doch der ließ keinerlei Zustimmung erkennen. Er sah Kuebl nur mit seinen durchsichtigen Vogelaugen an und drehte sich dann dem Fenster zu.

»Na los doch«, forderte Kuebl den kleinen Günül auf, »er wird es schon so gemeint haben.«

Günül drehte sich zu seinen Mitschülern um und las: »Das Wort ›Reck‹ kommt aus dem Niederdeutschen und bedeutet Turngerät; eine auf zwei Ständersäulen lagernde 2,40 Meter lange, federnde Stange aus poliertem Stahl, Durchmesser etwa 28 Millimeter.«

Es war vollkommen still. Nahezu lautlos wandten alle ihre Köpfe und blickten Morten an, der mit dem Rücken zu ihnen stand und bewegungslos aus dem Fenster starrte.

»Großartig!« sagte Kuebl, »allererste Sahne. Das wäre eine Eins gewesen, wenn wir das hätten bewerten wollen.«

Die Entscheidung

Jon Claas meldete seinen Sohn zwar rechtzeitig zum Eintritt ins Gymnasium an, wurde dort aber, trotz intensiver Fürsprache von Mortens Klassenlehrer, zurückgewiesen.

Mortens Kommunikationsverweigerung, so hieß es, lasse einen Gymnasiumsbesuch nicht zu. Außerdem mache der Junge, rein physisch gesehen, einen zu unreifen Eindruck.

»Noch zu schwach«, argumentierte die Prüfungskommission in ihrer unnachahmlichen hanseatischen Mitleidlosigkeit. Morten würde nichts anderes übrigbleiben, als seine übersprungenen Klassen zu wiederholen.

Diese Empfehlung erleichterte dem Oberfinanzpräsidenten die Entscheidung, seinen Jungen endgültig aus der Schule zu nehmen und einen kompetenten Privatlehrer für ihn zu suchen.

Er wurde auch sogleich fündig, da der Klassenlehrer jener Otmar Kuebl war, der die Schüler für das Gymnasium vorzubereiten hatte.

Trotz eindringlicher Warnungen seiner Vorgesetzten, er möge doch nicht so leichtfertig mit seiner Zukunft umgehen und zum Beispiel sein fernes Pensionssalär nicht außer acht lassen, war er sofort bereit, seine Kündigung einzureichen, einen Posten als Erzieher im Hause Claas zu übernehmen und in das elegante Stadthaus am vornehmen Leinpfad einzuziehen.

Das großzügige Gehalt, das ihm der Oberfinanzpräsident gewährte, trug dazu bei, daß er sich keine Sorgen um seine Altersversorgung mehr machen mußte. Er bekam ein sehr komfortables Zimmer neben dem seines Zöglings und schaffte sich einen kleinen Holzkasten an, in dessen Deckel er einen Schlitz sägen ließ. So konnte Morten, wenn Kuebl einmal nicht zur Verfügung stand, seine Wünsche und Fragen in den Kasten werfen. Der stand meist vor dem Zimmer des Lehrers auf einer kleinen, bildschönen Louisseize-Kommode oder wurde in der Diele abgestellt.

Ferner trug Kuebl dem Präsidenten die Bitte vor, für gewisse Fächer Herrn Inörglü hinzuziehen zu dürfen, da er selbst beim besten Willen nicht alles allein abzudecken vermöge.

Nach einem kurzen Antrittsbesuch Hasan Inörglüs beim Präsidenten kam man überein, drei Nachmittage in der Woche für ihn zu reservieren.

Ab sofort konnte sich Jon Claas wieder seiner Berufung zuwenden. »Es ist eine Berufung«, pflegte er zu sagen, »das Vermögen des Volkes in die richtigen Bahnen zu lenken. Dazu bedarf es oft einschneidender, sogar rigoroser Maßnahmen, die nicht immer gleich verstanden werden. Aber sie sind notwendig, wenn wir unser ansehnliches Volksvermögen erhalten wollen.«

Auch auf die beiden Erzieher gingen solche Sentenzen hernieder, wenn man gemeinsam bei einem Glas Wein zusammensaß. Was allerdings nicht jeden Abend vorkam.

»Irgend jemand muß das ja alles finanzieren«, sagte er und schlug sich auf die Schenkel.

Wenn dann Inörglü in seiner bescheidenen Art darauf hinwies, daß man doch sicher eine etwas gerechtere Finanzierung des Etats finden könne und daß dies weit weniger kompliziert sein dürfe, als man gemeinhin annähme, fragte Jon Claas ihn mit höflicher Neugierde, wie er das denn anstellen wolle.

»Indem man beispielsweise einige Subventionen abbaut, die den Steuerzahler doch sowieso über Gebühr belasten«, antwortete Hasan Inörglü.

»Interessant«, sagte Jon Claas, »denken Sie da an ganz bestimmte Subventionen?«

»Nun ja, ich denke zum Beispiel an solche, die gleichmäßig an arm und reich ausgeschüttet werden. Nehmen Sie nur das Baugewerbe.«

»Sehr scharfsinnig, mein lieber Herr Inörglü. Gerade dem wollen wir jetzt endgültig einen Riegel vorschieben. Nur muß man sich von Staats wegen vor demütigenden Maßnahmen gewisser Gesellschaftsschichten in acht nehmen. Unsere Reichen sind äußerst empfindlich.«

Inörglü nickte bestätigend. »Aber es müßte doch ein leichtes sein, unseren vermögenden Bürgern klarzumachen, daß sie Zuwendungen dieser Art gar nicht brauchen.«

»Das ist schwieriger, als Sie denken.« Der Oberfinanzpräsident wurde immer fröhlicher. »Wie, glauben Sie wohl, haben diese Leute so viel anhäufen können? Durch Beschäftigung, wie unsereiner ihr nachgeht? Unser Wirtschaftssystem erlaubt nun einmal diverse Erwerbsmöglichkeiten. Die haben uns andererseits auch so wohlhabend gemacht.«

»Oh, Sie denken doch nicht etwa, daß ich sozialistischen Ideen zugeneigt bin. Nein, das haben wir ja nun hinter uns.« Inörglü schüttelte bedenklich den Kopf. »Man muß es nur nicht übertreiben. Aber eine Frage hätte ich noch an Sie.«

Er nahm einen Schluck von seinem Wein, als wolle er sich Mut antrinken. »Wie sieht es denn mit den Privilegien aus, die gewisse Beamten genießen?«

»Welche meinen Sie? Haben wir denn überhaupt welche?«

Jon Claas lehnte sich entspannt zurück und betrachtete

die beiden Lehrer, von denen ihm im Grunde keiner sympathisch war. Sein Blick streifte Otmar Kuebl, der ganz still dasaß, den Kopf gesenkt hielt und in sein Glas starrte.

»Na, raus mit der Sprache!« rief Claas übermütig.

»Darf ich mit einem Beispiel erklären, woran ich denke?« sagte Inörgli. »Da gibt es einen Mann, der einen hohen Ministerposten bekleidet hat. Für den hatte er die Stellung des Ministerpräsidenten seines Bundeslandes aufgeben müssen, hatte aber weiterhin Anspruch auf eine Rente als Ministerpräsident.«

»Und?«

»Nun wurde er Bundesminister. Ein sehr einflußreicher und wichtiger Minister.« Inörglü zögerte und sah seinen Kollegen an. Kuebl rührte sich nicht.

Inörglü sprach weiter. »Sie wissen sicher, wen ich meine. Es steht mir wahrscheinlich nicht zu, hier mit Kritik anzusetzen. Außerdem habe ich ja selbst die Beamtenlaufbahn eingeschlagen.

Aber dieser Mann wirft nach einem knappen Jahr den Kram hin und zieht sich ins Privatleben zurück. Nun erhält er zwei Pensionen. Eine als Ministerpräsident und eine als Bundesminister. Enorme Summen. Finden Sie das klug? Ich meine, gehört sich das? Und welches Licht wirft das auf uns? Die Beamtenschaft?«

Er schluckte und griff nach seinem Glas.

»Sehen Sie, sehen Sie! Und dieser Mann ist auch noch Sozialist!« rief Claas. »Genau wie Sie. Nur keine Bange, junger Freund«, beschwichtigte er, als Hasan Inörglü seine Hand zum Zeichen des Einspruchs erhob. »Was ist denn dabei? Wir werden ja von Ihnen regiert. Sie stehen also durchaus auf der richtigen Seite. Ich dagegen bin von anderer Couleur und muß mich ständig meiner Haut wehren. Man fürchtet mich, weil ich jedem, ungeachtet seiner Parteizugehörigkeit, aufmerksam auf die Finger schaue. Das können Sie mir glauben. Na ja, vielleicht den Sozis ein klein bißchen mehr. Aber auch mit unseren Leuten habe ich mein Päckchen zu tragen.«

Er lachte, hob sein Glas und prostete den beiden Erziehern zu. »Auf Ihr Wohl, meine Herren, und speziell auf Ihre Zukunft, Herr Inörglü.«

Er sah den Lehrer jetzt sehr aufmerksam an. »Eingelebt scheinen Sie sich ja schon bei uns zu haben. Respekt, mein Lieber, Respekt.«

Die ersten Monate waren für die beiden Erzieher kein Zukkerschlecken, denn Morten wehrte sich gegen allzu nahen Kontakt. Doch mit der Zeit gewöhnte man sich aneinander, begrüßte sich am Morgen höflich auf dem Weg zum Frühstück, und wenn Kuebl anfangs eine unbefangene Hausgemeinschaft vermißte, so hatte er andererseits volles Verständnis für die zögerliche Haltung seines Schülers.

Stets fand Kuebl am Morgen eine Fülle von Fragen, Aufgabenstellungen und Hinweisen in bezug auf die Hausordnung in seinem Kästchen, das er am Abend zuvor auf die Louis-seize-Kommode gestellt hatte.

»Wann hat denn der Junge bloß diesen Wust von Zetteln verfaßt?« fragte er sich, »und um welche Zeit war er schon wieder auf den Beinen?«

Inörglü, der Morten an Nachmittagen des öfteren zur Körperertüchtigung in einem Sportverein abholte, war über die verhaltene Energie des Jungen ebenfalls erstaunt und erzählte von seinen ungeschickten, aber zäh wiederholten Leibesübungen, von denen er so lange nicht abließ, bis er sie nahezu in Perfektion beherrschte.

»Es sieht aber trotz aller Gekonntheit immer ein bißchen ungelenk, beinahe komisch aus«, amüsierte sich Inörglü, »man ist fast erstaunt, daß er diese Übungen zu Ende bringt.«

Morten wurde also rundum versorgt und fügte sich all diesen Maßnahmen ohne ernsthaften Protest. Einzig die

Tatsache, daß Otmar Kuebl sein Zimmer so nahe neben dem seinen hatte, schien ihn zu irritieren.

»Rücken Sie mir nicht so auf die Pelle«, schrieb er ihm eines Tages, nachdem sie am Morgen zur selben Zeit ihre Zimmer verlassen und sich überrascht angestarrt hatten.

Oder: »Machen Sie keine Schule aus meinem Zuhause. Es ist mir so schon fremd genug.«

Ab und an wurde Kuebl von Jon Claas zum Rapport bestellt und berichtete ausführlich von den enormen Fortschritten des Sohnes, bedauerte aber auch seine immer häufiger werdenden aggressiven Schübe, die sich in den hingeworfenen Formulierungen äußerten.

»Glauben Sie mir, Herr Präsident, es macht mich beinahe krank, ihm nicht helfen zu können. Er gewährt nicht den geringsten Einblick in seine Psyche, wehrt selbst die leiseste Annäherung mit befremdlicher Unhöflichkeit ab und kann in letzter Zeit sogar richtig ungemütlich werden.«

»Wie und auf welche Art geschieht das?« fragte der Oberfinanzpräsident erschrocken.

»Ich finde seit vorgestern richtiggehende Schimpfkanonaden in meinem Zettelkasten.«

Jon Claas sah ihn nachdenklich an. »Vielleicht sollten Sie ihn um so stärker provozieren«, schlug er vor.

»Ich habe ihn noch nie provoziert«, antwortete Kuebl knapp, »jedenfalls bin ich mir dessen nicht bewußt.«

»Sie sollten es aber tun. Bringen Sie ihn auf die Palme, wie man so treffend sagt. Ich kann mir vorstellen, daß ihn ohnmächtige Wut vielleicht seine Sprachverweigerung vergessen läßt.«

»Heißt das, Sie glauben nicht an eine körperliche Behinderung?« fragte Kuebl überrascht.

»Aber woher denn. Es geht um einen tiefsitzenden Protest in ihm, und ich würde nur zu gern erfahren, wie der zustande gekommen ist. Bitte reichen Sie mir doch mal seine Zettel rüber. Es müssen ja inzwischen ganze Bündel sein.«

»Sie werden verstehen, daß ich das auf keinen Fall tun kann.«

»Ach ja?«

»Diese Zettel sind an mich adressiert. Nur an mich. Ich käme mir vor, als würde ich ein Briefgeheimnis brechen.«

»Jetzt werden Sie aber sehr pathetisch, mein Lieber«, sagte Jon Claas.

»Pathetisch?«

»Ja doch, haben Sie's nicht ein bißchen kleiner? Wenn Sie verstehen, was ich meine.«

»Aber natürlich«, sagte Kuebl. »Diese Zettel gehen Sie nichts an.«

»Ich bin sein Vater, falls Sie das vergessen haben sollten.« Jon Claas wurde ärgerlich.

»Vater oder nicht Vater. Ich würde das Vertrauen des Jungen, das er mir entgegenbringt, erschüttern, wenn nicht gar zerstören. Und das würden Sie doch sicher nicht wollen.«

Beide schwiegen eine Weile, ließen sich aber nicht aus den Augen. Schließlich wurde die Situation unerträglich.

»Sagen Sie mir doch wenigstens, woran Sie seine Aggressivität erkennen. Wie formuliert er sie?«

Jon Claas verließ die Sofaecke, in der er bislang entspannt gesessen hatte, und ließ sich auf der Kante seines Schreibtischs nieder.

»Auch das werde ich nicht tun«, antwortete Kuebl. »Ich möchte Ihren Sohn auf keinen Fall denunzieren. Nur soviel kann ich Ihnen verraten: Er verballhornt seit ein paar Tagen meinen Namen. Aber ich verüble es ihm nicht.«

»Das ist nett. Wie nennt er Sie denn?«

»Otto Übel.«

Jon Claas preßte die Lippen zusammen, als wolle er einen Hustenanfall unterdrücken, dann brach er in ein geradezu zwerchfellerschütterndes Gelächter aus. Er schlug mit den Händen auf die Tischplatte, versuchte gleichzeitig weiter, einen Hustenanfall zu simulieren, und ließ sich mit ausgebreiteten Armen auf den Schreibtisch fallen.

»So witzig finde ich das nun auch wieder nicht«, sagte Otmar Kuebl und versuchte mühsam, seine aufsteigende Wut zu beherrschen.

Der Oberfinanzpräsident richtete sich auf. »Wo hat er das nur her? Otmar Kuebl – Otto Übel. Ein Synonym vielleicht?«

Seine Lippen fingen wieder an zu zittern. »Ich meine, woher hat er nur diese boshaften Anwandlungen?«

»Ich kann nur wiederholen, daß ich es ihm nicht verüble.«

»Ja natürlich, natürlich. Das ist es. Ach, lieber Herr Kuebl, oder sollte ich Übel sagen? Nein, im Ernst. Finden Sie nicht, daß der Name Übel eine, wie soll ich sagen, viel markantere Charakteristik enthält, eine geradezu furchteinflößend markante? Sie könnten ja das ›ü‹ aus Ihrem Namen in die neuere Version herüberretten – mit ›ue‹. Dann würde doch wohl niemand auf den Gedanken kommen, Ihnen etwas übelnehmen zu müssen.«

Dieses Mal versuchte er gar nicht erst, sein Lachen zurückzuhalten.

»Verzeihen Sie«, brachte er schließlich mühsam heraus, »ich wollte und will Sie nicht verletzen. Sie wissen, wie sehr ich Sie schätze. Ich begreife einfach nicht, wie mich ein dummer Kalauer so aus der Fassung bringen konnte. Selbstverständlich respektiere ich Ihre Haltung, was die Zettel betrifft. Ich will sie nicht lesen. Doch um eines bitte ich Sie: Bewahren Sie sie auf, wo immer Sie wollen. Ich werde Ihnen nicht nachspüren, das verspreche ich. Aber bewahren Sie sie auf.«

Von nun an wurde er in der Familie und seltsamerweise auch im Freundeskreis nur mehr mit Otto Uebel angesprochen und hatte das schnell akzeptiert.

Der Anschlag

Im Sommer des Jahres 1992 gab es wieder die übliche »Einladung zu einem Butterbrot« im Hause Claas. Da das Grundstück des Oberfinanzpräsidenten an einen breiten Alsterarm grenzte, hatte man kein direktes Gegenüber und konnte sich, wenn es das Wetter erlaubte, bei solchen Gelegenheiten bis in den späten Abend austoben.

Jon Claas hatte großen Spaß an der Zusammenstellung der Gesellschaft. Höhergestellte Kollegen aus dem Finanzamt saßen soignierten Geschäftsleuten gegenüber, deren Gesprächen sie im Grunde gar nicht folgen konnten. Da gab es außerdem Theaterintendanten, die sich das ganze Jahr über bemühten, einander aus dem Wege zu gehen, Schauspieler und Regisseure aus Film, Funk und Fernsehen – FFF-Schausteller, wie Otto Uebel sie nannte –, Baulöwen, die sich brennend für die neuesten Abzockpläne der Bundesregierung interessierten und stets auf gepackten Geldkoffern saßen, Reeder, pensionierte Kapitäne und vor allem Kalle Obst, zeitweise Gärtner und Betreuer im Hause Claas, der mit unendlicher Sorgfalt die Tischordnung im Garten arrangierte, für die Illumination am Abend und in der Nacht sorgte und nur mit Mühe davon abgehalten werden konnte, Schiffchen aus Balsaholz auf das Wasser zu setzen, in die er kleine Windlichter eingearbeitet hatte.

Der Oberfinanzpräsident begrüßte jeden Gast vor dem Hauseingang und wies ihm den Weg durchs Haus in den Garten. Dort wurde er von Angestellten eines Partyservice empfangen, die ihm auf eleganten Tabletts Getränke anboten. Von Veuve Cliquot über Pieper Heidsieck bis Laurent Perrier war alles vorhanden. »Bis auf den Dom Perignon«, hatte ein gerade eingetroffener Gast den gutmütigen Kalle Obst zurechtgewiesen, als dieser ziemlich lautstark und stolz die verschiedenen Champagnersorten gerühmt und aufgezählt hatte.

Auch an Aperitifs für Antialkoholiker war gedacht worden. Kleine Appetithappen, hübsch drapiert, füllten Tische und zierliche Konsolen an der Hauswand. Ansehnliche Stapel von weißen Leinenservietten, verschiedenste Zigaretten- und Zigarrensorten lagen wie zufällig hingelegt überall herum. Aber der Clou des Abends war die lange, weiß gedeckte Tafel in der Gartenmitte, auf die man einen großen Baumstamm drapiert hatte. Äste mit sprießenden Knospen waren in ihn eingearbeitet worden, so daß man meinen konnte, der Baum habe seinen eigenen Tod überlebt.

Zwischen diesen Ästen stand altes Sèvresporzellan geschickt angeordnet, Schüsseln, aus denen Kartoffelsuppe dampfte, wo man doch zumindest eine köstliche Bouillabaisse erwartet hätte.

»Der Präsident scheint diese Stilbrüche zu mögen«, wunderte sich Inörglü, nachdem er sich eine Benson & Hedges angezündet hatte.

»Oh, Sie müssen diese Suppe erst einmal kosten. Die Leute kommen wegen dieser Suppe her. Sie ist derart raffiniert gewürzt, daß man sich hineinsetzen könnte.«

Otto Uebel verdrehte die Augen vor Begeisterung. »Und erst die Würste, die er dazu servieren läßt. Sie werden extra aus Frankfurt eingeflogen. Eine hessische Spezialität, wie man mir sagte. Dicke, lange Rindswürste. Eine Delikatesse, sage ich Ihnen. Probieren Sie«, forderte er Inörglü auf, »und lassen Sie für die anderen Gäste auch noch was übrig.«

Er schien sich glänzend zu amüsieren.

»Wo steckt denn Morten?« fragte Inörglü, während sie sich beide an die Fleischtöpfe heranarbeiteten.

»Ach, der steht sicher in einer Ecke des Speisezimmers und beäugt die Leute, die sich dort einen Platz ergattern konnten. Sie wissen doch, daß diese Party seinetwegen stattfindet?«

Inörglü sah ihn fragend an und schüttelte leicht den Kopf.

»Er feiert heute seinen sechzehnten Geburtstag. Das sollten Sie aber wissen. Sein Vater ist ganz verrückt vor Stolz und zeigt jedem, der es sehen oder nicht sehen will, sein neuestes Zeugnis. Es macht aber auch wirklich was her.«

Nachdem sie der Suppe zugesprochen hatten, wobei Uebel eine dritte Wurst im gefüllten Suppenteller hatte verschwinden lassen, bahnten sie sich langsam einen Weg zum großen Speisezimmer.

Hinter dem Kamin, im Aufleuchten des Holzfeuers, entdeckten sie Morten. Er stand, in eine halbdunkle Nische gedrückt, mit herunterhängenden Armen da und beobachtete aufmerksam, was um ihn herum vorging.

Wieder hatte Inörglü den Eindruck, als ob seine Augen ohne jeden Wimpernschlag auskommen konnten.

»Herrgott noch mal!« sagte er, »steht da wie bestellt und nicht abgeholt. Dabei ist es doch sein Tag!«

»Vielleicht macht es ihm einfach Spaß, das Volk zu betrachten«, meinte Uebel.

»Können Sie irgendwo seinen Schreibblock entdekken?«

»Nein.«

»Nicht gesprächsbereit, heißt das.«

»Ich glaube, er hat etwas vor. Vielleicht etwas ziemlich Beunruhigendes«, flüsterte Inörglü. »Wir sollten wenigstens so lange in seiner Nähe bleiben, bis der Präsident sich sehen läßt.«

»He, wer räumt mal den Einstein da in der Ecke ab?« rief eine junge Stimme durchs Zimmer, »der glotzt einem ja den ganzen Appetit weg!«

»Das ist Morten.«

»Ich weiß, daß das Morten ist.«

»Biete ihm doch mal was an. Dann glotzt er vielleicht ins Essen.«

Inörglü hatte sich zu der Gruppe hingedrängt, die auf dem Boden saß, und fixierte einen blonden, lang aufgeschossenen Jungen in einem teuren Blazerjackett, der mit seiner aggressiven Fröhlichkeit die um ihn herumsitzenden Jungen anzustecken schien. Inörglü kniete sich neben ihn auf den Boden und sah ihn an.

»Was ist denn?« fragte der Junge unbefangen und erwiderte den Blick des Lehrers.

Der schaute ihn an, betrachtete die tadellos gebügelten Flanellhosen dieses langen Kerls, der sogar im Sitzen alle anderen überragte, schätzte, daß die schwarzen Mokassins, die er an den Füßen trug, mindestens ihre dreihundert Mark wert waren, und machte ihn kurz und leise darauf aufmerksam, daß sein Benehmen nicht seiner Kleidung entspräche und daß er das Anpflaumen unterlassen solle, mit dem er den Sohn des Hauses kränke.

Plötzlich hob Morten den Arm und wandte Inörglü die Innenfläche seiner Hand zu. War es ein Ausdruck der Abwehr oder der Beschwichtigung? Dann schob er sich durch die Gruppe hindurch, die ihm umgehend Platz machte, und verließ das Zimmer.

Inörglü erhob sich, sah noch einmal auf die still gewordene Gruppe hinunter, die ihn, wie ihm schien, spöttisch betrachtete, und folgte Morten, hatte ihn aber schon bald aus den Augen verloren.

Als er sich an Uebel wandte, um zu erfragen, ob er Morten begegnet sei, schüttelte der nur den Kopf. »Er hängt an diesen Jungen und lädt sie auch dauernd wieder ein«, sagte Uebel, »sie kommen auch immer mal zwischendurch hierher, um sich bei ihm Rat zu holen. Die Frotzelei ist beileibe nicht ernst gemeint. Ich glaube sogar, daß Morten sie mag.«

Plötzlich wurde die Tür zur Eingangshalle geöffnet und Jon Claas, seinen Sohn vor sich her schiebend, betrat das Kaminzimmer.

»Meine verehrten Freunde«, rief er, nachdem er seinen Arm um die Schultern des Jungen gelegt hatte, »ich darf unsere Feier heute offiziell damit eröffnen, daß ich Ihnen den sechzehnten Geburtstag meines Sohnes Morten anzeige.

Heute vor sechzehn Jahren habe ich nicht im mindesten ahnen können, daß ich einmal so stolz auf ihn sein würde. Er hat mir, bis auf seine kleinen Kontaktschwierigkeiten, immer nur Freude gemacht.«

Leises Kichern von seiten der Jugendlichen war zu hören.

»Ich will jedoch keine langen Reden halten, sondern unser Geburtstagskind selbst zu Wort kommen lassen, indem ich einen Brief vorlese, den ich nun in Ihrem Beisein öffne.«

Der Oberfinanzpräsident machte das Couvert auf und fing an zu lesen.

»Verehrte Gäste, ich freue mich, daß Sie so zahlreich erschienen sind. *Klammer auf. Dieser Teil meines Schreibens wird nur dann verlesen, wenn die Bude voll ist. Klammer zu.*

Ich freue mich also, daß Sie mit mir mein vollendetes sechzehntes Lebensjahr begießen wollen. Prost!

Während dreier vergangener Gartenparties habe ich Sie ja nun zur Genüge kennenlernen können, und bis auf einige wenige neue Gesichter scheinen Sie mir alle beinahe schon zur Familie zu gehören, so wie Sie sich an die Wurst- und Suppentöpfe drängen und die delikaten, aber enorm teuren Getränke genießen.

Klammer auf. Ich denke da an die hochnäsigen Champagnersorten, wo es doch ebenso der gute alte deutsche Sekt tun würde, den die meisten von Ihnen, geben Sie es ruhig zu, gar nicht herausschmecken könnten, würde man Ihnen den als ›French made‹ servieren. Klammer zu.

Nun, ich kenne mittlerweile auch Ihre Gesprächsthemen, Ihre beruflichen Interessen, ihre gesellschaftliche Herkunft und Ihre teilweise ungewöhnlichen Eigenheiten.

Klammer auf. Wie dämlich von Ihnen, mich mit einem Taubstummen zu verwechseln, mich, der ich mich doch nur der gesprochenen Sprache entziehe. Dieses Klischeedenken. Wer nicht spricht, der hört auch nicht, wer nicht denkt, der handelt nicht ...«

Erste leise Protestrufe aus dem Kreis der Zuhörer.

»*Und wer nicht*«, der Präsident zögerte, blickte auf, sah dann verwirrt seinen Sohn an, auf dessen Zügen sich ein unwiderstehliches Lächeln breitmachte.

Dann las er, nachdem er die Zeile wiedergefunden hatte, stolz weiter. »*Und wer nicht kackt, der furzt auch nicht.*«

Riesiges Gelächter der auf dem Boden sitzenden Schüler, leiser Protest der älteren Herrschaften, der aber sofort von frenetischem Händeklatschen übertönt wurde.

Jon Claas, nun selbst neugierig geworden, fuhr, immer flüssiger lesend, fort.

»*Klammer zu.* Meine Mutter, Gott habe sie selig, brachte mir bei, fremden Leuten zuerst in die Augen zu schauen, nicht auf den Mund. ›Der Blick verrät mehr als der Mund‹, pflegte sie zu sagen. Daran habe ich mich gehalten. Ich habe euch immer gut in die Augen geschaut. Glaubt mir, dabei gab es Sachen zu sehen!

Während ihr eurem Gesprächspartner Komplimente machtet, beispielsweise über seine letzte Theaterpremiere, habt ihr nur auf seine Armbanduhr gestarrt. Habt ›Lange und Söhne‹ betrachtet und euch im stillen gefragt, ob dieser Wecker aus Weißgold oder Platin ist und wieviel, zum Teufel noch mal, dieser Komödiantendompteur wohl verdienen mag.

Sie, zum Beispiel, Herr Pastor. Ich nehme an, daß Sie

auch heute wieder unter uns sind. Ihr Einsatz in allen Ehren. Aber kann es wirklich so weit kommen, wie Sie es damals schilderten? Ich kann Ihre Äußerungen heute noch fast wortgetreu wiedergeben. Sie führten das Gespräch auf der vorletzten Party im Winter mit dem Kollegen meines Vaters. Direkt vor dem Herrenklo. Ich glaube, Sie hatten es gerade verlassen, und Sie beklagten sich darüber, wie gesittete Menschen so vorbildlich gepflegte Toilettenräume in einem solchen Zustand hinterlassen könnten.

Sie sagten, daß Sie sich nicht vorstellen könnten, eine solche Verwahrlosung älteren Menschen zuzuschreiben, denn da sei man doch unter lauter kultivierten Herren. Bei Intellektuellen. Und man solle doch meinen, daß diese Leute wenigstens den Spülknopf zu finden wüßten. Man müsse also der Verkommenheit junger Menschen endlich Einhalt gebieten.

Klammer auf. Sie gebrauchten nicht die Vokabel ›Verkommenheit‹. Sie sprachen von zugeschissenen Klobrillen, in die Gegend geworfenem Klopapier und von großen Pisselachen. Klammer zu.

Sie waren wütend und wohl auch ein bißchen angeschikkert.

›Sie werden sehen‹, fuhren Sie fort, ›in einigen Jahren wird man diese Verwahrlosung immer mehr den Alten in die Schuhe schieben. In einigen Jahren, denken Sie an meine Worte, in einigen Jahren wird unsere Gesellschaft so weit sein, daß ein gewisses Alter nicht mehr ungestraft überschritten sein darf.‹

Und als Sie vom Kollegen meines Vaters mit den Worten unterbrochen wurden, Sie würden maßlos übertreiben, es sei wohl Ihr verständliches christliches Engagement, das Sie über die Stränge schlagen ließe, wurden Sie immer wütender.

›Dann sehen Sie sich doch nur einmal die Gepflogenheiten verschiedener Banken und Krankenversicherungen an. Es gibt Geldinstitute, die heute schon keine Kredite mehr an Menschen vergeben, die über das sechzigste Lebensjahr hinaus sind. Auch die Krankenkassen fangen an, Sperenzchen zu machen, versuchen, Leute von einem gewissen Alter an abzuschieben und ihre Verträge zu annullieren. Wir steuern immer schneller auf ein Inferno zu‹, sagten Sie.

Klammer auf. Inferno war Klasse! Klammer zu.

›Ich sage Ihnen‹, riefen Sie mit erhobenem Zeigefinger, ›wenn Gott wegsieht, ist alles im Eimer. Man spürt zwar noch, wie er eine Weile zuschaut, dann glaubt man, es wüchsen einem Flügel aus den Schulterblättern, aber, wie gesagt, wenn er wegsieht! Nicht mal mit Absicht. Er sieht einfach weg.‹ –

Entschuldigen Sie, Herr Pastor«, unterbrach sich Jon Claas, »ich wiederhole, daß ich diesen Brief eben gerade zum ersten Mal geöffnet in der Hand halte und vorher nicht im mindesten von seinem Inhalt unterrichtet gewesen bin. Haben Sie deshalb bitte Verständnis dafür, daß ich diese etwas peinliche Vorlesung abbreche und mich für einen Augenblick mit meinem Sohn zurückziehe.«

Die Zuhörerschaft, die bis dahin mit wachsender Aufmerksamkeit gelauscht hatte, fing jetzt lauthals zu protestieren an. Er, Jon Claas, solle doch weiterlesen.

»Man kann doch nicht ein so spannend geschildertes Gesellschaftsbild der Zensur aussetzen!« schrie eine aufgebrachte Stimme aus der Ecke der älteren Generation.

Pastor Treves, scheinbar höchst amüsiert, rief dem Oberfinanzpräsidenten zu, er möge fortfahren, er könne jedes Wort, das er im Brief Mortens vorfinde, bestätigen. Jedenfalls, was ihn betreffe.

»Auch das mit der vollgeschissenen Klobrille?« fragte einer der jüngeren Gäste naiv.

»Selbstverständlich«, antwortete Treves, »ich möchte das Klo so verlassen, wie ich es selber vorgefunden habe.«

»Schwein!« rief es wieder aus der Ecke der älteren Herrschaften.

Ein nicht enden wollendes Gelächter folgte.

Nach einer Pause, während derer der Präsident scheinbar verwirrt im Brieftext herumsuchte, las er weiter.

»Da erzwang sich der durchdringende Baßbariton des Theaterintendanten Gehör. ›Disziplin, meine Freunde, Disziplin!‹

Unvermittelt mischte sich ein kleiner, goldbehängter Mann aus St. Georg ein. ›Auch uns Türken sagt man nach, wir würden uns rücksichtslos überall erleichtern, wenn es uns überkäme. Wir hätten die Wasserklosetts erst in Deutschland kennengelernt. Aber, Herr Pastor, ich versichere Ihnen, die Hygienevorschriften im Islam sind streng und unsere öffentlich zugänglichen Bedürfnisanstalten oft sauberer als die in Ihrem Hause, Herr Präsident. Sie entschuldigen, nach einer solchen Party, wollte ich sagen.‹

Klammer auf: Er ist ein erfolgreicher Geschäftsmann aus der Langen Reihe und hat die Angewohnheit, sich nach beinahe jedem Satz zu entschuldigen. Fängt auch immer wieder die gleiche Geschichte zu erzählen an, und die meisten Gäste tun so, als vernähmen sie sie zum ersten Mal. Klammer zu.

Das hörte sich etwa so an: ›Mein Vater war ein kleiner Brotverkäufer, er hat sich im Souterrain eines verwahrlosten Hauses in der Langen Reihe festgesetzt, verkaufte Fladenbrot für seine Landsleute und Krustenvollkorn für die schlanke deutsche Oberklasse. Die kam aus allen Gegenden Hamburgs. Später hat er das ganze erste Stockwerk gemietet, die komplette Fassade des Hauses auf seine Kosten streichen und sämtliche Wasserrohre im Haus erneuern lassen, damit die Mitbewohner wieder eine anständige Toilette benutzen konnten.

Er war ein zu guter Mensch, ein ›Gutmensch‹, so sagt man das doch wohl. Entschuldigen Sie bitte.«

Jon Claas sah zum Intendanten der Staatsbühne hinüber, der sich inzwischen erhoben hatte.

»Wir sollten das hier besser abbrechen«, sagte der Theatermann ruhig.

Nachdem sich die Erregung gelegt hatte, fuhr er fort: »Sie werden es mir nicht verübeln, mein lieber Claas, aber ich hatte schon immer das Gefühl, von diesem Jungen belauscht zu werden. Vielleicht möchten Sie ihn ja später einmal für den Bundesnachrichtendienst ausbilden lassen ...«

»Werden Sie nicht geschmacklos, Herr Wittig«, unterbrach ihn der Oberfinanzpräsident, »mein Junge hat lediglich Interesse an all den Plaudereien gezeigt. Er ist so etwas wie ein sanfter Autist. Er hält die Ereignisse um sich herum so fest, wie sie sich ihm ohne Wenn und Aber darbieten. Von einer ›Interpretation‹ des Gehörten können Sie bei ihm doch gar nicht reden.«

»Sehen Sie ihn sich nur mal an, mit welcher Intensität er einen immerzu anstarrt«, sagte Wittig leise. »Haben Sie nicht auch das Gefühl, daß er einen aufsaugen möchte mit seinen riesigen Augen? Keine Regung ist zu erkennen, kein Lächeln. Also, mich enerviert das ganz enorm.«

Plötzlich brach jeder Lärm ab, denn Morten hatte dem Vater seinen Brief aus der Hand genommen, wies mit dem Finger auf einen Abschnitt der dritten Seite und reichte dem Vater den Brief zurück.

Ohne zu zögern, fing der Präsident wieder zu lesen an, diesmal mit unterdrückter, hämischer Freude, wie aufmerksame Beobachter sehen konnten: »›Wissen Sie, Herr Beck, es wird mir langsam immer schwerer gemacht, eine gute Theaterarbeit zu produzieren, letzten Endes auch von Ihnen als Kritiker‹, sagten Sie, Herr Wittig. ›Sie verlangen Dinge, die man gar nicht leisten kann. Was Sie fordern, ist die Befriedigung Ihrer übersättigten Wahrnehmungsorgane. Aber das ist nicht die Aufgabe des Theaters.

Von den knapp neunhundert Zuschauern meines Hauses haben, will ich mal schätzen, mindestens achthundert nur wenig mit Ihren geschmäcklerischen Ansichten am Hut. Und für dieses Publikum machen wir unsere Arbeit. Wenn wir jedoch von der städtischen oder staatlichen Verwaltung gezwungen werden, uns an Ihrem, ich will es mal so nennen, Kunstverständnis zu orientieren, dann hat es jedenfalls für mich keinen Sinn mehr, einen so verantwortungsvollen Posten zu besetzen.

Ich bin auch weit über die Zeit meiner Pensionierung hinaus auf meinem Stuhl sitzen geblieben. Nicht etwa, weil ich das so wollte, sondern weil ich darum gebeten wurde. Der Senat hat einfach keinen Jüngeren gefunden, der sich dem Sperrfeuer Ihrer journalistischen Tiraden zu stellen gewillt ist.‹

Klammer auf. Herr Beck sagt, daß es sehr wohl viele Bewerber gegeben hätte, die Sie aber stets weggebissen hätten. Herr Beck sagt weiter, Sie seien ein ausgebrannter alter Sack. Klammer zu.

›Man macht mir oft den Vorwurf‹, sprachen Sie weiter und ignorierten den Einwurf des Kritikers, ›ich sei nicht mehr jung genug. Ich gebe zu, in dieser Lebensperiode, in der ich mich befinde, distanziert man sich allmählich von dem, was man Leben, Alltag, Normalität nennt.

Man bereitet sich langsam auf den Tod vor. Aber könnte das nicht auf die Kunst und ihre Darstellung einen positiven Einfluß haben?‹

Klammer auf. Merken Sie denn gar nicht, wie Sie ausgelacht werden?

Beck fragt: ›Wo soll denn dieser Einfluß herkommen? Aus dem Leichenschauhaus?‹ Auch diesen Einwurf ignorierten Sie. Klammer zu.

Sie fuhren fort: ›Und das bringt mich wieder zu Ihnen, Herr Beck. Wenn ich Ihre Gehirnakrobatik so betrachte – Sie können sich nicht vorstellen, wie komisch sich das alles liest. Ihre geistigen Klimmzüge werden zu dem, was sie sind: zu aberwitzigen Bewegungsabläufen. Sie kennen doch diese Hamsterräder, nicht wahr?‹«

Jon Claas machte eine längere Pause und sah den Feuilletonisten Beck an, der sich heute ebenfalls unter den Gästen befand.

»Jetzt wären Sie dran, Herr Beck«, sagte er nach einer Weile und schlug mit dem Handrücken leicht auf die Blätter, die er in der Hand hielt. »Ich frage Sie: Möchten Sie, daß ich weiterlese?«

Beck wandte sich mit einem Achselzucken ab. Jon Claas nahm das als Zustimmung. Frenetisches Händeklatschen der Zuhörer ließ ihn leise auflachen, und er vertiefte sich sogleich erneut in die Zeilen.

»Gegenrede des Herrn Beck, Feuilletonist und Spezialist für Theaterkritiken einer überregionalen Zeitschrift der Stadt Hamburg. ›Ich will mich nicht auf eine Debatte mit Ihnen einlassen, Herr Intendant. Dazu müßte ich mich nämlich auf ein Niveau herunterlassen, das nicht dem meinen entspräche.

Nur soviel: Sie haben mit mir unverständlicher Rückendeckung des Senats hier Ihr Unwesen treiben können. Jahre und Jahre hindurch haben Sie dafür gesorgt, daß sich die Stuhlreihen Ihres traditionellen und hochberühmten Hauses mehr und mehr geleert haben. Sie haben es zuwege gebracht, daß ich meinen Beruf als eine unerträgliche Last empfand, daß ich sogar bereit war, mich in den politischen Journalismus zu flüchten, was ich dann auch für eine ganze Weile tat.

Erst die Hoffnung auf Ihre endgültige Pensionierung hat mich wieder aufatmen lassen. Allerdings sollten Sie nicht ohne meinen Tritt in Ihr allzu sitzfreudiges Hinterteil von dannen gehen. Nur deshalb habe ich wieder zur feuilletonistischen Feder gegriffen. Glauben Sie, es amüsiert einen, wenn man den von Ihnen ausgesuchten Minimimen bei ihren Verrenkungen zusehen muß? Manchmal sogar noch mit kostbaren Texten im Mund?‹ ätzten Sie weiter.

Klammer auf. Es war schon imponierend, Herr Beck, daß Sie sich von den immer lautstärker werdenden Protesten der jugendlichen Zuhörer nicht aus der Fassung bringen ließen, obwohl Ihnen da einiges um die Ohren flog. Klammer zu.

›Wie oft‹, fuhren Sie fort, ›habe ich mich aber auch für Verrisse entschuldigen müssen, weil ich den ausgemachten Blödsinn, den ich bei Ihnen ertragen mußte, versehentlich den Autoren in die Schuhe geschoben hatte. Mit einer Flasche Schampus und einem Trauerflor am Arm.‹

Hier nun lasse ich es genug sein, möchte Ihnen nicht weiter auf die Nerven fallen, bedanke mich bei meinem Vater, der, aufgrund meines sprachlichen Unvermögens, statt meiner diese Zeilen vortrug und Ihnen, wie ich hoffe, einiges Vergnügen bereitete.

Er tat das mit einer Akkuratesse und sichtbaren Schadenfreude, wie ich es von Anfang an erwarten konnte, denn sein unverbindlich freundschaftlicher Umgang mit seinen Artgenossen prädestiniert ihn dazu. Seine angeborene Gefühlskälte, die ich ja schon in der Beziehung zu meiner Mutter kennengelernt habe – er hat sie wohl von Anfang an als einen peinlichen Ausrutscher in seinem bisher so genau geplanten Lebenslauf angesehen, und er bezeichnete sie sogar einmal als …«

Hier unterbrach sich der Oberfinanzpräsident und sah seinen Sohn mit einem Ausdruck tiefen Erschreckens an. Dann ging er auf Morten zu, drückte ihm wortlos den Brief in die Hand und trat, ohne jemanden anzusehen, in den Garten hinaus. Hinter ihm schlug die Terrassentür zu.

Er drehte sich um und sah Kalle Obst auf sich zukommen. »Das war aber ein harter Brocken«, meinte er im Herankommen, »das hätten Sie sich und ihm vielleicht besser nicht antun sollen.«

»Was hätte ich denn machen sollen? Sprechen Sie's ruhig aus, Kalle.«

Der Gärtner kratzte sich vor Verlegenheit unter der Achselhöhle. »Na ja, man hätte vielleicht improvisieren, nur so tun können, als ob man weiterläse ...«

»Was glauben Sie, was mein Sohn dann mit mir angestellt hätte?«

»Was hätte er schon machen können? Sagen kann er ja nichts, auf Sie losgehen würde er nicht, also hätte er höchstens Türen schlagend verschwinden können.«

»Lassen Sie mich mal ein bißchen nachdenken«, sagte Jon Claas. »Warum kratzen Sie denn dauernd an sich herum? Haben Sie sich was eingefangen?«

»Nein.«

»Wissen Sie was, Kalle Obst? Wenn die Gäste weg sind, genehmigen wir beide uns ganz allein den Dom Perignon.«

»Sie wissen doch, daß ich keinen Alkohol trinke, Herr Präsident«, sagte Kalle Obst, ohne sich wieder zu ihm umzudrehen.

»Dann trinke ich ihn eben allein, und Sie leisten mir dabei Gesellschaft. Mit einer Apfelschorle?«

»Bis später«, erwiderte Kalle Obst und winkte leicht mit der Hand. »Rufen Sie, wenn Sie was brauchen.« Damit verschwand er und schloß die Terrassentür hinter sich.

Der Oberfinanzpräsident schritt langsam bis ans Wasser.

Alles, was Morten zu Papier gebracht hatte, stand Jon Claas genau vor Augen. Sogar die Reden, Diskussionen, Debatten schien der Junge fast wörtlich zitiert zu haben. Alles, was sich auf den letzten beiden Parties, bei denen er zugegen war, abgespielt hatte, war im Kopf seines Sohnes gespeichert. Eine ungewöhnliche Leistung! Und wie er da mit ihm, Jon Claas, umgegangen war. Hatte er aus den letzten Worten eine Bedrohung herausgehört?

Jon Claas ging auf das Haus zu und beobachtete die Gäste durch die erleuchteten Fenster. Nur noch wenige von ihnen hielten sich im großen Empfangssaal auf. Wahrscheinlich hatten sich die meisten inzwischen ins gemütliche Wohnzimmer zurückgezogen. Oder hatte sich die Zahl der Besucher schon derart gelichtet? Das würde einem Protest gleichkommen. Es war doch noch weit vor Mitternacht, oder?

Und wo hielt sich Morten eigentlich auf? War er mit den Gästen ins Kaminzimmer abgewandert? Das schien höchst unwahrscheinlich zu sein. Hatte er sich schon in sein Zimmer begeben? Oder saß er noch mit seinen beiden Lehrern in der Küche und tauschte Zettel mit ihnen aus?

Weil Jon Claas die Erzieher nicht mochte, machte er sich mindestens einmal am Tag den Vorwurf, sie überhaupt engagiert zu haben.

Mit etwas mehr Nachdruck hätte Morten an seiner letzten Schule trotz seiner Behinderung in aller Ruhe sein Abitur machen können und wäre täglich mit Gleichaltrigen zusammen gewesen, die ihn vielleicht doch irgendwann dazu gebracht hätten, seiner Sprachlähmung Herr zu werden.

Sprachlähmung? Auf gar keinen Fall war es ein physisches Gebrechen. Man hatte den Jungen auf den Kopf gestellt, die unmöglichsten Untersuchungen veranlaßt, bei denen er, Jon Claas, stets dabeigewesen war. Die nicht zu zählenden Blutabnahmen, schmerzhaften Rachenuntersuchungen, Röntgenaufnahmen der Atemwege, Bronchien, der Hilusdrüse und der Lunge. Die versehentliche Verletzung des Gaumenzäpfchens und die wiederholten Abstriche an den Stimmbändern.

Das alles hatte der Junge ohne einen Laut über sich ergehen lassen und bei all diesen Quälereien kein Auge vom Vater gewandt, der, um sich abzulenken, die Wimpernschläge seines Sohnes zu zählen versucht hatte und über zwei- oder dreimal nicht hinausgekommen war.

Nur nicht die Augen senken, hatte Jon Claas während des Zählens gedacht, nur nicht diesem halb klagenden, halb triumphierenden Blick ausweichen.

Die Ärzte, die er immer wieder konsultiert hatte – und das waren nicht wenige gewesen –, hatten nur die Köpfe geschüttelt und übereinstimmend gemeint, bis auf die Tatsache, daß der Junge einen hypoleptischen Eindruck mache, könnten sie nichts Auffälliges feststellen. Morten müsse so etwas wie einen psychischen Kollaps erlitten haben. Darüber solle der Vater sich doch einmal Gedanken machen.

Inzwischen hatte sich der Salon fast völlig geleert. Auch aus dem Wohnzimmer drang keinerlei Geräusch zu Jon Claas hinaus. Selbst wenn sich einige noch nicht auf den Heimweg gemacht haben sollten, ihm war jetzt einfach nicht danach, Leute freundlich zu verabschieden.

Claas ging zurück zum Wasser. Es ist kühl geworden, dachte er. Das ist keine leichte Brise mehr, die da aufkommt.

Wenn er den Jungen nicht bald zum Sprechen bringen könnte, würde das für dessen Zukunft wohl doch ziemlich üble Konsequenzen haben. Daran würden auch Hasan Inörglü und Otto Uebel nichts ändern können.

Er schaute auf die Wasseroberfläche und nahm dort zwei silbrige Gegenstände wahr, die sich langsam auf ihn zubewegten.

Sehen aus wie zwei kleine Schnorchel, dachte er noch.

Dann standen urplötzlich zwei Gestalten in schwarzen Neoprenanzügen vor ihm. Sie waren blitzschnell aus dem Wasser gesprungen, und während der eine um ihn herumlief, flüsterte der andere ihm zu, daß er Zigaretten zu verkaufen habe. Amerikanische. Luckies, Camel, was immer er wolle. Achtzehn Mark die Stange.

Dann fühlte Jon Claas einen betäubenden Stoß im Rücken. Und noch ehe er sich nach der zweiten Gestalt umdrehen konnte, kam der Schmerz. Er war so stark, so überwältigend, daß er in die Knie brach. Er sah die beiden Angreifer wieder im Wasser verschwinden und glaubte ihre schrägen asiatischen Augen immer noch auf sich gerichtet.

Jon Claas versuchte zu schreien, doch er wußte instinktiv, daß ihm schon die Kraft dazu fehlte.

Bloß nicht auf den Rücken fallen, sagte er sich, das würde den Gegenstand noch weiter hineindrücken.

Er fiel nach vorn, und es gelang ihm, den Kopf dabei zur Seite zu drehen.

Die Vietnamesen haben sich gerächt. Das habe ich jetzt davon. Ich war so stolz darauf, ihnen einen ganzen Waggon ihrer Schmuggelware abgenommen zu haben, ging es ihm durch den Kopf, während er allmählich das Bewußtsein verlor.

»Man hat mich in zwei Teile geschnitten«, flüsterte er, als auf einmal das Gesicht seines Sohnes neben ihm auftauchte.

Eigenartig, dachte er, bevor ihn der Schmerz erneut in die Bewußtlosigkeit trieb, hat Morten mich auf den Boden gelegt? Hat er mir das Messer aus dem Rücken gezogen? Dazu ist er doch gar nicht fähig.

Mortens Gesicht kam näher.

»Man hat mich halbiert. Man hat mich in zwei Teile geschnitten«, wiederholte der Präsident flüsternd und versuchte das Gesicht seines Sohnes zu erreichen.

»Du mußt jetzt ganz ruhig bleiben, Vater«, sagte Morten und kam noch dichter an seinen Vater heran. »Herr Obst hat schon den Notarzt gerufen. Er muß jeden Moment hier sein.«

Jon Claas sah seinen Sohn erstaunt an. Er öffnete die Lippen und wollte ihm etwas zuflüstern, doch statt dessen fiel er endgültig in tiefe Bewußtlosigkeit.

Der Dank des Bundes

Es gab eine Festveranstaltung im Rathaus der Stadt. Dem im eleganten Rollstuhl sitzenden Oberfinanzpräsidenten Jon Claas wurde durch den Senat das Bundesverdienstkreuz Erster Klasse verliehen.

In einer Dankesrede versicherte er die Hamburger Bürgerschaft seiner unverändert unnachgiebigen Haltung gegenüber diesen Gewaltverbrechern, die zwar seinen Körper teilweise außer Gefecht gesetzt hätten, nicht aber seinen Geist.

Der finanzielle Schaden, den diese Leute dem Staat und der Stadt Hamburg zugefügt hätten – er müsse leider zugeben, daß es sich dabei zum großen Teil um ausländische Mitbürger handele –, sei gravierend und müsse letzten Endes immer auf den Steuerzahler abgewälzt werden. Daher könne man ebendiesen Steuerzahler nicht oft genug davor warnen, sich mit Billigzigaretten einzudecken. Das betreffe nicht nur die Raucher, sondern auch die Händler, die hierzulande eine solch illegale Ware zum offiziellen Preis an die Verbraucher weitergeben würden.

»Abgesehen vom finanziellen Schaden, ist es auch Betrug an unseren rauchenden Mitbürgern«, rief er mit seiner brüchig gewordenen Stimme, »und darüber hinaus auch ein schwerwiegender Akt von Steuerhinterziehung. Hier werde ich nach wie vor, so Gott und meine Gesundheit es zulassen, durchgreifen und mit meinen Appellen gegenüber der juristischen Administration nicht nachlassen, um das Strafmaß für derartige Vergehen empfindlich zu erhöhen.«

Der zögernde Applaus, der dieser kurzen Rede folgte, konnte zweifach gedeutet werden. Entweder, so überlegte Morten, konnte er die beeindruckte Haltung und den Respekt vor dieser ungebrochenen Entschlußkraft eines immerhin zum Krüppel gewordenen Mannes beinhalten oder aber auch das aufkommende schlechte Gewissen im Saal.

Morten rollte seinen Vater in den Gang hinaus, nachdem man sich nochmals beim Ersten Bürgermeister bedankt hatte, und ließ Jon Claas von zwei eigens dafür abgestellten Polizisten vom Roll- auf den Geländerfahrstuhl heben.

Neben dem nach unten schwebenden Vater lief ein uralter Mann her, der, noch gut zu Fuß, dem Präsidenten unbedingt gratulieren wollte.

»Ihre Rede war beeindruckend, Herr Oberfinanzpräsident«, rief er begeistert. »Zu meiner Zeit hätten Sie sicher das Ritterkreuz Erster Klasse verliehen bekommen.«

»Diese Auszeichnung wurde, soviel ich weiß, nur für militärische Großtaten verliehen«, erwiderte Jon Claas.

»Na, das war es ja auch«, lachte der Alte und schlug dem Präsidenten leicht auf die Schulter. »Sie haben doch den Schlitzaugen damals ganz schön eingeheizt.«

»Die mir auch«, entgegnete Jon Claas düster.

Unten angekommen, nahm ihn sein Sohn wieder in Empfang und setzte ihn, zusammen mit den Polizisten, in den Rollstuhl zurück, der inzwischen von einem dritten Beamten die Treppe heruntergetragen worden war.

»Wie fandest du denn meine Rede?« fragte Jon Claas seinen Sohn, als sie im Auto saßen.

»Ein bißchen forsch«, sagte Morten. »Jetzt sind die Vietnamesen gewarnt. Sie hatten dich ja schon abgeschrieben.«

»Das verstehe ich nicht.«

»Die Presse hat über längere Zeit berichtet, daß du dich nicht aus dem Koma befreien könntest und, solltest du unerwarteterweise doch jemals wieder aufwachen, mit bleibenden Schäden zu rechnen hättest.«

»Derartiges habe ich nie gelesen«, sagte Jon Claas verwundert.

»Kalle Obst und ich haben dir jede diesbezügliche Meldung vorenthalten«, erklärte Morten. »Kalle ist sehr sorgfältig vorgegangen.«

»Duzt ihr euch neuerdings?« wollte Jon Claas wissen.

»Er und ich wollten keiner fremden Person die Pflege anvertrauen, als du wieder zu Hause warst.«

Jon Claas schaute seinen Sohn stumm an.

»Der gleiche Blick, mit dem er mich ansah, als er auf der Erde lag«, dachte Morten.

»Duzt ihr euch?« wiederholte Jon Claas.

»Es hat sich so ergeben.«

»Das freut mich. Er ist ein anständiger, wenn auch etwas einfältiger Kerl. Außerdem ist er Antialkoholiker.«

»Trinken tut er nicht«, bestätigte Morten, »aber einfältig ist er auch nicht.«

»Auf mich hat er jedenfalls diesen Eindruck gemacht. Und ich kenne ihn länger als du.«

»Das ist noch lange kein Grund, ihn wirklich zu kennen. Er öffnet sich nur selten.«

»Genau wie du.« Der Oberfinanzpräsident betrachtete interessiert das Gesicht seines Sohnes, der aus dem Autofenster blickte.

»Wann hast du eigentlich den Beschluß gefaßt, deine Zunge wieder zu benutzen?«

»Es muß wohl zur Zeit deines Unfalls gewesen sein«, antwortete Morten nach einer längeren Pause.

»Und wann hast du beschlossen, deine Zunge nicht mehr zu benutzen?«

»Habe ich vergessen.«

»Trauerst du immer noch um deine Mutter?«

»Keine Spur.«

»Aber du denkst öfter an sie?«

»Du nicht?«

»Vielleicht unterscheiden sich unsere Erinnerungen an sie voneinander.«

»Mag sein.«

»Kann es sein, daß deine Einsilbigkeit wieder in die Sprachlosigkeit mündet?«

»Dann hör auf, von Mutter zu sprechen.«

Morten drückte sein Gesicht gegen die Glasscheibe.

Er hat angefangen zu sprechen, als er mich auf dem Boden liegen sah, erinnerte sich Jon Claas. Der Anschlag auf mich hat ihn überrumpelt.

Er wagte es noch einmal, obwohl der Wagen des Senats schon sein Tempo verringert hatte.

»Wann werden wir denn über sie sprechen können?«

Der Chauffeur hatte bereits den Motor abgeschaltet, war ausgestiegen und hatte schon die Kofferraumhaube geöffnet, um den Rollstuhl herauszuheben.

Morten schwieg noch immer.

»Überleg es dir, vielleicht würde es uns beiden guttun.«

Die Rückkehr des Vaters

»Du hast Eulenaugen, mein Junge«, sagte Kalle Obst, weißt du das?«

»Ich kann meine Augen bis zu drei Minuten offenhalten, ohne mit den Wimpern zu klimpern.«

Kalle Obst lachte. »Hast du das trainiert?«

»Gar nicht mal so sehr«, erwiderte Morten, »nur hin und wieder ein paar Versuche.«

Sie saßen im Kaminzimmer, während die neue Haushaltshilfe mit dem Abräumen des Abendessens herumlärmte.

»Schläft dein Vater immer noch?« wollte Kalle Obst wissen und zündete sich eine Zigarre an. »Er lädt mich zum Abendessen ein und verschläft es dann einfach.«

»Sein Schlafbedürfnis hat sich in der letzten Zeit immer mehr gesteigert.«

»Seit dem Unfall, meinst du?«

»Ja. Läßt du mich mal ziehen?«

»Du rauchst doch Zigaretten. Wie lange eigentlich schon?«

»Seit meinem achtzehnten Lebensjahr.«

»Fein, dann fängst du ja bald damit an. Bist du schon süchtig?«

»So ein Schmarren. Laß mich mal deine Zigarre probieren.«

Kalle Obst hielt sie ihm hin. Morten nahm einen Zug und versuchte, während des Inhalierens genießerisch auszusehen. Gleich darauf übergab er sich fast. Sein Husten steigerte sich beinahe zu einem Erstickungsanfall.

Kalle Obst klopfte auf Mortens Rücken und nach einer Weile stammelte der Junge mühsam, daß Kalle Obst ihn doch wirklich vor dem Lungenzug hätte warnen müssen.

»Du sollst es dir eben auf keinen Fall angewöhnen«, antwortete ihm der Ältere ruhig. Er nahm ihm die Zigarre aus der Hand, setzte sich wieder und nickte nachdenklich vor sich hin.

»Wir sollten jetzt deinen Vater aufwecken. Sonst schläft er wieder die ganze Nacht lang nicht. Außerdem hatte er noch kein Abendbrot. Und Abendbrot ist wichtig.«

»Du kannst allein hinaufgehen. Wenn er dich sieht, bekommt er wenigstens ein schlechtes Gewissen, weil er seine Einladung vergessen hat.«

»Herrgott, bist du zickig«, seufzte Kalle Obst und stand auf.

»Wenn Vater nicht so geizig wäre, könnte er sich zwei Rollstühle leisten«, rief Morten ihm hinterher. »Mit dem oben würde er dann an die Treppe zum Geländerexpreß heranfahren und mit dem unten sogar bis zum Garten hinaus. Die Schwellen sind ja im ganzen Haus abgeschliffen worden. Aber nein, wegen eines ordentlichen Umbaus hätte er ja einen Kredit aufnehmen müssen.«

Immer wenn er sich über das Gejammer des Alten beschwerte, legte Kalle Obst ihm nahe, sich seinem Vater gegenüber doch ein bißchen sanfter zu verhalten, schließlich habe der den Überfall bis zum heutigen Tag nicht verwinden können. Weder seelisch noch physisch.

Es sei gar keine Querschnittslähmung, hatte Morten widersprochen. Die Ärzte hätten das übereinstimmend festgestellt. Und er, Morten, könne den Gedanken einfach nicht loswerden, daß Vater Claas auf ziemlich merkwürdige Art simuliere.

»Was hat dir dein Vater bloß getan?« hatte Kalle Obst ihn kopfschüttelnd gefragt. »Glaubst du wirklich, er würde diese miese und äußerst unbequeme Situation die ganze Zeit durchgehalten haben, wenn auch nur eine der vielen Therapien angeschlagen hätte? Ist dir überhaupt klar, was du da redest? Dein Vater hat sich, noch keine 50 Jahre alt, einstweilig unbefristet beurlauben lassen. Dieser Workaholic, dessen ganzer Lebensinhalt seine Arbeit war.«

»Ich habe ihn nicht um mein Leben gebeten, und er wird sich um meine Existenz sicher auch nicht gerissen haben«, hatte Morten kühl geantwortet. »Außerdem, was hätte ihm denn Besseres passieren können. Er sitzt in seinem Rollstuhl, läßt sich Zucker in den Arsch blasen, übt aber weiterhin eine intensive Beratertätigkeit aus. Für die er übrigens auch noch bestens bezahlt wird.

Sieh dir doch nur unser Haus an. Es wird Tag und Nacht bewacht. Sogar du mußt immer wieder deinen Ausweis vorzeigen. Und selbst ich bin schon ein paarmal dazu angehalten worden, weil diese Schwachköpfe von Tag zu Tag wechseln. Als ich ihnen sagte, wer ich bin, hatten sie keine Ahnung, daß der Oberfinanzpräsident a. D. einen Sohn hat.«

Kalle Obst hatte die Auseinandersetzung an dieser Stelle abgebrochen. Auf seine sanfte und sehr konsequente Art.

Jetzt hörte Morten, wie Kalle Obst den Vater oben an

den Geländerexpreß heranführte, der sich gleich darauf mit einem diskreten Summen in Bewegung setzte. Er vernahm die tiefe Stimme des Gärtners und das verschlafene Flüstern seines Vaters, bekam aber nur Bruchstücke der Unterhaltung mit.

Eigentlich möchte ich ihm heute nicht mehr begegnen, dachte Morten. An diesem Tag ist er mir noch fremder als sonst. Er hat mich schon den ganzen Vormittag gekostet. Jetzt reicht's!

Er sprang auf und versuchte durch den Garten zu entkommen, aber sein Vater hatte ihn schon gesehen.

»Junge«, rief er ihm zu, »wir müssen über deine Abiturfeier reden. Warte doch mal!«

Der Oberfinanzpräsident hatte sich in den vergangenen drei Jahren stark verändert. Sein Oberkörper war mächtiger geworden, seine Schulterpartie ragte über Rücken- und Seitenlehnen des Rollstuhls hinaus.

Wo ist bloß sein Hals geblieben? kicherte Morten in sich hinein. Beinahe hätte er die Frage laut gestellt, aber statt dessen brach er in Lachen aus.

»Du scheinst ja bester Laune zu sein«, sagte Jon Claas, »darf man mitlachen?«

»Ich glaube nicht.«

»Warum nicht?«

»Es gibt Dinge, über die lacht man besser nur im stillen.«

»Gut«, meinte Kalle Obst nach einer Weile, »dann werde ich mich mal auf die Beine machen.«

Jon Claas nickte ihm nachdenklich zu. Morten hatte den Eindruck, als beobachte sein Vater sie beide mit großer Aufmerksamkeit, obwohl er sie mit seinem Blick nur gestreift hatte. Die gespannte Unruhe, die sein Vater ausstrahlte, war ihm nicht unbekannt. Sie entlud sich fast nie. Aber man mußte trotzdem auf alles gefaßt sein.

»Ich höre doch morgen früh von dir!« rief Morten Kalle

Obst noch nach, als sich die Haustür schon fast hinter ihm geschlossen hatte.

»Es würde mir Spaß machen, wenn ich heute abend mal die Hausfrauenpflichten übernehmen könnte«, sagte Jon Claas nach einer Weile.

»Hausfrauenpflichten?«

»Ja«, nickte Jon Claas, »wir könnten es uns doch in der Küche gemütlich machen. Tisch und Kühlschrank sind ja erreichbar für mich.«

»Du mußt dich meinetwegen nicht ins Zeug legen«, entgegnete Morten, »außerdem habe ich schon gegessen. Wie kommst du übrigens gerade auf Hausfrauenpflichten?«

Jon Claas sah seinen Sohn jetzt scharf an. Dann wandte er sich abrupt mit seinem Rollstuhl um und lenkte ihn zur Küche.

»Trinkst du auch ein Bier?« fragte er, während er auf den Kühlschrank zurollte.

»Gern«, antwortete Morten und folgte seinem Vater zögernd.

»Wolltest du heute abend nicht mit mir allein sein?« fragte Jon Claas, als sie zusammen am Tisch saßen.

Der Vater hatte die Bierflaschen geöffnet, zwei Gläser eingeschenkt und war gerade dabei, zwei Scheiben Vollkornbrot dick mit Butter zu bestreichen. »Wenn du mir jetzt noch das Salz gibst, bin ich vollkommen zufrieden.«

»Sei vorsichtig mit dem Salz«, warnte ihn Morten, »du mußt auf dein Herz achten.«

»Willst du mir angst machen?« fragte Jon, während er kaute. Dann hob er sein Bierglas und prostete Morten zu.

»Alkohol sollte man ebenfalls meiden«, bemerkte er fröhlich und nahm einen großen Schluck. »Noch einmal: Wolltest du heute abend mit mir nicht allein sein?« fragte er, als er das Glas zurück auf den Tisch gestellt hatte.

»Eigentlich ja. Aber als ich uns drei so herumstehen sah. Oh, pardon.«

»Macht nichts, macht nichts. Was ist dir denn da so eingefallen?«

»Du hast doch immer wieder eine Aussprache eingefordert, und da fiel mir ein, daß es heute vielleicht ganz passend sein könnte.«

»Wenn schon, denn schon – wie?«

»Ja, nicht wahr?«

»Hat dich das Wort ›Hausfrauenpflichten‹ so irritiert?«

»Nicht im geringsten, Vater. Es hat mich nur auf den Gedanken gebracht. Mach dir keine Sorgen.«

»Ich mache mir keine Sorgen. Und nenn mich bitte nicht Vater. Weißt du, manchmal frage ich mich, ob es vielleicht besser gewesen wäre, du hättest deine Sprache nicht wiedergefunden.«

Morten sah seinen Vater ungerührt an.

»Ich kann jederzeit in mein Schweigen zurückfallen. Aber den Zeitpunkt bestimme ich.«

»Das ist klar«, bestätigte Jon Claas.

Morten hob sein Glas und hielt es dem Vater entgegen, aber der übersah diese Geste.

»Laß uns erst einmal über dein glänzend bestandenes Abitur sprechen. Du hast es ein Jahr früher als üblich hinter dich gebracht, und ich kann dir gar nicht sagen, wie stolz ich auf dich bin. Ich möchte dir etwas spendieren, das dir Freude macht, du wirst mir aber zugeben müssen, daß es schwierig ist, bei dir so etwas wie Freude auszulösen.«

Sohn und Vater schwiegen. Im Grunde wollte keiner von ihnen den Dialog als erster wieder aufnehmen. Sie hatten fast schon ihr Bier ausgetrunken, als Jon Claas es nicht mehr aushielt.

»Ich bin mir nicht darüber im klaren«, begann er, »ob ich es mit einer angeborenen Sturheit deines Charakters zu tun habe oder mit einem tiefsitzenden Haß gegen mich. Wenn letzteres zuträfe, müßtest du dich endlich mal erklären. Ich kann mich nicht entsinnen, dich jemals verletzt zu haben. Jedenfalls nicht so sehr, daß es derartige Reaktionen hervorrufen könnte. Was also wirfst du mir vor?«

»Nichts! Überhaupt nichts.« Morten konnte seine Erregung kaum unterdrücken. Er spürte, daß seine Hände anfingen zu zittern, zog sie unter den Tisch und klemmte sie zwischen seine Schenkel.

»Du hast mich nicht hungern, mich in einem luxuriösen Haus wohnen lassen, mir, trotz aller Schwierigkeiten, die ich dir bereitet habe, eine anständige Ausbildung ermöglicht und so weiter und so weiter, Vater. Ich danke dir dafür und bin überglücklich. Aber jetzt lassen wir das, sonst ...«

Morten brach plötzlich ab und ließ seinen Kopf auf die Tischplatte fallen. Unwillkürlich griff Jon Claas zum Bierglas seines Sohnes, das sich bis zum Tischrand vorgeschoben hatte. Möglicherweise hatte er bei dieser Bewegung Mortens Haar berührt, denn dieser zuckte zusammen, richtete sich blitzschnell auf und schien sich wieder gefangen zu haben.

»Keine Angst, mein Sohn. Ich will dich nicht streicheln«, sagte Jon Claas und war sich nicht sicher, ob seine spontane Reaktion wirklich dem Glas gegolten hatte. »Ich will nur, daß du deinen Satz vollendest. Sonst ...?«

Wieder schwiegen sie sich an. Dieses Mal senkte keiner von beiden den Blick. Morten schüttelte langsam den Kopf, ohne die Augen von seinem Vater zu lassen.

»Tu's nicht, Vater. Tu's nicht«, sagte er vorsichtig. »Ich bin noch nicht soweit.«

Jon Claas öffnete den Kühlschrank, den er mit einer kurzen Wendung seines Rollstuhls erreichen konnte, und stellte zwei weitere Bierflaschen auf den Tisch. Nachdem er eingeschenkt hatte, dieses Mal nur sich, fragte er: »Möchtest du nach München? Mit deinem Abitur könntest du dir selbst in München jeden Studiengang aussuchen.«

»Ich will nicht nach München, Vater. Vorerst nicht. Laß gut sein.«

»Aha«, murmelte der Oberfinanzpräsident. Dann schwiegen sie wieder.

Das Geständnis

Eines Tages überraschte Morten seinen Vater mit der Ankündigung, er wolle sich fortan in Hamburg dem Studium der Betriebswirtschaftslehre widmen. Auch Jura solle noch dazukommen. Auf die Frage des Präsidenten, ob er sich das denn gut überlegt habe, seine Talente würden doch eher in eine andere Richtung zielen, er beispielweise könne sich das Medizinstudium für ihn vorstellen, antwortete Morten, daß ihn ein BWL-Studium vor allem der staatlichen Finanzen wegen sehr faszinieren würde.

Viel später erklärte er dem inzwischen zu seinem Intimfreund avancierten Kalle Obst, er habe vor, den Anschlag auf den Oberfinanzpräsidenten, seinen Vater, zu rächen.

»Daß ich darüber hinaus auch eine fundierte Strafverfolgung dieser Verbrecher im Auge habe, ist ja wohl klar.«

Auch zu Otto Uebel, der zum Chef des Kulturressorts einer Zeitschrift in München aufgestiegen war, hatte Morten den Kontakt nicht einschlafen lassen. Aus einem langen Schreiben seines ehemaligen Lehrers erfuhr er, daß dieser erneut seine Beschäftigung gewechselt hatte. Zwar hatte er aufgrund seiner Vertragsbedingungen noch ein knappes halbes Jahr in München abzusitzen, wollte dann aber seinen Wohnsitz endgültig zurück in die Heimatstadt verlegen.

Uebel freute sich darauf, Morten bald wieder häufiger sehen zu können, und hoffte, daß endlich auch die mehrfach angekündigte, aber bislang immer wieder verschobene Abschlußfeier stattfinden würde. Er hatte bei einem angesehenen hanseatischen Wirtschaftsmagazin angeheuert, weil ihm das überkandidelte Feuilletongelaber zunehmend auf die Nerven gegangen war. Jeden Tag hatte sich ihm stärker ins Bewußtsein gedrängt, daß er sich mit einer Sparte abgab, die längst unter jüngster Geschichte abzubuchen war. Er verspürte gar keine Lust mehr, seine Zeit mit einem Ressort zu verplempern, das nur noch aus Prestigegründen am Leben erhalten wurde.

Der Wirtschaftsjournalismus, so schrieb er Morten, sei eine viel spannendere und leidenschaftlichere Materie, die in der Gegenwart weitaus mehr Bedeutung habe. Er begrüße deshalb Mortens Entschluß, sich auf diesem Felde zu betätigen, und könne sich durchaus vorstellen, eine Zusammenarbeit – natürlich in fernerer Zukunft – vorzubereiten.

Morten antwortete ihm umgehend, daß er die Nachricht mit großer Freude gelesen habe und die Rückkehr seines Lehrers in die Vaterstadt gar nicht erwarten könne.

Was »die Zusammenarbeit in fernerer Zukunft« betraf, die Uebel angedeutet hatte, konnte Morten sich allerdings noch keine Basis vorstellen, auf der eine solche würde stattfinden können. Er hatte nämlich die Absicht, gewissermaßen in die Fußstapfen seines Vaters zu treten und mitzuhelfen, die Staatsfinanzen zu sanieren. Das, so fand er, war heutzutage die Pflicht eines jeden Staatsbürgers und traf in ganz besonderem Maße auf die Beamten der Finanz- und Steuerbehörde zu, denen die Kontrolle des Volksvermögens unterlag.

»Es gibt da einen Punkt, den ich ausführlich mit Dir diskutieren möchte«, schrieb er an Uebel, »er betrifft den nach wie vor problematischen Zustand meines Vaters. Man kann ihn beinahe als kritisch bezeichnen. Es gibt nicht einen namhaften Orthopäden in Hamburg, den wir nicht schon aufgesucht hätten. Alle behaupten, daß ihm nichts fehle und er wohl eher ein Fall für einen Psychotherapeuten, ›Seelenklempner‹, wie Vater es nennt, wäre. Natürlich weigert er sich strikt, einen solchen aufzusuchen, da ihm jegliches Vertrauen zu diesen Existenzen fehlt, wie er immer wieder betont.

Ich für meine Person vermute ja, daß ihm ähnliches widerfährt wie mir in meiner Sprachlosigkeit. Er simuliert, ohne zu wissen, daß er es tut. Sein Unterbewußtsein handelt für ihn, nehme ich an, und er verharrt genüßlich im Zustand der Verantwortungslosigkeit.

Seinen Rat, der im Amt immer noch gesucht wird, bezeichnet er als fragwürdig. Da er sich aufgrund der Isolation durch seinen unausgesprochenen Ruhestand von jeglicher Amtstätigkeit und ihren Inhalten ausgeschlossen fühlt, betont er immer wieder, wie wichtig es sei, seine Ratschläge gründlich zu hinterfragen und kritisch zu prüfen. Besuche im ehemaligen Amt lehnt er ängstlich ab. Er wolle auf keinen Fall als rollender Krüppel durch die Gänge fahren, die er vor noch nicht allzu langer Zeit so forsch durchschritten habe. Wer meinen Rat sucht, suche ihn in meinem Haus, sagt er und begleitet seinen kindischen Trotz mit einem beinahe debilen Kichern.

Soviel zu meinem Vater. Ich bin überzeugt, daß es nur eines aufmunternden Erlebnisses bedarf, um ihn – im wahrsten Sinne des Wortes – wieder auf die Beine zu bringen. Vielleicht wirst Du meine Überlegungen für naiv halten, weil ich meinen ehemaligen Zustand mit dem jetzigen meines Vaters vergleiche, aber ich bin sicher, daß er geradezu auf einen heilsamen Schock wartet. Und genau den gilt es zwischen uns zu besprechen. Eingehender will ich mich dazu schriftlich nicht äußern.

Mein Studium gestaltet sich ziemlich langweilig und artet, bis jetzt jedenfalls, in dümmliche Zahlenbüffelei aus. Die Bibel der Verordnungen kenne ich beinahe auswendig und finde die absurdesten Widersprüche darin. Die Formulierungen dieser speziellen Amtssprache scheinen ganz bewußt so konstruiert zu sein, daß sie dem Normalbürger keine Chance zum Verständnis lassen.

Da meine ab und an in Studentenzeitungen erscheinenden Artikel ebenfalls in dieser vertrockneten Ausdrucksweise zu lesen sind und sich durch eine karikierende Überzeichnung einiger Beliebtheit erfreuen, klopfen selbst gestandene Beamte der Branche hin und wieder bei mir an, um sich ganze Absätze ihrer Bibel übersetzen zu lassen.

Ich will mich hier nicht selbst beweihräuchern, aber dieser Umgang mit unserer Sprache kann einen nur zum Lachen reizen, und – man höre und staune – indem man sich über sie lustig macht, wird sie einem umgehend verständlicher.

Bitte, laß bald wieder von Dir hören.

Dein Morten Claas«

Mortens Brief veranlaßte Otto Uebel, noch ein paar verhaßte Flüge mehr auf sich zu nehmen und sich eine passende Wohnung zu suchen. Er fand sie nahe am Stadtpark, in nicht allzu schlechter Luft also, mit erträglicher Lautstärke, in einem Haus, vor dem zwei Nebenstraßen aufeinandertrafen.

Im nächsten Jahr brach Morten sein Studium ab, das ihn immer stärker langweilte und sich für sein Gefühl unerträglich in die Länge zog. Mit unauffälliger Hilfestellung seines Vaters landete er als Steueranwärter in der Finanzverwaltung. Rasch hatte er sich derart eingearbeitet, daß ihm seine Vorgesetzten, für die immer kompetenter werdende Hilfe dankbar, regelmäßig hervorragende Beurteilungen ausstellten.

Als erstes machte er durch die Aufdeckung einer Rentensteuerhinterziehung von sich reden, die einen prominenten Vertreter des Showgeschäfts betraf. Dieser hatte die Rente, die er schon seit sechs Jahren bezog, zu melden versäumt und war von Morten dabei erwischt worden, obwohl sein Vorgesetzter, dem er als Assistent beigesellt worden war, dieses Delikt nicht bemerkt hatte oder nicht hatte bemerken wollen.

Aufgedeckt hatte Morten die Sache anläßlich einer Routineprüfung bei einer Steuerberaterin, der er gern auf die Finger sah. Da die Rente des prominenten Schauspielers beträchtlich war, er hatte nämlich früh und kontinuierlich eingezahlt – eine Seltenheit innerhalb der Branche –, belief sich die Nachzahlung auf eine ziemlich bedeutende Summe. Zuzüglich prozentualer Versäumniszuschläge und einer allzu empfindlichen Strafe, wie Morten fand, weil sich herausstellte, daß die Steuerberaterin nur das Geburtsdatum des alterslos wirkenden Schauspielers genauer hätte ansehen müssen, um zu bemerken, daß er sich längst im Rentenalter befand.

Die Steuerfachfrau, dazu befragt, antwortete nur kühl, daß dieser Mime, wie sie ihn abschätzig nannte, aus purer Eitelkeit sein wahres Alter verschwiegen habe.

»Aber in den Steuerunterlagen ist doch immer wieder sein wahres Alter aufgetaucht«, bohrte Morten weiter, »denken Sie doch nur an die Angaben auf der vorgedruckten Lohnsteuerkarte.«

»Ich kann mir ja schließlich nicht jedes Papier unter die Nase halten lassen«, bekam er schnippisch zur Antwort.

»Nun, vielleicht nicht unter die Nase. Dafür wären ein paar andere Wahrnehmungsorgane zuständig gewesen.«

Mortens Vorgesetzter, von dessen Erwiderung sichtlich amüsiert, veranlaßte ihn, die Ermittlungen einzuleiten. Im Verlauf des Verfahrens sagte der Theater- und Fernsehkünstler aus, daß er von einer Besteuerungspflicht der Rente nichts gewußt und ihn seine Steuerberaterin auch nicht darauf hingewiesen habe. Im übrigen sei er erstaunt darüber, daß er von seiner treu und brav eingezahlten Rente, also seinem bereits versteuerten Geld, im Alter nochmals etwas an den Fiskus abgeben müsse. Ob das nicht eine ziemlich anrüchige Maßnahme des Staates sei.

Morten belehrte ihn, daß er erstens weiter im Beruf gestanden habe und ja auch heute noch stehe und daß zweitens ein Gemeinwesen in kritischen Situationen nun einmal vermehrt auf den Bürger und seine Einnahmen zurückgreifen müsse: »Worauf denn auch sonst. Es gibt keine anderen Möglichkeiten.«

Der Schauspieler erwiderte, man solle sich doch lieber überlegen, ob man nicht andere Ressourcen anzapfen könne, ehe man sich eine solche Leichenfledderei gestatte. Seiner Meinung nach gebe es genügend Quellen. Man müsse nur die Augen nach ihnen offenhalten.

Daraufhin zog Morten es vor, seinem Vorgesetzten das Wort zu überlassen. Der fuhr dem älteren Herrn rüde über den Mund. Das Finanzamt sei ihm keine Rechenschaft schuldig und er solle mit seinen Äußerungen besser etwas vorsichtiger sein. Die Steuerbehörde könne sich nämlich noch so manches einfallen lassen. Zum Beispiel das Überprüfen früherer Jahre. Das Ganze sehe doch nach der typischen Künstlerschlamperei aus, von der die Steuerberatung scheinbar angesteckt worden sei.

Das war zuviel. Der Künstler holte zu einer großen Geste aus und erklärte dem Vorgesetzen, daß er mit solchen Drohungen einer längst vergangenen Zeit angehöre. Selbstverständlich sei die Behörde den Bürgern Rechenschaft schuldig. Er werde an anderer Stelle von seinem Recht der Aufklärung Gebrauch machen. Dann stürmte er zur Tür hinaus, ohne die Zurückbleibenden auch nur eines Blickes zu würdigen.

Morten verfolgte das weitere Verfahren mit Interesse und vernahm mit einiger Genugtuung, daß die Strafsumme heruntergesetzt und der alte Herr mit einem blauen Auge davongekommen war.

Den Prüfungserfolg hatte man Morten zugeschrieben. Eine schnelle Beförderung war vorgezeichnet, die zur Versetzung in die allgemeine Betriebsprüfungsstelle führte.

Dort hatte Morten endlich die Gelegenheit, seine restriktive Meinung hinsichtlich der Abzugsfähigkeit von Betriebsausgaben in der Praxis anzuwenden. Rücksichtslos verfolgte er das Ziel, seinen Ruf als kompetenter Prüfer zu festigen.

Die durch ihn veranlaßten und festgelegten Nachzahlungen von Tausenden nicht ordnungsgemäß veranlagter Steuergelder führten zur nächsten Beförderung und machten ihn zum Leiter der Betriebsprüfungsstelle. Klagen der Steuerpflichtigen vor dem Finanzgericht ließ er an sich abtropfen, da er wußte, daß diese Prozesse jahrelang dauern konnten, und er nur darauf aus war, aufgrund seiner Verdienste schnell in das Referat versetzt zu werden, das von Anfang an sein Ziel gewesen war: die Steuerfahndung.

Da Mortens unermüdliche Tätigkeit in der Betriebsprüfungsstelle und seine »oft pubertäre Energie«, wie sein Vater sich einmal auszudrücken beliebte, für seine Vorgesetzten einen erheblichen Mehraufwand an Arbeit bedeuteten, wurde er mit besten Zeugnissen weggelobt. Nun war er beinahe dort angekommen, wo er seine Fähigkeiten am wirksamsten würde einsetzen können.

Er machte sich unverzüglich an die Arbeit.

»Hasan, ich will versuchen, diese Bande ausfindig zu machen, die meinen Vater derart zugerichtet hat«, sagte er bei einer Zusammenkunft in Winterhude mit seinen Freunden Otto Uebel und Inörglü, zu dem Morten ebenfalls den Kontakt nicht hatte abbrechen lassen. »Ich will dieser Zigarettenmafia wenigstens hier in Hamburg an den Kragen. Dazu ist es nötig, daß man ihnen nicht nur den Zigarettenschmuggel und damit die Steuerhinterziehung nachweisen kann, sondern auch die Morde, vor denen sie schon lange nicht mehr zurückschrecken.«

»Das wird schwer«, warf Inörglü ein. »Bisher konnte ihnen noch kein Mord angehängt werden. Jedenfalls nicht in dieser Stadt.«

»Bis auf den Mordversuch an meinem Vater.«

»Ein Versuch, Morten, ein Versuch. Außerdem, die Leute waren maskiert. Wie willst du sie überhaupt finden? Selbst wenn es dir gelänge, deinen Vorgesetzten abzulösen, was ich stark annehme – du bist kein Kriminalbeamter.«

»Richtig.« Morten nickte. »Aber das kann auch ein Vorteil sein. Nichts regt unsere Gerichte so sehr auf wie massive Steuerhinterziehung. Von den Finanzbehörden noch ermutigt, lassen sie bei größeren Verbrechen dieser Art keine Strafe mit Bewährung zu. Diese Urteile stehen in keinem Verhältnis zu denen bei Kapitalverbrechen wie Totschlag, schwerem Raub, Mordversuch oder Mord.«

»Jetzt übertreibst du aber«, widersprach Otto Uebel, der mit einem großen Tablett aus der Küche hereinkam. »Nachgewiesene Kapitalverbrechen wie Mord werden mit lebenslänglicher Haft bestraft.«

»Die spätestens nach sechzehnjährigem Knast vorbei ist. Schwere Steuerhinterziehung dagegen wird oft mit bis zu acht und mehr Jahren geahndet. Ich meine die Verhältnismäßigkeit, Otto. Ich möchte vor allem ein Staatswesen mit verantworten, das sich in erster Linie der Fairneß und nicht der Menschenverachtung verschrieben hat. Nach dieser Maxime will ich handeln. Und wo könnte ich diese Arbeit effektiver machen als in einem Finanzamt, das die Aufgabe hat, unser Volksvermögen so gerecht wie möglich zu verteilen?«

»Sollte, Morten, sollte.« Otto Uebel kicherte in sich hinein und stellte das Tablett mit den Teetassen auf den Tisch. »Finanzbeamte sind auch nur Menschen.«

»Otto Uebel, würde mein Vater jetzt sagen, Sie sind ein Defätist, ein Miesmacher. Unsere Legislative ist noch immer die vorzüglichste in Europa. Geordnet, überschaubar und, im Gegensatz zu anderen Staatswesen, relativ korrekt. Selbstverständlich wird man auch bei uns Spuren einer Erosion feststellen. Dieser Zeiterscheinung kann man sich nun mal nicht völlig entziehen, aber im Verhältnis …«

»Geht's uns noch allererste Sahne«, vollendete Inörglü trocken und putzte mal wieder seine dicken Brillengläser.

»Auch Sie sollten sich hüten, die Geduld Ihres Gastlandes zu strapazieren. Genießen Sie seine Vorteile und schweigen Sie.«

Morten versuchte, mit seinem schmalen Sessel den Rollstuhl seines Vaters zu imitieren.

»Dies ist nicht mein Gastland«, protestierte Inörglü ernsthaft. »Ich besitze von Geburt an die deutsche Staatsbürgerschaft und kann Ihnen meinen erst kürzlich verlängerten Paß zeigen.«

»Das hätte zu unseren heroischen Zeiten so nicht stattfinden können«, erwiderte Morten und schaffte es, seinen Sessel fast lautlos über das Parkett gleiten zu lassen, indem er ihn leicht anhob und seine Füße bewegte, ohne dabei seine Sitzposition merklich zu verändern.

»Reife Leistung«, sagte Otto Uebel und goß ihnen Tee ein. »Übrigens dulde ich es nicht, daß du deinen Vater als ollen Nazi apostrophierst. Man kann ihm vieles nachsagen, aber das nicht.«

Er fing an, geräuschvoll seinen Tee zu schlürfen.

»Na, so eine kleine Spur Nazismus schlägt schon manchmal durch«, warf Hasan Inörglü ein.

Nach einer Pause, in der alle drei versuchten, ihren Rollencharakter beizubehalten, fingen sie an zu lachen. Inörglü, der übermütigste von ihnen, schlug sich auf die Schenkel und verkündete, daß er den Vorreiter bei der Ausforschung der Zigarettenganoven spielen wolle. Er kenne in diesen Kreisen ein paar im Grunde sehr anständige Burschen, die sich nur zu sehr ans schnelle Geld gewöhnt hatten und jetzt nicht recht wußten, wie sie aus diesem Teufelskreis wieder herauskommen sollten.

»Sie nennen ihre Auftraggeber nur die Asiaten oder Schlitzaugen und beschweren sich dauernd darüber, daß sie einen ganz anderen Geruch an sich hätten als wir.«

»Das kommt wahrscheinlich von den Gewürzen, die sie in ihre Speisen tun«, belehrte ihn Otto Uebel.

»Ach Quatsch! Die essen Hunde und Katzen«, widersprach Inörglü. »In der gutbürgerlichen Gegend um den Schlump herum, wo sich die meisten niedergelassen haben, schicken die Hundebesitzer ihre Tiere kaum mehr auf die Straße. Sie richten lieber Hunde- und Katzenklos auf ihren Balkons ein und schütten die täglich gesammelten Fäkalien der Biester nachts in Bauruinen oder auf leere Grundstücke.«

»Hasan Inörglü, deine asiatische Phantasie schlägt Wellen«, meinte Uebel.

»Ich übertreibe nicht. Es gibt Leute in der Gegend, die am liebsten ständig Polizeischutz anfordern würden, wenn sie abends mit ihren Lieblingen Gassi gehen wollen.«

Morten lachte laut los. »Meinst du, die Asiatenmafia schneidet ihnen sonst die Hunde von der Leine?« fragte er.

»Klar«, nickte Inörglü. »Und die Leinen sind teuer. Feines Leder. Glatt oder geflochten. Wenn du nur vier Stück im Monat brauchst, mußt du schon Überstunden einlegen.«

»Ach was, das kannst du von der Steuer absetzen. Und den Polizeischutz ebenfalls«, meinte Morten ernsthaft. »Also, was schlagt ihr vor?« fuhr er übergangslos fort, »schaffen wir es, einen Kontakt zu diesen Brüdern herzustellen?«

»Ich bin sicher, daß wir das können. Aber zu welchem Zweck?« wollte Inörglü wissen.

»Um einen Tabakladen zu pachten.«

»Wie soll das denn gehen?«

»Ganz einfach. Wir pachten einen Laden in der Nähe eines S- oder U-Bahnhofs, verkaufen dort Zigaretten und meinetwegen auch Zeitungen, Zeitschriften, Magazine und so weiter.«

»Und wie willst du denen klarmachen, wo bei dir der Gewinn liegt? Du darfst die Zigaretten doch nur zum festgesetzten Preis verkaufen und mußt selbstverständlich beim Einkauf den Hersteller und den Vertriebsweg angeben.«

»Da fällt mir bestimmt was ein.« Morten lächelte und griff nach seiner Teetasse.

Inörglü und Uebel schauten gespannt auf den langsam trinkenden und schweigenden Morten.

»Das Päckchen kostet zwischen 2,80 Euro und 3,50 Euro im Straßenverkauf, nicht wahr?«

Er sah seine Freunde an, wartete aber ihre Antwort nicht ab. »Bei einem Einkaufspreis von weniger als einem Euro pro Päckchen Schmuggelware ist das doch ein ganz einträgliches Geschäft.«

»Die Gewinnspanne scheint noch um einiges größer zu sein«, meinte Inörglü. »Ich war früher Kettenraucher und habe meine Zigaretten fast nur von denen bezogen. Es sollte nicht schwer sein, den heutigen Straßenverkaufspreis herauszufinden.«

»Das wäre wichtig«, sagte Morten.

»Das allerwichtigste aber wäre, zu erklären«, warf Uebel ein, »woher und zu welchem Einkaufspreis du die Ware beziehst.«

»Wem sollte ich das wohl erklären müssen?« fragte Morten, und sein Lächeln wurde breiter.

Seine Freunde sahen ihn verständnislos an.

»Das Ganze muß natürlich als eine staatlich genehmigte und subventionierte Unternehmung gestartet werden. In Zusammenarbeit mit der Kriminalpolizei.«

Morten fing leise zu lachen an. »Oder dachtet ihr, ich wollte mich persönlich bereichern?«

»Wie willst du denn das anstellen?« wollte Uebel wissen. »Du wirst doch nicht etwa deinen Vater einspannen wollen?«

»Genau das könnte zu meinem Plan gehören«, nickte

Morten. »Zuvor aber möchte ich sichergehen, daß ihr mich rückhaltlos unterstützt. Allein schaffe ich das nicht. Mir fehlen die Kontakte, die nur du verschaffen kannst, Hasan. Wenn wir die erst mal haben und dazu den richtigen Laden für unser Vorhaben, können wir uns an meinen Vater wenden und seinen Einfluß und seine Beziehungen nutzen. Sollte er mitziehen wollen, wird es uns nicht schwerfallen, auch die Kripo mit ins Boot zu holen.«

Sie tranken ihren Tee, aßen stark gesüßtes türkisches Gebäck dazu, das Hasan Inörglü spendiert hatte, und beiden ehemaligen Erziehern entging das planvolle Vorhaben ihres einstigen Schützlings und die fanatische Konsequenz, mit der er, unter all der geschickten Tarnung, sein Ziel zu verfolgen begann.

Wohl nahm Inörglü Verbindung zu seinen früheren Kreisen auf, aber doch mehr aus Neugierde auf seine eigene Vergangenheit als zur Unterstützung der Mortenschen Racheideen. Auch Uebel setzte sich nur zögernd ein und nachdem Morten ihn wiederholt daran erinnert hatte.

Er befragte seine neuen Kollegen im Wirtschaftsblatt nach den letzten Vorkommnissen im Zigarettenmafia-Milieu, durchforschte die Archive und die einschlägigen Gerichtsakten, doch all das geschah eher nachlässig und mit einem inneren Augenzwinkern.

Erst als Morten Kalle Obst hinzuzog, begann das Vorhaben Gestalt anzunehmen.

Der Plan

Jon Claas nahm auf Betreiben seines Sohnes eine Reihe krankengymnastischer Behandlungen auf, die ihm in der orthopädischen Klinik auf der Fleetinsel verschrieben worden waren. Während der zwar nicht schmerzhaften, doch im großen und ganzen sehr unangenehmen Übungen bestätigte man ihm erneut, daß sein Rückgrat keine bleibenden Schäden erlitten habe. Es müsse deshalb geradezu mit dem Teufel zugehen, wenn man ihm nicht nach einiger Zeit wieder das Gehen beibringen könne.

Doch auch er müsse seinen Willen einsetzen, denn nur mit seinem eigenen Wunsch nach Gesundung könne die Behandlung letzten Endes anschlagen, erklärte ihm der Therapeut. Hier aber spüre er einen ganz eigenartigen Widerstand beim Patienten Jon Claas.

Er hatte sich mühsam dazu durchgerungen, diese Therapie durchzustehen, nicht aus dem Willen heraus, seinen Zustand zu normalisieren, sondern einzig, um seinem Sohn einen Gefallen zu tun. Er hatte die anfängliche Todesangst überwunden, die ihn immer dann überkam, wenn er sein Büro in der Oberfinanzdirektion aufsuchte.

Außerdem glaubte er jederzeit, die schwärzlich nassen Gestalten seiner Peiniger wieder auftauchen zu sehen. Jede Ecke, jede Nische, an der er vorbeikam, schien ihm suspekt. Ihm war erst wieder wohl, wenn er vor seinem Haus angelangt war.

Mit der Zeit fand der Oberfinanzpräsident immer mehr Gefallen an seiner relativen Unbeweglichkeit und an der Bemutterung, die ihm durch Morten oder Kalle Obst zuteil wurde, so daß er seinen Arbeitsbereich immer mehr in sein Haus verlegte.

Auch den Garten mitsamt der Terrasse suchte er nur noch in Begleitung seines Sohnes oder Kalle Obsts auf.

»Ich bin ganz zufrieden mit meinem Schicksal«, pflegte er zu sagen, wenn ihm seine nächste Umgebung mal wieder ins Gewissen reden wollte. »Ich fühle mich verhältnismäßig wohl und kann meine Arbeit, wie ich hoffe, zur Zufriedenheit des Ministeriums erledigen.«

Morten widersprach ihm sehr nachdrücklich. Denn irgendwann würde diese für seine Mitarbeiter extrem unbequeme Situation schließlich doch negativ zu Buche schlagen und der Verwaltung eine frühe Pensionierung einfallen.

Also unterwarf sich Jon Claas den krankengymnastischen Torturen und lag mit dem Rücken auf dem Boden, mit den Beinen auf einem Plastikwürfel, den man ihm unter die Kniekehlen geschoben hatte. In dieser unbequemen Haltung schlug man ihm vor, den Kopf zu heben, oder drängte ihn unter anderem dazu, mit seinen Händen seine über dem Würfel ruhenden Knie zu erreichen.

Dabei kam ihm in den Sinn, welche Foltern er seinem Sohn zugemutet hatte, um dessen Sprechwerkzeuge wieder funktionieren zu lassen. Wieder und wieder hatte er den großen grauen, von keinem Wimpernschlag unterbrochenen Blick vor Augen, die undurchdringliche Klaglosigkeit, mit der Morten sich zu schützen versucht hatte.

Während dieser für Jon Claas anstrengenden Wochen, die ihn immer mißmutiger werden ließen, kam es zu einer folgenschweren Unterredung zwischen Vater und Sohn. Morten teilte dem Oberfinanzpräsidenten mit, daß man die Kerle, die den Anschlag auf ihn verübt hatten, beinahe ausfindig gemacht habe.

»Es müssen wohl tatsächlich zwei gewesen sein, ein Freund oder Bekannter der beiden hat sich in einem Supermarkt dahingehend geäußert, die beiden Gelbhäute zu kennen, die den Oberbullen aller Finanzbeamten aufs Kreuz gelegt hätten. Ich zitiere das ziemlich wörtlich. Die Kassiererin konnte ohne besondere Anstrengung mithören, als der Kerl vor seiner Freundin damit prahlte. Sie hat es persönlich sofort der Polizei gemeldet. Man hat ein Protokoll aufgenommen, aber seither nichts mehr von sich hören lassen.«

»Wo soll sich das abgespielt haben?« fragte Jon Claas.

»In irgendeinem Supermarkt in der Nähe der Rutschbahn. Genaueres darüber weiß wohl Hasan Inörglü. Er scheint dort seine täglichen Einkäufe zu machen.«

»Wie kam denn die Kassiererin darauf, das dem Inörglü zu erzählen?« fragte Jon Claas skeptisch.

»Nicht ihm. Man unterhielt sich über die jüngsten Überfälle in der Gegend und kam zu der einhelligen Meinung, daß man diesen perfiden Ausländern doch nun endlich das Handwerk legen sollte. Man wäre ja in seinem eigenen Land vor diesen Menschen nicht mehr sicher. So Inörglü. Als dann die Kassiererin mit ihrer Geschichte die Stimmung noch weiter aufheizte, machte er, daß er davonkam. Allerdings nicht, ohne sich vorher noch die Adresse des Polizeireviers nennen zu lassen, bei dem sie vorgesprochen hatte.«

»Mutig, mutig«, sagte Jon Claas. »Und was hat er auf dem Polizeirevier erfahren?«

»Er hat es natürlich nicht aufgesucht.«

»Und warum nicht?«

»Ihm hätte man doch weiß Gott keine Auskunft gegeben.«

»Und nun?«

»Wir brauchen deine Hilfe, Vater. Sonst kommen wir nicht weiter.«

«Willst du mich noch einmal der Gefahr aussetzen, abgeschlachtet zu werden? Der zweite Versuch könnte erfolgreicher sein.«

»Das heißt, wir sollen sie laufenlassen?«

»Nein, Morten.« Jon Claas schüttelte den Kopf. »Aber wir sollten das der Polizei überlassen.«

»Können wir denn sicher sein, daß dieses Revier die Anzeige überhaupt weitergeleitet oder gar selbst etwas unternommen hat? Zumindest könnte man doch diesbezüglich eine Auskunft einholen.«

»Das könnte man«, bestätigte Jon Claas.

Morten sah ihn erstaunt an. Hatte er gerade so etwas wie eine aufsteigende Angst bei seinem Vater wahrgenommen?

»Gut«, erwiderte Morten nach einer Weile, »aber du

wirst mir doch zugeben, daß etwaige Ermittlungen auch in den Aufgabenbereich der Steuerfahndung fallen. Diese Burschen betrügen den Staat um Millionen und Abermillionen Steuergelder. Sie arbeiten mit fliegenden Verkaufsständen im ganzen Bundesgebiet oder verkaufen Zigaretten zu Billigpreisen an Tabakläden, die damit zusätzlich ihren Reibach machen.«

»Laß das jetzt«, rief Jon Claas und richtete sich steil in seinem Rollstuhl auf.

Morten war überrascht. Eine solche Reaktion hatte er nicht erwartet.

»Was hast du denn?« fragte er.

»Reibach«, wiederholte Jon Claas verächtlich. »Ich ertrage diese Ausdrucksweise nicht. Kannst du deine Worte nicht ein bißchen zivilisierter wählen?«

»Meinst du vielleicht, deutscher? Das ist die Sprache, die man in diesen Kreisen benutzt und die man kennen sollte.«

»Ich ertrage sie nicht. Schluß jetzt!«

»Wie auch immer, Vater, ich brauche deine Hilfe.«

»Ich bin Oberfinanzbulle und kein Polizeibeamter«, gab Jon Claas mißmutig zurück.

»Fein.« Morten mußte lachen. »Dann kannst du doch deine Unterbullen auffordern, sich mit diesem Polizeirevier in Verbindung zu setzen. Wie gesagt, es fällt in ihren Ermittlungsbereich. Darauf könnten sie die Polizeibehörden aufmerksam machen.«

»Hast du jemand Bestimmten im Auge?« wollte Jon Claas wissen.

»Ja. Mich.«

»Du bist Steuerprüfer, nicht Steuerfahnder.«

»Es wäre ein leichtes für dich, das zu ändern. Dazu brauchte es nicht mal eine Beförderung.«

»Morten«, Jon Claas schob den Rollstuhl dicht an den Sessel seines Sohnes heran. »Ich will nicht, daß du dich mit diesen Leuten abgibst. Das sind Verbrecher. Gewalttätige Verbrecher. Sie schrecken vor nichts zurück.«

»Hast du Angst, für meine Ermittlungen büßen zu müssen?« hakte Morten nach.

Jon Claas lehnte sich wieder zurück und sah seinen Sohn lange an. Was hatte er vor? Es war doch ganz natürlich, daß ein Mann in seiner Situation Angst hatte.

»Du willst also diesen Fall übernehmen, soweit das unsere Zuständigkeit erlaubt?« fragte er plötzlich.

»In etwa, ja.«

»Gut, ich werde mich sofort mit der zuständigen Polizeidienststelle in Verbindung setzen und erste Auskünfte einholen. Sollte ich dich danach in den Fall einbinden können, werde ich es tun. Unter einer Bedingung.«

Morten sah ihn fragend an.

»Daß du dich nicht in die polizeilichen Ermittlungen einmischst. Dein Aufgabenbereich ist und bleibt die Steuerhinterziehung durch den Zigarettenschmuggel. Auf nichts anderes darfst du dich einlassen.«

»Schön, schön«, entgegnete Morten. »Aber ich darf den polizeilichen Ermittlern doch Hinweise geben, wenn ich über welche verfügen sollte, oder?«

»Soweit sie die Masse der Schmuggelware und ihren wahren Geldwert betreffen, durchaus. Wenn ihnen das überhaupt von Nutzen sein sollte.«

»Ich darf sie auch auf bestimmte Gruppierungen innerhalb dieser Gangster aufmerksam machen, wenn ich von ihren weiteren Vorhaben erfahre?«

»Wie, um Gottes willen, willst du das denn anstellen? So was kann doch nur durch Aktivitäten erreicht werden, die deinen Kompetenzbereich weit überschreiten. Das werde ich auf keinen Fall zulassen. Sollte ich je davon erfahren, sei es durch die ermittelnden Kriminalbehörden, sei es durch unsere Steuerfahndung, werde ich meine Erlaubnis umgehend durch ein Verbot ersetzen.«

»Beruhige dich, Vater. Es kann doch sein, daß ich Berichte wie die von Inörglü übermittelt bekomme. Sollte ich die dann etwa nicht weitergeben? Ein solches Verhalten der Polizei gegenüber wäre ja sogar strafbar«, antwortete Morten, und ein kurzes Grinsen überzog sein Gesicht.

»Du weißt, was ich meine, Sohn.«

Damit drehte Jon Claas seinen Rollstuhl abrupt in Richtung Tür und bahnte sich seinen Weg zum Flur.

»Morgen wissen wir mehr, wenn du mir die Telefonnummer der Polizeidienststelle gibst«, rief er ihm noch über die Schulter zu.

Morten tat nun, was für ihn und seine Freunde von entscheidender Bedeutung sein sollte: Er holte Kalle Obst mit ins Boot. Nachdem der sich ohne jeden Einwurf angehört hatte, was Morten zu tun bereit war, fragte er als erstes nach der Meinung des Oberfinanzpräsidenten. Und als er auch die erfahren hatte, überraschte er Morten mit der Ansicht, daß man ohne rückhaltloses Miteinander beider Behörden und ohne den schnellen Austausch von Ermittlungsergebnissen untereinander gar nichts erreichen könne.

»Es ist einleuchtend, daß man die Erkenntnis von Steuerhinterziehung nur durch die Beamten des Fahndungsdienstes der örtlichen Steuerbehörden erzielen kann«, sagte er. »Gleichzeitig muß aber auch die Kripo, vielleicht sogar der Bundesgrenzschutz in die Ermittlungen mit einbezogen werden. Dein Vater darf doch nicht annehmen, daß man mit dem Ausheben von ein paar Hamburger Zigarettenschmuggler-Nestern schon das ganze Übel an der Wurzel packen kann.

Daß er um dein Leben fürchtet, Morten, scheint mir mehr als verständlich, denn was da allein aus Berlin über uns hereinbricht, ist unüberschaubar, ganz zu schweigen von den kriminellen Vereinigungen, die jenseits unserer

Grenzen ihr Unwesen treiben und für deren Bekämpfung eben der Bundesgrenzschutz verantwortlich wäre. Dort werden sie allem Anschein nach rekrutiert, und von dort werden sie auch gezielt auf uns losgelassen.

Ich verstehe durchaus, daß du den Überfall auf deinen Vater nicht verwinden kannst, aber wenn du mich fragst, dann sage ich dir, daß diese Schuhe ein paar Nummern zu groß für uns sind. Am besten, du läßt die Finger davon. Und mich läßt du da besser auch außen vor.«

»Vielleicht hast du recht«, meinte Morten nachdenklich, »aber Inörglü scheint ein paar Kontakte aufgetan zu haben, die uns möglicherweise an die Angreifer meines Vaters heranführen könnten. Es geht mir vor allen Dingen darum, diese Burschen ausfindig zu machen.«

»Und was weiter?« fragte Kalle Obst. »Willst du sie ausbuddeln? Wenn du an ihnen ziehst, bringst du die ganzen Wurzeln ans Tageslicht, und die reichen womöglich bis nach Polen hinüber. Es gibt nur einen Weg, um an sie heranzukommen: Man muß ihnen Steuerhinterziehung nachweisen und sie in Zusammenarbeit mit der Polizei und den Zollbehörden hinter Gitter bringen. Als Steuerfahnder hast du die Möglichkeit, diesen Nachweis zu erbringen. Alles Weitere solltest du anderen überlassen.«

»Damit komme ich aber immer noch nicht an die Schweine heran, die meinen Vater so zugerichtet haben«, warf Morten ein.

»Wenn du Glück hast, sind sie bei irgendeiner Razzia dabei.«

»Na, fabelhaft. Weißt du, was du bist? Ein Weichei!« bekam Kalle zu hören.

»Klar bin ich ein Weichei. Aber eines, das weiterdenkt. Wenn es schon der Polizei und dem Bundesgrenzschutz nicht gelingt, diese Mafia zu erledigen, werde ich doch nicht so blöd sein, mir einzubilden, ausgerechnet ich könnte sie mit Stumpf und Stiel ausrupfen.«

»He, Kalle Weichei, ich will doch nur an die Messerstecher herankommen, die meinen Vater zum Krüppel gemacht haben. Und wenn ich das über die Steuerfahndung erreichen kann, um so besser«, lachte Morten.

»Und was willst du mit ihnen machen, wenn du sie hast? Sie den Behörden übergeben? Schlimmstenfalls sind sie nach ein paar Tagen wieder frei und verschwinden über die Grenze, um neue Ware heranzuschaffen.«

»Und bestenfalls?«

»Kommen sie auf Bewährung raus und versuchen dir die Kehle durchzuschneiden.«

»Und meinem Vater auch?«

»Kann durchaus sein.«

»Das ist es, wovor mein Vater Angst hat«, meinte Morten nachdenklich.

»Um dich hat er Angst, Morten, um dich. Hast du schon mal was von Vaterliebe gehört?« fragte Kalle Obst.

»Mein Vater und Liebe. Das paßt nicht.«

»Meinst du?«

Morten nickte. »Wenn Vater das Wort ›Liebe‹ hört, zuckt er immer zusammen.«

»Hat er es denn jemals daran fehlen lassen?« Kalle Obst wurde zusehends neugieriger. »Ich meine, dir gegenüber?«

Morten schloß für einen Moment die Augen. »Das kann ich dir nicht beantworten«, sagte er dann. »Als Vater jedenfalls hat er, so gut er konnte, seine Pflicht getan.«

»Warum bist du so darauf aus, den Anschlag auf den Oberfinanzpräsidenten zu rächen?« Unwillkürlich hatte Kalle Obst den Titel seines Arbeitgebers benutzt. Ich will ihn wohl wieder zur Respektsperson aufbauen, dachte er, während er Morten eingehend betrachtete, vielleicht wäre es ganz gut für ihn, wenn er seinen Vater einmal mehr als Vorgesetzten anerkennen würde.

»Mordversuch ist Mordversuch«, hörte er Morten sagen, »und Recht muß Recht bleiben. Wenn wir etwas anderes zuließen, würde unser sowieso schon angeknackstes Gesellschaftssystem völlig zerbröseln.«

»Ich verstehe. Und du liebst deinen Vater überhaupt nicht?«

»Ich glaube nicht. Nein.«

»Das finde ich aber reichlich unnatürlich.« Kalle Obst geriet richtig aus der Fassung. »Das finde ich, wie soll ich sagen, ja, das finde ich abnorm.«

»Erkläre mir das Wort abnorm«, forderte Morten ihn auf.

»Jetzt spiel hier nicht den großen Maxe!« rief Kalle Obst, »ich weiß genau, was das heißt.«

»Also, was?«

»Ich werde den Deubel tun. Wenn du's wissen willst, sieh im Duden nach. Ausgabe: Fremdwörterbuch.« Kalle Obst stand beleidigt auf.

»Setz dich wieder hin«, bat Morten. »Ich hab's nicht so gemeint. Aber du solltest keine Wörter benutzen, von denen du nicht ganz genau weißt, was sie bedeuten.«

»Du bist krank, weißt du das?« Kalle Obst setzte sich wieder hin.

»Eins zu null für dich«, sagte Morten. »Möchtest du Tee oder lieber Kaffee?«

»Ich weiß zwar, daß du nur Tee trinkst«, antwortete Kalle Obst, »aber ich möchte jetzt Kaffee. Einen starken.«

Morten war aufgestanden und drehte sich auf dem Weg zur Küche noch einmal um. »Ich wollte auf keinen Fall den großen Maxe spielen. Ich bitte um Entschuldigung. Und soll ich dir ein Geheimnis verraten? Mein eigentlicher Name ist Maxe. Max. Maximilian.«

»Wie bitte?«

»Meine Mutter hat mir diesen Namen gegeben. Den Morten hat man mir erst hier in Hamburg verpaßt. Klang wohl hanseatischer. Mein Vater hat mich adoptiert und gleichzeitig meinen Vornamen geändert. In einem Aufwasch.«

Morten lächelte ihn an, und Kalle Obst hatte den Eindruck, daß eine gehörige Portion Bitterkeit mitschwang.

»Soll das heißen, daß dein Vater gar nicht dein Vater ist?« fragte Kalle Obst vorsichtig.

»O doch.« Morten trat einen Schritt ins Zimmer zurück. »Er ist mein leiblicher Vater, aber er hat meine Mutter vor lauter Karrieremachen zu heiraten vergessen, wie er sich einmal selbst ausdrückte. Nicht mir gegenüber. Er hat sich an meine damalige Geräuschlosigkeit nie gewöhnen können und mich oft übersehen. Er hat meine Mutter als Sexualproviant betrachtet. Auch eine seiner Formulierungen. Ich gehe jetzt mal den Kaffee machen«, sagte Morten abschließend.

»Habt ihr einen Cognac im Haus?« hörte er Kalle Obst fragen.

Morten wandte sich erstaunt um: »Du bist doch Antialkoholiker.«

»Jetzt brauche ich einen Cognac«, erwiderte Kalle Obst und blickte zu Boden.

Während der zweiten Sitzung in der Winterhuder Zentrale konnte Morten seinen beiden Freunden mitteilen, daß er Kalle Obst als vierten Mitarbeiter an Land gezogen habe.

»Neben der Anstellung bei meinem Vater ist er einer der Gärtner auf dem Ohlsdorfer Friedhof. Kalle ist ein findiger Mann mit Zugang zu Kreisen, die uns sehr nützlich werden könnten. Durch ihn könnten uns im Notfall einige stämmige Männer zur Verfügung stehen, die sich nachdrücklich zur Wehr zu setzen wissen.«

Inörglü schüttelte bedenklich den Kopf. »Ich fürchte, daß in unserem Fall eher Schußwaffen als Muskelkraft gefragt sein werden. Ich habe zu einer Tageszeit ohne großen Publikumsverkehr einen Großeinkauf in diesem Supermarkt gestartet.«

Als er sah, daß dieselbe Kassiererin wieder an der Kasse

saß, fragte er sie ganz nebenbei, ob sie noch etwas über den Vorfall gehört habe, den sie neulich bei der Polizeidienststelle angezeigt hatte. Sie tat sehr verschlossen, schien sich richtiggehend zu fürchten und versuchte Inörglü damit abzuwimmeln, daß er die Adresse der Dienststelle ja wüßte, wenn er Auskünfte wolle, müsse er sich schon selbst dorthin begeben.

Inörglü erklärte ihr leise, er halte es für einen Fehler, daß sie diese Dienststelle aufgesucht habe. Das könne möglicherweise übel für sie ausgehen. Wenn sich die Täter erst mal zusammengereimt hätten, wer sie angezeigt habe, hätte sie sicher nichts Gutes von ihnen zu erwarten.

»Am besten«, schlug er ihr vor, »Sie geben den Job hier auf. Hier wäre es doch ein leichtes, Ihnen aufzulauern.«

Sie sah ihn erschrocken an. Dann verteidigte sie sich.

»Ich habe doch nur getan, was andere auch getan hätten. Sie etwa nicht? Sie sind es doch, der mich nach der Adresse der Dienststelle gefragt hat. Vielleicht wissen Sie ja mehr über diese Leute als ich«, setzte sie kampflustig hinzu.

»Vielleicht sollten wir diese Dienststelle gemeinsam aufsuchen, damit Sie mir den Beamten zeigen können, der Ihre Aussage zu Protokoll genommen hat?« schlug Inörglü gelassen vor.

Das schien sie vollends zu verwirren. Sie fragte ihn, weshalb er ein so ungewöhnliches Interesse an dieser Sache habe, und er erzählte ihr, daß er ein Freund des Sohnes dieses überfallenen hohen Beamten sei und einfach wissen wolle, wie der Prahlhans an ihrer Kasse ausgesehen habe. Womöglich könne das einen Verdacht bestätigen, den er schon seit längerem habe.

Das leuchtete ihr ein. Sie wolle zwar niemanden zu Unrecht verdächtigen, der Mann könne ja durchaus nur ein dummer Angeber gewesen sein, aber eine genaue Personenbeschreibung könne sie ihm in jedem Fall geben. »Das kann ja nicht strafbar sein.«

Anscheinend hatte Inörglü mit seinen Fragen etwas losgetreten, worauf sie schon lange gewartet hatte. Sie erzählte ihm ihr Leben, angefangen bei der Kindheit bis hin zum aktuellen Lebensgefährten, verfing sich sprunghaft in Geschichten, die sie wohl selbst schon halb vergessen hatte, und er wartete unruhig darauf, daß die anderen Kunden, die inzwischen den Laden betreten hatten, zur Kasse kamen und seine Nachforschungen endgültig scheitern ließen. Doch die Leute ließen sich viel Zeit, und sie unterbrach sich selbst.

»Sie hören mir ja gar nicht richtig zu.«

»Wie kommen Sie denn darauf?«

»Na, jedenfalls war der Kerl sehr groß und blond und sein Gesicht voller Pickel und kleiner Narben.«

»Können Sie sich daran erinnern, ob er einen Dialekt sprach?«

»Er hatte keinen. Vielleicht so 'n bißchen Hamburger Kiez.«

»Hamburger Kiez?« echote Inörglü überrascht. »Sind Sie ganz sicher?«

»Wo ich jetzt so drüber nachdenke, todsicher. Und wissen Sie, daß ich ganz vergessen habe, das der Polizei zu sagen? Aber der Bulle hätte mich ja auch danach fragen können. Ist ja schließlich sein Beruf. Als er mir dann auch noch sagte, er habe den Verdacht, der Bursche käme gar nicht aus der Gegend um die Rutschbahn herum, der wäre höchstwahrscheinlich am Steindamm oder am Hansaplatz zu Hause, er wäre dort nämlich mal mit einem ähnlichen Typen, wie ich ihn beschreibe, zusammengerasselt, machte ich, daß ich fortkam.«

»Hat man Sie danach noch einmal aufgefordert, auf der Polizeiwache vorzusprechen?« wollte Inörglü wissen.

»Ja, glauben Sie, das hätte ich alles schon beim ersten Mal runterbeten können? Was haben Sie eigentlich vorhin damit gemeint, man könne mir hier leicht auflauern«, fragte sie plötzlich leise, »daß die mir an die Wäsche wollen?«

»Ist der Prahlhans denn in irgendeiner Weise auf Sie aufmerksam geworden, als er hier im Laden war?«

»Nicht, daß ich wüßte. Ich habe ja kein Wort gesagt«, antwortete sie.

Inörglü tat, als sei er sehr erleichtert. »Na, dann kann er ja gar nicht auf Sie kommen.«

Sie schien sich etwas zu entspannen: »Vielleicht kommen Sie mal wieder vorbei und erzählen mir, was Sie auf der Dienststelle erfahren haben?«

Inörglü hatte das Gefühl, daß sie ihm noch lange hinterherschaute.

»Was hältst du davon?« wurde Morten von Otto Uebel gefragt.

»Daß wir genausoviel wissen wie vorher.«

»O nein«, widersprach Inörglü. »Wenn die Burschen tatsächlich aus der Ecke um den Steindamm kommen, sollten wir die Beine in die Hand nehmen und alles Weitere der Kripo überlassen.«

»Glaubst du, ich hätte etwas anderes vor? Übrigens, mein Vater hat mich angerufen und unter anderem bestätigt, was dir deine Kassiererin erzählt hat. Er hat sich sogar persönlich mit dem Beamten verbinden lassen, der das Protokoll aufgenommen hat, aber von ihm im großen und ganzen auch nicht mehr erfahren.

Sie sind dabei, den Pickelriesen zu identifizieren, und wenn sich bewahrheiten sollte, was der Beamte befürchtet, dann haben wir es mit einer sogenannten gemischten Gang zu tun.«

»Was heißt das denn?« fragte Uebel.

»Eine gemischte Gang bedeutet soviel wie eine Gruppe aus verschiedenen Ländern. In einem solchen Fall hätten wir es mit Russen und Vietnamesen zu tun. Das ist erstaunlich, denn diese Strolche sind sich sonst spinnefeind, überfallen sich gegenseitig auf extrem brutale Weise, jagen sich die Waren und die Kunden ab und massakrieren sich aus purer Lust und Laune. Sie erfinden ganze Folterkataloge und schneiden einander genüßlich die Gurgeln durch.«

»Aber dieser Blonde im Supermarkt ist doch ein Deutscher«, gab Inörglü zu bedenken.

»Die sind meistens nur die Zuträger zwischen der Mafia und den deutschen Kunden, sagt mein Vater. Sollte sich allerdings der Verdacht der Kripo bestätigen, ist der Picklige wahrscheinlich sogar Mitglied dieser höchst gefährlichen Verbindung aus Russen und Vietnamesen.«

»Wir könnten also in ein Nest voller Sprengstoff hineinstoßen«, stellte Uebel fest.

»Fast schon nuklearer Sprengstoff«, fügte Morten feixend hinzu.

Bei einem dritten Treffen, zu dem nun endlich auch Kalle Obst hinzugezogen wurde, rückte dieser damit heraus, daß er zwar in die Pläne der drei Herren noch nicht eingeweiht sei, ihre Vorsicht aber sehr zu schätzen wisse.

Praktisch, wie er war, hatte er für alle Fälle schon mal eine Mannschaft ins Auge gefaßt, die ihnen den Rücken frei halten konnte. Kalles Kumpel waren keine leicht zu erkennenden Bullen, sondern sahen eher aus wie die Burschen von der anderen Seite. Manche von ihnen sogar noch schlimmer.

»Beängstigende Jungs.«

»Wo hast du die denn aufgetrieben?« fragte Morten verblüfft.

»Sie haben früher öfter versucht, heimlich auf dem Ohlsdorfer Friedhof zu übernachten. Ich bin deshalb nachts regelmäßig durchs Gelände getrabt und habe hinter jeden einzelnen Grabstein geschaut. Sicherheitshalber war ich mit einem dicken Gummiknüppel bewaffnet, aber sie waren meist vollständig zugedröhnt und stolperten benommen vor mir her, wenn ich sie zurück auf die Straße trieb.

Sie sind gar nicht auf den Gedanken gekommen, Widerstand zu leisten. Nur zwei, drei Kerle haben einmal versucht, mir eins über die Birne zu geben.«

»Und?« fragte Uebel wie elektrisiert.

»Ich hab erst kräftig einstecken müssen und bin vor ihnen her gelaufen, bis wir ans Gittertor kamen. Das habe ich dann zugeworfen, mich davor gestellt und sie angreifen lassen. Wenn sie Schußwaffen gehabt hätten, wäre ich ganz schön in der Scheiße gewesen. Oh, entschuldigen Sie, ich wollte sagen ...«

Kalle Obst hielt sich unwillkürlich die Hand vor den Mund.

»Nein, nein, reden Sie nur weiter. Das macht gar nichts«, rief Uebel. Er war aufgesprungen und klatschte kurz in die Hände.

»Na ja«, fuhr Kalle Obst fort, »ich habe sie so zusammengedroschen, daß ich sie anschließend auf die Straße hinausziehen mußte. Dann bin ich selber in die Notaufnahme des Barmbeker Krankenhauses gefahren und habe mich dort nähen und zugipsen lassen.«

»Du meine Güte«, schnaufte Uebel und setzte sich wieder.

»Ein paar Tage später bin ich zur Friedhofsverwaltung gegangen und habe eine Schußwaffe beantragt. Ich bin mir bis heute nicht sicher, ob die nicht auch so was mit sich herumtragen. Na gut, wir haben uns dann langsam aneinander gewöhnt. Entweder machten sie jedesmal, wenn ich sie aufstöberte, auf dem Absatz kehrt, oder sie fingen an zu betteln.

›Die nehmen uns Obdachlosen doch nur den Platz weg. Was meinst du, wie viele Wohnungen man hier aufeinandertürmen könnte? Na schön, die Toten werden ja schon seit Ewigkeiten bevorzugt. Doch was kann es sie stören, wenn man sich für ein paar Stunden neben sie legt. Natürlich nur im Sommer. Irgendwann kannst du sowieso nicht mehr verhindern, daß wir hier einziehen. Als unkündbare Mieter.‹«

Ein Argument, das Kalle Obst schließlich überzeugte. Also machte er ihnen den Vorschlag, wiederzukommen, wenn sie nichts gesoffen und auch nichts eingeworfen hätten. Fortan kamen sie zwar nicht mehr ganz so oft, verhielten sich aber sehr manierlich und sahen gänzlich verändert aus.

»Völlig andere Physiognomien, kann ich euch versichern.«

»Und die sollen uns den Rücken frei halten?« fragte Morten amüsiert.

»Wenn ich sie kurzhalte und auf bestimmte Leute abrichte, kannst du alle Bodyguards der Welt vergessen.«

»Gegen wen sollen die uns denn den Rücken frei halten?« wollte Inörglü wissen, der wieder einmal seine Brillengläser polierte.

»Das müßt ihr entscheiden. Ich halte mich da absolut raus.«

»Die Typen möchte ich unbedingt kennenlernen«, sagte Otto Uebel mit leuchtenden Augen.

»Solltet ihr diese Leute wirklich anheuern wollen, müßt ihr euch darüber im klaren sein, daß ihr ihnen ihre flüssige Nahrung zu finanzieren habt«, fuhr Kalle Obst ungerührt fort, »bis zu einem gewissen Grad wenigstens. Aber die Abhängigkeit von euch darf selbstverständlich nicht in Hörigkeit umschlagen. Oder gar in fehlgesteuerte Aggression, wenn ihr sie zu kurz haltet. Eine entsprechende Ausgewogenheit ist nicht ganz leicht herzustellen.«

»Das wäre doch die richtige Aufgabe für dich«, warf Morten ein, »falls wir wirklich auf diese Leute zurückgreifen sollten. Du bist doch schon bestens mit ihnen vertraut.«

»Ich mache das nur, wenn ihr mich ganz genau darüber informiert, wofür oder wogegen sie eingesetzt werden sollen«, antwortete Kalle Obst. »Ich möchte sie nämlich auf keinen Fall in kriminelle Handlungen verwickelt sehen. Wenn sie das von sich aus tun wollen – bitte sehr. Aber nicht durch meine Vermittlung.«

»Ich denke, daß wir hier im Dienste einer guten Sache stehen. Keinesfalls außerhalb der Legalität. Oder wenn doch, dann nur ein ganz kleines bißchen.« Auf Mortens Gesicht erschien wieder dieses impertinente Feixen.

»Und wie willst du dieses ›kleine bißchen‹ in Einklang mit der Korrektheit deines Vaters bringen?« fragte Kalle Obst.

»Die Korrektheit meines Vaters kann uns überhaupt nicht tangieren, solange wir uns an gewisse Spielregeln halten. Ist deinem Antrag auf Waffenbesitz stattgegeben worden?«

»Sage ich dir nicht. Ich möchte erst wissen, wieweit du deinen Vater in dein Vorhaben einbinden willst.«

»Überhaupt nicht. Ich werde meine Kompetenzen nicht überschreiten und ein ganz braver Steuerfahnder sein. Hasan und Otto werden mich unterstützen, soweit es ihre Zeit erlaubt.«

Otto Uebel arbeitete inzwischen fest beim Wirtschaftsmagazin, Hasan Inörglü betreute seit kurzem eine Gruppe von Zuwanderern, denen er die deutsche Sprache und deutsche Geschichte beizubringen versuchte. Journalist Uebel sollte die Gegenseite durch provozierende Artikel gegen die Tabakindustrie zu unbedachten Reaktionen verführen. Lehrer Inörglü war möglicherweise durch die Kontakte zu seinen Schülern, die zum Teil der albanischen Mafia angehörten, in der Lage, die Ermittler auf interessante Spuren zu bringen.

Die Albaner, soviel hatten Mortens Recherchen inzwischen ergeben, pflegten eine enge Verbindung mit den Vietnamesen in Berlin, einer besonders brutalen Bande, die ihr Verkaufsnetz geschickt über die ganze Bundesrepublik geknüpft hatte. Die Ware, mit der die Schmuggler handelten, war einwandfrei. Sie verkauften hauptsächlich amerikanische Marken, Camel, Luckies, Philipp Morris. Woher sie die Virginiatabake bezogen, war unklar. Vermutlich wurden sie aus ostasiatischen Ländern eingeführt, deren Pflanzungen nur schwer zu orten waren.

»Wer die Bosse sind, weiß kein Mensch«, betonte Morten. »Man könnte aber die Grenzen dichtmachen und ihnen hierzulande das Leben erschweren. So, und jetzt sag mir, Kalle, ob du mit deinen Gruftis einen wirksamen Schutz für uns abgeben kannst.«

Kalle Obst dachte lange nach. Seine Männer waren keine ausgebildeten Schläger, eine Konfrontation mit asiatischen Kampfmaschinen konnte er ihnen nicht zumuten. Außerdem hatten sie durch Alkoholkonsum an physischer Kraft eingebüßt.

Wenn überhaupt, kam ihr Einsatz also nur in Zusammenhang mit dem Diebstahl von Schmuggelware oder durch heimliches Einschleusen in Verteilergruppen in Frage. Da sie bedrohlich aussahen, könnte man dort sicher recht eindrucksvoll mit ihnen bluffen.

»Von der Russen- oder der Albanermafia möchte ich sie aber auf jeden Fall fernhalten«, betonte er, bevor er sich verabschiedete.

Morten und seine Freunde verfolgten den Rückzieher von Kalle Obst mit Verwunderung. Vor allem Uebel und Inörglü hatten voller Respekt an seinen Lippen gehangen.

Was könnte das für eine schlagkräftige und wirkungsvolle kleine Armee sein, dachte Uebel.

Der riesige Kalle mit seinen breiten Schultern und prallen Armmuskeln, der meist nur eine ärmellose Lederweste überm Feinrippunterhemd trug, und die Gruftis mit ihrer stinkenden Ungepflegtheit, sie wären eine Bande, die einem sicher Angst einflößen könnte. Aber warum bekam dieser Kalle Obst so plötzlich kalte Füße?

Morten machte ihnen klar, daß der Gärtner ein extrem verantwortungsbewußter Mann sei, der sich jede Aktion erst dreimal überlege, bevor er dann kräftig anpacke. Über sein jetziges Zögern sollten sie sich deshalb keine Gedanken machen.

Ein größeres Problem bereiteten ihnen dagegen Mortens Vater und die Behörde, der er vorstand. Wenn das Finanzamt keine finanzielle Unterstützung gewährte, mußten sie das Ganze abblasen und den Plan B ausarbeiten. Doch wie der aussehen konnte, wußte auch Morten nicht. Und so kamen alle drei zu der Überzeugung, daß sie sich vorrangig mit dem Oberfinanzpräsidenten auseinanderzusetzen hatten.

Morten ersuchte ihn um ein offizielles Gespräch und legte äußersten Wert darauf, daß die Zusammenkunft im Büro des Vaters stattfand.

»Ich möchte dich bitten, auch deinen Stellvertreter und derzeitigen Assi hinzuzuziehen«, sagte er, »außerdem könnte es nicht schaden, einen Vertreter der Kriminalpolizei dabeizuhaben.«

Der Oberfinanzpräsident arrangierte das Treffen umgehend. Dann saßen sie in seinem großzügig ausgestatteten Büro bei Kaffee und Orangensaft, um sich Mortens Anliegen anzuhören.

»Wie Sie wissen, meine Herren«, begann er selbstbewußt, »hat uns das Treiben der Zigarettenschmuggler schon eine hohe Menge an Steuergeldern gekostet. Man schätzt den Schaden, den der Staat allein im Raum Hamburg erleidet, auf zehn bis zwanzig Millionen Euro im Jahr. Bundesweit betrug er im letzten Jahr an die 1,4 Milliarden. Tendenz steigend.«

»Abzüglich der hohen Einbußen, die die Täter durch das Eingreifen Ihres Vaters erlitten haben, junger Mann«, stellte ein älterer Herr fest, der sich als Volker Hinrichs vorgestellt hatte.

Morten betrachtete ihn eingehend, dann lächelte er. Er wollte ihn nicht mit dessen Titel ansprechen, aber natürlich kannte er ihn. Der Chef des Zollkriminalamts lächelte höflich zurück, konnte dabei aber eine Andeutung von Geringschätzung nicht verbergen.

Morten nahm deutlich die bläuliche Einfärbung von Hinrichs Nasenspitze wahr und war versucht, ihn nach dem Datum seiner endgültigen Pensionierung zu fragen.

»Ja«, antwortete er statt dessen, »aber das hat, was den Absatz der Waren angeht, fast keine Rolle gespielt. Wenn es uns nicht gelingt, den ganzen Ring zu zerschlagen, wird das zeitweise Beschlagnahmen von Zigaretten auch weiterhin keine Bedeutung haben. Selbst die Verhaftung von Verteilern spielt keine allzu große Rolle. Das Netz ist schnell wieder geflickt.«

»Ich stimme Ihnen vollkommen zu, junger Mann«, sagte Hinrichs mit gütig herablassendem Lächeln und wandte sich an den Oberfinanzpräsidenten.

»Nur wenn wir das Übel mit der Wurzel ausreißen wollten, hätte es einen Sinn, einzugreifen. Wenn wir eine bundesweite Aktion starteten, wenn wir unsere Grenzen eindrucksvoller schützen könnten. Und wenn Sie mir jetzt auch noch sagen könnten, wer die Finanzierung der Beamten übernimmt, die zusätzlich, und zwar in doppelter Anzahl, gestellt werden müßten, dann stünde dem, aller Voraussicht nach, nichts im Wege.«

»Sie meinen, daß es sich hier nur um eine Frage der Finanzierung handelt?« warf Morten ein.

»Sie nicht?« konterte Hinrichs, und sein Ton wurde schärfer.

»Auch, auch«, beruhigte ihn Morten, und in seinem Gesicht tauchte eine winzige Spur von Nachahmung der lächelnden Herablassung Hinrichs' auf.

»Aber glauben Sie nicht auch, daß es zu einem großen Teil am Koordinierungswillen der einzelnen Länder und ihrer Behörden liegt? Wieviel Geld könnten die Finanzbehörden einsparen, wenn man beispielsweise in dieser Richtung reformieren würde.«

»Werden Sie etwas genauer, junger Mann!«

»Oh, jetzt überschätzen Sie mich«, gab Morten zurück. »Ich habe mich nie in der Innenpolitik versucht und kann Ihnen auch nicht sagen, wie man solche Reformen einleiten sollte. Ich kann mir lediglich vorstellen, daß die Zusammenlegung einiger Behörden – und das betrifft meiner Meinung nach sowohl die Kriminalpolizei als auch die Finanzbehörden ...«

»Das sollten wir hier besser nicht diskutieren, mein Lieber. Es gibt eine übergeordnete Bundespolizei. Das müßten Sie doch wissen, oder?«

»Morten, ich muß dich bitten, sachlich zu bleiben«, mischte sich Jon Claas ein und fuhr mit dem Rollstuhl dichter an seinen Schreibtisch heran. Er griff nach einer Akte und warf sie seinem Sohn zu.

»Hier hast du sämtliche Daten, die du brauchst, um dich noch eingehender zu informieren. Darin findest du auch die Einnahmen der Finanzämter. Bundesweit. Im übrigen glaube ich nicht, daß du uns einen Vortrag über die fehlerhafte Organisation unserer Administration halten wolltest, nicht wahr?«

Er sah erst seinen Vertreter, dann Volker Hinrichs an, als wollte er sie zum Lachen auffordern. Doch sie blieben ernst. Und obwohl innerlich immer erregter, fuhr Morten in gleichbleibend ruhigem Ton fort, anscheinend ohne die Ermahnung des Oberfinanzpräsidenten zur Kenntnis zu nehmen.

»Da mein Vater mir die Fahndung nach diesen Steuerhinterziehern anvertrauen will – so habe ich ihn jedenfalls verstanden –, könnte es zu Konfrontationen kommen, mit denen ich als Beamter der Finanzbehörde überfordert, will sagen, für die ich nicht mehr zuständig wäre. Das würde dann in Ihren Kompetenzbereich fallen, Herr Hinrichs. Wenn ich Sie also um Amtshilfe ersuchen sollte, müßten Sie ja wohl vorher über meine Vorgehensweise informiert werden, wenn ich mich nicht irre.«

Fasziniert verfolgte Jon Claas die Taktik seines Sohnes. Morten hatte sich sichtlich verändert. Sein Gesichtsausdruck spiegelte eine für sein Alter ungewöhnliche Reife wider. Seine Autorität war unbestreitbar und beeindruckte sogar die übrigen Anwesenden, wie er mit väterlicher Genugtuung feststellte.

»Dazu müßte ich aber erst einmal wissen, in welche Richtung Sie überhaupt recherchieren wollen«, warf Hinrichs ein, »eventuell würden nämlich dafür selbst meine Befugnisse nicht ausreichen.«

Die Miene, mit der er Morten betrachtete, war nun frei von jeder Arroganz.

»Das will ich gern tun«, antwortete Morten. »Ich könnte mir vorstellen, daß Ihnen und auch dir, Vater, meine geplante Vorgehensweise etwas unorthodox erscheinen wird, aber ich sehe im Moment keine andere Möglichkeit, an den Hamburger Kern der sogenannten Zigarettenmafia heranzukommen.«

»Schießen Sie los.« Hinrichs' Interesse war echt.

Und Morten erklärte. Sie müßten an die Verteiler ran, besser gesagt, sie müßten selbst zu Verteilern werden, um einen Kontakt zur Mafia zu bekommen. Dazu brauchten sie erstens glaubwürdige Händler, sie brauchten zweitens Läden, in denen sie legitim erstandene Tabakwaren, Zeitungen und Zeitschriften anbieten könnten, und sie brauchten drittens Beamte in Zivil, die mit der Ausdrucksweise dieser miesen Brüder vertraut wären.

»Warum denn Zeitungen und Zeitschriften?« wollte Jon Claas wissen.

»Ich kenne keinen Tabakverkäufer, der nicht auch Zeitungen in seinem Laden anbietet«, sagte Morten kurz.

»Und wer soll das alles bezahlen?« fragte Rainer Appelmann, der Stellvertreter des Oberfinanzpräsidenten.

»Bis jetzt hört sich das allein nach Ihrer Zuständigkeit an«, stellte Hinrichs grinsend fest.

»Warten Sie's ab«, bremste ihn Morten, »ich bin noch lange nicht am Ende.«

»Moment!« Appelmann wurde zusehends unruhiger. »Darf ich das mal eben kurz überschlagen?«

»Warum denn so ungeduldig?« gab Morten zurück, »ich sagte doch, daß ich noch lange nicht am Ende bin.«

»Genau das hat er eben gesagt.« Hinrichs nickte feixend, und Morten konnte sich des Eindrucks nicht erwehren, daß der Bulle das Ganze hier nicht ernst nahm.

»Wozu das alles?« Appelmann ließ nicht locker.

Morten wurde noch förmlicher. Ein solches Vorgehen war durchaus nichts Ungewöhnliches. Verdeckte Ermittlungen hatte es vorher schon gegeben, und es würde sie auch nachher geben.

»Ich habe bereits einige Personen ausfindig gemacht, die den gefragten Jargon beherrschen und die, in gewisser Weise, bedrohlich aussehen. Man könnte sie auf den Bahnhöfen und in den dafür in Frage kommenden Vierteln arbeiten lassen.«

»Inwiefern bedrohlich?« hakte Hinrichs nach.

»Sie sind ziemlich heruntergekommen. Ich habe sie auf dem Ohlsdorfer Friedhof aufgetrieben.«

»Aber das sind doch bestimmt ganz versoffene Kerle, die nichts auf dem Kasten haben«, vermutete Hinrichs.

»Da täuschen Sie sich aber gewaltig«, erwiderte Morten. »Die können ziemlich rabiat werden, wenn sie erst mal einen bestimmten Level erreicht haben.«

»Ach, die pustet doch jede Streife um«, erwiderte Hinrichs.

»Sie sollen sich ja auch nicht mit der Streife anlegen.«

»Und mit welchen Aufgaben sollen sie deiner Meinung nach betraut werden?« fragte der Oberfinanzpräsident.

»Die hängen sich Bauchläden um den Hals und verkaufen Zigaretten. Auf den Bahnhöfen und in Kneipen.«

»Also doch streifengefährdet«, sagte Hinrichs.

»Sie brauchen eine ordentliche Lizenz«, sagte Morten.

»Wie sind Sie denn an diese Brüder gekommen?« bohrte Hinrichs.

Auch Jon Claas sah seinen Sohn gespannt an. Teils angewidert, teils fasziniert.

»Du weißt doch, daß Kalle Obst immer noch auf dem Friedhof arbeitet.« Morten hatte den Ausdruck in seines Vaters Augen wahrgenommen, ließ sich aber nichts anmerken.

»Wie er mir sagte, wird er demnächst in die Verwaltung aufsteigen. Er kann es noch sehr weit bringen.«

Hörte Morten einen spöttischen Unterton heraus? Hinrichs schien der einzige zu sein, der den Spott in der Stimme der Oberfinanzpräsidenten nicht wahrgenommen hatte.

»Wer ist dieser Mann?« wollte er wissen.

»Mein Gärtner«, gab Jon Claas knapp zurück.

»Das ist aber praktisch«, stellte Hinrichs fest.

»Er kam von der Eiderstedter Halbinsel. Ich habe ihn quasi nach Hamburg geholt. Die Beschäftigung auf dem Friedhof hat er erst später angenommen.«

»Über diesen Mann, so scheint mir, müssen wir uns noch ein bißchen ausführlicher unterhalten«, sagte Hinrichs, »doch zurück zu Ihrem Vorhaben«, wandte er sich wieder an Morten. »Das mit den Bauchläden ist vielleicht gar keine schlechte Idee. Aber wie wollen Sie das mit den Tabakläden halten? Wollen Sie mieten? Und wenn ja, wo und wie wollen Sie die denn einrichten?«

Morten hatte das Gefühl, in Hinrichs könnte ihm ein ebenbürtiger Partner erwachsen.

»Man muß Geduld haben«, meinte er nachdenklich.

»Die Lage muß stimmen. Wir brauchen eine echte Laufgegend. Die erfolgversprechendsten Viertel wären etwa St. Georg, so um den Steindamm herum, Lange Reihe, Hansaplatz. Aber auch Rutschbahn oder Schanzenviertel könnten geeignet sein.«

»Haben Sie schon mal überlegt, welche Aufgaben dabei auf Ihren Herrn Vater zukämen?« bohrte Hinrichs weiter.

»Sie meinen, ich solle endlich das ›Wie‹ Ihrer Frage beantworten?« Mortens gute Laune schien jetzt auch die anderen anzustecken.

Er hatte alles genau durchgerechnet. Mehr als 150 000 Euro würden sie nicht brauchen, schließlich war es nicht nötig, die Läden zu kaufen. Es würde reichen, sie zu mieten. Die günstigsten Laufgegenden für ihr Vorhaben waren tatsächlich weder die überlaufene Mönckebergstraße noch der schicke Neue Wall oder der stets von Touristenhorden bevölkerte Rathausmarkt. Mit den Zigarettenherstellern, so hatte er es geplant, würden sie eine Preisabsprache treffen, ohne sie über ihre wahren Absichten aufzuklären.

»Sie glauben doch nicht im Ernst, daß Sie mit einer Summe von 150 000 Euro auskommen werden«, attackierte ihn Rainer Appelmann. »Sie brauchen mindestens zwanzig Läden. Über die ganze Stadt verteilt, versteht sich. Ich bin leider momentan nicht genau darüber informiert, was eine Ladenmiete in den von Ihnen genannten Vierteln kostet, aber wenn Sie das auf zwölf Monate umrechnen ...«

»Entschuldigen Sie die Unterbrechung«, warf Morten ein, »aber wer sprach denn hier von einer Jahresmiete?«

Morten sah den Stellvertreter seines Vaters an, und seine Wimpern verharrten in Bewegungslosigkeit. Appelmann wußte nicht, wie er diesen Blick deuten sollte, und geriet unwillkürlich ins Stocken. Die großen grauen Augen ließen ihn nicht los, sie schienen sich geradezu in ihn hineinzubohren.

Es ist absolut unnatürlich, wie der mich anschaut, dachte Appelmann. »Ich war der Meinung, daß Ihnen eine angemessene Zeit für Ihre Ermittlungen zustehen sollte«, sagte er leise und war sich darüber im klaren, daß ihn diese riesigen Augen zu verspotten schienen.

»Das ist ausgesprochen großzügig gedacht, Herr Kollege«, gab Morten zurück, »aber eine so lange Zeitspanne kommt mir doch ein wenig übertrieben vor.«

»Und wozu dann all die Zeitungen und Zeitschriften?« Appelmann wollte sich nicht unterkriegen lassen. Es war eine Unverfrorenheit von diesem jungen Kerl, ihn mit »Herr Kollege« anzusprechen. Ihn, der er sein haushoher Vorgesetzter war. Dieses Jüngelchen war ja noch nicht einmal offiziell als Fahnder bestätigt worden. Gar nicht zu reden von seinem Vorhaben, das man mit allen Mitteln verhindern sollte. Die Stadt, in der sie lebten und die sie mit verwalteten, hieß schließlich Hamburg und nicht Chicago.

»Wollen Sie fortfahren?« fragte Morten, »ich möchte Sie nicht noch einmal unterbrechen. Das war ausgesprochen unhöflich von mir.«

Jetzt machte Appelmann einen ganz und gar verunsicherten Eindruck.

»Ich wollte nach der Finanzierung des Zeitungsverkaufs, äh, ich wollte sagen, daß die Presse, äh, ich weiß nicht recht. Was war es doch, was ich zuletzt ...?« Er sprach nicht weiter und drückte seine Handflächen gegen die Schläfen.

»Ist Ihnen nicht gut?« mischte sich Jon Claas besorgt ein.

»Darf ich Ihnen vielleicht ein Glas Wasser holen?« Morten sprang auf.

Appelmann schwieg. Er schämte sich seiner Feigheit. Er hätte aufstehen und den jungen Burschen zurechtweisen müssen. Wovor hatte er eigentlich solche Angst? Vor dem Sohn des Oberfinanzpräsidenten oder vor diesen grauen, unbeweglichen Augäpfeln, deren sture Aufdringlichkeit von keinem Wimpernschlag unterbrochen wurde.

Ja, das war es. Dieser starre Blick schüchterte ihn ein. Ein toller Trick, das mußte er gestehen. Eine ganz und gar erstaunliche Fertigkeit für einen Mann in diesen Jahren. Ihm selbst wäre so etwas nicht eingefallen, nicht in diesem Alter.

»Machen Sie sich keine Mühe«, rief er dem davoneilenden Morten nach, »ich bin schon wieder o. k.«

»Trotzdem, bleiben Sie sitzen. Ein Glas Wasser kann nicht schaden«, sagte der Oberfinanzpräsident und hüstelte leicht.

Als sie später wieder allein waren, goß sich der Oberfinanzpräsident ein großes Glas Orangensaft ein und ließ es gierig durch seine Kehle laufen.

»Ich habe kein gutes Gefühl beim Gedanken an dieses Unternehmen, wo willst du denn die Kontakte hernehmen, die dich an die Schmuggler heranführen?« Jon Claas sah seinen Sohn gespannt an.

»Ich kann mir einfach nicht vorstellen, daß sie so ganz ohne die einheimischen Kontakte auskommen können. Es muß eine Verbindung zu einer deutschen Clique geben, die sie beim Absatz der Schmuggelware unterstützt. Intensiv unterstützt.«

»Interessant«, sagte der Vater, »hast du schon jemanden im Auge?«

Morten schien die Frage überhört zu haben.

»Eine reale Spur?« hakte John Claas nach, »das könnte die Fahndung natürlich erleichtern und auch abkürzen.«

»Ich habe keine bestimmte Person unter Verdacht, wenn du das meinst«, antwortete Morten nachdenklich. »Ich glaube auch nicht, daß wir nach bestimmten Personen fahnden sollten, Vater. Man muß das System erkennen, dann ergibt sich das Weitere wie von selbst.«

»Meinst du denn, daß dahinter ein System steckt?«

Morten nickte.

»Was für ein System? Ein kommerzielles, ein Absatzsystem oder gar ein politisches, das unser kapitalistisches Marktsystem kaputtmachen will?«

»Warum so ironisch, Vater? Ich habe beinahe den Eindruck, du regst dich schon wieder auf.«

»Weder noch. Und nenn mich nicht immer ›Vater‹. Das macht mich wütend.«

»Also gut.« Morten grinste ihn an. »Im Amt ›Präsident‹ zu Hause ›Vati‹. Einverstanden? Im Ernst«, fuhr Morten fort, nachdem er seinem Vater beifällig zugenickt hatte, »du bringst mich da auf einen interessanten Einfall. Erst wenn wir herausgefunden haben, woher der Tabak wirklich kommt, werden wir politische und kommerzielle Motive voneinander trennen können.«

Der Oberfinanzpräsident fühlte sich alles andere als wohl bei dem Gedanken, ausgerechnet seinen Sohn mit einer solchen Aufgabe zu betrauen. Morten könnte möglicherweise in lebensgefährliche Situationen geraten. Er selbst war schließlich das personifizierte Beispiel dafür, daß den Mafiosi ein Menschenleben überhaupt nichts bedeutete.

»Ich verspreche, daß ich die Ermittlungen sofort abbreche und alles weitere der Polizei überlasse, sobald es sich in eine gefährliche Richtung entwickelt«, versuchte ihn sein Sohn zu beruhigen.

»Sehr gut, Morten. Und halte dich an Hinrichs. Er ist ein tüchtiger und zuverlässiger Mann. Im Falle einer Gefahr wird er sofort handeln. Er wird dich in dieser Angelegenheit sowieso noch einmal sprechen wollen. Hat er das nicht gesagt?«

»Er hat auch gesagt, daß er noch etwas über Kalle Obst erfahren will.«

»Ich auch. Aber nicht mehr heute. Und vergiß nicht, mir

im Laufe der nächsten Woche deine detaillierten Pläne einzureichen. Die müssen wahrscheinlich zur Begutachtung bis zum Rechnungshof hoch. Wie gesagt, mein Junge, wohl ist mir bei der ganzen Sache nicht.«

»Du mußt denen Dampf machen, Herr Präsident. Streng dich ein bißchen an.«

Plötzlich mußten beide lachen. Jon Claas breitete seine Arme aus und sah seinen Sohn mit feuchten Augen an. Morten ging auf seinen Vater zu, beugte sich zu ihm nieder und ließ sich von ihm umarmen.

»Mach' dir eins stets klar«, sagte Jon Claas leise, »daß ich dein alter, zuverlässiger Vater bin. Was immer du in Zukunft erleben magst – vergiß das nie.«

Morten setzte sich vor ihm auf die Tischkante.

»Weißt du, Herr Präsident, daß ich immer noch darüber nachdenke, warum man ausgerechnet dich attackiert hat. Woher wußten diese Brüder bloß, daß du persönlich an den Ermittlungen beteiligt warst? Ein Mann in deiner Position läßt doch für gewöhnlich ermitteln.«

Jon Claas richtete sich auf und sah seinen Sohn mit beinahe krankhaft glänzenden Augen an.

»Ich hatte Spaß daran. Und weißt du, was mich am meisten beunruhigt?« Er stützte sich schwer auf die Knie seines Sohnes. »Ich merke, daß du den gleichen Spaß daran hast wie ich.«

Während des nächsten Treffens in der Winterhuder Wohnung fand sich neben Uebel und Inörglü auch Kalle Obst ein. Morten drängte darauf, den Plan nun im Detail auszuarbeiten. Zuerst mußten sie Kalles Gruftis unter die Lupe nehmen. Die sollten mit ihren Bauchläden die Kneipen und kleineren S- und U-Bahnhöfe unsicher machen. Ihr Preisangebot für Zigaretten würde weit unter dem des offiziellen Angebotes liegen. Und sie mußten schnell auf den Beinen sein.

»Die Frage an dich, Kalle Obst: Können die noch spurten?«

»Kommt drauf an, welche Tageszeit du für sie aussuchst.«

»Alle Stoßzeiten. Das hieße, sie müßten morgens gegen sechs beginnen, arbeiten bis gegen neun, können eine lange Pause machen, zögen ab 20 Uhr durch die Kneipen, und gegen Mitternacht wäre Schluß.«

»Ich kann mir vorstellen, daß genau zu diesen Zeiten massenhaft Beamte herumschwirren, die sich auf Schwarzfahrer und fliegende Händler stürzen und die Typen mit den Bauchläden sofort ins Visier bekämen«, widersprach Kalle Obst. »Ich halte das für die riskanteste Arbeitszeit überhaupt.«

»Im Gegenteil«, widersprach Morten, »gerade zu diesen Zeiten sind die meisten Leute unterwegs. Es ist ein solches Gewusel, daß deine Jungs sich am ehesten in Sicherheit bringen können. Nur fit müssen sie sein, das ist die Hauptsache. Ob sie das packen, mußt letzten Endes du entscheiden. Wir kennen sie ja noch nicht.

Hinrichs, der Kriminaldirektor, möchte dich übrigens so bald wie möglich kennenlernen. Ihm schwant wohl, daß da etwas ziemlich Unberechenbares auf ihn zukommen könnte. Hättest du Lust, ihn in nächster Zeit mal in seinem Büro aufzusuchen?«

»Kommt drauf an.«

»Was soll das heißen?«

»Ich weiß noch nicht, ob ich überhaupt mitmache, Morten. Das ist mir alles noch viel zu vage. Wie soll denn beispielsweise das mit den Läden gehen? Ihr könnt doch nicht einfach 15 Tabakläden aufmachen und darauf warten, daß irgendwann einer von der Mafia vorbeischaut, der euch dann auch noch Ware zu Billigpreisen anbietet.«

»Falsch!« Morten grinste ihn breit an. »Deine Typen werden den Kontakt herstellen. Vielleicht schneller, als ihnen lieb ist.«

»Ich verstehe immer weniger«, gab Kalle zu.

»Man wird von ihnen wissen wollen, woher sie die Billigware haben. Die Gruftis werden ihnen einige Läden nennen.«

»Und dann?«

»Dort wird man ihnen erzählen, daß die Billigware gar nicht Eigentum der Ladenbesitzer ist, und versuchen, mit ihnen ins Geschäft zu kommen, wenn sie die bereits vorhandene Quelle preislich unterbieten könnten.«

»Und dann?«

»Dann wird man entweder mit ihnen verhandeln, oder sie werden kräftig die Hucke vollkriegen.«

»Und dafür sollen meine Jungs die Lockvögel spielen? Die werden doch so zusammengeschlagen, daß sie nicht mehr krauchen können.«

»Na ja, es könnte vielleicht ein bißchen unsanft zugehen. Aber nur am Anfang. Dann nehmen wir ihnen die Arbeit ab. Nur die erste Kontaktaufnahme müßten sie allein durchstehen.«

»Jetzt will ich dir mal was sagen, mein Junge.« Kalle Obst war aufgestanden und schien so erregt, daß er fast zu lispeln anfing. »Hast du wirklich geglaubt, ich würde mich darauf einlassen? Selbst wenn meine Leute nicht wüßten, wer ihre Auftraggeber sind – und sie dürften nicht knauserig behandelt werden – ...«

»Das versteht sich von selbst«, warf Morten hastig dazwischen.

»... so bleibt es doch eine Tatsache, daß sie mich kennen. Mit ein paar gezielten Faustschlägen oder Judogriffen hättest du sie doch so weit, daß sie meinen Namen und meinen Arbeitsplatz geradezu vorsingen würden. Wenn man mich danach zu nachtschlafender Zeit auf dem Friedhof aufsuchen würde – nein danke! Könntest du mir das wirklich antun?«

»Machen Sie denn immer noch Nachtdienst?« wollte Otto Uebel wissen.

»Ja, selbstverständlich. Was meinen Sie denn, was sich sonst alles auf dem Friedhof tun würde.«

»Natürlich will ich nicht, daß du deinen Arsch riskierst, Kalle Obst«, beruhigte ihn Morten. »Keine Sorge, wir werden dich schon zu schützen wissen.«

»Dein Wort in Gottes Ohr.«

Nun bestand auch Otto Uebel darauf, die Gruftis kennenzulernen. Er wolle sich unter keinen Umständen Leuten in die Hände begeben, denen er nicht wenigstens vorher in die Augen geschaut habe.

Wer die Gruftis kennenlernen wolle, könne das nur auf dem Weg der heimlichen Beobachtung tun, sagte Morten. Kalle solle mit den Jungs ein Bierchen trinken gehen. Vielleicht in eine der Kneipen, in der sie dann später ihre Zigaretten anbieten würden. In ebendieser Kneipe würden auch Morten, Otto Uebel und Hasan Inörglü einkehren und die Gruftis in aller Ruhe beobachten.

Kalles Aufgabe war es, sie sich bis zur Besinnungslosigkeit vollaufen zu lassen, um herauszufinden, wieviel sie vertragen konnten, und zu sehen, wie sie sich in diesem Zustand benehmen würden. Manchen Säufern war ja selbst bei drei Promille nichts anzumerken, außer daß sie sich etwas langsamer bewegten und überdeutlich akzentuierten.

»Dein Vorschlag gefällt mir, Morten. Laß uns das mal angehen«, meinte Otto Uebel. »Kalle Obst kennt ja den Geschmack seiner Gruftis. Er kann das in Ruhe organisieren und uns dann das Startzeichen geben, abgemacht?«

Der Gärtner nickte bedächtig.

Dann gab Morten Inörglü noch mit auf den Weg, daß sie baldmöglichst eine genaue Aufstellung der Kosten brauchten, die er seinem Vater und vor allem dessen Adlatus Appelmann übergeben müsse. Es wäre also wichtig, den Mietzins für zwei Monate der in Frage kommenden Läden und Kioske zu recherchieren.

»Dazu müssen die Läden und Kioske doch erst mal gefunden werden«, gab Hasan Inörglü zu bedenken. »Ich stelle mir das gar nicht so leicht vor.«

»Aber was! Läden, die pleite gemacht haben, gibt es heute massenweise. Kioske auch. Es sollte uns in einer solchen Stadt weiß Gott nicht schwerfallen, 15 oder 20 von ihnen anzumieten.«

»Trotzdem muß ich die Läden kennen, bevor ich einen Kostenvoranschlag machen kann«, insistierte Inörglü erneut.

»Soll das heißen, daß du dich allein um die Anmietung kümmern willst?« fragte Uebel erstaunt.

»Nicht unbedingt. Aber die Verbindungen in den in Frage kommenden Bezirken habe nun mal ich. Oder könntest du auch welche beisteuern?«

»Vielleicht kann er sich um die Kontakte zu den Zeitungs- und Zeitschriftenverlagen kümmern«, meinte Kalle Obst ablenkend, »die sollten doch froh sein, wenn sie ein paar Blätter mehr loswerden könnten, Herr Uebel.«

Eines Abends bat sie Kalle Obst in eine Kneipe in der Langen Reihe. Eine verräucherte Kellerkneipe mit verschiedenen, ineinandergehenden Räumen, in der die Luft zum Schneiden war. Kalle hatte die Gruftis um einen Tresen gruppiert, der wie ein L geformt war. Als er Morten, Uebel und Inörglü die Treppe herunterkommen sah, wies er mit einer unmerklichen Kopfbewegung auf einen Tisch im nächsten Raum hin, von dem man den Tresen unauffällig im Auge behalten konnte. Etwas später flüsterte er ihnen zu, daß die Jungs beim dritten Bier immer noch den Eindruck machten, als hätten sie nur Mineralwasser getrunken. Dabei waren sie erst vor einer Viertelstunde in die Kneipe gekommen.

Uebel sagte bewundernd, daß man doch überhaupt nicht so schnell schlucken könne.

Wie zum Beweis hob einer der Gruftis sein frisches Glas

und rief: »Duck dich, Leber, jetzt kommt's!« Dann goß er es in einem Zug hinunter.

»Habt ihr das gesehen?« fragte Inörglü leise. »Von dem könnt ihr noch was lernen. Keine Bewegung des Adamsapfels.«

»Ich hab's nicht gesehen«, flüsterte Uebel.

Nun hob auch der zweite Grufti sein Glas, setzte es aber nicht an die Lippen, sondern hielt es einige Zentimeter über seinen Mund. Er schüttete den Inhalt, ohne auch nur einen Tropfen zu vergießen, in sich hinein, und sein Adamsapfel geriet ebenfalls nicht für einen Moment aus der Ruhe.

»Donnerwetter«, staunte Morten und klatschte in die Hände. »Eine Meisterleistung!«

Um sie herum brachen die Gäste in Gelächter aus, und einige fielen in Mortens Applaus ein. Jetzt rutschte der dritte Grufti von seinem Hocker herunter, sah zu den übrigen Gästen herüber, bis sie verstummten, setzte sein Glas an die Lippen, verharrte so einen Augenblick, trank einen winzigen Schluck und stellte das Glas auf den Tresen zurück.

Eine Sekunde lang herrschte verblüfftes Schweigen, dann brach ein ohrenbetäubender Lärm los. Gelächter, Klatschen, Fußgetrampel, und ein paar Leute schrien sogar begeistert: »Da capo!«

Der dritte Grufti hob abermals sein Glas, prostete den anderen Gästen nach allen Seiten leutselig zu, trank noch einen kleinen Schluck und setzte sein Glas bedächtig wieder hin.

»Eine echte Persönlichkeit«, stellte Morten fest.

»Zum Fürchten«, hielt Uebel dagegen. »Der stinkt ja bis hierher.«

»Wer hat dich denn gebeten, an ihm zu riechen?« Inörglü lachte und fing von neuem zu klatschen an.

»Also, der Riese ist gekauft«, meinte Morten. »Ein toller Typ. Wenn man den vielleicht noch ein bißchen trainieren läßt.«

»Was willst du denn mit dem trainieren? Die Asiaten hauen den um, bevor er nur ›piep‹ sagen kann. Seine Statur und seine Glatze nützen ihm da gar nichts.«

»Er sieht aber imponierend gefährlich aus«, beharrte Morten enthusiastisch. »Ein Mordskerl, mit einem Stahlnacken.«

»Quatsch, das ist nur Fett.«

»Der kann einem echt Angst einjagen.«

»Dir vielleicht.«

»Warum schläft er eigentlich auf dem Friedhof?« fragte Uebel. »Der könnte doch in jedem Zirkus auftreten.«

»Der Mann ist zum Leben zu faul«, antwortete Inörglü, »glaubt mir, ich kenne diese Typen. Die geben einem in jedem Augenblick zu verstehen, daß sie sich nicht darum gerissen haben, auf die Welt zu kommen.«

»Der erste, der mit dem schütteren Vollbart, hat ein völlig degeneriertes Kinn und richtige Rattenaugen. Von Gutmütigkeit kann bei dem sicher keine Rede sein.«

»Aber mit einem Bauchladen könnte er eine ganz überzeugende Figur abgeben«, überlegte Morten.

»Der in der Mitte«, sagte Uebel und zeigte ungeniert auf den, der sich das Bier von oben in den Rachen gegossen hatte, »der sieht wirklich aus wie ein Grufti. Der hat ja beinahe einen Totenschädel. Die Haut spannt sich so hart über den Knochen, daß man Angst haben muß, sie könnte jeden Augenblick reißen. Entweder der Mann leidet an Krebs oder an schwerer Tbc. Sie alle erinnern mich an ›Die drei Gewaltigen‹.«

»Na, wohl eher an ihre Karikaturen.«

»Der Riese könnte den ›Raufbold‹ abgeben.«

»Und der mit dem fliehenden Kinn wäre der ›Habebald‹«, ergänzte Inörglü.

Morten lächelte leicht gequält. »Und der Totenkopf, denkst du, wäre dann der ›Haltefest‹?« wandte er sich an Otto Uebel.

»Er sieht so aus. Etwas Apokalyptisches haben sie alle drei. Zum Fürchten.«

»Ich kann mir nicht helfen, aber ich kann mir den Riesen nicht mit einem umgehängten Bauchladen vorstellen«, warf Inörglü ein.

»Für den müßten wir uns was Besonderes einfallen lassen. Der ›Totenkopf‹ ist glänzend und für das ›fliehende Kinn‹ haben wir auch Verwendung. ›Engagiert‹, hätte meine Mutter gesagt. Wenn sie nur endlich mal gehen würden. Kann nicht einer von euch ›Ich muß mal pinkeln!‹ rufen? Das regt vielleicht auch die Blasen der anderen an.«

Inörglü stand auf und schrie es mit seiner fisteligen Stimme hinaus. Erneutes brüllendes Gelächter war die Antwort. Der Riese blickte zu ihnen herüber und prostete ihnen leutselig zu.

»Ich auch«, sagte er freundlich und glitt fast katzenartig von seinem Hocker. Die anderen taten es ihm nach und schlossen sich an. Keiner von ihnen versuchte, seine Trunkenheit durch allzu langsames Gehen zu kaschieren. Sie wankten nicht, sondern verschwanden, fröhlich gestikulierend, in Richtung Pissoir.

»Phänomenal, diese Kerle«, lachte Morten, als Kalle Obst zu ihnen herüberkam.

»Na, gefallen euch die Jungs?« fragte er. »Die sind doch einsame Klasse, oder?«

»Sind angeheuert«, sagte Morten.

»In Ordnung«, erwiderte Kalle. »Ihr solltet ihnen den Stundenlohn einer Putzfrau zahlen und damit Schluß. Wie viele Stunden sie dann tatsächlich pro Tag auf den Beinen sein müssen, entscheidet ihr. Am besten, ihr findet einen Ausländer, der ihnen den Lohn auszahlt. Ich möchte nämlich nicht als ihr Auftraggeber fungieren.«

»Könntest du dir vorstellen, daß ich das mache?« fragte Inörglü und duzte Kalle Obst zum ersten Mal.

»Wenn du das übernehmen willst, wäre das ideal«,

stimmte Kalle Obst zu, ohne sich um die leise Aggression in Inörglüs Ton zu kümmern. »Wir sehen uns dann in den nächsten Tagen.«

Damit steuerte er wieder seinen Hocker am Tresen an.

»Ich möchte zahlen«, sagte er zum Wirt, der hinter dem Tresen stand. »Aber vorher hätte ich gern noch drei Bier und eine Apfelschorle.«

Die drei kamen gemächlichen Schrittes zum Tresen zurück und schwangen sich auf ihre Hocker. Ruhig sahen sie dem Wirt zu, der ihre Gläser füllte und mit leicht angewidertem Blick die Flasche mit dem Apfelsaft unter der Theke hervorholte.

»Also, ich würde den alten Goethe mal vergessen«, schlug Morten vor. »Aber ›Fettnacken‹, ›Fliehendes Kinn‹ und ›Totenkopf‹ – das könnte mir gefallen.«

»So kann ich doch keinen von ihnen ansprechen«, lachte Inörglü.

»Du fragst sie natürlich nach ihren Vornamen. Aber deinen verschweigst du. Nenn dich ihren Kumpel, und sag ihnen, sie möchten dich auch so ansprechen. Das muß genügen.«

Die Gruftis

Die nächste Sitzung, die dieses Mal im Hause Claas stattfand, hatte Morten durch seinen Vater erbeten. Anwesend waren Volker Hinrichs vom Landeskriminalamt, Rainer Appelmann, der Stellvertreter des Oberfinanzpräsidenten, Morten und Hasan Inörglü, der einen, wie er glaubte, detaillierten Plan vorgelegt hatte. Doch Appelmann zerpflückte Inörglüs Ausarbeitung mit großem Genuß und nannte sie eine mehr oder weniger dilettantische Aufstellung verschwommener Fakten.

»Nun, so weit würde ich nicht gehen«, erwiderte Hinrichs, der den Plan in großen Teilen überzeugend fand. »Verbesserungswürdig, aber schon recht eindrucksvoll.«

Nach längerem Hin und Her, in dem es vor allem um die Zahlen ging, einigten sie sich darauf, daß Appelmann so bald als möglich einen exakten Kostenvoranschlag abliefern sollte. Dazu bedurfte es einer noch genaueren Analyse der Aktion, die sich über Monate hinziehen konnte, denn sie wollten mit äußerster Vorsicht an die Sache herangehen.

Appelmann blieb weiter skeptisch: »Ich glaube nicht, daß es möglich ist, eine wirksame Kontrolle über eine solche Gruppe von Wirtschaftskriminellen auszuüben, solange man lediglich auf den Schutz nationaler Sicherheitskräfte zurückgreifen kann.«

Jetzt mischte sich Jon Claas ein: »Wie mein Sohn schon einmal erwähnte: Bei den Wurzeln packen kann man dieses Unwesen nur, wenn man grenzübergreifend agiert.«

»Mit Verlaub, Herr Präsident, da bin ich aber ganz anderer Meinung«, hielt Hinrichs dagegen. »Es ist durchaus möglich, Schaden von unserer Republik abzuwenden, auch wenn man gezwungen ist, lediglich auf nationalem Territorium zu operieren. Man kann diesen Kriminellen die Suppe derart versalzen, daß sie uns zumindest für ein absatzgefährdetes Land halten, in dem Gewinn und Verlust einander aufheben.«

Morten hörte sehr aufmerksam zu. »Wir sind auf jeden Fall zum Handeln gezwungen«, bestätigte er. »Ob mit oder ohne den Beistand der umliegenden Länder.«

Jon Claas winkte ab. »Letzten Endes werden wir diesen Schmuggel nie ganz in den Griff bekommen. Ich bin nur neugierig, wie tief ihr in den Sumpf eindringen und welche Kröten ihr an Land ziehen werdet.«

Er lachte etwas gequält. »Eins aber bitte ich mir aus«, fuhr er, ernster werdend, fort, »ihr haltet euch exakt an die Vorschriften. Daß Sie sich einbringen wollen, Hasan, halte ich für ausgesprochen vorteilhaft. Je weniger Beteiligte sich bei diesem Projekt als Beamte gerieren, desto größer die Glaubwürdigkeit.

Andererseits ist es aber um so notwendiger, beim Erkennen auch nur der geringsten Gefahr sofort um Amtshilfe der Kriminalbehörde zu bitten. Ich werde auch die Zollbehörde um Mitarbeit ersuchen. Wenn wir eine konzertierte Aktion zustande brächten, könnte das eine vielversprechende Sache werden. Zumindest, so hoffe ich jedenfalls, wird die Zollbehörde einige Leute für den Verkauf in euren Läden und Kiosken abstellen.«

»Das halte ich für keine gute Idee«, wandte Morten ein. »Zollbeamte sind leichter zu outen als die Jungs aus unserer Fahndung.«

»Dürfen es auch Mädchen sein?« fragte Hinrichs.

»Noch besser«, antwortete Morten ernst. »Das wäre die Tarnung schlechthin.«

Jon Claas lehnte sich ermattet in seinen Lehnstuhl zurück. Er schien plötzlich voller Mißmut und Überdruß zu sein.

»Ich bin nach wie vor davon überzeugt, daß die Herren vom Zoll besser geeignet sind. Aber wie auch immer, Sie, Herr Appelmann, werden so freundlich sein, die vorliegenden Pläne wie besprochen zu ergänzen.«

Da die Herren Hinrichs und Appelmann darum gebeten hatten, Kalle Obst und seine Mitarbeiter kennenzulernen, wurde ein nächstes Treffen, wiederum in der Claasschen Villa, verabredet.

Die Gruftis erschienen sauber gewaschen, benahmen sich erstaunlich manierlich und waren von Kalle Obst in einem Secondhand-Shop neu eingekleidet worden.

Fettnacken hatte für seinen riesigen Körper offenbar keine passende Größe gefunden. Das Jackett seines grauen Anzugs spannte über dem Rücken, und Morten bezweifelte, daß er es vorne würde schließen können. Die Ärmel reichten nicht ganz bis zu den Handgelenken, und der Kragen des rötlichbraunen Hemdes endete mit seinen Ekken auf Höhe der Ohrläppchen. Totenkopf dagegen trug Jeans, die ihm deutlich zu groß waren. Den Hosenbund hielt er verborgen, weil er einen etwas abgewetzten Blazer darüber trug, den er bis auf den letzten Knopf geschlossen hatte. Am freundlichsten hatte sich Fliehendes Kinn eingekleidet. Er hatte einen beigefarbenen Leinenanzug an, ein buntes Hemd, das von ferne an ein Missoni-Muster erinnerte, und auffallend braune Wildlederschuhe mit ungewöhnlich dicken Kreppsohlen, die ihn größer erscheinen ließen, als er eigentlich war. Sein schütterer Bart konnte zwar immer noch nicht das fliehende Kinn verdecken, aber er war frisch geschnitten und in eine gefällige Form gebracht worden. Doch die erstaunlichste Veränderung war mit seinem Haupthaar vor sich gegangen. Es sah aus, als habe er es blond färben wollen, was ihm aber nicht ganz gelungen war, denn es hatte einen Stich ins Lilafarbene angenommen. Darüber hinaus kräuselte es sich in kleine Löckchen, die seine Kopfhaut stärker als vorher durchscheinen ließen.

Morten registrierte, daß Fliehendes Kinn hinkte. In der Kneipe war ihm das gar nicht aufgefallen.

Die Gruftis kamen Morten in dieser Aufmachung scheußlich kostümiert vor. »Man hätte sie in ihren abgeschabten Klamotten lassen sollen«, warf er Kalle Obst nach dem Treffen vor, »damit hätten sie viel glaubwürdiger ausgesehen.«

Doch Kalle hielt dagegen. Seine Jungs hätten immerhin als Geschäftsmänner auftreten wollen. »Ein Bauchladen ist auch ein Laden. Solche Männer achten sehr genau auf ihr Äußeres, soweit ihre finanziellen Möglichkeiten das zulassen, denn sie haben ständig nur ein Ziel vor Augen: einen festen Laden, in dem sie sich eines Tages zur Ruhe setzen können.«

»Woher weißt du denn das nun wieder?« wollte Morten wissen.

Das solle Morten die Jungs doch besser selber fragen, sie trügen sich nämlich mit ganz konkreten Hoffnungen, erwiderte Kalle.

Die Gruftis machten Eindruck auf die Herren Hinrichs, Appelmann und Claas. Beifällig beobachteten sie, wie sich die Gruppe völlig unbefangen in der für sie ungewöhnlichen Umgebung bewegte. Sie ließen sich auf den angebotenen Stühlen nieder, betrachteten, während sie auf die verschiedenen und gezielten Fragen der Herren Auskunft gaben, die Kaffeetafel, die eigens für sie hergerichtet worden war, griffen bedächtig zur Kaffeekanne und in die reichlich gefüllten Keksteller, ließen aber die alkoholischen Getränke, die ebenfalls zu ganzen Flaschenbatterien aufgebaut waren, unbeachtet.

»Würden Sie denn, wenn Sie den Job annähmen, auch einen etwas komfortableren Wohnsitz akzeptieren?« fragte Hinrichs interessiert.

»Aber warum das denn?« fragte Totenkopf erstaunt zurück.

Die Gruftis konnten sich nichts Bequemeres als den Friedhof vorstellen. Im Sommer schliefen sie, eingebettet zwischen penibel gepflegten Gräbern, windgeschützt und in frischer Luft. Im Winter verkrochen sie sich in den marmornen und granitenen Grabgebäuden, die zwar kalt, aber ebenfalls sehr gepflegt waren. Wenn sie ein paar Scheine lockermachen konnten, durften sie die kleinen Villen sogar gleich über Wochen mieten. Sie mußten nur darauf achten, die Mausoleen am Morgen »picobello« sauber bis spätestens neun Uhr geräumt zu haben. Für die Besuche der Hinterbliebenen. Doch die tauchten nur selten vor elf Uhr auf. Wenn überhaupt. Und so konnten die Gruftis meist noch eine Weile weiterdösen.

»Im Winter bringen wir uns immer ein bißchen Brennholz mit und haben am Abend schnell eine warme Bude. Die Steine heizen rasch auf.«

»Das Problem ist nur der ständige Zuwachs an Mietern«, unterbrach ihn Fettnacken. »Die Vorbestellungen für den nächsten Winter gehen schon im Frühjahr ein. Und wenn man reservieren will, muß man immer gleich ein paar Scheine auf den Tisch legen. Als Anzahlung. Wenn man die nicht hat, sieht man im Winter ziemlich alt aus. Aber wer hat keine Geldsorgen heutzutage. Die Anwärter auf unsere Villen nehmen jedenfalls ständig zu. So schnell kann gar nicht gestorben werden, wie die Leute auf den Friedhof drängen.«

»Ich bin mal gespannt, wann der erste Regierungsvertreter bei uns aufkreuzt«, feixte Fliehendes Kinn.

»Na, na«, machte Jon Claas und griff lachend nach einer Weinflasche. »Die Bar ist eröffnet. Wer lieber ein Bier möchte, muß in den Kühlschrank greifen.«

»Im Winter«, fuhr Fettnacken ungerührt fort, »kann man seine Unterkünfte schon kurz nach Einbruch der Dunkelheit beziehen.«

»Das ist sogar Bedingung«, ergänzte Totenkopf.

Alle drei ignorierten nach wie vor den Alkohol.

»Wenn man sich vorher blicken läßt, wird man sofort gekündigt. Die Penunse ist weg, die Schlafstätte auch, und man kann von Glück sagen, wenn man noch einen Platz zwischen den Gräbern findet.«

»Nun drück mal nicht so auf die Tränendrüse«, sagte Fettnacken. »Kannst du dich erinnern, wie wir das riesige Feuer angemacht haben? Das war in der Dämmerung, und keiner hat uns verjagt.«

»Aber die Verwandten sind noch aufgetaucht. Das war nämlich zu Weihnachten, und die wollten die Geschenke für ihre Toten abliefern. Tja, wir hatten schon eine ganze Kiste Bier auf den Sarkophag gestellt und gerade ein Riesenfeuer angezündet. Es war richtig gemütlich. Wie das nun mal bei einem solchen Fest zu sein hat, nöch? Und gerade wie wir auf den kleinen Jesus anstoßen wollen, platzen die Hinterbliebenen rein.«

»Und was passierte dann?« Hinrichs beugte sich neugierig über den Tisch.

»Die haben uns das ganze Bier weggesoffen«, grinste Fettnacken.

»Nun mach mal halblang«, korrigierte Totenkopf. »Die haben doch nachgeliefert. Die sind extra bis zur nächsten Tankstelle und haben noch zwei ganze Kisten rangeschafft. Das war gar nicht so leicht. Zu Weihnachten haben ja nur wenige Tankstellen auf.«

»Das ging dann bis morgens um zwei«, ergänzte Fliehendes Kinn. »Die haben sich vielleicht bedankt, kann ich Ihnen sagen. So schöne Weihnachten hätten sie noch nie erlebt, haben sie zum Abschied gesagt.«

»Fragen wir mal andersherum«, versuchte es Morten, »würden Sie bei gut bezahltem Job trotzdem weiter so wohnen wollen?«

»Na, dann antworten wir mal so herum«, erwiderte Fliehendes Kinn, »weshalb sollten wir uns denn eine feste Bleibe mieten? Bei den Preisen heutzutage. So wie ich das sehe, könnten wir uns höchstens eine halbe Brücke in einem stinkenden Stadtteil leisten. Mit miesen Gebrauchtmöbeln und durchgelegenen Matratzen. Und dafür müßten wir ununterbrochen malochen.«

»Nach des Tages Müh und Plage«, ergänzte Totenkopf. Sein Grinsen sah zum Fürchten aus. Es war erstaunlich, daß seine straff gespannte Gesichtshaut eine derartige Grimasse überhaupt verkraften konnte.

Tolle Nummern, diese drei, dachte Morten. Wenn sie halten, was sie versprechen, könnten wir schnell zum Ziel kommen.

»Da bietet der Ohlsdorfer Friedhof doch eine ganze Menge mehr«, hörte er Fliehendes Kinn weiterreden. »Wir haben fest stehende Granitsockel, auf denen wir unsere Mahlzeiten einnehmen können, und die Zimmerwände sind oft sogar aus dunklem Basalt. Etwas kühl im Winter, aber absolut feuerfest und praktisch, weil es die Wärme längere Zeit zu speichern vermag. Einziger Nachteil: Man kann keine Bilder aufhängen.

Doch im großen und ganzen ist der Wohnkomfort weit größer als in so einer billigen Mietwohnung. Man braucht keine Möbel, hat sein bißchen Kram bei sich und kann jeden Abend in eine andere Behausung einziehen.

Natürlich gibt es manchmal auch armseligere Ausgaben von Grabmälern. Da sind die Betonwände schwarz überstrichen und können einen ganz schön depressiv werden lassen. Aber im allgemeinen geizen die Hinterbliebenen nicht bei ihren Toten. Sosehr sie es oft auch an Anteilnahme bei ihren lebenden Verwandten fehlen lassen.«

»Ein sehr überzeugender Vortrag«, lobte Hinrichs.

»Nicht wahr?« Fettnacken schlug Fliehendes Kinn kräftig auf die Schulter.

»Haben Sie eine höhere Schule besucht?« wollte Jon Claas wissen.

»Er ist Autodidakt«, feixte Totenkopf aufs neue.

»Stimmt nicht. Lassen Sie sich nicht auf den Arm nehmen«, mischte sich Fettnacken ein, »er hat sogar die Ludwig-Maximilians-Universität besucht.«

Morten sah Fettnacken verdutzt an. »Die Münchner Uni.«

»Sind Sie Bayer?« wandte sich Morten jetzt direkt an Fliehendes Kinn.

»Keine Spur. Der Dicke spinnt schon wieder. Er träumt permanent von der LMU und erzählt uns jeden Abend von der großen Chance seines Bruders, der dort hätte studieren können.«

»Und warum hat er es nicht getan?« erkundigte sich Morten.

»Er wollte das schnelle Geld machen und ist unter die Räder gekommen.«

»Das hat dem Dicken den Rest gegeben. Er hat sich quer und krumm gelegt für den kleinen Bastard.«

Fettnacken stand langsam auf. »Nimm das zurück!« sagte er zum Fliehenden Kinn und legte ihm leicht die Hand auf den Rücken.

Der kleine, drahtige Mann versuchte sich zu lösen. Doch der Druck in seinem Kreuz schien sich zu verstärken und ihn an die Tischkante zu drücken.

»Nimm das sofort zurück!« wiederholte Fettnacken, umklammerte mit seiner riesigen Hand den Nacken des anderen und begann ihn, wie es schien ohne jede Anstrengung, hochzuheben.

Alle im Raum schauten wie gebannt auf diese Szene und warteten voller Spannung darauf, wie sie sich wohl weiter entwickeln würde.

Fliehendes Kinn versuchte sich mit beiden Händen unter der Sitzfläche seines Stuhles festzuhalten, doch der Riese stemmte ihn ohne jede Mühe immer weiter in die Höhe, und der Stuhl, vom Fliehenden Kinn verzweifelt an seinen Hintern gepreßt, hob ebenfalls vom Boden ab.

»Du selbst hast ihn doch immer ›Bastard‹ genannt«, schrie er.

»Er ist mein Bruder und nicht deiner«, antwortete Fettnacken und hielt den Arm nun völlig ausgestreckt, an dem der andere, sitzend und immer wütender werdend, herumbaumelte.

»Wenn Sie den Stuhl loslassen und er zerbricht auf der Erde, kostet Sie das eine Menge Geld«, sagte Jon Claas zum Fliehenden Kinn. »Das ist ein antikes Stück. Achtzehntes Jahrhundert.«

»Siehst du«, ergänzte Totenkopf, »dann wirst du dir auch dein Basaltgrabmal nicht mehr leisten können. Also, nimm es lieber zurück.«

»Ich nehme es zurück«, echote Fliehendes Kinn kleinlaut.

Fettnacken ließ seinen Arm langsam sinken und setzte den Stuhl behutsam auf den Boden.

»Er ist mein Bruder, nicht deiner«, wiederholte er abschließend.

»Das ist nicht achtzehntes Jahrhundert«, widersprach Fliehendes Kinn, nachdem er einigermaßen zu Atem gekommen und den Stuhl sorgfältig in Augenschein genommen hatte. »Das ist neunzehntes Jahrhundert, ausgehendes Biedermeier und ein bißchen schlampig verarbeitet.«

»Woher wissen Sie das nun schon wieder?« fragte Jon Claas erstaunt.

»Ich habe früher mal in der Branche gearbeitet. Der Sekretär, den Sie da im Nebenzimmer stehen haben«, er deutete mit dem Daumen darauf, ohne sich nach dem Möbelstück umzudrehen, das man direkt durch die offene Schiebetür sehen konnte, »ist zwar Spätbarock, vielleicht sogar schon angehendes Rokoko, aber damit haben Sie einen ziemlich schlechten Kauf gemacht. Echt hin oder her. Auch damals hat man schon Kaninchenställe gekannt und daraus minderwertiges Zeug zusammengebastelt.«

»Wollen Sie damit etwa sagen, daß dieser Sekretär ein billiges Möbelstück aus der damaligen Zeit ist?« mischte sich Morten ein. »Wie können Sie das überhaupt beurteilen? Sie haben es ja nicht einmal richtig betrachtet.«

»Ach, wissen Sie, das lernt man mit der Zeit. Da gibt es zuviel Chichi an der Oberfläche, zuviel Aufwand mit den Intarsien, um von der mangelnden Qualität des Möbelkörpers abzulenken. Von den schlechten Hölzern, den dilettantischen Verleimungen wollen wir gar nicht reden. Wenn Sie mir gestatten würden, die Züge herauszuziehen, könnte ich Ihnen das auch beweisen.«

»Auf gar keinen Fall«, brummte Jon Claas und sah seinen Sohn an.

Morten stand auf und näherte sich dem Sekretär. Vorsichtig zog er die oberste Schublade heraus. Er schob die verschiedenen Sorten Schreibpapier und die dicken Packen Briefcouverts zur Seite und sah hinein.

»Na«, fragte Fliehendes Kinn, »sieht er innen so aus wie außen?«

»Nein«, antwortete Morten.

»Sie sehen nackte graue Bretter, stimmt's?«

»Ganz richtig.« Morten schob seine Hand noch tiefer in die Lade und fühlte an ihrem Ende so etwas wie eine dünne Pappe.

»Ja, wirklich«, sagte er, während er den Gegenstand weiter nach vorn zog, »man kann sogar teilweise durch die Ritzen sehen.«

Jetzt konnte er den Pappdeckel sehen und obenauf ein Etikett mit dem Namen seiner Mutter. Morten erschrak. Wie lange war er mit diesem Namen nicht mehr konfrontiert worden: Caroline Pippig. Diese beiden Wörter waren ihm absolut fremd geworden. Für ihn war sie immer nur »Mutter« gewesen.

Langsam kam ihm zum Bewußtsein, daß er sich schon früh gescheut hatte, ihren Namen zu denken oder gar auszusprechen. War er ihm unangenehm, weil der Name Claas eine Gesellschaftsschicht zu symbolisieren schien, in die solche wie die Pippigs nicht hineinpaßten? Oder hatte er sich so sehr von der Person, die diesen Namen geführt hatte, entfernt? Und nannte er sie womöglich nur darum »Mutter«, weil er sich insgeheim für ihre Herkunft schämte?

»Worüber denkst du da eigentlich nach?« hörte er seinen Vater fragen. »Man könnte meinen, du seist plötzlich eingeschlafen. Oder hast du etwas entdeckt, das dich interessiert? Dann zieh es raus.«

Morten schob die Schublade mit einem heftigen Stoß zurück.

»Kaninchenställe, nicht wahr?« grinste Fliehendes Kinn. »Außen hui, innen pfui. Das erste, was man zu tun hat, wenn man ein antikes Stück prüfen will: Man muß seine Innereien untersuchen. Raffiniert eingebaute Geheimfächer waren in dieser Zeit nicht selten. Aber nur bei den teuren Ausfertigungen. Oder haben Sie etwa eines entdeckt?« wandte er sich direkt an den Oberfinanzpräsideten.

Der schüttelte den Kopf.

»Eigentlich hätte Sie der Verkäufer darauf aufmerksam machen müssen. Und sehen Sie sich mal die untere Zarge an.«

Fliehendes Kinn rückte seinen Stuhl in die Richtung des Sekretärs.

»Völlig erneuert. Gut erneuert. Muß man sagen. Vielleicht sogar besser, als es das ganze Stück verdient. Rund um die Schlüssellöcher ist die Marketerie allerdings sehr mangelhaft geflickt. Könnte sein, daß da mehrere Restaurateure am Werke waren.«

»Jetzt hören Sie aber auf!« unterbrach ihn Jon Claas, »machen Sie mir das gute Stück nicht komplett madig. Ich hänge daran. Alle Achtung vor Ihren Kenntnissen, aber wie kann ein Mann mit Ihren Fähigkeiten derart vor sich hin vegetieren? Sie hätten doch alle Chancen, in einem erstklassigen Antiquitätengeschäft zu arbeiten.«

Jetzt mischte sich Fettnacken ein. »Was meinen Sie denn, was der macht, wenn die Knete knapp wird? Der nimmt Teilzeitjobs an. Vertritt Verkäufer, die in die Ferien abhauen. Der sorgt für uns alle, wenn es nötig ist. Man muß ihn nur hin und wieder an die Kandare nehmen.«

»Und was ist aus Ihrem Bruder geworden? Lebt er in München?«

Fettnacken drehte den Kopf langsam in Mortens Richtung. »Er ist tot«, antwortete er ruhig.

»Sehen Sie«, unterbrach Fliehendes Kinn nach einer Weile die plötzliche Stille. »Das ist die Ungerechtigkeit im Leben. Der eine haut ständig auf sich ein, negiert sozusagen sein eigenes Dasein, und der andere«, er wies mit der Hand auf Totenkopf, »entwickelt eine Lebensgier, daß einem vom bloßen Zusehen schon schlecht werden könnte.«

»Was ist mit ihm?« wollte Hinrichs wissen und beugte sich vor.

»Er hat Krebs.«

Totenkopf nickte und verzog das Gesicht zu einem verlegenen Grinsen.

»Lymphdrüsenkrebs, unheilbar«, fuhr Fliehendes Kinn fort. »Man hat ihm Chemotherapien und Bestrahlungen verpaßt. So stark, daß er sich die Haare wie verdorrtes Gras vom Kopf pflücken konnte. Seine Zähne sind fast alle draußen. Er kann nur noch weiches Zeug kauen. Aber er steht wie eine Eins. Entweder der Krebs scheint zur Ruhe gekommen zu sein, oder er ist schon lange tot und weiß es noch nicht. Auf jeden Fall hält er länger durch als wir beide zusammen. Alfred ist zwar ein Riesenkerl, aber er hat Plattfüße und muß ständig stehenbleiben, wenn wir mal eine längere Strecke unterwegs sind.

Ich selbst habe als Kind eine Lungenspitzentuberkulose gehabt. Die ist zwar inzwischen längst verkalkt, aber sie kann jederzeit wieder aufbrechen, wenn ich wenig zu futtern habe. Bei jeder Anstrengung bricht mir der Schweiß aus. Hannes hier ist der einzige, der wie ein Uhrwerk funktioniert. Der zischt die Berge rauf und runter, ohne einmal ins Schnaufen zu kommen.«

»Wo sind denn hier Berge?« fragte Hinrichs.

»Na ja, wenn man so rumkommt wie wir. Es gibt da doch schon ein paar Hügel in der Umgebung. Mehr oder weniger.«

»In Ohlsdorf«, feixte Totenkopf.

»Aha«, sagte Hinrichs. »Wenn ich Sie recht verstanden habe, heißt Ihr kompakter Freund dort drüben also Alfred und der zweite Kamerad hier Hannes. Und wie heißen Sie?«

»Günni«, antwortete Fliehendes Kinn nach einigem Zögern. »Kommt von Günther.«

»Nachnamen haben Sie keine?« Hinrichs sah sie der Reihe nach an.

»Nee«, feixte Totenkopf, »die haben wir in Ohlsdorf verbuddelt.«

»Na schön«, ergriff nun Morten wieder das Wort. »Die Herren hier sind Kaufleute und wollen sozusagen einen Probeballon starten. Eventuell haben sie vor, eine ganze Ladenkette zu eröffnen, und wir könnten Sie möglicherweise brauchen. Könnten Sie sich denn vorstellen, mit Bauchläden durch gewisse Gegenden zu marschieren und Tabak oder Zigaretten anzubieten?«

»Um welche Gegenden geht es denn?« wollte Totenkopf wissen und begann plötzlich, sich wie in Trance hin und her zu wiegen.

»Das wird Ihnen ein Bekannter von Herrn Obst, der Sie hierhergebracht hat, näher erklären. Wir selbst sind, was die Organisation angeht, nicht genügend informiert, um Ihnen eine befriedigende Auskunft geben zu können.«

»He, junger Mann, wollen Sie uns auf den Arm nehmen?« Totenkopf blickte sich zu Kalle Obst um, der hinter ihn getreten war. »Da stinkt doch der tote Hund!«

»Das sind ganz brave Geschäftsleute, die wissen wollen, ob sich Zigaretten und Tabakwaren zu verbilligten Preisen gut absetzen lassen. Die Herren haben jede Rückendekkung. Es ist alles ganz legal. Mehr weiß ich auch nicht. Ich will euch nur Arbeit verschaffen. Sonst nix.«

»Verbilligt?« fragte Totenkopf noch einmal. »Hast du schon bei den Vietnamesen und Albanern nachgefragt, was die dazu sagen?«

Die Herren sahen sich schweigend an.

»Überlegt es euch«, sagte Morten nach einer Pause. »Ihr

braucht heute noch gar nichts zu sagen. Solltet ihr euch dafür entscheiden, wird euch Kalle Obst den betreffenden Herrn vorstellen, der alle Fragen beantworten kann und der euch die Arbeit zuteilen wird.«

Als die Gruftis sich verabschiedet hatten, erkundigte sich Volker Hinrichs noch einmal nach der Vergangenheit von Kalle Obst, der sich im Gespräch so betont zurückhaltend benommen hatte.

»Der Mann hat ein Geheimnis. Können Sie uns mehr darüber erzählen?«

Morten nickte. »Gut beobachtet. Er hat tatsächlich eins. Ich möchte es als ein recht liebenswürdiges beschreiben. Er verehrt Blumen. Er ist generell vernarrt in Pflanzen und hat einmal versucht, mir zu erklären, daß die Pflanzen die am höchsten entwickelte Art von Lebewesen seien. Ihre Ausdrucksweise sei zwar eine sehr stille, aber dafür eine um so erhabenere.«

Morten schien enormen Spaß an seiner Erzählung zu bekommen. »Das menschliche Hirn, so meint Kalle Obst, ist einfach zu unterentwickelt, um diese hochsensible Pflanzensprache zu verstehen. Eine Sprache, die nur im Zusammenwirken mit dem Wind entstehen kann. Sich im Wald aufzuhalten, wenn Sturm aufkommt, sei ein Urerlebnis für denjenigen, der sich auskennt. Je höher der einzelne Baum, desto stärker seine Ausrufe. Kalle sagt, man könne sie regelrechte Warnungen vor dem Sturm ausstoßen hören.

Blumen dagegen flüstern nur, sind ängstlich und erschrecken vor jedem Geräusch. Er meint, man könne das sehr gut beobachten, wenn man nur genau Ausschau halte. Dann würde man sie beispielsweise ihre Köpfe neigen sehen, obwohl absolute Windstille herrscht.«

»Ein Spinner also«, resümierte Hinrichs und räusperte sich. Mit seiner Überheblichkeit schien er jedoch nur kaschieren zu wollen, daß er beeindruckt war von dem, was er gerade eben gehört hatte.

»Das würde ich nicht so sehen«, widersprach Morten. »Doch was läge für einen solchen Mann näher als der Beruf eines Friedhofsgärtners. Pflanzen brauchen die Stille, um miteinander kommunizieren zu können, sagt er immer. Und Menschen brauchen sie, um ihnen zuzuhören.«

Jon Claas klatschte dezent in die Hände. »Schön«, sagte er, »das gefällt mir. Diese Sensibilität hätte ich ihm gar nicht zugetraut.«

»Aber die Versponnenheit – ich will es einmal so nennen – ist doch unübersehbar«, mischte sich nun auch Rainer Appelmann ein. »Ich muß Ihnen da restlos zustimmen, Herr Kriminaldirektor. Und angesichts unseres Vorhabens scheint er mir einen recht fragwürdigen Eindruck, speziell für diese Aufgabe, zu machen.«

»Sie kennen ihn doch gar nicht«, protestierte Morten. Der Blick, mit dem er Appelmann fixierte, nahm wieder die Starre an, und die Augenlider bewegten sich nicht mehr.

Eigenartig, dachte Appelmann, seine Augen bleiben völlig trocken. Mir würden schon nach ein paar Sekunden die Tränen herunterlaufen. Laut beeilte er sich zu versichern: »Selbstverständlich entnehme ich das nur Ihren Worten über ihn.«

Dann erzählte ihnen Morten Kalles ganze Geschichte.

Kalle Obst

Er war im vorletzten Jahr des Zweiten Weltkriegs in Pommern geboren worden und im Alter von zwei Jahren mit seiner Mutter nach Norddeutschland geflüchtet. Schon früh hatte er sich für die Schauspielerei interessiert und konnte bereits im Schulalter jeden Menschen mit einigermaßen markanten gestischen oder sprachlichen Angewohnheiten geradezu verblüffend nachahmen.

Als junger Mann glaubte er, sein imitatorisches Talent, das ihm während der Schulzeit so viel Anerkennung gebracht hatte, würde ihm auch bei einer Ausbildung zum Schauspieler nicht gerade im Wege stehen. Falsch!

Nachdem er sich an drei Schauspielschulen zur Aufnahmeprüfung angemeldet und jedesmal ein Fiasko erlebt hatte, gab er auf. Man lehnte ihn stets mit der gleichen Begründung ab – seine nachahmerischen Fähigkeiten würden ihm höchstens eine kleine Karriere in einem Varieté oder Kabarett erlauben, nicht aber eine Laufbahn am Theater oder in den Medien, wo wahre Kreativität in puncto Rollengestaltung gefragt sei. Ein Talent, das auf Menschendarstellung hinweisen könne, sei bei ihm nicht sichtbar geworden.

Kalle Obst zog sich zurück und wurde Gärtner. Seine gründliche Ausbildung und seine landschaftsgärtnerischen Fähigkeiten machten ihn in Nordfriesland bald zu einem gefragten Mann, und einige Kirchengemeinden baten ihn, die Friedhofspflege der verschiedenen Sprengel zu übernehmen.

Das kam ihm sehr gelegen. Die Friedhofsruhe war eine willkommene Möglichkeit, sich von den erlittenen Enttäuschungen zu erholen. Schon bald waren seine Gräberfürsorge und seine unkonventionelle Art der Bepflanzung berühmt. Kalle haßte den ›widerlichen Rhododendronkram, das wuchernde Efeugeschlinge‹ und machte lieber Versuche mit kleinen japanischen Ziergewächsen, sogenannten Bonsaibäumen, Tulpenzwiebeln, die jedes Jahr neue, hübsche Blüten hervorbrachten, und überredete die Hinterbliebenen sogar zu Bäumen südländischer Herkunft.

Er pflanzte Pinien und Zypressen und schilderte den Hinterbliebenen die Ruhe, die ihre Toten hinter einer dichten Zypressenwand finden würden. Als er dann aber zur Anpflanzung ganzer Bonsaiwäldchen auf großflächigen Familiengräbern überging, bekam er erheblichen Ärger mit dem Trauervolk und mußte sich vom Leiter einer Gemeinde hart zurechtweisen lassen.

»Die Mitglieder meiner Kirchengemeinde beschweren sich zu Recht über Ihre Sympathien zur fernöstlichen Pflanzenwelt«, sagte der Pfarrer nachdrücklich, »und ich habe Verständnis für sie.«

»Aber die sensiblen kleinen Gewächse, diese zierlichen Liliputaner der Pflanzenwelt, eignen sich doch bestens für einen liebevollen Grabschmuck«, verteidigte sich der Gärtner, »und ich bin davon überzeugt, daß die Geister der Toten, wenn es denn wahr ist, daß sie nächtens das Friedhofsgelände unsicher machen, ihre helle Freude daran haben. Man muß den Leuten die Begeisterung ihrer ehemaligen Anverwandten nur richtig klarmachen. Und das wäre eigentlich Ihre Aufgabe, Herr Pastor.«

Fakt war: Kalle mußte die niedlichen kleinen Gewächse alle wieder ausrupfen. Beinahe hätte er auch noch die Kosten für die Pflanzen selber übernehmen müssen, denn plötzlich kamen alle Hinterbliebenen überein, künftig keine fernöstlichen Zierwälder mehr auf den Ruhestätten ihrer Lieben zu dulden, und bestanden auf einer Neubepflanzung. Zumeist von Efeuranken. Er schüttelte sich vor Abscheu. Da aber der Sprengel großmütig die Mehrkosten übernahm, wartete er von nun an nur noch auf eine günstige Gelegenheit.

Sie kam mit dem Tod seiner Mutter, an der er sehr gehangen hatte. Sie hatte ihn recht spät bekommen, ihr damaliger Lebensgefährte hatte längst nicht mehr mit Nachwuchs gerechnet, schließlich war seine Partnerin schon weit über die Vierzig hinaus.

»Da konnte doch keiner mehr annehmen, daß du für solche Späßchen noch empfänglich wärest«, meinte er und nannte sie seither nur noch »Sarah«, was Kalles Mutter sehr kränkte.

»Ich bin doch keine neunzig!« sagte sie bitter.

Kalles Vater lachte sie aus und meinte, daß die biblische Sarah wahrscheinlich auch nicht älter als sie gewesen sei. »Juden übertreiben ja immer.«

Und dann war Kalles Mutter eines Tages wirklich neunzig Jahre alt geworden: »Weißt du«, sagte sie zu ihrem Sohn, »ich mag nun nicht mehr. Es wird immer anstrengender, meinen alten Körper durch die Gegend zu schleppen. Und wenn ich erst die ganze Zeit im Bett liegen muß, dann kann ich auch gleich im Sarg liegen. Dort wird mir wenigstens nichts mehr weh tun.«

Kalle, der Bär von einem Mann, war völlig fertig, als er sie so reden hörte.

»Mutter«, protestierte er verzweifelt, »du kannst mich doch nicht so im Stich lassen. Schau doch mal durchs Fenster: Du kannst ja vor lauter Eisblumen nichts erkennen. Wenn du jetzt stirbst, kriege ich dich niemals unter die Erde. Wie soll denn das gehen? Bei dem gefrorenen Boden bricht jede Schaufel ab. Und dann liegst du bis zum Frühling in der Leichenhalle rum. Das kannst du dem Pastor nicht antun.«

Die alte Frau sah ihn so angstvoll an, daß er ein ganz schlechtes Gewissen bekam. Ihre Angst hielt bis zum Frühsommer vor. Dann fragte sie schüchtern, ob sie denn jetzt sterben dürfe.

»Mein Gott, so warte doch, was meinst du denn, was im Moment hier los ist? Es ist Hochsaison, Mutter. Jetzt wollen die Leute alle ihre Gärten gemacht haben. Und diese schreckliche Hitze ist für den Frühsommer auch reichlich anormal. Der Hitzschlag wütet geradezu unter den alten Leuten. Wir haben Voranmeldungen bis in den Herbst hinein. Ich verspreche dir: Für den Herbst halte ich dir ein Tiefkühlfach und einen Termin frei. Aber jetzt? Ich müßte dich liegenlassen, bis du stinkst. Das willst du doch sicher nicht, oder?«

Sie schüttelte resigniert den Kopf und sah ihn wieder mit diesem ängstlichen Ausdruck an.

Kalle kannte seine Mutter gut, und er glaubte ihr nicht so recht. Nichts in ihrem Gesicht hatte sich auch nur im geringsten bewegt, und doch meinte er ein feines Lächeln wahrzunehmen. Er schämte sich, war aber gleichzeitig heilfroh, daß er sie noch eine Weile behalten durfte. »Mutter, du siehst aus wie eine gebackene Birne. Du hältst noch lange durch.«

Im Herbst aber machte sie Ernst. Kalle mußte sie auf dem Dorffriedhof begraben, und außer dem Pastor war weiter niemand dabei. Danach setzte er alle Bonsaibäumchen, die er bekommen konnte – er mußte deshalb sogar bis nach Kiel fahren – auf ihr Grab und kündigte. Obwohl ihn der Sprengel mit allen Mitteln zu halten suchte, ja sogar für die Bonsaipflanzen auf dem Grab seiner Mutter aufkommen wollte, packte seine Sachen zusammen, löste die Wohnung seiner Mutter auf und fuhr nach Hamburg.

Morten hatte Kalles Geschichte beendet und sah seine Zuhörer an. Sie lauschten gebannt.

»In Hamburg fand Kalle ziemlich bald eine Aufgabe auf dem Ohlsdorfer Friedhof«, fügte er leise hinzu. »Hier trafen wir uns zum ersten Mal, als wir gerade meine Mutter begraben hatten. In den folgenden Jahren sahen er und ich uns häufig draußen auf dem Friedhof. Und nach einiger Zeit machte ihm mein Vater den Vorschlag, doch öfter mal nach unserem Garten zu sehen.«

»Eine beeindruckende Persönlichkeit«, mußte Hinrichs zugeben, »ich möchte jedenfalls bald einmal Gelegenheit haben, mich länger mit ihm zu unterhalten. Doch zurück zu unseren drei Herren, Gruftis sind sie wohl genannt worden, wenn ich mich nicht irre. Übrigens eine sehr zutreffende Bezeichnung, wie ich meine. Ich würde vorschlagen, sollten sie wirklich bestallt werden, bei dieser Benennung zu bleiben und ihre Vornamen lediglich in den Akten nieder zu legen. Ihre Familiennamen selbstverständlich ebenfalls – wenn wir sie herausgefunden haben.

Zwei Fragen müssen mir aber noch erlaubt sein, bevor wir auseinandergehen. Ihre Beantwortung kann nämlich sehr wichtig für unser weiteres Vorgehen sein. Erstens: Was verbirgt sich hinter der Formulierung ›Er wollte das schnelle Geld machen‹. Sie entsinnen sich? Es handelt sich um den Bruder dieses Alfred.

Und zweitens: Wer ist dieser Hannes? Ist er tatsächlich schwer krank, wie ich ihm ohne weiteres abzunehmen gewillt bin? Sein erschreckender Totenschädel läßt daran eigentlich keinen Zweifel. Zieht er sich also deshalb schon zu Lebzeiten auf den Friedhof zurück? Ich bin da eher skeptisch. Hinter dem Kerl steckt noch mehr. Er scheint sich selbst über den Tod lustig machen zu wollen. Finden wir das heraus, bevor wir uns auf ein gefährliches Terrain begeben und die Gruftis auf diese riskante Lockvogeltour schicken.«

Kalles Brief

Das Schreiben, das Morten einige Tage nach dieser Sitzung von seinem Freund Kalle Obst erhielt, richtete erneut seine Aufmerksamkeit auf den Mann, der ihm auch später noch einiges Kopfzerbrechen bereiten sollte.

Lieber Morten,

ich will Dir kurz von der Unterhaltung berichten, oder soll ich es eher ein sanftes Verhör nennen, das ich inzwischen mit dem Herrn Kriminaldirektor Hinrichs geführt habe und zu dem ich von meinen Freunden Uebel und Inörglü mehr oder minder sanft gezwungen wurde. Das Gespräch fand im Büro des Herrn Hinrichs auf dem Kriminalgericht statt. In einer für mich demütigenden und bösartigen Atmosphäre.

Zuerst erkundigte sich Hinrichs nach dem Vorleben des »Totenkopf-Hannes« – er heißt übrigens Hans-Rüdiger Beinlos –, dann verlangte er präzise Informationen über alle drei. Erst habe ich mich energisch geweigert, ihm ohne ihre Einwilligung Auskunft über ihr Leben zu geben.

»Wo kämen wir denn da hin«, rief ich, »wenn wir den Datenschutz nur auf die in die Gesellschaft eingeordneten Bürger anwenden dürften. Sie können es mir nicht verübeln, wenn ich mich dagegen wehre, das Vorleben der drei Gruftis, wie Sie sie wiederholt und mit großer Schadenfreude nennen, zu schildern.«

Erst nach einer guten halben Stunde, in der er mir klarmachte, welchen Gefahren sie und auch wir, die wir dahinterstünden, ausgesetzt wären, ist es ihm gelungen, mich weich zu klopfen.

»Sagen Sie doch selbst«, argumentierte er, »würden Sie die volle Verantwortung für die Beamten übernehmen, die mit Sicherheit da hineinverwickelt werden, wenn Sie nicht genau wüßten, über wen Sie die Hand zu halten haben? Die Herren Gruftis sind Ihre Schützlinge, und die Beamten sind meine. Verstehen Sie das?«

Dem konnte ich nicht widersprechen. Also gab ich ihm Auskunft, soweit es meine eigenen Informationen erlaubten. Als erstes umriß ich das Schicksal des Totenkopf-Hannes.

Hannes, bürgerlich Hans-Rüdiger Beinlos, hat in der Schulzeit, trotz seiner mittellosen Eltern, das Gymnasium besucht und erhielt nach dem Abitur ohne Mühe ein Stipendium für das Medizinstudium. Da ihm die Hamburger und auch die Berliner Uni nicht besonders verlockend erschienen, schrieb er sich in München ein. Dort nahm ihn die Ludwig-Maximilians-Universität unter ihre Fittiche und ermöglichte ihm durch Sonderfördermittel ein einigermaßen angenehmes Studentenleben. Er schrieb eine glänzende Magisterarbeit, promovierte später und wurde mit großen Vorschußlorbeeren als wissenschaftlicher Assistent ans Max-Planck-Institut weitergereicht.

»Hat Ihnen Hannes selbst diese Geschichte erzählt?« wollte Hinrichs wissen, aber ich erklärte ihm, daß ich sie von Alfred, dem Fettnacken, hätte. Sein Bruder und Hannes waren eine Zeitlang Studienkollegen gewesen.

Da schien dem Herrn Kriminaldirektor ein Licht aufzugehen, denn er fragte umgehend nach diesem Bruder, der ihn brennend zu interessieren schien. »Soweit ich das beurteilen kann«, antwortete ich, »müssen sie dicke Freunde gewesen sein.«

Alfreds Bruder war es, der ihn auf den ersten geschwollenen Lymphknoten aufmerksam machte, den er unterhalb des Kinns entdeckt hatte. Hannes und er selber beobachteten das Fortschreiten der Krankheit und konnten ihre weitere Entwicklung minutiös voraussagen.

Das tägliche gemeinsame Abtasten der zunehmenden Anzahl geschwollener Lymphknoten hatte die beiden in eine Art Rausch versetzt. Sie kamen sich wie zwei clevere Mediziner vor, die dem spannenden Verlauf einer bösartigen Krankheit beiwohnten, ohne zu realisieren, daß sie den sicheren Tod bedeuten könnte.

Als Alfreds Bruder erkannte, was er angerichtet hatte, schmiß er alles hin und driftete in die harte Drogenszene ab.

»Beide, Hannes und Alfred, sind sich auf dem Ohlsdorfer Friedhof wiederbegegnet«, erzählte ich. »Der eine zog sich dahin zurück, weil er nach einer viermaligen Chemotherapie die Nase voll hatte. Der andere, weil ihm sein geliebter kleiner Bruder, für den er so viel geopfert hatte, endgültig verlorengegangen war.«

»Wodurch?« hatte Hinrichs gefragt.

»Er war zum Dealer geworden. Als man ihn erwischt und für längere Zeit in eine Ausnüchterungszelle gesteckt hatte, war es ihm gelungen, sich zu erhängen, fest daran

glaubend, daß Totenkopf-Hannes längst vor ihm das Zeitliche gesegnet hatte.«

»Wie vertragen sich die beiden denn nun?« hatte Hinrichs weitergebohrt. Das wäre doch wichtig zu wissen, angesichts einer gemeinsamen Sache, bei der man sich aufeinander verlassen können müsse.

Alfred hatte Hannes, als er seiner auf dem Friedhof ansichtig wurde, mit den Worten begrüßt: »Was, du Klappergestell bewegst dich noch?«

Sie hängen aneinander wie zwei Brüder. Alfred begrapscht Hannes ständig, wenn sie sich unbeobachtet glauben, weil er meint, daß er durch den anderen eine körperliche Verbindung zu seinem toten kleinen Bruder haben könne. Er muß unsagbar an ihm gehangen haben, denn er hat für ihn die miesesten Jobs angenommen, hat sogar zweitklassige Ringkämpfe ausgefochten, bei denen er meistens aufs Kreuz gelegt worden ist. Nur um seinem Bruder das Studium zu finanzieren.

»Und Sie?« Hinrichs konnte anscheinend nicht genug bekommen. Er wollte einfach nicht verstehen, daß man den Friedhof als einen Ort vollkommener Ruhe und Gelassenheit ansehen konnte.

»Wo finden Sie denn heutzutage noch Ruhe in diesem Land? Auch über die Badeorte an der Nordsee fegen die Düsenjäger wie wild gewordene Rieseninsekten hinweg, und in den Städten ist die Suche nach Ruhe selbst für die höchsten Kreise zu einer fast unlösbaren Aufgabe geworden. Ich würde Ihnen empfehlen, Ihre Ferien einmal in einem der Mausoleen auf unserem Friedhof zu verbringen. Vom Lärm der Düsenflugzeuge werden Sie zwar auch da nicht verschont bleiben, aber den Horror des Straßenverkehrs werden Sie sich ersparen.«

Dann überfiel er mich plötzlich mit der Frage, ob er die Gruftis nicht den Neonazis zurechnen müsse. Er könne sich eine solche Zugehörigkeit gut vorstellen.

Wie er denn darauf komme, fragte ich zurück.

Darauf antwortete er, daß ein Mensch, der sich so früh aus der Gesellschaft zurückziehe, immer Verdacht errege. Und ich könne doch nicht abstreiten, daß meine Passion für durchgedrehte und todessüchtige Typen nicht ganz normal sei. Abgesehen von meiner übertriebenen Leidenschaft für die Pflanzenwelt. Ihm persönlich wäre der Ruf ›zurück zur Natur‹ immer zuwider gewesen. Ob es eine Parteizugehörigkeit bei mir gebe, wollte er dann wissen.

Bei welcher Partei er mich denn gern aufgehoben sähe, hatte ich zurückgefragt und erklärte ihm, daß ich das Gespräch nun für beendet hielte. Als ich schon die Türklinke in der Hand hatte, rief er mir noch zu, daß er eine besondere Animosität gegen Nazis, Kommunisten und Islamisten empfinde. Ich solle es ihm nicht gar so übelnehmen, wenn er sich so angelegentlich danach erkundigt habe. Mit seinem leichten Grinsen, in dem so etwas wie Güte aufschien, erklärte er noch, daß er den Islamisten und den Kommunisten bei mir gestrichen habe.

»Warum den Kommunisten?« fragte ich neugierig.

»Den Kommunisten möchte ich sehen, der sich freiwillig mit Ihren Gruftis umgibt.«

Lieber Morten, Du wirst sicher Verständnis dafür haben, daß ich dir einen so genauen Bericht aufgezeichnet und zugeschickt habe. Es soll später nicht heißen, daß ich dir etwas verschwiegen oder gar hinter deinem Rücken Gespräche geführt hätte. Diese Zeilen sollen dich auch von meiner unverbrüchlichen Verbundenheit überzeugen. Wir sehen uns ja bald einmal.

Dein Kalle Obst

PS: Otto Uebel half mir beim Abfassen dieser Zeilen. Für mich gehen sie ein bißchen auf Stelzen. Für Dich auch? Vielleicht wird dir aber die Schilderung der Wilden von Ohlsdorf nützlich sein.

Erste Probeläufe

Hasan Inörglü erklärte sich bereit, die ersten Probeläufe zu beaufsichtigen. Auf Anraten des Landeskriminaldirektors Hinrichs, der lange mit seiner Zustimmung gezögert hatte, sollten auch einige Beamte in den festgelegten Gegenden eingesetzt werden. Und je mehr die Auseinandersetzung darüber zwischen Morten und ihm sich zuspitzte, desto unbeugsamer bestand er darauf.

Morten warf ihm vor, die ganze Aktion zu gefährden, indem er ihrem unbefangenen Aussehen die Glaubwürdigkeit nahm. Und Hinrichs wollte sich lange nicht mit dem Argument Mortens abfinden, daß Polizisten in Uniform den Verdacht der Observierung nach sich ziehen könnten. Im Gegenteil. Kontrollgänge am Abend, von solchen Beamten ausgeführt, wären in allen Bezirken üblich und gehörten, vor allen Dingen in bestimmten Vierteln, zum Stadtbild.

»Die Bezirke, in denen wir agieren, werden von den Streifenpolizisten meist gemieden«, widersprach Morten, »nur in ganz konkreten Notfällen machen sie gute Miene zum gefürchtet bösen Spiel.«

Hinrichs bestand jedoch auf der Einsetzung der Beamten, und nachdem er Morten einigermaßen von der Unauffälligkeit seiner Leute überzeugt hatte, gab der schließlich nach.

»Andernfalls könnten Sie es vielleicht bereuen, wenn Sie in gewissen Situationen keinerlei Hilfe zu erwarten hätten«, sagte Hinrichs.

Morten und Inörglü wählten nach einiger Überlegung als erstes das harmlose Schanzenviertel aus, gaben einem Mittelsmann der Kripo korrekt Viertel und Einsatzplan bekannt und setzten die drei Gruftis in Marsch.

Otto Uebel hatte in zehn Bezirken der Stadt Kioske und

kleine Tabakläden aufgetrieben, in denen getarnte Beamte des Zollkriminalamts als Verkäufer arbeiteten. Die Läden waren ausschließlich mit Tabakwaren und Presseerzeugnissen bestückt, und bald hatte die Ladenkette einen beträchtlichen Erfolg.

Vornehmlich die Geschäfte am Steindamm, in der Langen Reihe, am Hansaplatz und an der Rutschbahn bekamen sofort größeren Zulauf. Hier mußte man die Kunden natürlich mit der Billigware der Hamburger Tagespresse und den Yellowblättern anlocken.

Otto Uebel hatte allen Zollbeamten eingebleut, sich nicht provozieren zu lassen. Und eine Zeitlang schien auch alles ganz normal zu verlaufen. Die Leute nahmen neben der Bildzeitung und der Morgenpost auch ihre Zigaretten mit, fragten selbstverständlich nicht nach dem Preis der Päckchen, sondern legten meist schon das abgezählte Geld auf die Theke.

Nach zwei Tagen wurde Uebel von einem Beamten angerufen, der einen Laden am Hansaplatz bediente. Er wäre von einigen Kunden gefragt worden, wann die nächste Preiserhöhung fällig wäre und ob er die Zigaretten eigentlich auch einzeln verkaufe. Der Beamte hatte das abschlägig beschieden und war darauf von einem Kunden angemacht worden. Es gäbe aber Läden ganz in der Nähe, die das täten und die Ware manchmal sogar billiger abgäben. Er solle sich bloß keinen Fleck ins Hemd machen und ein Päckchen aufreißen.

Nachdem der Beamte auch das abgelehnt hatte, war der Kunde mit der Drohung verschwunden, er wolle auch seinen Kumpels eintrichtern, diesen Laden künftig zu meiden. Uebel hatte dem Beamten gegenüber deutlich gemacht, er könne die Zigaretten ruhig einzeln verkaufen, auf keinen Fall jedoch billiger. Vorläufig jedenfalls.

Parallel dazu waren auch die Gruftis tätig geworden. Sie klapperten das Schanzenviertel ab, ließen keine Kneipe unbehelligt und waren auch nicht entmutigt, wenn ihnen mitunter vom Personal die Tür gewiesen wurde.

Die Gruftis hatten den weitaus gefährlicheren Job als die Zollbeamten. Sie konnten die Preise nach Gutdünken senken, durften aber nie zusammen gesehen werden. Nach einigen Tagen schon war es so weit, daß die Stammkunden in den Kneipen auch ihre Stammkunden geworden waren. Wo sie denn abgeblieben wären, rief man ihnen zu, wenn sich einer von ihnen einmal verspätet hatte.

Günni hatte sich über sein fliehendes Kinn wieder etwas mehr Bart wachsen lassen und wurde von der Kundschaft ganz besonders gut angenommen. Seine Sprüche waren schnell in der ganzen Gegend herum. Auch die Gastwirte mochten ihn, weil er die Gäste gleichzeitig zum Trinken animierte: »Kriegst du billig deine Lulle, dann vergiß auch nicht die Pulle!« oder »Wer sie billig haben kann, säuft sein Bier nicht nebenan.«

Wenn er sich mit seinem Bauchladen an den Tischen vorbeischob, in der hocherhobenen Hand eine Stange Camel, war sein Vorrat manchmal schon nach etwa zwei Kneipen aufgebraucht. Dann verschwand er in Richtung Ohlsdorf, allerdings nicht, ohne sich vorher noch einen Sechserpack »Flensi« in seiner Tankstelle gekauft zu haben. Ein Drittel der eingenommenen Summe durfte er auf den Kopf hauen.

Alfred Fettnacken hatte es weniger leicht. Die Leute blieben ihm gegenüber reserviert. Wenn sich der Koloß an ihnen vorbeidrängte, ohne auch nur ein Wort zu sagen, hörten ihre Gespräche auf. Jedesmal hob er dann den Bauchladen über seinen Kopf und brüllte: »Zigaretten? Ich brauche das Geld. So billig kriegt ihr die nie wieder!«

Ob die Leute ihm ganze Stangen abkauften, weil ihnen seine riesenhafte Erscheinung und seine ruckhaften Bewegungen Furcht einflößten, oder ob sie der Preis animierte, hätte wahrscheinlich keiner von ihnen zu beantworten gewußt.

Totenkopf-Hannes tat sich am schwersten. Mit seinen angegriffenen Stimmbändern konnte er sich nicht so recht verständlich machen. Er ruderte mit den Händen in der Luft herum, in denen er stets zwei Zigarettenpäckchen hielt, und rief: »Sommerschlußverkauf!« Das brachte manche zwar zum Kichern, doch den meisten kam er sehr unheimlich vor. Wenn er dann noch erzählte, daß er ein Grufti sei und sein Appartement in Ohlsdorf habe, verging auch den letzten Gästen das Lachen.

Ausgerechnet ihm mußte das Folgende passieren: Er hatte gerade seine Stammkneipe betreten, als sich von einem der Tische in der Nähe des Ausgangs jemand erhob und direkt auf ihn zukam. In dem rauchgeschwängerten Raum konnte er vorerst nur die Umrisse des Mannes erkennen. Der trat ganz dicht an ihn heran und fragte ihn, mit einer etwas zischenden Aussprache, nach einem Päckchen Zigaretten. Schon wollte Totenkopf ihm seine letzte Stange Lucky Strike anbieten, da nahm er sein Gesicht wahr.

Ein Asiat, dachte er. Jetzt beißen sie an.

Eine seltsame Spannung ergriff ihn. Nicht, als ob er Angst gefühlt hätte. Im Gegenteil. Er hatte sich schon längst mit seiner verkürzten Lebenszeit abgefunden. Doch wie würde der Kerl wohl vorgehen? Meist hatten sie Klappmesser, die sie blitzschnell hervorholen konnten und einem irgendwo reinrammten.

»Ein Päckchen Camel«, sagte der Asiat und sah ihn an.

»Zweifünfzig«, sagte Hannes

»Zweifünfzig, das ist aber mehr als billig«, konterte der Asiat. »Muß ja beinahe unter dem Einkaufspreis liegen. Zahlen Sie drauf, oder kriegen Sie die Ware so billig geliefert?« bohrte er weiter.

»Ich muß verscherbeln, weil ich das Geld brauche. Mir

ist der Gerichtsvollzieher auf den Fersen. Aber was geht Sie das an? Machen Sie sich einen schönen Abend, und kaufen Sie mir noch die Stange Luckies ab. So billig kriegen Sie die nie wieder.«

Wie durch Zauberhand hielt der Mann 25 Euro in den Fingern. »Stimmt doch so, oder?«

Hannes suchte in dem gleichmütigen und schmaläugigen Gesicht nach irgendeiner Regung. Der Asiat nahm ihm die Stange Zigaretten aus der Hand, legte die Geldscheine in Hannes' Kiste und ging wortlos an seinen Tisch zurück.

Nur raus hier, dachte Hannes. Entweder habe ich den an meiner Angel oder der mich an seiner.

Er tat so, als ob er noch seine letzten Päckchen loswerden wollte, und versuchte eine ebenso gleichmütige Miene aufzusetzen wie das Schlitzauge. Der saß an seinem Tisch vor einem Glas Bier, das er noch nicht angerührt hatte, und war anscheinend in eine aufgeschlagene Kladde vertieft.

Totenkopf-Hannes nahm die Beine in die Hand und versuchte Inörglü zu erreichen. Als er ihn im verabredeten Bistro am Dammtorbahnhof nicht antraf, setzte er sich erst einmal hin und ließ sich ein Bier kommen. Da alle drei täglich einen neuen Treffpunkt mit Hasan Inörglü zu bestimmen hatten, fragte er sich, ob er vielleicht den Tag oder die Lokalität verwechselt hatte. Sein Bierglas war inzwischen fast leer. Er hatte gerade mit dem Zwanzig-Euro-Schein gezahlt, den er vom Asiaten erhalten hatte, und wollte den Raum verlassen, da sah er Inörglü durch die Halle kommen und ihm zuwinken.

Hannes blieb am Tresen stehen und bestellte sich noch ein Bier.

»Hallo«, sagte Inörglü laut, »trifft man Sie auch mal wieder.«

Totenkopf-Hannes hatte seinen Bauchladen unter dem Barhocker abgestellt und erwiderte erst mal nichts.

»Sorgen?« fragte Inörglü.

»Nicht zu knapp«, nickte Hannes und trank sein zweites Glas leer.

Inörglü hielt seine Hand fest.

»Eingeladen«, sagte er. »Kommen Sie, wir haben doch beinahe den gleichen Weg. Oder wohnen Sie nicht mehr dort?«

»Was soll das Theater?« wunderte sich Hannes, als sie auf die Straße hinausgetreten waren.

»Ich sehe seit kurzem nur noch Vietnamesen«, antwortete Hasan Inörglü.

»Hier habe ich noch keinen gesehen.«

»Berufsängste«, grinste Inörglü, »geht einem immer so am Anfang. Den Schnüffler gebe ich doch erst seit ein paar Tagen.«

»Hier habe ich noch keinen gesehen«, wiederholte Hannes.

Inörglü sah ihn fragend an. »Wo dann?« wollte er wissen, nachdem sie ein paar Schritte gegangen waren.

»In einer meiner Lieblingskneipen.«

»Seltsam«, staunte Hasan nachdenklich, »das Schanzenviertel sollte doch nur ein Test sein. So etwas wie ein Training.«

Er legte Hannes einen Arm um die Schulter. »Keine Sorge. Ich ziehe dich ab, an den Steindamm«, sagte Hasan gut gelaunt, »da geht's erst richtig los.«

»Klasse«, kommentierte Hannes trocken.

»Erzähle«, forderte ihn Inörglü auf.

»Er hat in der Nähe der Theke gesessen, als hätte er auf mich gewartet. Als ich ihm den Preis nannte, hat er sofort das passende Kleingeld aus der Tasche gezogen. Danach versuchte er mich auszufragen, wo ich denn die Ware herhätte. Ich sagte nichts und bot ihm meine letzte Stange Luckies an. Auch dafür hatte er gleich die passenden Geldscheine parat.«

»Da hast du wahrscheinlich was an Land gezogen«, sagte Hasan Inörglü nachdenklich.

»Heißt das, daß ich mich da morgen wieder blicken lassen kann?«

»Im Gegenteil. Du läßt dich dort nie wieder sehen. Wenn die Kerle dich tatsächlich auf der Liste haben, dann wissen sie spätestens in ein paar Tagen, wo sie dich wiederfinden können. Und genau das wollen wir ja herausfinden, nicht wahr?«

Hannes antwortete nicht.

»Sicher kleben uns unsere Leute bereits an den Fersen. Die haben überall ein Auge auf uns«, beruhigte ihn Hasan.

»Auch in einer so schicken Gegend wie hier?«

»Sicher. Das Zusammentreffen im Schanzenviertel kann ein Zufall gewesen sein.«

»Obwohl er das Geld sofort parat hatte?« Hannes schüttelte nachdenklich den Kopf. »Die haben mich wahrscheinlich schon länger beobachtet. Und nicht nur mich.«

»Das müssen wir genau wissen«, entgegnete Inörglü. »Und wir können es nur herausfinden, indem wir deinen Einsatzort verlegen.«

»Wir müssen Alfred und Günni warnen«, überlegte Hannes laut, und Inörglü nahm eine tiefe Erschöpfung auf seinem Gesicht wahr.

Erste Feindseligkeiten

Inörglü unterrichtete Alfred und Günni noch am gleichen Abend. »Ihr müßt damit rechnen, daß diese Kerle auch bei euch auftauchen werden.«

In diesem Fall sollten sie ihm sofort Meldung machen, damit er es an die Polizei weitergeben könne. Danach würde er auch sie beide nach St. Georg in die Gegend des Steindamms abkommandieren.

Er hatte sich bereits Gedanken darüber gemacht und sich das Viertel genau angesehen. Dort gab es viele Lokale, in denen sie ihre Ware absetzen konnten, und die Gegend war so überschaubar, daß sie sich nicht so leicht aus den Augen verlieren würden. Sie konnten das Gebiet unter sich aufteilen und kämen einander dennoch nicht in die Quere.

Hannes sollte den Steindamm übernehmen, Alfred, das Riesenbaby, sich auf den Hansaplatz konzentrieren und Günni die Bremer Reihe abgrasen. Alle drei Reviere lagen dicht beieinander. So hatten sie die Chance, hin und wieder nach den anderen zu sehen.

»Ich werde von nun an ständig in eurer Nähe sein. Sollte einer von euch in Bedrängnis geraten, muß er mich umgehend verständigen. Ich habe alle Handynummern im Kopf und außerdem die Nummer des jeweils diensthabenden Beamten. Nach menschlichem Ermessen kann also gar nichts passieren. Allerdings dürfen wir uns in keinerlei riskante Situationen verwickeln lassen. Das ist Bedingung. Sollte doch etwas Derartiges drohen, müssen wir sofort unsere Leute verständigen und uns zurückziehen.«

»Leicht gesagt«, meinte Günni. »Wenn die uns erst mal am Wickel haben, bleibt uns wahrscheinlich keine Zeit mehr, nach der Polizei zu schreien.«

»Nur im Fall, daß uns unsere Leute aus den Augen verlieren sollten. Und das wird voraussichtlich nie geschehen. Haben sie mir jedenfalls versichert.«

»Und wie sollen wir uns gegenseitig beaufsichtigen?« fragte Alfred vorsichtig.

»Zwischen zwei Lokalbesuchen läßt sich das doch einrichten, oder nicht?« Inörglü wandte sich bereits zum Gehen, drehte sich aber noch einmal um. »Ich werde Hannes für einige Tage aus dem Verkehr ziehen«, sagte er. »Mit seinem markanten Schädel ist er besonders gefährdet. Ich habe dem Hinrichs schon gesteckt, man möge ein besonders scharfes Auge auf ihn haben. Erst wenn auch ihr nach St. Georg umzieht, werde ich ihn wieder einsetzen.«

Schon nach zwei Tagen war es soweit. Günni hatte sein erstes Zusammentreffen mit zwei ungewöhnlich klein gewachsenen Asiaten, von denen er annahm, es seien eher Chinesen als Vietnamesen gewesen. Er glaubte es am Klang ihrer Sprache erkannt zu haben.

Als er sich später am Abend wie verabredet mit Inörglü und Alfred traf, erzählte er, daß er früher eine Zeitlang in der Küche eines chinesischen Lokals beschäftigt gewesen wäre. Hätte dort den ganzen Tag die stinkenden Speiseabfälle in dafür speziell abgestellte Tonnen werfen müssen. »Die braven Hunde. Ich habe zwar nie Hundeknochen erkennen können, aber es hat so gemein gestunken, daß ich nach ein paar Wochen die Flucht ergriffen habe.«

»Komm zur Sache«, rief ihn Inörglü zur Ordnung, »das sind nur ihre Gewürze. Nichts anderes.«

»Glaube ich nicht.«

»Jetzt erzähl schon. Was war denn los?«

»Die beiden haben mir nichts abgekauft«, begann Günni. »Sie haben mich nur nach der Herkunft der Zigaretten gefragt und was ich für die Ware bezahlt hätte. Ich habe ihnen gesagt, daß sie das nichts anginge, daß sie sie aber für Zweiachtzig pro Päckchen kaufen könnten. Sie fingen an zu lachen und meinten, in einer anderen Kneipe nur Zweifünfzig bezahlt zu haben und nun wieder dort hingehen würden.«

»Haben sie die Kneipe genannt, in der sie angeblich Zigaretten für Zweifünfzig bekommen hatten?« wollte Hasan Inörglü wissen.

Günni verneinte.

»Haben sie das Lokal sofort nach eurem Gespräch verlassen?«

»Ja.«

»Bist du ihnen später auf der Straße noch einmal begegnet?«

»Nein.«

»Und du hattest auch nicht das Gefühl, daß du verfolgt oder zumindest beobachtet wurdest?«

»Nein, verdammt noch mal.«

»Reg dich nicht auf. Ich muß wissen, was ich zu berichten habe.«

Inörglü sah Günni unverwandt an. »Warum hast du überhaupt die Ware für Zweiachtzig angeboten? Unsere Verabredung hieß Zweifünfzig pro Päckchen.«

»Ich muß doch ein bißchen Spiel zum Runterhandeln haben«, erklärte Günni.

»Es waren genau Zweifünfzig abgemacht. Das hat seine Gründe.«

»Ein guter Geschäftsmann läßt sich immer ein kleines Polster«, widersprach Günni.

»Wenn das noch einmal geschieht, bist du raus aus dem Geschäft. Hast du mich verstanden?«

»Ich habe verstanden, daß du eine Riesenklappe hast«, rief Günni erbost. »Ich verkaufe glänzend. Das ist doch nur gut. Für uns alle.«

»Und du wirst den Gewinn versteuern. Oder etwa nicht? Die meisten Kunden werden sich doch auf einen Handel gar nicht eingelassen haben. Ich werde das umgehend weitergeben.«

»Den Teufel wirst du tun!«

Günni hatte sich erhoben und fing an, auf Inörglü zuzugehen. Sie hatten an der Theke eines Bierausschankes gesessen, und er mußte zuerst an Alfred vorbei, der seinen Arm wie eine Schranke zwischen sie hielt.

»Setz dich hin und trink dein Bier. Ich möchte hier nicht deine Knochen aufsammeln müssen.«

»Immer ergreifst du gegen mich Partei«, beschwerte sich Fliehendes Kinn, »was hast du eigentlich gegen mich?«

»Du bist ein Schlitzohr und hast dich nicht an die Abmachungen gehalten. Das ist alles.«

Damit drückte er Günni auf seinen Hocker zurück und schob ihm sein Bier hin.

»Was hast du denn dagegen, daß ich dem Türken mal die Fresse poliere? Eine Klappe hat der!«

Alfred erhob sich und stieß Fliehendes Kinn kurz und kräftig die Faust in den Rücken. Günni schnappte nach Luft und hielt sich an der Theke fest. Den Kopf dicht über der Tresenplatte, heulte er auf wie ein wütendes Tier. Der Wirt schaute erschrocken von einem zum anderen und versuchte beruhigend einzugreifen. Doch Alfred brachte ihn mit einer Handbewegung zum Schweigen.

Schon am nächsten Tag erschienen auch bei Alfred »ein paar Jungens«, wie er sich ausdrückte.

»Nur Europäer«, erklärte er Hasan Inörglü beim abendlichen Treffen. »Balkanesen. Sie haben mich bis auf die Straße verfolgt. Wollten die Preise herunterdrücken, weil ich die Glimmstengel ja sowieso geklaut hätte. Haben sogar versucht, in meine Kiste zu greifen. Erst als ich mir einen von ihnen zur Brust genommen habe, ließen sie von mir ab. Versprachen aber wiederzukommen.«

Inörglü dachte darüber nach, ob das »harmlose« Schanzenviertel nicht vielleicht doch das bessere Schlachtfeld abgeben könnte. Aber dann besann er sich wieder auf den ursprünglichen Plan, weil man so am besten die Gruppen ausmachen konnte, die es auf sie abgesehen hatten.

»Je schneller sie am neuen Einsatzort erscheinen, desto genauer sind sie bereits über uns informiert. Ich nehme an, sie haben uns schon seit Wochen hinterherspioniert. Besonders unangenehm ist, daß wir es scheinbar mit einer gemischten Truppe zu tun haben«, sagte er zu Alfred.

»Für wen arbeiten wir hier eigentlich?« wollte der von ihm wissen. »Für irgendwelche Fabrikanten oder für die Bullen?«

»Wie kommst du denn darauf?« fragte Inörglü zurück.

»Weil du dauernd mit den Kriminalisten rumfuchtelst. Als würden sie uns auf Schritt und Tritt folgen und nur auf deine Befehle warten.«

»Gar nicht schlecht«, antwortete Inörglü grinsend. »Vielleicht läßt man uns in Lizenz gebaute Zigaretten verkaufen, um so an die Mafia heranzukommen. Aber ihr habt bis jetzt ganz gut daran verdient, nicht wahr?«

Günni war voller Mißtrauen. »Damit kann es aber schnell vorbei sein. Wenn ihr Kanonenfutter braucht, bin ich nicht mehr dabei.«

»Bei dieser Sitzung in der Villa war doch ein Bulle darunter, stimmt's?« fragte nun auch Hannes.

»Ich weiß es nicht. Ich war ja nicht dabei«, erwiderte Hasan Inörglü.

»Das war ein Bulle, entsinnst du dich?« wandte sich Günni an Alfred, »der, der nach unseren Nachnamen gefragt hat.«

Plötzlich schwiegen sie beide und sahen Hasan Inörglü forschend an.

»Macht euch keine Sorgen«, sagte er nach einer Weile. »Wir handeln hier auf gar keinen Fall gegen das Gesetz. Und eines kann ich euch versichern: Ich bin kein Bulle.«

Damit schien das Thema vorerst vom Tisch zu sein. Ein schwerer Irrtum, wie sich später herausstellte.

Hasan Inörglü nahm bei der Einteilung der Gebiete in St. Georg noch eine Änderung vor. Zwar wurde Alfred, wie geplant, auf den Hansaplatz angesetzt, doch Günni und Hannes mußten die Reviere tauschen. Hannes sollte auf die vergleichsweise normalere Bremer Reihe losgelassen werden, Günni bekam den Steindamm zugewiesen.

»Ich mache das nur«, protestierte er, »wenn sich der Kalle endlich sehen läßt. Der soll mir erst mal versichern, daß wir keine Köder für die Bullen sind. Er hat uns das Ganze schließlich eingebrockt.«

»Erzähl mir jetzt bloß noch, du hättest Kalle Obst nicht getroffen«, erwiderte Alfred. »Wo sonst solltest du denn deinen ständigen Nachschub herhaben? Du bist wahrscheinlich der einzige von uns, der überhaupt zu ihm Kontakt hält, oder?«

Er drehte sich zu Hannes um, der nur mit seinen knochigen Schultern zuckte. »Den Nachschub haben Kalle Obst und ich organisiert«, erklärte Hasan Inörglü. »Wenn Günni mehr verkauft haben sollte als ihr, so wird seine Ware auch nachgefüllt worden sein. Kalle Obst führt akribisch Buch darüber. Bei ihm kann sich Günni keine illegalen Vorteile verschafft haben. Selbst wenn er mehr Kontakt mit ihm gehabt haben sollte als ihr. Ist das klar?«

»Wenn du uns jetzt auch noch beichtest, wer deine Leute sind, auf die du dich immer berufst, sind wir restlos glücklich«, sagte Hannes, und in seinen müden Augen tauchte so etwas wie der Anflug eines Lächelns auf.

»Es sind ausländische Unternehmer, die den deutschen Markt und den Widerstand der Mafia testen wollen«, log Hasan Inörglü. »Mehr kann ich euch auch nicht sagen. Es sind eure wie auch meine Auftraggeber, und sie haben strikten Polizeischutz. Ich darf nur ihre Wünsche an euch weitergeben, und Kalle Obst hat sich bereit erklärt, die Ware zu verteilen. Unentgeltlich wird er das auch nicht tun, nehme ich an.«

Damit war die Unterredung in einer Barmbeker Lokalität beendet, und die Männer gingen im Bewußtsein auseinander, am nächsten Abend die neuen Einsatzpläne zu besprechen.

Wenige Tage später teilte Otto Uebel Morten Claas per Fax mit, er habe das dringende Bedürfnis nach einem Treffen und wünsche möglichst auch Inörglü und Kalle Obst zu sehen. Kalle hatte gleich abgewinkt, da er mit den Zollbeamten in den Läden und Kiosken eine ganze Menge zu tun habe und überdies ja auch noch seinem Hauptberuf nachgehen müsse.

»Die Zöllner benehmen sich wie alte Zicken, haben ständig etwas an der Organisation auszusetzen, verlangen darüber hinaus fast täglich neue Zeitungen und Zeitschriften, von denen aber nicht alle immer gleich für mich abrufbar sind«, klagte er in einem Telefongespräch mit Morten.

»Immer wieder versuche ich ihnen zu erklären, daß der Verkauf von Presseprodukten nur eine sekundäre Rolle spielen soll, aber sie bestehen darauf, bestimmte Zeitungen geliefert zu bekommen. Sie werden wohl häufiger gewünscht, und sie behaupten, sie könnten diese Kunden nur halten, wenn die auch ihre gewohnte Tagespresse bei ihnen bekämen. Viele haben schon ihr Zigarettenpäckchen in der Hand gehabt, es dann aber wieder auf den Tresen zurückgelegt, als sie erfuhren, daß ihre Zeitung nicht geführt wird.«

»Ist auch ausländische Presse darunter?« fragte Morten.

Kalle Obst schwieg, und Morten glaubte schon, sie seien unterbrochen worden.

»Doch, doch«, sagte Kalle Obst, »ich bin noch dran.«

»Hast du meine Frage nicht verstanden? Haben sie nach ausländischer Presse gefragt?«

»Mein Gott«, vernahm er jetzt wieder Kalle Obst, »wie konnte ich nur so dämlich sein. Bin schon auf dem Weg.«

»Paß auf, Kalle. Vor allen Dingen möchte ich wissen, welche ausländischen Blätter darunter sind.«

Anschließend begab er sich zur Winterhuder Zentrale, wo er nur Hasan Inörglü antraf, der ihm berichtete, daß er eine Umstellung habe vornehmen müssen.

»Hannes fängt an abzubauen. Ich habe ihn in die Bremer Reihe versetzt, von der ich meine, daß er es dort ruhiger angehen lassen kann.«

»Wer ist Hannes?« wollte Morten wissen.

»Der Totenkopf.«

»Ich muß mir ihre Namen unbedingt einprägen«, sagte Morten. »Wie heißen denn die anderen?«

»Der Fettnacken heißt Alfred und der mit dem fliehenden Kinn Günther, genannt Günni.«

»Der ehemalige Antiquitätenverkäufer?«

»Ganz recht.«

»Unangenehmer Kerl.«

»Auf ihn müssen wir besonders achtgeben. Er scheint seine Gewinnspanne auf eigene Faust ausweiten zu wollen.«

»Es war ein Fehler, sie am Gewinn zu beteiligen«, überlegte Morten, »eine fette Summe, wöchentlich ausgezahlt, wäre sinnvoller gewesen.«

»Das hätten die Behörden nicht mitgemacht«, erwiderte Inörglü.

»Meinem Vater wäre es egal gewesen, nehme ich an. Es ist mir nur zu spät eingefallen.«

»Glaubst du, das hätte einen Typen wie Günni daran gehindert, seine eigenen Wege zu gehen?«

»Wir dürfen jedenfalls solche Schwachstellen nicht erlauben. Wenn meine Behörde, vor allem der Appelmann, herausbekommt, daß einer von uns unerlaubte Gewinne erzielt und sie obendrein nicht versteuert, wird er versuchen, das ganze Unternehmen abzublasen. Er wartet doch nur auf eine solche Gelegenheit.«

Otto Uebel, der während der letzten Sätze eingetreten war, unterbrach sie mit einem gewissen Befremden in der Stimme und der Frage, welchen Grund es denn für Rainer Appelmann geben könne, ein so gut ins Rollen gekommenes Geschäft abzublasen.

Nachdem sie ihn von Günnis Machenschaften in Kenntnis gesetzt hatten, dachte er eine Weile nach.

»Das wäre schade. Das Spiel fängt gerade an, interessant zu werden. Ich habe eine junge Kollegin kennengelernt, die mich mit ihrem Wissen über die Schmuggelszene total verblüfft hat.«

»Dürfen wir wissen, von wem du sprichst?« fragte Morten.

»Aber sicher«, erwiderte Uebel. »Ich bin sogar der Meinung, daß ihr sie auch kennenlernen solltet. Sie ist Wirtschaftsjournalistin und beschäftigt sich seit geraumer Zeit mit der Wirtschaftskriminalität. Sie ist jung und weiß Gott nicht auf den Mund gefallen. Ich hätte sie eigentlich gar nicht weiter beachtet. Sie ist nach mir an unser Magazin gekommen und scheint sich noch in der Probezeit zu befinden. So eine Mischung aus Barbiepuppe und angehender Geschäftsfrau. Drückt ihre Weiblichkeit in Glencheck-Kostümen weg und ist ziemlich nervend.

Aufmerksam geworden bin ich auf sie nach einem Gespräch, das sie in der Kantine mit einigen Kollegen und mir führte. Sie sprach von Banden, die durch staatlich gelenkten Schmuggel provoziert und ausgehoben werden sollten.«

»Könnte sie uns damit gemeint haben?« unterbrach ihn Inörglü.

»Das dachte ich zuerst auch«, antwortete Otto Uebel, »aber dann berichtete sie von einem Zigarettenschmuggel ganz großen Formats, an dem angeblich gewisse staatliche Behörden beteiligt wären.«

»Wie bitte?« Morten stand auf. »Hat sie angedeutet, woher und mit wem dieser Schmuggel umgesetzt werden soll?«

»Mit keinem Wort. Sie wurde sehr vorsichtig, als ich nähere Auskunft darüber haben wollte. Sah mich aber von dem Augenblick an immer wieder neugierig an, wenn sie sich unbeobachtet fühlte.«

»Und was könnte uns an der Sache interessieren?« Morten war ans Fenster getreten und hatte eine Körperhaltung eingenommen, die Uebel unvermittelt an die Szene in der Schulturnhalle erinnerte.

»Dieser verrückte Autist«, hatte er damals gedacht. Und wie hatte er sich seither entwickelt. Dennoch, ein Hauch von Sprachlosigkeit umgab ihn immer noch.

Der Angriff

Am dritten Abend nach dem Umzug ins neue Viertel versuchten sie Günni in die Zange zu nehmen. Sie gingen ziemlich rasch auf ihn zu, hatten alle drei ihre rechten Hände in den Jackentaschen verborgen und griffen mit den linken nach seinem Bauchladen. Günni konnte sich losreißen und flüchtete unter Zurücklassen seiner sämtlichen Waren in ein nahe gelegenes Lokal.

Weil ihm niemand gefolgt war, wagte er sich nach einiger Zeit wieder auf die Straße und sah Alfred und Hannes auf sich zukommen. Sie gingen in das Lokal zurück und setzten sich dort an den Tresen. Günni, der erst einmal seinen Schock überwinden mußte, bestellte sich einen doppelten Korn und ein Bier.

»Ist das nicht ein bißchen viel?« fragte Hannes.

»Ich kann den Korn nicht trocken runterwürgen«, antwortete Günni und sah traurig vor sich hin.

»Ihr seid eingeladen«, sagte Hannes und bestellte ein Bier und eine Apfelschorle.

»Für wen ist das denn?« erkundigte sich Alfred.

»Für mich«, sagte Hannes, »ich vertrage seit neuestem keinen Alkohol mehr.«

»Sie haben mir meinen ganzen Laden geklaut«, brabbelte Günni vor sich hin. »Ich hatte heute noch gar nicht richtig angefangen. Die haben vielleicht einen Reibach gemacht! Und ich muß die ganze Sore auch noch berappen.«

»Das Risiko tragen unsere Arbeitgeber«, stellte Alfred richtig. »Die wissen, in was sie uns da hineingeschoben haben. Nun weine mal nicht. Inörglü hat doch zugegeben, daß die den Sumpf hier ausloten wollen. Wir verdienen ja nicht schlecht damit, oder?«

»Ich verlange ab sofort einen Risikozuschlag!« rief Günni energisch und kippte seinen Korn. Dann griff er zum Bierglas.

»Halt die Schnauze«, zischte Alfred leise. »Oder brauchst du noch mehr Aufmerksamkeit von den schlitzäugigen Jungs da drüben?«

Er wies mit einer kaum merklichen Kopfbewegung zum Gastzimmer.

Günni riskierte einen Blick in die angegebene Richtung. Tatsächlich! Sie saßen an mehreren zusammengeschobenen Tischen und schienen in ein angeregtes Gespräch vertieft zu sein. Kein Laut drang zu ihnen herüber.

Wie in einem Stummfilm, dachte Günni. Lauter Reptile, die man nicht auf sich aufmerksam machen darf.

Er ließ seinen Blick zur Fensterscheibe hinschweifen, aber außer einem kahlgeschorenen jungen Mann, der sich gerade anschickte zu zahlen, saß da niemand mehr.

»Herrgott, muß ich Panik gehabt haben, daß ich die Kerle bei meinem ersten Besuch nicht bemerkt habe. Die sehen exakt so aus wie die Mistbande, die mich angegriffen hat. Ihr seid genau zum passenden Zeitpunkt gekommen«, wandte er sich an Hannes und Alfred. »Ich denke, ich sehe nicht richtig, wie ihr da um die Ecke gebogen kommt.«

»Ich wollte nur mal nach Hannes schauen«, erzählte Alfred. »Irgendwie hatte ich ein ungutes Gefühl. Ich kam gerade dazu, als sich ein paar von diesen Kerlen auch an ihn heranmachen wollten. Konnte aber nicht verhindern, daß sie sich mit seiner ganzen Ware verdrückt haben, während Hannes auf dem Hintern saß und seinen schrägen Blick hatte.

Erst dachte ich, sie hätten ihm eine übergezopft. Aber dann stand er auf und sagte, sie hätten ihn nicht angerührt.«

»Kommt noch, kommt noch«, brummte Günni. »Ich jedenfalls bestehe auf meinem Risikozuschlag.«

»Darüber kannst du morgen mit Inörglü reden«, sagte Alfred abschließend.

Nachdem Hannes bezahlt hatte, verabredeten sie, daß Günni und er in Richtung Hauptbahnhof verschwinden sollten, während Alfred zum Hansaplatz abbiegen wollte.

»Wenn wir das hier verscherbelt haben«, Alfred wies auf seinen noch gefüllten Bauchladen, »verziehen wir uns nach Ohlsdorf.«

Nach ein paar Schritten hörten Günni und Hannes ihre Namen rufen. Sie blickten sich um und sahen Hasan Inörglü aus einem Hauseingang auf die Straße treten.

»Was ist los?« rief Günni zurück. »Wo kommst du denn her?«

»Geht weiter!« rief Inörglü, »ich hole euch schon ein. Bleibt nicht stehen, verdammt noch mal.«

Wie aus dem Nichts tauchten drei kahlgeschorene Glatzköpfe vor Inörglü auf. Er sah ihnen sofort an, daß sie etwas vorhatten.

»Heute ist Donnerstag, da ist Türkenklatschen dran!« rief einer, und Inörglü fing an zu laufen.

Auch Günni und Hannes setzten sich in Bewegung. Doch die anderen wurden immer schneller. Günni sah sich um. Der eine von ihnen war jetzt ganz dicht an Inörglü herangekommen. Günni sah, daß er in eine eng anliegende schwarze Lederkluft gekleidet war und schwere Springerstiefel trug. Er hob einen schwarz angestrichenen Hockeyschläger und zielte auf Inörglüs Hals, als wolle er ihn damit enthaupten.

Hasan Inörglü lief noch ein paar Schritte, dann fiel er aufs Gesicht. Schon stand die schwarze Gestalt über ihm und betrachtete seine vergeblichen Versuche, wieder auf die Beine zu kommen.

»Los, komm, Türke, dreh dich um«, befahl er. »Ich will dir deine Scheißfresse eintreten.«

Entsetzt sah Günni, daß die anderen beiden Männer die gleiche Kleidung trugen und mit ebensolchen Schlägern bewaffnet waren. Er versuchte in die Richtung zu laufen, in die Hannes verschwunden war. Im selben Moment fühlte er sich am Kragen gepackt und umgedreht. In der Dunkelheit konnte er das Gesicht seines Widersachers nicht erkennen. Er schrie und versuchte sich zu befreien.

Er schrie, wie er noch nie in seinem Leben geschrien hatte. Er brüllte nach Hannes, brüllte um Hilfe. Sah einige Gestalten vorbeigehen, die sich an den Häuserwänden entlangdrückten oder versuchten, so gut es ging, auszuweichen. Dann holte der Kerl aus.

Günni sah den Schläger wie in Zeitlupe auf sich zukommen und brachte seinen Schädel, so gut es ging, in Sicherheit. Aber ganz gelang es ihm nicht, dem Schlag auszuweichen. Er traf ihn mit voller Wucht auf das Schlüsselbein. Wie gelähmt vor Schmerz, fiel er auf die Knie. Es war ihm nicht einmal mehr möglich, einen weiteren Schrei auszustoßen.

Stell dich tot, sagte er sich, fall auf die Schnauze und rühr dich nicht mehr.

Langsam ließ er sich zu Boden sinken und vermied jede weitere Bewegung.

»So, du Penner«, hörte er es über sich flüstern, »dein Maul stopfen wir dir endgültig, wenn wir mit dem Türken fertig sind.«

Günni sah, wie sich einer der vielen Stiefel seinem Gesicht näherte.

Nur nicht zurückzucken, dachte er noch, da spürte er ihn schon auf dem Mund, auf dem Nasenbein, und sein Kopf schien platzen zu wollen. Er wunderte sich. So unerträgliche Schmerzen zu haben und doch nicht ohnmächtig zu werden? Wie geht das?

Sie hatten seinen Kopf so zur Seite gekickt, daß er den immer noch zuckenden Inörglü halb im Blickfeld hatte. Die drei Glatzen schlugen abwechselnd und mit aller Kraft auf ihn ein. Inörglü bäumte sich immer noch auf und versuchte seltsamerweise, sich auf den Rücken zu drehen.

»Warum tut er das?« fragte sich Günni. »Jetzt zermatschen sie doch auch noch sein Gesicht.«

Hasan hatte die Hände in einer fast flehenden Gebärde gegen die drei Männer ausgestreckt, doch sie droschen mit unverminderter Wut weiter auf seine Arme und auf sein Gesicht ein. Als er sich nicht mehr rührte, fingen sie an, mit ihren Stiefeln auf seinen Brustkorb zu springen. Plötzlich klappte Inörglüs Kinn nach unten, und aus seinem Mund quoll dickes, dunkles Blut.

Ist das seine Lunge? dachte Günni. Jetzt nur nicht kotzen, ermahnte er sich, bevor er endlich ohnmächtig wurde.

Als er wieder zu sich kam, sah er neben sich ein Paar elegante braune Wildlederschuhe auftauchen und hörte jemanden mit einem zischelnden Akzent ohne Punkt und Komma auf die Springerstiefel einreden.

Als hätte er sich die Zunge verbrannt, dachte Günni.

»Wenn ihr sie alle beiseite bringt, gibt's noch mehr davon«, hörte er ihn am Schluß sagen. Dann entfernten sich die Wildlederschuhe so lautlos, wie sie gekommen waren.

Und wieder traten die Springerstiefel auf Günni zu.

Das ist das Ende. Günni hätte lachen mögen, wenn ihm nicht alles so wehgetan hätte. Werden sie mich wenigstens nach Ohlsdorf bringen? Eine kostenlose Heimfahrt.

Diesmal konnte er eine unwillkürliche Bewegung nicht mehr unterdrücken. Auch schon egal. Je schneller ich es hinter mir habe, desto besser.

Doch dann hörte er einen gellenden Schrei. Die Springerstiefel verschwanden aus seinem Blickfeld, und Günni versuchte mühsam, sich aufzurichten.

Alfred! jubelte er innerlich. Das ist Alfred, der da angeprescht kommt. Wenn er sich nur nicht verrechnet. Wenn er nur einen klaren Kopf behält. Diese Kerle sind erbarmungslos.

Dann wurde er Zeuge einer Szene, die er sein Leben lang nicht vergessen sollte und die ihn seine mörderischen Schmerzen für einen Moment völlig vergessen ließen.

Morten war von Otto Uebel alarmiert und gebeten worden, sofort die Polizei zu benachrichtigen. Als er sich nach dem Grund erkundigen wollte, wurde er barsch von Uebel angefahren.

»Frag nicht lange, tu was. Am Steindamm ist die Hölle los. Jag sofort die Polizei dahin. Unsere Jungs scheinen nicht aufgepaßt zu haben.«

Damit war die Verbindung unterbrochen. Morten ließ sich unverzüglich mit Hinrichs verbinden und hatte ihn auch schnell am Apparat. Nachdem er Uebels Nachricht übermittelt hatte, machte er sich auf den Weg. Wohl wissend, daß ihm Jon Claas strikt verboten hatte, sich in Gefahr zu begeben, hatte er sich dennoch sofort dazu entschlossen.

Auf der Fahrt nach St. Georg versuchte er die Verbindung zu Otto Uebel wiederherzustellen, doch es meldete sich nur die Mailbox. Morten trieb den Taxifahrer zu höchster Eile an und überlegte fieberhaft, wer Otto Uebel alarmiert haben könnte. Die Gruftis besaßen keine Handys. Sollten auch keine besitzen. Wer anders als Inörglü also konnte ihn benachrichtigt haben.

Das heißt, Hasan hält sich am Steindamm auf, sagte er sich, als er bezahlte.

»So leer habe ich die Meile noch nie gesehen«, wunderte

sich der Fahrer. »Dabei ist es doch erst kurz vor Mitternacht.«

Morten schlug die Beifahrertür zu und sah sich um. Im selben Augenblick hörte er einen gellenden Schrei. Der Taxifahrer gab Vollgas und verschwand mit abgeblendeten Scheinwerfern in der Dunkelheit.

Jetzt erst erblickte Morten die kleine Gruppe, die eng beieinanderstand, und sah in einiger Entfernung zwei schemenhafte Gestalten am Boden liegen. Noch einmal ertönte ein mörderischer Schrei, die kleine Gruppe löste sich auf und gab den Blick auf einen zweiten, ebenfalls am Boden liegenden Körper frei.

Grauenhaft, dieser Schrei, dachte Morten. Der hört ja gar nicht mehr auf. Das nimmt einem ja jeden Mut zur Abwehr.

Wie ein riesiger Schatten warf sich der Schreiende jetzt auf die Gruppe. Er wehrte einen Schlagstock ab, der sich gegen ihn erhoben hatte, griff sich den Kerl, der ihm am nächsten stand, hob ihn hoch und warf ihn mit aller Kraft gegen dessen hinter ihm stehenden Begleiter. Beide taumelten, versuchten sich auf den Beinen zu halten und fielen über den Bordstein auf das Trottoir.

In einem der Häuser wurde im ersten Stockwerk ein Fenster geöffnet, und ein fahler Lichtschein beleuchtete die Szene. Da nahm Morten die andere am Boden liegende Gestalt wahr. Großer Gott, das ist ja rohes Fleisch, dachte er. Ein dickes Brillenglas war unversehrt geblieben und klebte mitten im unkenntlich gewordenen Gesicht.

»Ruhe!« brüllte jemand, ließ sich aber nicht am Fenster blicken, sondern schlug die Flügel gleich wieder zu. Im Bruchteil einer Sekunde erkannte Morten in dem brüllenden Schatten Alfred, den Fettnacken. Der Dritte aus der Gruppe hob jetzt einen Stock, dessen Umrisse klar als Hockeyschläger zu erkennen waren, und ließ ihn auf Alfred niedersausen.

»Alfred!« schrie plötzlich Hannes, den die Glatzen brutal gegen eine Wand geschleudert und benommen liegengelassen hatten, gleichzeitig rannte Morten mit eingezogenem Kopf gegen den Rücken des Glatzenmannes an.

Alfred ließ sich zur Seite fallen, und der Angriff ging ins Leere. Von der Wucht seines Schlages, aber auch vom Rammstoß Mortens gegen sein Kreuz taumelte der Kahlkopf auf dem Pflaster herum, bevor er sich umwandte und mit einem wütenden Sensenhieb Morten zu erwischen versuchte.

Morten sprang zwar hoch, doch der Hieb, der auf seinen Unterleib gezielt hatte, traf ihn voll gegen das Schienbein. Der Schlag, der ihn von den Beinen holte, hatte seinen Unterschenkel betäubt, und das knackende Geräusch schien von einem ihm fremden Körper zu stammen. Er saß auf dem Boden und nahm plötzlich neben sich die liegende Gestalt wahr, die vorher von der Gruppe verdeckt gewesen war. Er erkannte sie an dem schütteren Ziegenbart, der sein fliehendes Kinn verstecken sollte.

Doch dann wurde Morten vom Kampf abgelenkt, der sich zwischen Alfred und dem Kahlschädel abspielte. Alfred hatte ihm blitzschnell den Hockeyschläger aus der Hand gewunden und ihm die geballte Faust mitten ins Gesicht geschlagen. Der Kahle stand, wie vom Donner gerührt. Doch er fiel nicht.

Jetzt drehte Alfred den Glatzkopf um, schob ihm die Arme unter den Achseln durch und brachte einen Doppelnelson an. So hielt er ihn vor sich, quasi als Schutzschild gegen die auf ihn anstürmenden beiden anderen Schläger.

Im selben Moment hörte Morten ein Stöhnen, das ihm das Blut in den Adern gefrieren ließ. Günni versuchte sich aufzurichten und bekam Mortens Jackenärmel zu fassen. Das Stöhnen steigerte sich zum qualvollen Schrei eines verendenden Tieres, dann brach es ab.

In der eintretenden Stille hörte man ein fürchterliches

Knacken, und der fahl leuchtende Schädel des einen Schlägers baumelte wie eine zerbrochene Hängelampe zwischen den Armen Alfreds. Die beiden Kumpel des Glatzkopfes blieben abrupt stehen und schauten verstört auf das Bild, das sich ihnen bot. Dann drehten sie ab und rannten, so schnell sie konnten, in die Dunkelheit hinein.

Morten bemühte sich, auf die Beine zu kommen und fühlte einen infernalischen Schmerz in seiner Hüfte, seinem Knie, seinem Fuß. Er konnte ihn nicht genau lokalisieren, denn er schien sich über seinen ganzen Körper auszubreiten. Aufstöhnend ließ er sich zurückfallen und vernahm die näher kommenden Polizeisirenen nicht mehr.

Als er im Krankenhaus St. Georg zu sich kam, saß Otto Uebel an seinem Bett und erzählte ihm, daß er schon operiert worden war. »Alles ist gut verlaufen. Du brauchst dir keine Sorgen zu machen.«

Morten fragte, was operiert worden war, und die Erinnerung an den rasenden Schmerz kehrte zurück. Er sah auf sein rechtes Bein, das hochgebunden in einer Hängeschlaufe über ihm hing.

»Was ist damit?« fragte er.

»Du hattest einen Schienbeinbruch«, erklärte ihm Otto Uebel.

Morten merkte, daß er weitersprechen wollte, doch dann zögerte.

Er sah ihn an.

Dieser Blick funktioniert immer, dachte Uebel. Wie eh und je war er fasziniert davon.

»Weiter.«

»Ich glaube, du hattest eine zerschmetterte Kniescheibe«, fuhr Otto Uebel leise fort.

»Und was ist daran geflickt worden?«

»Das wird dir später der Oberarzt mitteilen. Dein Vater ist gerade bei ihm.«

»Und was ist aus Günni geworden? Er sah furchtbar aus. Ich erinnere mich, daß seine Augen tiefschwarz umrandet waren.«

»Er hat ein zertrümmertes Nasenbein und einen Schlüsselbeinbruch davongetragen.«

»Armer Kerl«, sagte Morten aufrichtig. »Ich wünschte, wir hätten ihn besser schützen können.«

»Vielleicht bringt ihn das wieder dazu, in seinen alten Beruf einzusteigen«, meinte Uebel, und ein leichtes Lächeln glitt über sein Gesicht.

Die beiden Männer sahen einander an. Beide ahnten, daß sie sich nicht mehr lange vor der eigentlichen Frage drücken konnten. Doch keiner wollte das Thema als erster anschneiden.

»Ist Günni auch hier verarztet worden?« fragte Morten.

»Ja, aber auf einer anderen Etage.«

»Dann können wir uns ja bald gegenseitig besuchen und einen neuen Schlachtplan entwerfen.« Morten versuchte zu grinsen. »Wenn du und Kalle Obst noch als Besucher dazukämen, wären wir fünf.«

»Fünf?«

»Oder habt ihr Hasan in ein anderes Krankenhaus verfrachtet?«

»Als ihn die Sanitäter am Steindamm auf die Trage legten, lebte er noch. Sie konnten es kaum fassen. Aber auf dem Transport in die Klinik ist er gestorben. Man hat ihn in die Pathologie gebracht, Morten.«

»Was haben sie ihm angetan?«

»Sie haben sein Gesicht absolut unkenntlich gemacht. Sein Brustkorb war fast zu Brei getreten.«

»Ich habe ihn gesehen«, murmelte Morten tonlos, »ich habe ihn liegen sehen und gehofft, er wäre es nicht.«

Ein kurzes, energisches Klopfen an der Tür unterbrach sie. Ein Mann im weißen Kittel trat ein und schob einen

Rollstuhl vor sich her, in dem Jon Claas saß. Er stellte sich als Oberarzt von Schlieffen vor und beugte sich mit berufsmäßig guter Laune über Morten, der tat, als schliefe er.

»Sie sind wach, junger Mann, und ein schlechter Schauspieler. Außerdem bringe ich Ihnen hier Ihren besorgten Vater.«

Morten schlug die Augen auf und betrachtete den Mann. Voller Neugier wartete Uebel auf die Reaktion des Arztes und nahm mit Erstaunen wahr, daß auch ihn dieser reglose Blick zusehends verunsicherte.

Langsam wich er zurück und stotterte, nach Worten suchend, daß Morten noch nicht gerade überwältigend aussehe. Er sei nur gekommen, um sich nach seinem Befinden zu erkundigen und ihm zu versichern, daß die Operation ausgezeichnet verlaufen sei. Morten habe sich nur mit dem Aufwachen ein bißchen zu lange Zeit gelassen, so daß der Kollege aus der Anästhesie deshalb schon in leichte Panik geraten sei.. »Kurz und gut«, schloß der Oberarzt mit einem meckernden Lachen, »nun ist es ja überstanden, und wir können uns auf eine sorgenfreie Rekonvaleszenz freuen.«

Morten fragte leise nach dem Chirurgen, der ihn operiert hatte.

»Meine Wenigkeit«, antwortete der Oberarzt. »Es war ein hochkomplizierter, aber letzten Endes erfolgreicher Eingriff. Nachdem wir festgestellt hatten, daß Ihre Kniescheibe nicht mehr zu retten war, haben wir Ihnen ein nagelneues, knochenfreundliches Ersatzteil eingearbeitet, mit dem Sie nach anfänglichen Schwierigkeiten – keine Frage – noch viel Freude haben werden.

Es bedarf zwar noch einer kleinen Korrektur, die wir in etwa zwei Wochen vornehmen werden, aber das ist nicht der Rede wert. Sozusagen ein Eingriff, den wir hier auf dem Küchentisch vornehmen. Ich verspreche Ihnen«, schloß er seine Rede, »daß Sie künftig nicht einmal beim Ski-Alpin Probleme haben werden.«

Von Schlieffen verließ das Zimmer. Ehe die verlegene Stille bei den anderen eine negative Färbung annehmen konnte, versuchte Otto Uebel die Situation zu retten, indem er dem Oberfinanzpräsidenten von dem Gespräch berichtete, das Morten und er geführt hatten, bevor sie durch das Eintreten von Schlieffens unterbrochen worden waren.

»Es ist mir unverständlich«, sagte Jon Claas, »wie das Zollkriminalamt seine Aufsichtspflicht so sehr vernachlässigen konnte. Ich bin nach wie vor entsetzt darüber und werde selbstverständlich persönlich dort vorsprechen. Ich kann diese Sache nicht auf sich beruhen lassen, obwohl ich, was dich und den armen Hasan Inörglü betrifft, nach wie vor der Meinung bin, daß ihr euch weiß Gott unnötig in Gefahr gebracht habt. Denn du wirst doch zugeben, daß, wenn dieser Alfred nicht so brutal eingegriffen hätte, die ganze Geschichte noch einen viel schlimmeren Verlauf hätte nehmen können.«

»Einen schlimmeren, Vater? Wie hätte der denn aussehen können?«

»Nun, nehmen wir nur einmal an«, Jon Claas unterbrach sich. Dann setzte er fort: »Es hat keinen Sinn, sich im nachhinein den Kopf darüber zu zerbrechen. Die Sache ist nun mal so gelaufen. Ich hoffe, ich finde dich morgen in einem stabileren Zustand vor.«

Er rollte dicht an das Bett heran und drückte Morten einen Kuß auf die Stirn.

»Bringen Sie mich zum Fahrstuhl, Otto? Ich wäre Ihnen dankbar.«

Nachdem Otto Uebel Morten zu verstehen gegeben hatte, daß er gleich noch einmal zurückkehren werde, schloß sich die Tür hinter beiden.

Merkwürdig, dachte Morten. Vater hat sich so weit zu

mir herübergebeugt, daß er fast schon zum Stehen gekommen ist.

Otto Uebel wartete die Abendvisite ab und trat wieder ins Zimmer, als Morten gerade Suppe aus einer Schnabeltasse schlürfte.

»Meinst du, Hasan hat sehr gelitten?« fragte Morten nach einer Weile.

»Ich will es mir nicht vorstellen«, antwortete Otto.

Sie schwiegen, bis es nahezu unerträglich wurde.

»Sie haben Alfred verhaftet und auf das Revier in St. Georg gebracht. Dort mußte er seinen vollen Namen angeben. Er heißt übrigens Alfred Stierkopf und stammt aus Gauting im Oberbayerischen.«

Morten hatte die Augen wieder geschlossen und sah erschreckend eingefallen aus.

»Ich glaube, ich sollte jetzt gehen. Ich habe dich schon viel zu sehr strapaziert.«

Otto Uebel schob seinen Stuhl zurück und trat näher an das Bett heran.

»Ich muß ziemlich lange abwesend gewesen sein«, sagte Morten nach einer Weile. »Hat man mich hier in ein künstliches Koma versetzt?«

»Das glaube ich nicht. Du hast doch gehört, was der Oberarzt dir erzählt hat?«

»Seit wann liege ich denn hier?« Mortens Ton wurde eine Spur ungeduldiger.

»Seit vier Tagen.«

»Ist Alfred immer noch in Arrest?«

»Man hat ihn inzwischen in ein Untersuchungsgefängnis eingewiesen.«

»Das ist doch nicht möglich!«

»Er hat einen Menschen umgebracht, Morten. Er hat ihm das Genick gebrochen.«

»Und wer hat Inörglü umgebracht?«

»Das eine hat mit dem anderen nichts zu tun.«

»So, das eine hat also mit dem anderen nichts zu tun«, hakte Morten nach. »Man hat Hasan buchstäblich zu Brei geschlagen und schickt den Mann hinter Gitter, der Hilfe leisten wollte. Wer Hilfeleistung unterläßt, wird bestraft. Wer Hilfe leistet, ebenfalls. Nicht wahr?«

Otto Uebel sah überrascht und erschüttert, daß Tränen über Mortens Wangen liefen. Er beugte sich über ihn und redete leise auf ihn ein.

»Du mußt dich beruhigen. Alfred hat doch nicht aus einer Position der Notwehr heraus gehandelt«, sagte er. »Er kam erst dazu, als Günni und Hasan schon längst am Boden lagen. Es war ein reiner Akt der Rache. Jedenfalls kann ich mir vorstellen, daß ein Staatsanwalt so argumentieren könnte.«

»Er könnte, ja«, nickte Morten. »Er könnte auch einen Steuerhinterzieher für drei Jahre hinter Gitter bringen und einen Kinderschänder auf Bewährung laufenlassen.«

Otto Uebel strich ihm leicht über die Haare. »Deine Wut ist verständlich. Wir werden einen sehr guten Anwalt für Alfred brauchen.«

»Wo sind denn die beiden anderen Totschläger hin?« fragte Morten unvermittelt.

»Spurlos verschwunden.«

»Ich kann mich nur zu gut an ihre kahlen Schädel erinnern. Das waren Rechtsradikale, nicht wahr?«

»Allem Anschein nach, ja.«

»Wieso sind sie ausgerechnet zu dieser Zeit dort aufgetaucht?«

»Günni hat zu Protokoll gegeben, daß auf einmal ein Paar Wildlederschuhe neben ihm gestanden hätte. Der Stimme und Aussprache ihres Trägers nach soll es ein Ausländer gewesen sein. Er hat den Skinheads etwas zugesteckt und dabei gesagt, daß sie noch mehr bekämen, wenn sie ihn und Hasan beiseite gebracht hätten.«

»Skinheads arbeiten mit Ausländern zusammen?« Morten schüttelte den Kopf. »Das kann doch nicht wahr sein. Es sei denn«, flüsterte er erschöpft, »sie sind von den Asiaten angeheuert worden.«

Dann fielen ihm die Augen zu.

Ein infernalischer Gedanke, überlegte er, nachdem er am nächsten Morgen Visite und Frühstück hinter sich gebracht hatte. Sie lenken das Augenmerk der Ermittler auf die Rechtsradikalen und lassen gar nicht erst den Verdacht aufkommen, es könne sich um sie und ihre Geschäfte handeln. Fabelhafte Idee. Wer käme schon auf die Vermutung, daß Rechtsradikale mit Ausländern zusammenarbeiten. Oder die mit ihnen.

Als Otto Uebel eintrat, fragte Morten: »Wo war denn Hannes Totenkopf zur Zeit des Überfalls?«

»Er sagt, er sei von den Skinheads an eine Mauer geschleudert worden«, erwiderte Uebel. »Danach ist er ohnmächtig geworden und erst durch das Geräusch der Polizeisirenen wieder zu sich gekommen.«

»Hat er das schon zu Protokoll gegeben?«

»Soviel ich weiß, ist er überhaupt noch nicht verhört worden.« Otto Uebel schob seinen Stuhl näher ans Bett heran. »Die Polizei macht den Eindruck, als sei sie nicht allzusehr interessiert daran, die näheren Umstände des Vorfalls zu erkunden«, sagte er leise.

Morten schaute seinen Freund an, als erwarte er eine weitere Erklärung, aber Uebel schwieg beharrlich.

»Wenn Hannes noch nicht vernommen worden ist, könnte man ihn doch als Zeugen präsentieren«, schlug Morten nach einer längeren Pause vor. »Wir brauchen einen cleveren Anwalt, der sich mit Hannes befaßt, bevor die Behörden vielleicht doch noch auf den Gedanken kommen, ihn vorzuladen.«

»Und dieser Anwalt soll ich ausfindig machen, nicht wahr?«

»Wer sonst.«

Uebel nickte. »Die Frage ist nur, wer die Kosten für ihn übernimmt.«

»Das wird wohl mein Vater tun müssen«, antwortete Morten.

»Und wenn nicht?«

»Er wird.«

Uebel schob sich noch näher an Mortens Krankenbett heran. »Hast du vor, ihn zu erpressen?«

»Glaubst du denn, es gäbe etwas, womit man ihn erpressen könnte?« Auf Mortens Gesicht erschien der Anflug seines frechen Grinsens.

Uebel betrachtete ihn und rückte seinen Stuhl wieder ein Stück zurück. »Du fängst an, dich zu erholen.«

»Raus mit der Sprache. Womit, glaubst du, könnte ich den Oberfinanzpräsidenten erpressen.«

Uebel dachte nach. »Ich habe dir doch vor kurzem von einer Kollegin erzählt, die sich besonders auf die Wirtschaftskriminalität zu spezialisieren scheint. Hättest du etwas dagegen, wenn sie dich hier besuchen würde?«

»Die Barbiepuppe?«

»Sie würde dich gern kennenlernen.«

»Weshalb?«

»Sie hat deinen Vater einige Male interviewt. Er muß ihr von dir erzählt haben. Außerdem hat sie gute Beziehungen zur Anwaltskammer.«

Jetzt lächelte auch Otto Uebel.

»Vielleicht sollte ich noch ein paar Tage mit dem Treffen warten«, überlegte Morten und sah auf sein hochgebundenes Bein.

»Das wird noch einige Wochen dauern«, sagte Uebel, der seinem Blick gefolgt war. »Du selber sagst doch, daß wir keine Zeit verlieren dürfen.«

»Gut, dann gleich morgen, wenn sie es einrichten kann. Und halt mir in dieser Zeit meinen Vater vom Leib.«

»Dein Vater ist im Haus und macht Günni, dem Fliehenden Kinn, seine Aufwartung. Zusammen mit Landeskriminaldirektor Hinrichs.«

Morten versuchte sich aufzusetzen, doch Uebel drückte ihn sofort wieder in die Kissen zurück.

»Solange du dich nicht beherrschen kannst, werde ich dir gar nichts mehr erzählen. Und keine Sorge, Günni ist präpariert.«

Morten seufzte erleichtert. »Obwohl, Hinrichs ist ein ausgekochter alter Fuchs. Der bringt jeden zum Sprechen, wenn er will. Und Günni wird sich durch den Besuch der beiden sicher geehrt fühlen.«

»Er ist sehr intensiv präpariert worden«, wehrte Uebel ab.

»Durch wen?«

»Vor allem durch Kalle Obst. Aber auch durch mich. Günni ist der einzige von unseren drei Gruftis, der eine unsagbare Angst vor dem Knast hat. Kalle hat ihm eingebleut, daß er seinen Mund nur in Gegenwart eines Anwalts aufmachen darf. Und er hat Günni erzählt, er vermute, daß die Polizei ihnen diesen ganzen Mord und Totschlag in die Schuhe schieben wolle. Außerdem weiß Kalle auch, wo sich Hannes zur Zeit aufhält, will es aber nicht verraten. Ich nehme an, er hat ihn bei sich zu Hause einquartiert. Er befindet sich in einem miserablen Zustand und macht sich ständig Vorwürfe, daß er nicht früher eingegriffen hat.«

»Sein Glück«, warf Morten dazwischen.

»Er jammert, daß er Inörglü vielleicht noch hätte retten können, wenn er die Glatzköpfe auf sich gelenkt hätte«, sagte Uebel, »sein Leben sei doch sowieso keinen Pfifferling wert. Kalle sagt, daß man sein permanentes Gejammere nur schwer ertragen könne.«

Am Tag darauf erschien Jon Claas zusammen mit der Morgenvisite. Oberarzt von Schlieffen persönlich bugsierte ihn hinein. Nachdem die Ärzte das Krankenzimmer wieder verlassen hatten, entschuldigte sich der Oberfinanzpräsident dafür, daß er den gestrigen Besuch hatte ausfallen lassen müssen.

Morten sagte: »Dabei bist du doch gestern sogar im Krankenhaus gewesen.«

Doch Jon Claas ignorierte die Bemerkung. Er erzählte Morten, sie seien auf der Suche nach Totenkopf-Hannes, aber der sei wie vom Erdboden verschwunden. Auch der Kontakt zu Kalle Obst sei plötzlich wie abgerissen, zu dem er doch stets ein so vertrauensvolles Verhältnis gehabt habe.

»Er scheint Hannes ein gutes Versteck organisiert zu haben«, lächelte er. »Ich weiß nur nicht, wozu. Es liegt doch gar nichts gegen ihn vor. Tatsache ist lediglich, daß er bei dem Angriff von Alfred Stierkopf dabei gewesen sein muß und daß seine Aussage auch für Alfred von Bedeutung sein kann. Das scheint Kalle Obst aber nicht begreifen zu wollen. Er bleibt stur bei seiner Version, daß sich Hannes bis jetzt nicht bei ihm gemeldet habe.«

»Was macht dich eigentlich so sicher, daß es sich bei Alfreds Aktion um einen Angriff und nicht um Notwehr gehandelt hat?« fragte Morten.

»Er hat einen Menschen getötet«, erwiderte Jon Claas.

»Bist du denn gar nicht neugierig auf den, der Hasan Inörglü umgebracht hat?« Diesmal gelang es Morten, sich aufzustützen. »Gegen das, was man ihm angetan hat, würde ich den Totschlag an einem Rechtsradikalen als humane Sterbehilfe bezeichnen.«

Morten sah seinen Vater durchdringend an.

Der gleiche vorwurfsvolle Blick, mit dem er mich angesehen hat, als ich ihn als Kind im Krankenhaus durchchecken ließ, dachte Jon Claas. Seine feindselige Haltung hat er lange Zeit geschickt verbergen können. Aber nicht geschickt genug.

»Bist du in der Pathologie gewesen, Vater? Hast du dir den toten Hasan Inörglü angeschaut?«

»Hinrichs hat ihn sich angesehen. Zu meinen Pflichten gehört das weiß Gott nicht.«

»Ich an deiner Stelle wäre neugieriger gewesen. Du kanntest Inörglü. Er hat lange in deinem Haus verkehrt, war einer meiner Lehrer und mit mir befreundet. Noch einmal: Ich an deiner Stelle …«

»Du bist aber nicht an meiner Stelle, Morten«, unterbrach ihn der Oberfinanzpräsident nun etwas lauter, als er eigentlich gewollt hatte. »Vielleicht wirst du es einmal sein. Jetzt bist du es jedenfalls noch nicht«, setzte er leiser hinzu.

Morten hatte seinen Kopf zur Wand gedreht. Zum Zeichen, daß er das Gespräch für beendet hielt.

Das war zuviel für Jon Claas. »Du benimmst dich mir gegenüber, als wäre ich dein schlimmster Feind«, brüllte er.

Er fuhr mit seinem Rollstuhl ans Fußende des Bettes, um seinem Sohn ins Gesicht zu sehen, doch es gelang ihm nicht.

»Woher nimmst du das Recht, mich so zu behandeln? Und wenn du meinst, der Polizei oder mir die Schuld an deiner momentanen Situation geben zu müssen, so kann ich dir darauf nur antworten, daß ich dich mehrere Male dringend davor gewarnt habe, in irgendeiner Form einzugreifen. Ich habe dir sogar ausdrücklich gedroht, die Aktion sofort abzubrechen, solltest du gegen diese meine Order verstoßen. Würdest du mir das bitte bestätigen?«

Jon Claas wartete auf eine Antwort. Er rollte seinen Stuhl zum Fenster und sah hinaus, ohne draußen etwas wahrzunehmen.

Wann werde ich mich diesem Jungen gegenüber endlich so gelassen verhalten können, daß mir seine Flegeleien nichts mehr ausmachen? fragte er sich.

Laut sagte er: »Ich werde mich in den nächsten zwei Tagen hier nicht mehr sehen lassen, Morten. Hoffentlich findest du bis dahin zu einem höflicheren Umgangston zurück.«

Er wartete noch einen Augenblick, ob von seinem Sohn eine Antwort käme, dann fuhr er seitwärts an die Tür heran, stieß sie auf und rollte auf den Flur hinaus.

Am Abend desselben Tages kam Otto Uebel und brachte seine Kollegin mit. Sie hatten die Abendvisite abgewartet, um sicherzugehen, daß sie dem Oberfinanzpräsidenten nicht in die Arme liefen.

»Guten Abend«, sagte die Journalistin, nachdem Uebel Morten begrüßt hatte, »ich bin Otmar Kuebls Kollegin Friederike Smolny.«

Damit hielt sie ihm lächelnd die Hand hin. Morten schlug zögernd ein.

Nachdem sie einen bequemen Sessel, der in der Nähe des Fensters stand, in Richtung Bett gerückt und sich hatte hineinfallen lassen, sagte sie: »Sie scheinen aber gehörig mitgemischt zu haben.«

Vor ihm saß eine hochgewachsene Blondine mit übereinandergeschlagenen Beinen. Ihre Augen strahlten Morten mit einer fast unnatürlichen Bläue an. Die gewölbte Oberlippe ließ einen deutlichen Überbiß vermuten, der sich, wenn sie lächelte oder gar lachte, nicht nur bestätigte, sondern darüber hinaus ein Gebiß entblößte, das vierundsechzig Zähne zu haben schien. Zwei Vorderzähne im Unterkiefer standen etwas schief zueinander und gaben dem Ganzen einen kindlich charmanten Ausdruck, der Morten anfangs irritierte, ihn später jedoch zu geradezu süchtigen Kußattacken auf diese gewölbte Einladung hinriß. Vorerst aber hatte er genug damit zu tun, ihre Hände zu betrachten, die ständig am Rocksaum zupften und ihre zur Schau getragene Burschikosität Lügen straften. Sie betrachtete sein schwebendes Bein. »Ich höre, man hat Ihnen das Schienbein kaputtgeschlagen.«

»Nicht nur das.«

»Oh, was denn noch?« Sie richtete sich auf und bekam leuchtende Augen.

»Sage ich nicht«, erwiderte er und fing an zu lachen.

Eine verrückte Nudel, dachte er. Sie hat nicht die geringste Ähnlichkeit mit einer Barbiepuppe. Durch welche Brille betrachtet Otto Uebel eigentlich die Frauen?

»Warum nicht?« hörte er sie fragen. »Ich will unbedingt wissen, was noch alles an Ihnen kaputtgegangen ist. Haben Sie denn richtig eingegriffen? Kollege Kuebl hat mir erzählt, es waren schwere Jungs, die sich dort gegenseitig an den Kragen gegangen sind.«

»Es waren auch zwei ziemlich schmale Hemden dabei.«

»Und denen ist es dreckig ergangen«, fiel sie rasch ein.

Er nickte zustimmend.

Sie warf die Beine über die Sessellehne. »Ich beneide Sie. Was gäbe ich darum, lang im Bett zu liegen, mit hochgezurrtem Bein.«

Otto Uebel lachte laut heraus. »Das grenzt ja an Schadenfreude«, sagte er, nachdem er sich wieder gefangen hatte.

»Habe ich Sie«, fing sie nach einer Weile wieder an, »ich meine, sind Sie jetzt verärgert? Bin ich taktlos gewesen?«

Morten schüttelte den Kopf und betrachtete sie weiterhin mit einem schwer zu deutenden Ausdruck in den Augen.

»Helfen Sie mir, Otmar«, wandte sie sich an Otto Uebel. »Wenn ich mich dämlich verhalten haben sollte, entschuldige ich mich natürlich. Aber sagen Sie mir wenigstens, womit ich ihn verärgert habe.«

»Mit gar nichts«, antwortete Morten statt seiner. »Sie sind amüsant. Und das wissen Sie ja auch.« Dabei blickte er zu Uebel hinüber. »Sie amüsieren auf eine ganz eigene Art. Vielleicht sind Sie sogar ein bißchen zu komisch.«

Sie schwieg. Dann sagte sie leise, ohne den Blick zu heben: »Harter Tobak«, machte erneut eine Pause, während der die anderen sie erwartungsvoll ansahen. »Ich wollte Ihnen eigentlich nur guten Tag sagen und mir über meine eigene Verlegenheit hinweghelfen. Ihr Vater hat mir einiges über Sie erzählt und mich damit mehr belastet, als ich angenommen hatte.«

Sie schaute auf und sah einen nach dem anderen an. Die machen den Mund nicht auf, dachte sie. Wollen die mich verunsichern, oder sind sie wirklich neugierig auf das, was ich ihnen erzählen könnte?

»Sie kennen meinen Vater also?« fragte Morten in die Stille hinein.

Friederike schreckte hoch. »Ich habe ihn einige Male interviewt und anschließend noch ein paar inoffizielle Gespräche mit ihm geführt.«

»Man kann viel von ihm lernen, nicht wahr?«

Wieder blickte sie ihn an und versuchte herauszufinden, was er mit dieser Frage gemeint hatte.

»O ja«, bestätigte sie. »Es ist sehr interessant, sich mit ihm zu unterhalten. Er hat ein immenses Fachwissen. Allerdings ist er ein harter Brocken, was Interviews angeht.«

»Interessant«, Morten lächelte sie an, als wolle er ihr Mut machen.

»Man weiß nie so ganz, was er sagt, wenn er was sagt«, fügte sie hinzu und mußte lachen.

»Sie scheinen hübsche Erinnerungen an diese Gespräche zu haben. Trotz aller Schwierigkeiten«, mischte sich nun auch Otto Uebel ein. »Ich habe zwei Ihrer Interviews gelesen. Die waren doch eher harmlos, oder?«

»Es sollten ja auch keine Verhöre werden«, protestierte sie umgehend.

Dann fingen alle drei, wie auf Kommando, zu lachen an.

»Nun erzählen Sie schon, worauf wir so gespannt sind«, sagte Uebel.

»Na, dann lassen Sie mich mal wissen, was Sie speziell hören wollen«, erwiderte Friederike Smolny und sah Morten direkt an.

Er wehrte mit der Hand ab. »Mir ist es egal, was Sie erzählen. Hauptsache, Sie erzählen irgendwas.«

»Hören Sie mich denn so gern reden?« Sie lachte immer noch.

Ehe Morten darauf eingehen konnte, griff Uebel erneut ein. »Jetzt werdet aber mal vernünftig, ihr zwei. Neulich in der Kantine sprachen Sie von ein oder zwei interessanten Entdeckungen, die Sie bezüglich der Hamburger Schmuggelszene gemacht haben. Darüber würden wir gern etwas mehr erfahren. Es ist die Front, an der wir zur Zeit kämpfen.«

»Mit offensichtlichen Verlusten, wie ich sehe.«

»Das ist nur ein kleines Malheur, verglichen mit dem, was unser Freund Inörglü durchmachen mußte, bevor er starb«, erklärte Morten.

Sie nickte. »Ich weiß. Ich war gestern in der Pathologie und habe dort auch Ihren Vater getroffen.«

»Meinen Vater? In der Pathologie?«

Otto Uebel und Morten sahen sich verwundert an. »Gestern hat er mir gesagt, es gehöre nicht zu seinen Pflichten, in die Pathologie zu gehen.«

Morten verstummte. »Wann haben Sie ihn denn gestern dort gesehen?«

»Am späten Vormittag. Ist das denn wichtig?«

»Ganz und gar nicht«, entgegnete Morten. »Nur als ich es ihm kurz vorher vorschlug, hat er das noch als ein unsägliches Ansinnen abgewehrt.«

»Vielleicht haben Sie ihn doch überzeugt. Zumindest aber scheinen Sie ihn neugierig gemacht zu haben.«

»Möglich.«

»Jedenfalls war er enorm geschockt, als ich ihn dort unten traf. Er hatte den Pathologen dabei, der ihm gerade erklärte, was dem Toten so alles zugefügt worden war. Ich durfte auch zuhören, nachdem ich mich ausgewiesen hatte.«

»Hat mein Vater Sie denn nicht erkannt?«

»Scheinbar nicht.«

Wie um die beiden zu beruhigen, sagte sie nach einer Weile, daß man Inörglü inzwischen wieder sehr anständig hergerichtet habe. Auf ihre Frage, weshalb man den armen Mann mit einer solch aggressiven Wucht überfallen habe, habe sein Vater geantwortet, daß er Türke und die Angreifer allem Anschein nach bösartige Rassisten gewesen seien.

»Ich habe Ihren Vater noch nie in einer solchen Verfassung gesehen«, stellte sie abschließend fest.

Unvermittelt fragte Morten: »Was können Sie uns über die Schmuggelszene berichten?«

Sie setzte sich nun aufrecht hin und räusperte sich. »Haben Sie denn nicht genug von alledem? Wollen Sie das wirklich weiterverfolgen?«

Er sah sie an, ohne mit der Wimper zu zucken, und hielt das sehr lange durch.

Geisterhaft. Das hat etwas Gespenstisches, dachte Friederike Smolny und schloß für einen Moment die Augen.

»Ich weiß nicht«, begann sie nach einer langen Pause, »ob Ihnen das, was ich zu erzählen habe, überhaupt weiterhelfen kann. Ich glaube eher nicht. Ich bin sogar fast überzeugt davon, daß Sie sich auf der falschen Fährte befinden und Ihre ganze Aktion für die Katz war.«

»Woher wissen Sie denn so genau, was wir vorhatten?« fragte Morten und ließ den Blick nicht von ihr.

»Wenn Sie mich weiter so anstarren, werde ich Ihnen gar nichts mehr erzählen«, stieß sie plötzlich hervor. »Ich denke nicht daran, mich hier von Ihnen vernehmen zu lassen. Was ich Ihnen sagen wollte, ist eine reine Hypothese, und die wenigen Fakten, über die ich verfüge, können Ihnen, wie schon gesagt, nicht viel nützen.«

»Würden Sie sich vielleicht trotzdem entschließen, uns Ihre spärlichen Erkenntnisse mitzuteilen?«

Morten sah jetzt demonstrativ auf seine Bettdecke herab. »Es könnte möglicherweise doch etwas dabei sein, das uns nützlich wäre.«

Sie schüttelte langsam den Kopf. »Ihre Ermittlungen, wenn man sie denn so nennen kann, führen meiner Meinung nach in die falsche Richtung. Seitdem der europäische und damit auch der deutsche Fiskus enorme Entschädigungen von einem ausländischen Zigarettenkonzern erhalten haben, geht man mit diesem Lieferanten sehr schonend um.«

»Ich verstehe überhaupt nichts«, rief Otto Uebel dazwischen. »Um wen handelt es sich denn eigentlich?«

»Um einen Konzern, der seine überschüssige Ware zu Hause nicht ganz absetzen konnte und sie über die ehemaligen Ostblockländer in die Europäische Union eingeschleust hat. Zu Dumpingpreisen. Weil er einen Prozeß, mit dem die EU drohte, vermeiden wollte, bot der Konzern eine zweistellige Milliardensumme, die sie, ohne zu zögern, annahm. Allerdings bat sich das Unternehmen aus, seinen Überschuß auch weiterhin verbilligt in die EU liefern zu dürfen, wenn es seine Umsatzsteuern dafür ordentlich beim europäischen Fiskus abführe. Und zwar auf der Grundlage der Niedrigpreise.«

»Und darauf soll die EU eingegangen sein?« fragte Otto Uebel ungläubig.

»Das entzieht sich meiner Kenntnis«, antwortete Friederike Smolny übertrieben höflich. »Ich weiß nur, daß Zoll und Finanzbehörden seitdem ein Auge zudrücken, wenn die Überschußware über die polnische Grenze rollt. Sie wird anschließend auch ganz korrekt versteuert. Es handelt sich dabei um erhebliche Summen.«

»Das ist ja fast noch illegaler als das, was die Vietnamesenmafia veranstaltet«, empörte sich Otto Uebel immer mehr.

»Ich würde eher sagen, es bewegt sich am Rande, oder besser, etwas außerhalb der Legalität. Das hört sich sachlicher und bescheidener an«, Friederike Smolny lächelte freundlich. »Es scheint ein Agreement zwischen dem Fiskus und einem Konzern aus Übersee zu geben. Jedenfalls schwiegen Finanzbeamte, Steuerermittler, Leute vom Zollkriminalamt, bei denen ich um Auskunft bat, oder wiegelten ab. Es sei alles legal, und sie seien mit der Regelung sehr einverstanden. Alle, bis auf Ihren Vater und Sie.«

»Was soll das denn heißen?«

»Ihr Vater hat sich standhaft geweigert, dazu überhaupt eine Erklärung abzugeben, obwohl ich ihm anmerkte, daß ihm das gar nicht behagte. Und Sie habe ich ja bis jetzt noch nicht gefragt.«

»Mein Vater lehnt also eine Begünstigung der Lieferanten aus Übersee ab? Hat er Ihnen das gesagt?«

»Das hat er nicht. Jedenfalls nicht so direkt.«

»Jetzt bist du dran«, grinste Uebel und sah zu Morten hinüber.

»Das scheint mir eine einwandfreie Haltung zu sein«, antwortete Morten, ohne sich um den Einwurf zu kümmern.

»Sie werden sich doch Ihre eigene Meinung gebildet haben«, wandte Friederike ein.

»Wenn ich davon gewußt hätte, hätte ich das ganz gewiß getan.«

»Sie arbeiten so eng mit Ihrem Vater zusammen und wollen nichts davon gewußt haben? Das nehme ich Ihnen nicht ab.«

»So eng habe ich wohl doch nicht mit ihm zusammengearbeitet«, erwiderte Morten nachdenklich.

»Wer es tatsächlich ist, der so vehement dagegen steuert«, fuhr Friederike fort, »konnte ich bisher noch nicht herausfinden. Bei dieser Art von Aktion handelt es sich nicht mehr um eine augenzwinkernde kleine Rechtsbeugung zum Wohle des Staates, sondern um den Einsatz von kriminellen Mitteln, mit denen vielleicht ein paar Beamte der Steuer- oder Finanzbehörden wieder in die Rechtsordnung getrieben werden sollen.«

Otto Uebel sah sie betroffen an. »Das ist ein schwerer und, wie ich glaube, absurder Verdacht, den Sie da äußern.«

»Ist doch nur eine Theorie«, feixte Friederike. »Aber jede andere, die ich bisher durchgespielt habe, stimmt noch viel weniger mit dem überein, was da momentan abgeht.«

»Haben Sie schon einmal daran gedacht, daß die Mafia hier einen Existenzkampf anzettelt, um den Konkurrenten vom Markt zu drängen?« wollte Morten wissen.

»Und die Mafia weiß nicht, daß es sich bei ihren Konkurrenten um eine staatlich geduldete Einfuhr handelt?« Sie schüttelte den Kopf. »Ein krimineller Verein, der besser informiert ist als das ganze BKA zusammen, und so ahnungslos? Unglaubwürdig.«

»Ein krimineller Verein kann mit kriminellen Mitteln durchaus wirtschaftliche Einrichtungen bekämpfen, ja sogar gegen Ordnungsämter und deren Repräsentanten vorgehen, wenn er sich bedroht fühlt. Er ist an keine Ordnung gebunden, da er ja kriminell ist.«

Jetzt war es Morten, der sie höflich anlächelte.

»Ich gebe mich geschlagen.« Friederike hob die Hände zum Zeichen der Kapitulation. »Mit Theorien kommt man bei Ihnen anscheinend nicht weiter.«

Sie stand auf und machte Anstalten, sich zu verabschieden.

»Eine Frage noch, dann mache ich mich aus dem Staub und überlasse Sie Ihrer hoffentlich erfolgreichen Rekonvaleszenz. Wo nehmen diese Mafiaboys eigentlich ihre Ware her?«

»Soviel Inörglü und ich herausfinden konnten, handelt es sich um Tabak, der in Australien, vielleicht aber auch in Neuseeland angebaut wird. Eine Virginiasorte, die nach Vietnam und wahrscheinlich auch nach China exportiert wird. Dort bekommt sie dann die fachmännische Behandlung, die man den Amerikanern abgeschaut hat, und wird meistens über die ehemaligen Ostblockländer nach Mittel- und Westeuropa eingeführt.

Zum größten Teil bereits als fertige Zigaretten, in den täuschend echt nachgeahmten Packungen amerikanischer oder englischer Firmen. In Deutschland hat sich sogar ein Unternehmen etabliert, das sich speziell der Herstellung von Filtern und dem dazugehörigen Zigarettenpapier widmet.«

Friederike horchte auf. »Moment mal«, unterbrach sie, »eine solche Herstellung kann doch nicht illegal vor sich gehen. Für diese Mengen braucht man einen größeren Betrieb, eine Kapitalgesellschaft. Die müßte aber doch im Handelsregister auftauchen und Körperschaftssteuer zahlen.«

»Sie ist auch dort zu finden«, bestätigte Otto Uebel. »Führt völlig korrekt ihre diversen Steuern ab und liefert die Produkte an die jeweiligen Zigarettenhersteller.«

»Und spätestens bei denen wird eine Steuer fällig, die nicht zu besteuern ist? Der Abnehmer, der Weiterverarbeiter existiert ja offiziell gar nicht, wie?« fragte sie sarkastisch, »Vorsteuerabzug, Umsatzsteuer – alles inklusive, ja?«

»Jetzt halten Sie mal die Luft an, Fräulein Smolny«, unterbrach sie Otto Uebel mißmutig. »Das haben wir schon einige Male durchgekaut und sind zu keinem vernünftigen Ergebnis gekommen.«

»Stimmt nicht, Otto«, mischte sich Morten ein. »Wir haben zwar noch keine endgültigen Schlüsse daraus ziehen können, aber wir sind uns zumindest darüber im klaren, daß hier zwei Parteien mit gegensätzlichen Interessen im Einsatz sind.«

»Zwei Parteien oder zwei Behörden?« fragte Friederike gespannt.

Morten fing schallend an zu lachen. Otto Uebel war überrascht. Ein solch befreiendes Gelächter hatte er bisher von ihm noch nie gehört.

»Ich glaube, man darf Ihnen nicht zuviel erzählen«, sagte Morten.

»Ich bin nicht hierhergekommen, um sie auszuhorchen.« Sie trat an das Fußende des Bettes. »Ich will Sie auch nicht gegen Ihren Vater ausspielen und unsere Unterhaltung schon gar nicht journalistisch ausschlachten. Ich war nur neugierig auf den Mann, der seine angeblich enormen Fähigkeiten dazu benutzt, in die elend langweiligen Fußstapfen seines Vaters zu treten.«

»Wo haben Sie das denn her? Der Job meines Vaters gehört zu den spannendsten, die ich mir vorstellen kann.«

»Ja, toll!« Sie blickte wieder auf sein leicht hin und her schwingendes Bein, das seine verborgene Erregung anzeigte.

»Sie mit Ihren zerbrochenen Knochen und der Vater im Rollstuhl. Mir scheint das eher schmerzhaft als spannend zu sein. Aber wie auch immer. Gute Besserung. Ich hoffe, Sie sind bald wieder auf den Beinen. Auf dem Bein«, verbesserte sie sich.

Sie verabschiedete sich kopfnickend bei Otto Uebel und wollte gerade die Tür hinter sich schließen, als Morten ihr nachrief, ob sie nicht bald noch einmal wiederkommen könne. Sie blieb stehen und drehte sich nach ihm um.

»Es hat mir Spaß gemacht, mich mit Ihnen zu unterhalten«, fügte er augenzwinkernd hinzu.

»Ich halte mich nur ungern in Krankenhäusern auf, aber ich werde es mir überlegen.«

Zu Hasan Inörglüs Beerdigung versammelte sich eine stattliche Trauergemeinde. Otto Uebel, der neben Jon Claas und Kalle Obst direkt hinter Inörglüs Familie schritt, hatte eine so große Anzahl von Hinterbliebenen nicht erwartet. Er konnte nur dann einen Blick auf den Sarg werfen, wenn der offene Leichenwagen eine Wegbiegung durchfuhr. Der Fahrer schlug ein für eine Trauerzeremonie überraschend hohes Tempo an, und die dem Wagen folgende Trauergemeinde hatte Mühe, ihm zu folgen.

Hinter sich hörte Uebel ein asthmatisches Keuchen. Er drehte sich um und sah zwei der Gruftis direkt hinter sich. Es war Totenkopf-Hannes, der Mühe mit dem Atmen hatte. Links neben ihm Günni, und auf der anderen Seite hatte sich Friederike Smolny bei ihm eingehakt. Im linken Arm trug sie einen riesigen Blumenstrauß.

Sie flüsterte Uebel zu, daß sie die Blumen im Auftrag von Morten Claas besorgt hätte. Jetzt erst bekam er mit, daß Kalle Obst und Jon Claas sich leise miteinander unterhielten. Kalle erzählte, daß er Morten nur mit Mühe daran gehindert hatte, hier auf Krücken zu erscheinen.

Seine Besuche im Krankenhaus waren selten gewesen, da Kalle, abgesehen von seinen normalen beruflichen Verpflichtungen, eine Menge an Behördengängen hatte hinter sich bringen müssen. Er war sich nach wie vor nicht sicher, ob die Wahl eines berühmten Anwalts, den er für Alfred im Auftrag von Uebel anheuern sollte, die richtige wäre, und wollte vom Oberfinanzpräsidenten wissen, ob er den Wunsch seines Sohnes, diesen Mann zu engagieren, erfüllen wolle. Es war ein sehr hoher Stundensatz, den der Staranwalt berechnete, und Kalle konnte sich nicht vorstellen, daß Morten allein in der Lage wäre, soviel zu bezahlen.

Jon Claas fand es nicht gerade geschmackvoll, sich ausgerechnet jetzt mit einer solchen Frage zu beschäftigen. Er wolle Morten am nächsten Morgen besuchen und dabei das Notwendige veranlassen.

Uebel machte sich so seine Gedanken, was der Präsident wohl mit »das Notwendige veranlassen« gemeint haben könnte, und hörte Kalle Obst etwas Entschuldigendes murmeln, wie, man könne einen jungen Mann doch gar nicht früh genug vor riskanten finanziellen Eskapaden warnen.

Der Trauerzug war am Tor des Friedhofs angekommen. Hier wurden sie von sechs Trägern erwartet, die den Sarg vom Wagen hoben und auf die Schultern nahmen.

»Ist das jetzt nicht eigentlich deine Angelegenheit?« wandte sich Otto Uebel an Kalle Obst.

»Das ist doch ein völlig anderer Teil des Friedhofs«, raunte Kalle, »wir stehen hier sozusagen vor dem Seiteneingang des Geländes.«

»Dem Dienstboteneingang!« rief Hannes laut und fing unter Husten an zu lachen.

»Nimm dich zusammen!« schnauzte Kalle Obst ihn an, als er sah, daß sich einige Hinterbliebene nach ihnen umdrehten.

Totenkopf-Hannes hustete weiter, machte aber mit der Hand eine entschuldigende Geste. Dann setzte wieder sein rasselndes Keuchen ein.

An der offenen Grube ließen die Träger den Sarg auf die quer über das Grab gelegten Bretter hinunter, und ein zivil gekleideter Herr löste sich aus dem Pulk der Trauergäste. Wie sich später herausstellte, war er ein Geistlicher, der nach einer kurzen türkischen Ansprache Koranverse zitierte, die er anschließend ins Deutsche übersetzte.

Nachdem die Bretter weggezogen und der Sarg an Seilen in die Grube hinuntergelassen worden war, traten einige verweinte Frauen an das Grab und warfen armselig aussehende kleine Sträußchen hinab.

Plötzlich bahnte sich Friederike Smolny einen Weg nach vorn. Sie stand am Grubenrand und sah neugierig auf Inörglüs Sarg hinunter. Im linken Arm trug sie noch immer den riesengroßen, kostbaren Strauß. Sie ging langsam in die Knie und griff mit der rechten Hand in die Schale mit Sand, die neben dem Grab stand. Vorsichtig, als habe sie Angst hineinzufallen, erhob sie sich und warf mit einer raschen Bewegung eine Handvoll Sand auf den Sarg.

Es gab einen dumpfen Ton, und Uebel hatte für einen kurzen Augenblick den Eindruck, als wolle der Geistliche hinzuspringen. Doch da trat sie schon zurück und fing, ohne einen der Anwesenden anzuschauen, zu sprechen an.

»Sehr geehrte Trauergemeinde, sehr, sehr verehrte Hinterbliebene«, begann sie, »von ganzem Herzen möchte ich Ihnen versichern, daß die Mörder des Verstorbenen, bis auf wenige krankhafte Ausnahmen, nicht die geringste Sympathie in unserer Bevölkerung genießen. Entsetzt und schokkiert über das grausame Verbrechen, muß es allen Bürgern dieses Landes Pflicht sein, diese Tat sühnen zu helfen und die noch frei herumlaufenden Täter ihrer gerechten Strafe zuzuführen.

Ich stehe hier stellvertretend für einen engen Freund des Verstorbenen, dem, weil er Hasan Inörglü im Laufe des morderischen Verbrechens zur Hilfe kommen wollte, ebenfalls sehr übel mitgespielt worden ist. Er bedauert zutiefst, daß er seinem Freund heute nicht die letzte Ehre erweisen kann, da er, an den Folgen der Verletzung leidend, noch immer im Krankenhaus liegt.

Deshalb möchte er Ihnen allen durch mich sein tiefstes Beileid aussprechen. Ein Leid, das ihn selbst und seine Trauer um einen langjährigen Weggefährten mit einschließt.«

Sie hob mit beiden Händen den Strauß hoch, trat noch einmal an das offene Grab und ließ die Blumen auf den Sargdeckel fallen.

Niemand reagierte, als unvermutet jemand fragte, wer sich denn nun um den tapferen Mann kümmern werde, der im Gefängnis sitze, weil er so couragiert und wirkungsvoll eingegriffen hatte, wenn auch leider zu spät.

Friederike sah zu dem Mann hinüber, der ruhig, mit starkem Akzent zwar, gesprochen und eine überzeugende, ja erschütternde Wirkung erzielt hatte. Beifall brandete auf. Noch ehe ihm Friederike Smolny antworten konnte, rief Otto Uebel, daß man weder Mühe noch Geld spare, um Alfred Stierkopf aus dem Gefängnis zu befreien und ihm eine gerechte Gerichtsverhandlung, die hoffentlich zu seinem Vorteil enden werde, zu ermöglichen. Dabei sah er Jon Claas eindringlich an.

Unmittelbar nachdem die Trauergemeinde auseinandergegangen war, stellte Uebel Friederike zur Rede. Woher sie um die Beziehung wüßte, die zwischen Morten Claas und Hasan Inörglü bestanden hatte. Und zweitens, wie sie zum Auftrag des Blumenkaufs und der Grabrede gekommen sei. Soweit er sich erinnern könne, habe sie doch von einem weiteren Krankenhausbesuch Abstand genommen.

»Dann haben Sie nicht präzise zugehört«, sie lächelte ihn freundlich an, »soweit ich mich erinnere, hatte ich es offengelassen.«

Sie waren inzwischen durch das Friedhofstor auf die Straße getreten, und Friederike ging auf einen am Straßenrand geparkten Mini zu.

»Kann ich Sie noch irgendwohin mitnehmen?«

Nachdem sie die Autotür geöffnet hatte, schob Otto Uebel den Sitz nach vorne, quetschte sich auf die Rückbank und brummte, daß sie dürfe. Er werde ihr sagen, wo sie ihn absetzen könne.

»Ich mußte in die neuen Bundesländer und habe Morten einige Tage nicht sehen können«, begann er nach einer Weile.

»Ich weiß. Sie hatten ein Interview mit dem Geschäftsführer in Glashütte.«

»Sie sind auffallend gut informiert«, antwortete er. »Auf jedem Gebiet, wie mir scheint.«

Sie nickte. »Sehen Sie sich also vor. Ich bin verdammt gefährlich.«

»Kann ich Sie etwas fragen?«

»Nur zu.«

»Nachdem, was Sie so im Krankenhaus von sich gegeben haben, muß der Oberfinanzpräsident Claas ziemliches Vertrauen zu Ihnen haben.«

»Wie kommen Sie denn darauf?«

»Ich habe den Eindruck, daß er Ihnen die ganze Lebensgeschichte seines Sohnes erzählt hat. Oder wenigstens die wichtigsten Abschnitte.«

»Der Eindruck ist falsch«, antwortete sie sehr bestimmt. »Er hat sich lediglich darüber beklagt, daß sein Sohn so gar kein Vertrauen zu ihm fassen wolle. Er habe wohl mehr, als es gut für ihn gewesen wäre, an seiner Mutter gehangen und verübele ihm, dem Vater, allem Anschein nach, daß sie so früh und so qualvoll gestorben ist.«

»Das hat er nie in dieser Form geäußert«, unterbrach sie Otto Uebel. »Selbst während der Zeit, in der er, außer dem Schriftverkehr, jede Form der Kommunikation mit der Umwelt ablehnte, hat er einen solchen Verdacht nie aufkommen lassen.«

»Na schön«, hakte Friederike nach, »wenn wir schon dabei sind. Was, glauben Sie, war der Grund dafür, daß er sich so lange und so konsequent verweigert hat?«

»Trauer.«

»Das nehme ich Ihnen nicht ab, Herr Kuebl. Ein Kind in dem Alter kommt spätestens nach einem Jahr mit jeder Situation zurecht und wird sich nach fünf, sechs Jahren nicht einmal mehr an das Aussehen seiner Mutter erinnern, wenn nicht überall noch Fotos von ihr herumstehen.«

»Sie scheinen mir ziemlich leichtsinnig mit dem Erinnerungsvermögen von Kindern umzugehen«, stellte Uebel spöttisch fest. »Wenn Sie so freundlich sein wollen, mich hier Ecke Barmbeker Straße herauszulassen, wäre ich Ihnen dankbar. Ach, um eines möchte ich Sie noch bitten«, fügte er, im Begriff, die Autotür zuzuschlagen, hinzu, »solange diese Aktion, in die wir alle involviert sind, nicht abgeblasen ist, möchte ich bei dem Namen Otto Uebel bleiben.«

»Soweit ich weiß, ist die Aktion abgeblasen«, sagte sie schnell.

Uebel stutzte. »Das möchte ich von Morten selber hören.«

»Das sollten Sie sich lieber von Jon Claas anhören.«

Sie langte nach dem Griff der Beifahrertür und schlug sie ihm vor der Nase zu.

Die ist ein Raubtier, dachte Uebel, während er dem davonfahrenden Wagen nachsah. Was für ein Vertrauen muß Morten zu ihr haben, daß er ihr einen solchen Auftritt auf dem Friedhof gestattet.

Er beschloß, so schnell wie möglich ins Krankenhaus zu gehen, um sich nach dem vermeintlichen Abbruch der Aktion zu erkundigen. Er konnte sich einfach nicht vorstellen, daß man ein so lange vorbereitetes und kostenintensives Unternehmen sang- und klanglos abbrach. Wenn einer darüber Auskunft geben konnte, dann war es Morten.

Doch Otto Uebel stellte überrascht fest, daß Morten keine Ahnung hatte.

Er konnte sich zwar nicht vorstellen, daß man den Abbruch der verdeckten Ermittlungen betreiben wolle, war aber auch nicht sonderlich überrascht. Nach all den Vorfällen und Opfern, die es schon gegeben hatte. Immerhin kostete es den Fiskus eine Menge Geld, die Ermittlungen weiterzuführen. Nachdem der Eklat mit den beiden Toten in der Presse und in den Medien so breitgetreten worden war, sei der Erfolg wohl in weite Ferne gerückt.

»Das stimmt doch gar nicht«, widersprach Otto Uebel. »Soweit ich unterrichtet bin, hat man einen Bahnhofskiosk überfallen, wobei ein verdeckt arbeitender Zollbeamter verletzt worden ist. Und in einem der Läden in der Bremer Reihe ist Feuer gelegt worden.«

Morten zog sich an der Schlaufe, die über dem Bett hing, hoch.

»Davon weiß ich ja gar nichts!« rief er erregt. »Mein Vater hat mir keinen Ton gesagt.«

»Wann war er denn da?« fragte Uebel verblüfft. »Er kann doch unmöglich heute früh schon hiergewesen sein.«

»Er ist gestern nacht noch gekommen. Wollte mir vom Begräbnis berichten und schien ziemlich neugierig auf meine Beziehung zu Rieke zu sein.«

»Rieke?«

Morten ließ sich auf sein Bett zurückfallen.

»Ja, sie bat mich, sie Rieke zu nennen. Friederike wäre ein so unhandlicher und altbackener Name. Mit Rieke hätten es alle leichter.«

»Möglich.«

»Keine Sorge.« Morten fing leise an zu lachen. »Wir siezen uns nach wie vor. Da du nicht zu erreichen warst, habe ich sie bitten müssen, mich bei Hasan zu vertreten.«

»Dein Vater wäre doch der nächste gewesen, sich dieser Aufgabe anzunehmen.«

»Da bin ich mir nicht so sicher, Otto. Ich kann bis zum heutigen Tag nicht ausschließen, daß er seine Vorurteile nicht über Bord geworfen hat.«

»Woher weißt du, daß er überhaupt welche hat?«

Otto Uebel trat ans Bett und sah Morten an.

»Nur so ein Gefühl, Otto, nur so ein Gefühl. Zum Beispiel denke ich darüber nach, welchen Grund er gehabt haben kann, sich so schnell für diese verdeckten Ermittlungen zu entscheiden. Diese rasche Unterstützung hat mich von Anfang an verwundert. Auch die Tatsache, daß er gleich Hinrichs hinzugezogen hat.

Im Grunde hätte er zuerst viel kleinere Brötchen backen

müssen. Ich an seiner Stelle würde unsere Gruftis um und um gedreht haben, bevor ich sie mit einer solchen Aufgabe betraut hätte.«

Otto Uebel ging langsam zu seinem Stuhl zurück. »Warum hast du mich denn nicht längst wissen lassen, daß du mit solchen Zweifeln herumläufst?«

»Was hätte es denn gebracht, wenn auch du noch verunsichert worden wärst?«

»Ich habe deinem Vater eigentlich immer vertraut. Aber vielleicht sollten wir deinen Bedenken doch einmal nachgehen. Wenn auch nur, um sie endgültig auszuräumen.«

»Einverstanden.« Morten wandte den Blick von ihm ab und schloß die Augen. Von neuem machte sich der Ausdruck totaler Erschöpfung auf seinem Gesicht breit.

»Eine Frage noch, Otto Uebel.« Morten sprach den Namen mit einer geradezu verletzenden phonetischen Genauigkeit aus und hielt die Augen weiterhin geschlossen. »Auf welcher Seite, glaubst du, steht mein Vater, der Oberfinanzpräsident. Auf der amerikanischen oder der asiatischen?«

»Wie bitte?«

»Ich denke, du hast mich verstanden. Oder soll ich die Frage wiederholen?«

»Nicht nötig, Morten. Ich kann nur deinen Gedankengängen nicht mehr folgen.«

»Das ist doch sehr einfach«, erklärte Morten. »Eine Herstellerfirma, die ordnungsgemäß ihre Steuern abführt, ist selbstverständlich im Handelsregister eingetragen, unter Angabe aller Produkte, die sie herstellt. Das gibst du mir doch sicher zu?«

»Das mag ja sein!« rief Uebel immer erregter. »Aber wer sagt dir, daß diese Firma Ware an illegale Weiterverarbeiter liefert? Dazu müßte man doch erst einmal feststellen, mit welchen einheimischen Zigarettenproduzenten sie feste Abnahmeverträge eingegangen ist.«

»Sicher.« Morten nickte mit geschlossenen Augen und reckte sein Kinn vor. »Wir haben das eruiert. Die Filter- und Papierhülsenhersteller könnten solche festen Bindungen nachweisen. Damit wären auch an die sechzig Prozent ihres Produktionsausstoßes gedeckt.«

»Und der Rest?«

»Du meinst, die verbleibenden vierzig Prozent?«

Morten öffnete die Augen und sah Uebel müde an.

»Ja«, bestätigte Uebel mit Nachdruck. »Ich meine die restlichen vierzig Prozent.«

»Die werden ganz legal an einen Endverteiler im Baltikum geliefert.«

»Na also.«

»Ein kleiner Teil der Ware wird dort unter einheimischem Namen angeboten. Der größere Teil aber bleibt verschwunden. Und weißt du, wo er wieder auftaucht? Amerikanisch verpackt? In der Bundesrepublik.«

»Und wie willst du das nachweisen?«

»Nichts leichter als das«, antwortete Morten. »Man braucht lediglich das Zigarettenpapier etwas näher unter die Lupe zu nehmen.«

»Morten, willst du mir wirklich weismachen, daß du als erster, oder soll ich sagen, daß ihr als erste daraufgekommen seid?«

»Richtig«, bestätigte Morten von neuem. »Wir, das heißt vor allem, sie ist darauf gekommen. Als sie es entdeckt hatte, war ihre Reaktion der deinen übrigens sehr ähnlich. Es fragt sich nur, wie lange man ein solches Wissen verdrängen kann.«

»Was willst du denn damit wieder sagen?«

Morten schien die Frage überhört zu haben.

»Rieke jedenfalls ist zum Angriff übergegangen. Sie ist nach Tallinn gefahren und hat die Hersteller ausfindig gemacht. Man hat ihr eine ganze Stange einheimischer Zigaretten geschenkt, nachdem sie den dortigen Besitzern erklärt hatte, daß sie Journalistin sei und für ein angesehenes deutsches Wirtschaftsmagazin einen Artikel über das allgemeine estnische Produktionsvolumen nach dem Eintreten der Unabhängigkeit von Rußland schreibe.«

»Hat sie außer den einheimischen Zigaretten auch amerikanische in die Hand bekommen?« fragte Uebel.

»Keine Spur. Die Leute sind sehr geschickt. Aber es gibt auch dort einen Schwarzmarkt. Nachdem Rieke wieder zu Hause war, gab sie eine Analyse in Auftrag. Kannst du dir denken, was dabei herauskam? Eine nahezu perfekt nachgeahmte amerikanische Zigarette.«

»Ein echter Spürhund, diese Rieke«, stellte Uebel fest. »Sie ist aber Journalistin, keine Fahnderin, und sie bringt nicht nur sich in große Gefahr, sondern könnte auch ihren Arbeitgeber in Verruf bringen.«

»Woraufhin denn?« fragte Morten, und als er keine Antwort bekam, setzte er hinzu, daß er großen Respekt vor Riekes frechem Wagemut habe.

»Was ich von dir wissen möchte, Otto, ist, ob dir vielleicht auch einiges darüber zu Ohren gekommen ist. Sei es an deinem Arbeitsplatz, sei es in Gesprächen mit dem Oberfinanzpräsidenten.«

»Ich habe oft mit ihm gesprochen, aber speziell dieses Thema hat er nicht einmal gestreift. Sollte wirklich etwas Wahres an eurem Verdacht sein, so wäre dein Vater der letzte, der etwas davon erfahren hätte. Davon bin ich fest überzeugt.«

»Dann wäre er aber ein schlechter Oberfinanzpräsident.«

»Könntest du dir deine Ironie bitte sparen? Er ist immer noch dein Vater.«

»Immer noch?« Morten schloß erneut die Augen, und Uebel hatte den Eindruck, als würde er lautlos vor sich hin fluchen.

»Morten, jetzt hör mir doch mal bitte zu. Selbst wenn

das, was die Smolny herausgefunden zu haben glaubt, der Wahrheit entspricht, gibt es nicht den geringsten Beweis dafür, daß dein Vater in irgendeiner Weise involviert ist. Du legst es ja nachgerade darauf an, ihm in dieser Richtung etwas anzuhängen.«

»Ich?«

»Jedenfalls höre ich das aus allem heraus.«

Morten schlug die Augen wieder auf.

»Ich will dir mal was sagen, Otto Uebel. Ausgerechnet der Oberfinanzpräsident, der eine Zeitlang persönlich«, er sprach das letzte Wort sehr prononciert aus, »die Ermittlungen gegen die Triaden geleitet und immer noch schwer dafür zu büßen hat, sollte sich auf einmal freiwillig jeder Information begeben haben, die in diese Richtung zielt? Nach einer anfänglich gewünschten Pensionierung ist er schon wieder voll ins Geschäft eingestiegen. Keine wichtige Nachricht, die nicht erst einmal auf seinem Schreibtisch landet. Darüber müssen wir uns doch nicht unterhalten.«

Morten machte eine Pause und sah Uebel nachdenklich an. »Was mich interessiert«, fuhr er fort, »ist die Tatsache, daß du so hartnäckig an die Integrität des Präsidenten glaubst. Bei einem intelligenten Menschen müßte doch zumindest der Verdacht aufkeimen, daß die hiesige Finanzbehörde eine der beiden Parteien wenn nicht unterstützt, so doch zumindest durch Wegsehen gewähren läßt. Und wer ist der Boß dieser Behörde? Wenn ich erst definitiv weiß, für welche Seite sich der Präsident entschieden hat, werde ich es dir mitteilen. Vielleicht wird ihm sein liebender Sohn auf diese Weise vorher noch eine Warnung zukommen lassen.«

»Du hältst mich also für einen Spitzel, Morten?«

Es wurde sehr still zwischen ihnen.

»Antworte, Morten. Ja oder nein?«

»Ich möchte nur wissen, mit wem ich es zu tun habe.

Das ist alles. Ich nehme dir keinesfalls übel, wenn du, sei es aus Überzeugung, sei es aus Dankbarkeit, zum Präsidenten hältst. Ich werde Ende der Woche aus dem Krankenhaus entlassen. Auf eigenen Wunsch und auf Krücken. Danach werden sofort die Ermittlungen losgehen. Dieses Mal amtlich und ohne verdeckten Hokuspokus.«

»Das muß dein Vater erst einmal zulassen«, sagte Uebel und erhob sich.

»Sehr richtig. Es wäre aber doch sicherlich im Interesse der Behörde und der Staatskasse, nicht wahr?«

»Warum nennst du das, was wir so mühsam und, wie ich glaube, so erfolgreich angefangen haben, auf einmal Hokuspokus? Wenn ich mich nicht gewaltig irre, kann dieser Hokuspokus durchaus die Nadel gewesen sein, die die Eiterbeule zum Platzen gebracht hat.«

»Bist du dir sicher, daß sie schon geplatzt ist?«

»Ich nehme es zumindest stark an«, erwiderte Otto Uebel. »Dennoch wird man mit dem Ausdrücken der Beule sehr behutsam sein müssen.«

Damit verließ er das Krankenzimmer, kam aber einen Augenblick später noch einmal zurück und trat ans Fußende des Bettes.

»Nur noch eine Kleinigkeit. Wann ist es dir recht morgen? Gegen Abend?«

Uebel beugte sich, so weit er konnte, über das Bett und streckte Morten die Hand hin. Morten kam ihm, so weit er konnte, entgegen, und einen Moment lang hielten sie sich fest.

»Laß los!« schrie Morten schließlich lachend und fiel auf das Bett zurück.

Gleich nach der Frühvisite, klopfte Friederike Smolny und trat, ohne sein »Herein« abzuwarten, hastig ins Zimmer. Für Morten völlig überraschend, setzte sie sich auf die Bettkante und legte ihre Hand auf die seine.

»Wie geht es Ihnen?« fragte sie, doch er spürte, daß sie nicht im geringsten an einer Antwort interessiert war.

Fast flüsternd setzte sie hinzu, ob er sicher wäre, jedes Mal wach gewesen zu sein, wenn er Besuch bekommen hätte.

Morten verbiß sich das Lachen. »Seien Sie nicht albern«, sagte er, »die Besuchszeiten werden hier strikt eingehalten. Es liegt an mir, ob ich Besuche außerhalb der festen Zeiten gestatte.«

»Okay, ich werde so lange schweigen, bis ich mich davon überzeugt habe, daß sich in diesem Zimmer keine Wanze befindet.«

»Sie müssen in letzter Zeit verdammt altmodische Krimis gelesen haben. Was ist denn an Wanzen überhaupt noch auf dem Markt?«

»Kann ich mich jetzt hier umsehen oder nicht?«

»Tun Sie sich keinen Zwang an.«

Er zog sich die Bettdecke über den Kopf. Sie schlug mit der flachen Hand kurz dahin, wo sie seinen Bauch vermutete, dann begann sie das Zimmer zu untersuchen. Sie zog jede Schublade auf, kroch unter das Bett und boxte von unten gegen die Matratze, als sie feststellte, daß sein lautloses Gelächter andauerte.

Etwas später hörte Morten sie im Badezimmer rumoren und schlug die Decke zurück.

»Vergessen Sie die Zahnpasta nicht!«

Nach einer Weile setzte sie sich erneut auf die Bettkante und sah ihn an. Unvermittelt beugte sie sich über ihn und küßte ihn fest auf den Mund. Er hatte die Augen weit offen, und sie setzte sich schnell wieder aufrecht hin.

Er zog sie langsam zu sich herunter. Sie schob ihre Hände unter seinen Rücken und preßte sich an ihn. Dann küßten sie sich, und immer noch hatte sie das Gefühl, als beobachteten sie seine weit geöffneten Augen. Als würden sie jede ihrer Gefühlsregungen registrieren wollen.

Unangenehm, dachte sie, ich kann den Kerl nicht ausstehen, aber ich glaube, ich mag ihn.

Sie preßte sich noch fester an ihn, zog ihre Hand unter seinem Rücken hervor und legte sie sanft über seine Augen.

»Bin ich jetzt im falschen Zimmer? Oder sind Sie es, dem ich die Krücken anpassen soll?« hörten sie plötzlich eine Stimme über sich.

Friederike ließ Morten behutsam los und richtete sich langsam auf. Morten würde sich noch lange an diese Reaktion erinnern. In aller Ruhe machte sie der Orthopädin klar, daß sie an die Arbeit gehen könne und sie, Friederike, solange draußen warten würde.

Ohne einen Kommentar entfernte die Orthopädin die Schlaufe über Mortens Bett und ließ sein Bein langsam auf die Matratze hinunter.

»Schmerzen?« fragte sie kurz.

»Ja«, antwortete Morten.

»In den Hüften?«

Er nickte.

»Damit werden Sie noch eine ganze Weile zu tun haben. Sie wollen ja unbedingt schon so frühzeitig entlassen werden.«

Nach einer schier endlosen schmerzhaften Prozedur, die Morten mit zusammengebissenen Zähnen über sich ergehen ließ, verschwand die Orthopädin mit einem aufmunternden Kopfnicken.

In der offenen Zimmertür sah Morten Friederike stehen, die ihn mit einem seltsam geformten Kissen in den Händen fassungslos anstarrte.

»Eine ganz schöne Dragonerin«, sagte sie, als sie bei ihm war und ihm die verschwitzten Haare aus der Stirn strich. »Nur über eines muß ich dich leider noch informieren. Bevor du weiteren Besuch bekommst, solltest du wissen, daß die Skinheads, die über euch hergefallen sind, nicht von den Asiaten angeheuert wurden.«

Morten versuchte, die Augen noch einen Augenblick lang offenzuhalten und zu begreifen, was Rieke damit sagen wollte, doch dann war er endgültig eingeschlafen.

Wie verabredet, tauchte am Abend Otto Uebel auf und war über Mortens Zustand ziemlich erschrocken. Er teilte ihm mit, daß er mit dem Oberfinanzpräsidenten ein »date« im Krankenhaus ausgemacht habe, um offen ein paar Punkte miteinander zu klären, sah nun aber, daß Morten gar nicht in der Lage war, ein solches Treffen durchzustehen. Doch ehe der auch nur eine Reaktion zeigen konnte, standen schon der Präsident und Doktor von Schlieffen im Zimmer.

Der Arzt schob Uebel sachte zur Seite, und beide starrten besorgt auf den Kranken hinunter, der apathisch auf der Seite lag und nicht einmal die Augen auf die Besucher richtete.

»Wir gehen sehr leichtfertig mit unserer Genesung um«, sagte der Arzt und zeigte auf das am Boden liegende Kissen, das ihm Friederike unter die Kniekehlen gelegt hatte. »Wenn wir zum Wochenende nach Hause wollen, sollten wir schon einiges mehr an gutem Willen aufbringen.«

Er nahm das Kissen vom Boden und wartete darauf, daß Morten Anstalten machte, sich auf den Rücken zu drehen.

»Lassen Sie nur«, sagte Jon Claas. Er rollte von der anderen Seite an das Bett heran, griff sanft nach der Schulter seines Sohnes und drehte ihn vorsichtig auf den Rücken.

Doktor von Schlieffen schlug die Bettdecke zurück und fragte Morten, ob er seine Beine schon anwinkeln könne. Morten zog automatisch die Oberschenkel etwas an.

»Sehr schön«, lobte der Arzt und wollte ihm das Kissen wieder unter die Knie schieben. »Wir können also unser rechtes Knie schon spüren, nicht wahr?«

Morten blickte ihn starr an.

»Wenn wir beide Beine noch ein bißchen mehr anwinkeln würden, hätte das Kissen auch noch mehr Platz. Haben wir starke Schmerzen im rechten Knie?« erkundigte sich Doktor von Schlieffen, nachdem er das Kissen in die richtige Position gebracht hatte.

»Hast du verstanden, was der Herr Doktor dich gefragt hat?« drängte Jon Claas.

»Akustisch schon«, antwortete ihm sein Sohn leise, »ich war nur verwirrt, weil ich nicht annehmen konnte, daß Herr Doktor von Schlieffen anscheinend ähnliche Knieprobleme hat.«

Von Schlieffen erwiderte fasziniert den von keinem Wimpernschlag unterbrochenen Blick der großen grauen Augen. Dann begann er leise zu lachen. »Sie sind aber ein bissiger junger Mann, mein Lieber. Sie scheinen ja wirklich reif für die Entlassung zu sein.«

Er rührte sich nicht von der Stelle. »Eines müssen Sie mir aber noch verraten«, fuhr er nach einer Weile fort, ohne den Blick von Morten zu lassen, »wie bringen Sie es fertig, Ihre Augen so lange ohne den notwendigen Wimpernschlag offenzuhalten. Jedem anderen würden doch schon längst die Tränen über die Wangen laufen.«

»Training, mein lieber Herr Doktor«, erwiderte Morten und sah seinen Vater an. »Die Tränen laufen zwar, aber nach innen.«

Das Gesicht von Schlieffens wurde schlagartig ernsthaft. »Ich lasse Sie jetzt wohl besser mit Ihrem Besuch allein«, sagte er.

»Ich denke, der Herr von Schlieffen wird drei Kreuze schlagen, wenn du das Krankenhaus verlassen hast«, knurrte Jon Claas.

»Ist er denn ein ausübender Christ?« erkundigte sich sein Sohn scheinheilig.

Jon Claas ignorierte die Provokation und wandte sich an Otto Uebel. »Sie baten mich um ein klärendes Gespräch in Anwesenheit meines Sohnes und behaupten, daß es schon längst hätte stattfinden müssen. Also, worum geht es bitte?«

»Schlicht und einfach darum«, ging Morten dazwischen, »gegen wen wir hier wirklich ermitteln.«

»Es wird nicht mehr ermittelt, Morten. Es ist genügend Unheil angerichtet worden. Dabei geht es nicht nur um die bedauerlichen beiden Todesfälle als Folge der Aktionen. Auch nicht um die Verletzungen, an denen du zu leiden hast. Es sind zusätzlich massive Überfälle auf mehrere der von euch eingerichteten Verkaufsstellen verübt worden. Zollbeamte wurden brutal zusammengeschlagen, so daß sie ebenfalls in Spitälern liegen. Kioske und Läden sind offensichtlich in aller Ruhe geplündert worden. Dadurch ist dem Fiskus ein gehöriger Verlust entstanden.«

»Das ist aber auffallend, nicht wahr, Vater? Auch während des Angriffs auf uns waren weder die Polizei noch das LKA zur Stelle. Obwohl man uns ständig des Schutzes ihrer Beamten versichert hat.«

»Das ist ein anderes Problem«, erwiderte der Oberfinanzpräsident. »Ich weiß, daß die beiden Behörden kläglich versagt haben. Sie haben ihr Augenmerk vornehmlich auf die asiatische Mafia gerichtet und waren nicht auf rechtsradikale Schlägertrupps gefaßt, die wahrscheinlich ganz zufällig aufgetaucht sind und spontan ihrem Ausländerhaß nachgaben, als sie Inörglüs ansichtig wurden. Wie gesagt, es ist tief bedauerlich.«

»Sprichst du von einem tief bedauerlichen Mord?«

»Ich spreche von zwei tief bedauerlichen Totschlagfällen.«

»Ich komme da noch nicht ganz mit, Vater. Mag sein, daß es an meinem eigenen Zustand liegt, aber ich spreche von einem klaren Mord, bei dem ein Mensch zu Brei geschlagen und zertreten wurde, und von einem Totschlag, wenn du so willst, der passierte, als jemand dem Ermordeten zur Hilfe eilen wollte. Und du meinst, die Glatzen hatten nicht im Sinn, Hasan Inörglü zu töten? Du meinst, sie waren davon überzeugt, Hasan hätte ihre ›Behandlung‹ überleben können?«

Morten Claas starrte seinen Vater an.

»Ich behaupte nur, daß sie nicht von vornherein mit Tötungsabsicht auf ihn losgegangen sind. Sie hätten dich doch auch töten können, wenn sie gewollt hätten. Statt dessen haben sie dir nur ein paar Knochen gebrochen. Gott sei Dank! Wir können von Glück reden, daß sie nicht mit Mordabsichten auf dich eingeschlagen haben.«

Der Oberfinanzpräsident wandte sich an Otto Uebel. »Wenigstens darin sind wir uns doch einig, nicht wahr?«

Otto Uebel wagte weder den Vater noch den Sohn anzusehen. »Ich bin der Meinung, daß wir unverzüglich etwas für Alfred Stierkopf unternehmen sollten«, murmelte er.

»Das wird eine sehr unangenehme Geschichte werden«, sagte Jon Claas. »Es steht einwandfrei fest, daß er erst nach der eigentlichen Prügelei zu den daran Beteiligten gestoßen ist. Infolgedessen hat er nicht in Notwehr gehandelt. Und sein Motiv der Hilfeleistung für die Bedrohten kann dementsprechend so oder so ausgelegt werden.«

»Hilfeleistungen gehören zu den Pflichten eines jeden Mitbürgers«, protestierte Morten. »Ist das eigentlich absichtlich so verschwommen formuliert?«

Er sah Uebel an. »Darüber müßtest du doch informiert sein. Hast du nicht mal eine Zeitlang ins Strafrecht hineingeschaut? Bürgerrechte und -pflichten? Mir war doch so.«

Otto Uebel schüttelte den Kopf. Morten wurde immer lebhafter.

»Man weiß gar nicht genau, wie weit die Hilfe für einen Mitmenschen in solchen Situationen gehen darf. Man weiß aber auch nicht, wann man wegen unterlassener Hilfeleistung zur Verantwortung gezogen werden kann.«

»Die Grenzen in diesen Fällen sind eindeutig markiert«, widersprach Jon Claas.

»Zum Beispiel?«

»Auf alle Fälle darf kein Leben zerstört werden, wie das hier geschehen ist.«

»Auch nicht, wenn das Leben eines anderen dadurch gerettet werden kann? Der zweite Tote gehörte doch zu den Angreifern.«

»Bist du dir da sicher?«

Morten lachte auf. »Ich war Zeuge, verehrter Herr Präsident. Und die Spuren, die der Angreifer hinterlassen hat, kannst du unter anderem an meinen Knochen ablesen.«

Der Oberfinanzpräsident drehte seinen Stuhl abrupt in Richtung Tür. »Das wird noch zu klären sein. Wenn es so ablief, wie du es behauptest, müssen wir uns um Alfred Stierkopf keine Sorgen machen.«

Er schaute zu Otto Uebel hinüber. »War das alles, was hier besprochen werden sollte?«

»Du hast meine Frage noch nicht beantwortet!« rief Morten. »Gegen wen haben wir ermittelt? Warum ermitteln wir nicht mehr weiter, sondern blasen das ganze Unternehmen ab und schießen einen Haufen Steuergelder in den Wind?«

»Das sind gleich zwei Fragen, Herr Steuerfahnder«, erwiderte Jon Claas. »Die erste verstehe ich nicht, und die zweite habe ich dir, denke ich, beantwortet.«

»Laß uns doch einmal vernünftig miteinander sprechen, Vater. Ich bin im Laufe meiner Ermittlungen auf zwei erstaunliche Dinge gestoßen. Es gibt zwei Quellen im illegalen Zigarettenhandel. Wir nennen sie einmal die amerikanische und einmal die asiatische. Die erstere genießt scheinbar ganz verblüffende Freiheiten in bezug auf die Überwachung, während die letztere sich durch Gewalt den Raum verschaffen muß, den die erstere ohne Anstrengung einnehmen konnte.«

»Selbst wenn dieser Schwachsinn Realität wäre«, sagte Jon Claas, »wie lautet denn nun deine Frage?«

»Wer unterstützt die Amerikaner bei ihrer illegalen Zigaretteneinfuhr? Oder drückt zumindest in ihrem Fall mehrere Augen zu?«

»Davon ist mir nichts bekannt«, erwiderte Jon Claas. »Werden die Zigaretten denn in fertiger Verpackung geschmuggelt?«

»Fix und fertig. In Originalverpackung. Und nicht geschmuggelt, sondern eingeführt. Ohne jede Behinderung.«

»Unvorstellbar! Und die Asiaten? Wie bringen die deiner Meinung nach das Zeug hierher?« Jon Claas rollte interessiert ans Bett seines Sohnes heran.

»Die haben es schwerer. So ganz genau bin ich noch nicht dahintergekommen.«

Er schaute seinen Vater forschend an. »Weißt du denn überhaupt nichts von ihren Praktiken? Nach allem, was sie dir angetan haben?«

»Es ist bis heute nicht erwiesen, daß der Anschlag auf ihr Konto geht.«

»Nun gut. Was ich von ihnen weiß, ist, daß sie ihre Ware als komplett bearbeiteten Tabak über die Grenze bringen und ihn hier zur Weiterverarbeitung an deutsche Hersteller liefern, deren Filter und leere Papierhülsen nur darauf warten, gestopft zu werden.«

»Verpackung?«

»Normales deutsches Logo. Zum Teil.«

»Was heißt zum Teil?«

»Ich vermute, daß ein anderer Teil, der größere, mit amerikanischen Firmenzeichen versehen, an die Tabaklieferanten zurückgeliefert wird, die ihn dann über die polnische oder tschechische Grenze bringen. Von dort aus werden die Zigaretten anschließend wieder an die illegalen Verteiler in Deutschland zurückgeliefert. Das Verteilernetz ist dir ja bekannt.«

»Die deutsche Beteiligung ist doch aber, soweit ich da durchblicke, zur Umsatzsteuer verpflichtet«, warf Otto Uebel ein.

»Natürlich«, stimmte Morten zu. »Aber es handelt sich ja noch nicht um den Endverbraucher. Und man darf die Umsatzsteuer weiterreichen.«

Morten lächelte seinen Vater an.

»An die Polen etwa?« wollte Uebel wissen.

Vater und Sohn blickten freundlich herablassend zu Otto Uebel hinüber.

»Also ist der öffentliche Handel zumindest in Deutschland für den Fiskus gar nicht existent und der Umsatz auch nicht zu versteuern.«

»Ein Teil schon«, grinste Morten.

»Aber der größere Teil nicht, wenn ich dich zitieren darf.«

Morten schaute abwechselnd zu Otto Uebel und zu seinem Vater. »Es fragt sich, ob wir uns mit dem kleineren Teil zufriedengeben«, sagte er schließlich. »Ich kann mir vorstellen, daß mit den Amerikanern so eine Art Stillschweigeabkommen geschlossen worden ist.«

»Solche Abkommen gibt es nicht. Weder mit der einen noch mit der anderen Partei«, fuhr der Präsident hoch. »Das wäre ungesetzlich und in höchstem Grade staatsschädigend. Keine Finanz- oder Kontrollbehörde würde sich für so etwas hergeben. Ich beende jetzt dieses blödsinnige Gespräch und betone noch einmal, daß ich sehr froh über den Abbruch der Ermittlungen bin. Eine weitere Bestätigung dieser Maßnahme sind die haltlosen Verdächtigungen, die hier gerade vorgebracht worden sind.«

Er rollte auf die Zimmertür zu, und Otto Uebel sprang auf, um sie für ihn zu öffnen.

»Bis zu deiner Entlassung werde ich wahrscheinlich nicht mehr kommen können«, sagte der Oberfinanzpräsident, ohne sich noch einmal umzuwenden. »Entweder schicke ich dir den Wagen, oder Kalle Obst wird dich abholen.«

Otto Uebel schloß hinter Jon Claas die Tür und kehrte zu Morten zurück.

»Wir haben immer noch keinen Anwalt für Alfred Stierkopf«, sagte er erbost. »Die beiden Hauptzeugen sind bereit, auszusagen, und wir bringen es nicht fertig, einen guten Verteidiger für ihn zu besorgen. Wenn ich deinen Vater darauf anspreche, vereist er sofort.«

»Und sagt nichts?«

»Seine stereotype Antwort heißt: ›Ich werde mich darum kümmern.‹«

»Ich auch.«

»Was kannst du denn schon unternehmen?« Uebel wurde jetzt immer aggressiver. »Wir haben diese Leute mit hineingerissen und wollen jetzt die Verantwortung dafür nicht tragen. Jedenfalls einige von uns.«

»Ich verspreche dir, daß ich mich darum kümmern werde. Fang jetzt nur nicht an, die Nerven zu verlieren.«

Morten eröffnete ihm, daß er spätestens zum Wochenende das Krankenhaus verlassen und mit Beginn der darauffolgenden Woche seine Arbeit wiederaufnehmen werde.

Uebel wollte wissen, was er Alfred ausrichten solle, wenn er ihn das nächste Mal im Untersuchungsgefängnis besuche. Morten bat ihn, Alfred neben freundschaftlichen Grüßen zu versichern, daß man ihn nicht im Stich lassen und ihm den besten Anwalt engagieren werde, den Hamburg zu bieten habe.

Otto Uebel, der ihm mit skeptischer Miene zugehört hatte, verließ das Zimmer ohne ein weiteres Wort und knallte die Tür hinter sich ins Schloß. Mit einer Vehemenz, die Morten sich in seinem Zustand noch gar nicht zugetraut hätte, schrie er ihm hinterher, daß man sich so nicht benehmen könne. Sein Gebrüll hatte Erfolg.

Langsam wurde die Tür wieder geöffnet, und Uebel stand abwartend im Türrahmen.

»Also, was gibt's denn noch?«

»Ich möchte dich etwas Wichtiges fragen«, antwortete Morten zögernd. »Glaubst du, daß mein Vater lügt?«

»Er lügt«, bestätigte ihm Otto Uebel teilnahmslos. »War das alles?«

»Ja.«

»Dann schlaf gut.«

Friederike Smolny kam erst am Nachmittag des nächsten Tages wieder, und Morten merkte ihr eine mühsam unterdrückte Spannung an. Teils, um sie erst einmal zur Ruhe kommen zu lassen, teils aus Angst vor dem, was sie ihm vielleicht berichten wollte, erzählte er von seinen Fortschritten in den Gymnastikstunden; davon, daß er die Krücken schon sehr gut zu gebrauchen wisse und einen ersten Gang zum Fenster gewagt habe.

»Und wie bist du wieder zurückgekommen?«

»Kurz vor dem Bett mußte mich der Dragoner auffangen.«

»Na, dann bist du ja weich gefallen.«

»Ihr Bauch muß einen Stahleinsatz haben.«

Sie setzte sich zu ihm. »Hast du gestern eigentlich noch mitbekommen, was ich dir als letztes gesagt habe?« fragte sie.

Er nickte langsam, sagte aber nichts.

»Dann weißt du also, daß die Neonazis nicht von den Amerikanern angeheuert worden sind?«

»Warum müssen es Neonazis gewesen sein? Nur weil sie Glatzen hatten?«

»Wer läuft denn sonst mit kahlgeschorenem Schädel in Springerstiefeln herum und schwingt schwarz gestrichene Hockeyschläger?«

»Es könnte eine Kostümierung gewesen sein. Weißt du,

was mich auf diesen Gedanken bringt? Günni sah, als er am Boden lag, wildlederne Mokassins neben sich auftauchen und hörte die typische Aussprache eines Asiaten. Er hat aber nicht aufzuschauen gewagt. Wollte den Bewußtlosen mimen. Und dann kam auch schon Fettnacken angestürmt.«

Morten sprach in einem nachdenklichen Ton, fast wie zu sich selbst. Friederike beugte sich so nah zu ihm herunter, daß ihm ihre Haare ins Gesicht fielen.

»Willst du damit sagen, daß die Glatzköpfe doch mit den Asiaten zusammenarbeiten?«

»Nein. Ich denke nur darüber nach, wer der Mokassinträger gewesen sein könnte, der einen asiatischen Akzent vorgetäuscht hat.«

»Das hat Fliehendes Kinn dir erzählt?«

»Er hat ein unbestechliches Ohr.«

Friederike richtete sich auf. »Hör mir jetzt mal gut zu. Ich habe unter Umständen Beweise dafür, daß die Skins nichts mit den Asiaten zu tun haben. Und daß sie an diesem Abend auch nicht durch Zufall in der Bremer Reihe aufgetaucht sind. Allem Anschein nach hatten sie einen Auftrag. Und der ist ihnen ungewöhnlich hoch honoriert worden.«

»Woher weißt du das?«

»Das kann ich dir noch nicht sagen«, erwiderte sie, »aber du kannst mir vertrauen.«

Er ahnte, daß sie ihm bewußt etwas sehr Schwerwiegendes verheimlichte. Ging es um das, was ihm in der letzten Nacht immer klarer geworden war, wenn auch vielleicht noch nicht klar genug? Hatte sie Beweise, die in die gleiche Richtung zielten wie sein eigener Verdacht? Aber wo sollte sie die herhaben?

Er blickte ihr forschend in die Augen. Doch sie schien ihre Gedanken hinter ihrem völlig ausdruckslosen Gesicht verbergen zu wollen.

»Wirst du etwas darüber schreiben?«

»Worüber?« gab sie harmlos zurück.

»Über deinen Verdacht«, bohrte er weiter.

»Über einen Verdacht schreibe ich nie.«

»Rieke«, flehte er jetzt, »schreibe bitte nichts, ehe der Alfred wieder draußen ist.«

Sie antwortete nicht.

»Versprich mir das, Rieke.«

»Nichts verspreche ich dir. Es gehört zu meinem Beruf, Vorgehen aufzudecken, die außerhalb jeglicher Legalität stehen. Besonders, wenn sie von staatlichen Organen begangen werden. Und nenne mich nicht Rieke, wenn du etwas von mir haben willst. Es ist mein Kosename.«

Sie beugte sich zu ihm hinunter. »Deshalb solltest du ihn auch nur in bestimmten Momenten benutzen.«

Sie streifte seinen Mund mit ihren Lippen, fuhr mit ihnen von einer zur anderen Seite und ließ sie schließlich mitten auf seinen liegen.

Mein Gott, dachte sie noch, wenn uns dieser Dragoner jetzt wieder stören sollte, schreibe ich eine Kolumne über sie.

»Habe ich dir weh getan?« flüsterte sie nach einer langen Zeit, während sie mit ihren Lippen seinen Bauch und seine Hüften streichelte und dann langsam seine Pyjamahosen ein Stück herunterzog.

»Hat es sich so angefühlt?« flüsterte er stöhnend zurück.

Sie schüttelte den Kopf und küßte wieder seinen Mund.

»Ich möchte dich auf keinen Fall zu einer unbedachten Bewegung verleiten«, lächelte sie und fuhr ihm wieder mit den Haaren über das Gesicht.

»Wenn wir uns hier ein zweites Bett hineinstellen dürfen, bleibe ich noch eine Woche«, sagte er und zog sie noch einmal dicht zu sich heran.

»Du wirst dir bald eine eigene Wohnung suchen müssen«, stellte sie fest, »es geht nicht, daß du noch weiter in seinem Haus bleibst.«

»Hast du die Beweise?« drängte er plötzlich.

Er nahm ihr Gesicht in beide Hände und schob sie ein Stück von sich weg.

»Otmar Kuebl hat sie. Oder wie nennst du ihn? Otto Uebel?«

»Otto? Von ihm hatte ich in letzter Zeit eher den Eindruck, daß er sich auf die Seite meines Vaters geschlagen hat.«

»Er mochte deinen Vater. Das hat er immer wieder betont. Und er will es auch jetzt immer noch nicht so ganz glauben.«

Ich auch nicht, dachte Morten. Laut sagte er: »Welchen Nutzen könnte er denn daraus gezogen haben?«

»Darüber müssen wir lange und gründlich nachdenken«, erwiderte sie und strich mit einem Finger über seine Lippen. »Aber nicht hier und nicht jetzt. Ich will dich nächste Woche draußen sehen. Soll ich mich für dich nach einer Wohnung umschauen?«

»Keine schlechte Idee. Eine größere oder eine kleinere?«

»Klüger wäre die kleinere«, meinte sie nachdenklich. »Wir dürfen uns doch nicht gegenseitig in Gefahr bringen.« Sie lachte leise. »Jedenfalls nicht, solange wir mit der Aufklärung eines Falls wie diesem beschäftigt sind.«

Zum Wochenende holte ihn Kalle Obst mit dem Dienstwagen des Oberfinanzpräsidenten ab. Der Fahrer von Jon Claas lag mit einer Sommergrippe im Bett, und der Gärtner hatte den Job solange übernommen. Im Gegensatz zu seinem alten Opel fand er die S-Klasse zwar sehr komfortabel, fuhr aber in der ständigen Angst, er könnte mit diesem Riesenschiff irgendwo anecken.

»In meine Karre wollte sich dein Vater nicht hineinsetzen.«

»Wie hättest du ihn denn auch auf deine Sitze bekommen?«

»Daran habe ich gar nicht gedacht.«

Kalle Obst grinste, als sie in den Leinpfad einbogen und vor dem Haus anhielten. Morten traute seinen Augen nicht. Auf den Stufen vor der Tür stand sein Vater, auf zwei Krücken gestützt, und balancierte langsam zum Wagen hinunter.

Kalle riß den Schlag auf, angelte nach Mortens Krücken, die er auf dem Beifahrersitz deponiert hatte, öffnete die hintere Wagentür und hielt Morten die Gehhilfen hin.

Inzwischen war auch Jon Claas beim Auto angekommen und beugte sich zu seinem Sohn hinunter.

»Willst du denn nicht aussteigen? Im Haus wartet schon der Butterkuchen von deinem Lieblingsbäcker auf dich. Und danach starten wir ein Krückenwettrennen bis zur Hudtwalckerstraße.«

Jon Claas fuhr seinem Sohn durchs Haar.

»Wie in alten Zeiten«, dachte Kalle Obst, während Morten, sich auf sein gesundes Bein stützend, nach seinen Krücken griff.

Vor den Stufen mußte er einen Moment anhalten.

»Das funktioniert ja schon erstaunlich gut«, lobte Claas senior und starrte bewundernd auf die Füße seines Sohnes.

»Wollte Gott, ich könnte die meinen schon so aufsetzen. Sie hängen wie ein doppelter Appendix an mir herunter.«

An der festlich gedeckten Kaffeetafel, zu der auch Kalle Obst eingeladen war, berichtete Jon Claas, daß sich sein Rückgrat allmählich wieder zu regenerieren beginne. Er hatte den Orthopäden gewechselt, und der neue Arzt war auf die Idee gekommen, ihm auflösbare Kristalle zwischen die Bandscheiben zu injizieren. Dadurch wurden sie auseinandergedrückt, und ein bis dahin eingeklemmter Nervenstrang war entlastet worden.

Inzwischen waren auch die Schmerzen weitgehend zurückgegangen, und der Oberfinanzpräsident konnte fast schon auf die Arzneimittel verzichten.

Das einzige, was noch nicht funktionierte, waren seine Beine. Durch die lange Zeit der Untätigkeit hatten sich die Muskeln extrem stark zurückgebildet, und Jon Claas hatte das Gefühl, seine Beine würden sich nach allen Seiten gleichzeitig durchbiegen, sobald er sie belastete. Das Gefühl der Unsicherheit empfand er als widerlich, aber mit konsequenten Übungen wollte er das Problem bald beheben.

»Ich habe mich bei deiner Gymnastiklehrerin eintragen lassen. Das ist dann ein Aufwasch.«

Kalle Obst kam diese Regelung sehr entgegen. Er sollte den kranken Fahrer des Oberfinanzpräsidenten noch eine Weile vertreten und hoffte, für alle zukünftigen Fahrten seinen Opel einsetzen zu können, denn auf den Rollstuhl konnten sie ja ab sofort verzichten.

»Außerdem schluckt mein Auto nur halb soviel Benzin wie dieses dienstliche Riesenvieh.«

Der Präsident nahm von ihrem Lachen keine Notiz.

»Ich schlage vor«, begann er, »eine Auszeit zu nehmen, wenn wir zwei wieder einigermaßen ohne Stützen herumhumpeln können. Man kann herrliche Reisen per Schiff unternehmen, ohne sich besonders anstrengen zu müssen.«

»Wir werden sehen«, antwortete Morten ausweichend und sah seinen Vater an.

Dieses Starren, dachte der Präsident. Ich hätte mir nie träumen lassen, daß mich der Blick meines eigenen Sohnes einmal so verunsichern könnte.

»Ich möchte dich um etwas bitten«, fuhr Morten fort. »Alfred Stierkopf, du weißt doch, wen ich meine«, unterbrach er sich, als er den fragenden Blick seines Vaters auffing. »Der Fettnacken. Du entsinnst dich? Er sitzt immer noch in Untersuchungshaft. Ich möchte ihn da so schnell wie möglich herausholen.«

»Darüber haben wir schon gesprochen, mein Junge. Nur werden wir auf seine Entlassung noch etwas warten müssen, fürchte ich. Er ist schließlich …«

»Vater«, unterbrach ihn Morten, »du bringst mir einen schicken Anwalt, wir bringen die Zeugen. Einverstanden?«

»Wer ist ›wir‹«?

»Kalle Obst, Otto Uebel und ich.«

»Und wer noch?«

»Genügen wir dir etwa nicht?« Morten wollte wieder lachen, aber der Präsident unterbrach das schon im Ansatz.

»Ich fragte: Wer noch?«

Morten richtete sich kerzengerade in seinem Stuhl auf. »Niemand sonst«, sagte er bestimmt.

Die beiden Männer sahen sich sehr lange an. Dieses Mal hielt der Präsident dem Blick seines Sohnes stand.

»Nun gut«, sagte er schließlich, »ich werde mich um einen ›schicken Anwalt‹ kümmern.«

Er versuchte aufzustehen, und Kalle Obst sprang ihm sofort zur Seite.

»Wir brauchen jemanden, der schick und tüchtig ist«, fügte Morten hinzu. »Mit Betonung auf tüchtig.«

»Und warum bestehst du so auf einem schicken Image?« fragte Jon Claas, der sich wieder beruhigt zu haben schien.

»Schick flößt Respekt ein. Vor allem hier in unserer Stadt.«

»Wenn du meinst. Ich werde mich umhören.«

»Nett von dir!« rief Morten seinem Vater nach, der im Begriff war, mit Kalles Hilfe den Raum zu verlassen. »Ich werde es Alfred ausrichten lassen.«

Der Präsident drehte sich, so rasch es seine Behinderung

zuließ, noch einmal um, wollte etwas erwidern, doch Morten ließ ihn gar nicht erst zu Wort kommen.

»Ich werde mir übrigens in nächster Zeit eine Wohnung suchen.«

»Warum?«

Morten lächelte. »Wie kannst du so etwas fragen, Vater? In meinem Alter ist eine sturmfreie Bude doch unerläßlich.«

»Da magst du recht haben.« Wieder blickten sie einander an, als wollten sie ihre Kräfte messen.

»Kann ich dir auch dafür meine Hilfe anbieten?« fragte der Oberfinanzpräsident.

»Sehr liebenswürdig, aber nein. Danke.«

Sie nickten sich zu, und Jon Claas murmelte im Hinausgehen: »Wir sehen uns zum Abendessen.«

Nachdem Kalle Obst den Oberfinanzpräsidenten die Treppe hinaufgeleitet hatte, kam er noch einmal ins Eßzimmer zurück.

»Fein«, sagte er, setzte sich Morten gegenüber an den Tisch. »Danke, daß du dich so für Alfred eingesetzt hast. Ich kann mir nicht helfen, aber ich habe den Eindruck, dein Vater will nicht so, wie du willst. Und ich möchte zu gern wissen, warum.«

Morten schluckte. »Wenn wir das wüßten, wären wir eine ganze Strecke weiter.«

»Sollten wir dann nicht versuchen, ihn zu verstehen?«

»Los, versuchen wir es!« rief Morten fröhlich und schlug mit der flachen Hand auf den Tisch. »Das gehört sich doch so, nicht wahr?«

Kalle Obst nickte bestätigend, aber etwas verwirrt. Er konnte Mortens plötzliche Heiterkeit nicht ganz nachvollziehen.

»Vorerst möchte ich einmal zusammenfassen, was ihr, Otto und du, zusammengetragen habt. Ihr seid zum Beispiel der Meinung, daß die Triadenmafia nicht in den

Ablauf der Auseinandersetzung verwickelt war. Stimmt das?«

»Ja.«

»Wie kommt ihr darauf?«

»Marschallinger meint, daß ihm Theater vorgespielt wurde.«

»Wer ist das denn?«

»Günnis Nachname. Du wirst dich dran gewöhnen müssen. Er lag zwar am Boden und durfte den Kopf nicht heben, aber den Akzent, der ihm vorgespielt wurde, fand er allzu demontiv.«

»Du meinst sicher demonstrativ.«

»Ja und, habe ich doch gesagt.«

»Schon gut. Das hat er auch mir ausrichten lassen. Noch während unser beider Aufenthalt im Krankenhaus.«

»Dann wirst du ja wohl auch wissen, was Hannes beobachten konnte.«

Morten verneinte.

Hannes hatte einen Mann gesehen, der eine schwarze Kapuze über dem Kopf trug. Weil er dicht neben dem am Boden liegenden Günni gestanden hatte, mußte es der mit den Mokassins gewesen sein.

»War es eine schwarze Strumpfmaske?« fragte Morten.

»Nein, nein. Hannes sprach von einer Maske, wie sie die Terroristen, die öfter im Fernsehen zu sehen sind, tragen.«

»Du glaubst also, daß die schwarze Maske zu den Skinheads gehört haben könnte?«

»Das weiß ich nun nicht. Aber auf alle Fälle wird es wohl keiner von den Triaden gewesen sein.«

Morten dachte eine Weile nach. »Was hat Hannes denn noch so von sich gegeben?« fragte er dann.

»Morten, das ist ein hochgebildeter Mann«, ereiferte sich Kalle Obst. »Der hat Sachen drauf, da können wir uns alle eine Scheibe von abschneiden.«

»Das glaube ich dir gern.«

»Der hat probiert – ich meine, der hat seinen Doktor gemacht, und selbst die Skinheads sollen ihn nur ein bißchen an die Wand geschmissen haben. Sogar auf diese miesen Kerle hat er Eindruck gemacht.«

Er sah Morten an und nahm in dessen Gesicht ein feines Lächeln wahr.

»Na ja, vielleicht war es auch sein Totenkopf, der ihnen Angst gemacht hat.«

»Hat er denn auch Alfred heranjagen sehen?«

»Aber ja!« rief Kalle Obst begeistert. »Er hat das als einen echten Weltuntergang geschildert. Meinst du, daß wir ihn aus dem Knast kriegen? Der verliert doch den letzten Glauben an die Menschheit, wenn er für etwas büßen muß, das er nur in äußerster Notwehr begangen hat.«

Morten hatte Kalle Obst noch nie in einer solchen Aufregung gesehen. Er überschlug sich förmlich in seinem Redefluß. Ein Wort schien schon das nächste auffressen zu wollen. Er schilderte zum wiederholten Male, wie er »seine Jungs«, wie er sie nannte, kennengelernt, wie er sie hochgepäppelt und ihnen hin und wieder Arbeit verschafft hatte, bis er sie richtiggehend als seine Familie betrachtete.

Am meisten betroffen machte ihn immer noch das Schicksal des Doktors. Hans-Rüdiger Beinlos hätte ein glänzender Arzt werden können. Als einer von Kalles Friedhofsgärtnern ihm einmal beim Zuschaufeln eines Grabes versehentlich einen Spaten in die Hand stieß, hatte Kalle schon gedacht, er könne seine Knochen jetzt einzeln vom Boden aufsammeln.

Doch Hannes schiente jeden einzelnen Finger sorgfältig und verschrieb ihm anschließend ein schnell wirkendes Schmerzmittel. Er trug stets einen Block mit Rezepten bei sich, schon etwas vergilbt, aber noch fabelhaft zu lesen. Kalles Apotheker hatte es ohne weiteres akzeptiert.

Morten hätte einwenden können, daß sich heute jeder

x-beliebige Betrüger problemlos Rezeptblöcke beschaffen könne, doch er war so gerührt von Kalles Enthusiasmus, daß er sich das für einen späteren Zeitpunkt aufsparte. Diesen Hannes wollte er sich so bald als möglich genauer unter die Lupe nehmen. Er ahnte, daß er mit seiner Hilfe eine Lanze für Alfred würde brechen können.

Als sich Mortens Handy in der Jackentasche meldete, unterbrach Kalle Obst seine Geschichte und goß sich eine Tasse Kaffee ein. Es war Rieke Smolny, die fragte, wann sie ihn sprechen könne. Weil er noch nicht so gut zu Fuß war und sie ein Treffen im Hause des Oberfinanzpräsidenten nicht für angebracht hielt, schlug sie ihm vor, ihr neues Auto kennenzulernen. Sie würde ihn gern zu Hause abholen und ihm auch in den Wagen helfen. Rieke hatte ein paar Kontakte spielen lassen und eine Wohnung für ihn in Aussicht.

»Ganz in meiner Nähe«, säuselte sie.

Er mußte lachen und erklärte sich bereit mitzufahren, wenn sie ihm vorher noch eine Stunde Zeit ließe. Rieke legte auf, und er ließ das Handy zurück in seine Jackentasche gleiten. Dann bat er Kalle, bald einen Termin mit Dr. Beinlos zu vereinbaren, er könne sich nämlich gut vorstellen, daß ein Treffen mit ihm eine Wende im Fall Alfred bringen würde. Auf Hannes' Aussage ließe sich sehr wahrscheinlich eine erfolgreiche Verteidigung aufbauen.

Als er fragte, ob sein Vater sich oben noch wegen eines Anwalts geäußert hätte, schüttelte Kalle Obst den Kopf, und seine Augen wurden zunehmend trauriger.

»Keine Sorge, Kalle«, sagte Morten und streckte ihm seine Hand über den Tisch. »Ich meine, es ist unser aller Pflicht, den Mann aus dem Knast zu befreien. Ich für meinen Teil kann dir versprechen, daß ich nichts unversucht lassen werde. Man muß nur überlegen, wie man an einen prominenten und tüchtigen Verteidiger herankommt, wenn mein Vater keine Gelder lostreten kann.«

»Was heißt denn nun wieder prominent?« fragte Kalle Obst.

Sie beugten sich zueinander über den Tisch, und Morten erklärte ihm, daß es ein anerkannter und berühmter Anwalt sein müsse.

Friederike holte ihn noch vor dem Abendessen ab. Morten und sie verschwanden, ohne sich abzumelden, und fuhren zu einem gemütlichen Griechen auf der Uhlenhorst.

»Im Hofweg, ganz in der Nähe des Lokals, habe ich mir eine Wohnung für dich angesehen. Der Vorteil: Du hättest zwei Zimmer mit Schiebetür-Verbindung. Altbau. Das hintere Zimmer kann man nahezu als ruhig bezeichnen. Man blickt von dort in einen Garten. Das vordere Zimmer ist laut, aber die Verbindungstür hält sehr viel Lärm ab. Nachteil: Der hintere Teil der Wohnung ist ebenfalls vermietet. Du müßtest also Küche und Badezimmer mit dem anderen Mieter teilen.«

»Auch die Wohnungstür?«

»Genau. Aber dafür ist die Miete sehr günstig.«

Außerdem wohne sie quasi um die Ecke. Ihre Wohnung sei kleiner, teurer, aber sie wohne allein. »Ich kann sie dir ja nach dem Abendessen mal zeigen«, sagte sie mit einem Lächeln, das ihn nach wie vor aus der Fassung brachte.

Im Lokal fanden sie einen wie ein Séparée wirkenden Platz und ließen sich Zeit für ihre Bestellung.

»Rieke«, begann Morten, nachdem der Kellner die Getränke gebracht hatte, »ich muß mir darüber klarwerden, welche Rolle mein Vater in dieser ganzen Affäre spielt.«

»Fang an«, sagte sie und prostete ihm mit ihrem Rotweinglas zu.

»Die Wurzeln liegen, davon bin ich fest überzeugt, in dem Überfall auf ihn. Er hat einen bedeutenden, einen führenden Teil der Zigarettenschmuggler hochgehen lassen, schweigt sich jedoch darüber aus, ob es sich um die Triaden oder einen anderen kriminellen Verein gehandelt hat. Meine Fragen im Amt, bei Mitarbeitern meines Vaters, wurden nur ausweichend beantwortet. Man will keine erneute Gefahr für den Oberfinanzpräsidenten heraufbeschwören.

Gehen wir einmal davon aus, daß ihm die verschwommenen Abmachungen mit einem amerikanischen Konzern überhaupt nicht schmecken, auf welche Idee hätte er kommen können, um eine solche Kungelei zu verhindern?«

»Er hätte beispielsweise Protest bei seinen Kollegen anmelden können«, überlegte sie.

»Gut. Und wenn er damit nichts hätte ausrichten können? Hätte er dann die Medien eingeschaltet?«

»Das tut man nicht«, erwiderte Rieke.

»Der Meinung bin ich auch. Eine Verweigerung, oder gar ein Unterlaufen, auf welche Art auch immer, wäre ebenfalls erfolglos gewesen, nehme ich an. Es wäre ihm also wahrscheinlich nur die Möglichkeit geblieben, seinen Dienst zu quittieren, wenn er es nicht hätte über sich bringen können, beide Augen zuzudrücken.«

»Also, ich glaube, das mit dem ›Unterlaufen‹ läßt sich recht differenziert deuten.«

Sie nahm einen Schluck Rotwein und sah ihn strahlend an. »Weißt du, daß ich mich seit langem nicht mehr so wohl gefühlt habe?«

»Bleib doch mal bei der Sache.«

»Klar«, nickte sie.

»Was also meinst du mit deiner differenzierten Deutung?«

»Man kann doch mit allen möglichen Tricks dagegenhalten. Man könnte die Finanzbeamten der niederen Ränge, die Zollkriminaler, die Steuerfahnder etc., so im unklaren lassen, daß sie weiter nach Vorschrift handeln würden. Das könnte im Endeffekt zu erheblichen Auseinandersetzungen mit den Leuten aus USA führen, meinst du nicht? Und da drüben wird doch immer alles gleich an die große Glocke gehängt. Peinlich, peinlich«, sagte sie.

Unvermittelt sah sie ihn an. Er schien völlig verloren in ihren Anblick zu sein.

Sie angelte über den Tisch nach seiner Hand.

»Wie könnte man noch dagegensteuern?« fragte er. »Ich zum Beispiel würde vielleicht auf den Gedanken kommen, die Konkurrenz einzuschalten.«

Auf ihrem Gesicht zeigte sich unverhohlenes Erschrekken.

»So einer bist du also«, staunte sie und sah ihn forschend an.

»Ich meine es wirklich ernst, Rieke. Ich würde dich weiß Gott nicht da hineinziehen, wenn ich nicht einen Gesprächspartner brauchte, dem ich restlos vertrauen kann.«

»Bist du sicher, daß du mir trauen kannst?« fragte sie.

»Laß deine Witze«, antwortete er kurz. »Ich habe eine wichtige Entscheidung zu treffen.«

»Na, dann mach mal weiter.« Sie setzte sich aufrecht hin und sah ihn gespannt an.

»Könnte es also sein, daß er mit der Konkurrenz eine Verabredung getroffen hat?«

»Welchen Inhalts?«

»Daß man die Endverteiler, also die Händler der amerikanischen Ware, sagen wir einmal, empfindlich bei der Weitergabe an den Verbraucher stört.«

»Mit welchen Mitteln?« Rieke beugte sich vor und starrte ihm ins Gesicht.

»Da gäbe es einige. Vom Ladeneinbruch über den Diebstahl der Ware bis zur brutalen Gewaltanwendung an den Ladenbesitzern.«

»Und du hältst es tatsächlich für möglich, daß dein Vater, der Oberfinanzpräsident, in solche Aktionen verwikkelt sein könnte? Ausgeschlossen!«

»Es mag bis jetzt nur eine Theorie sein«, sagte er nachdenklich, »aber sie läßt sich schon belegen. Die Amerikaner haben eine enorme Entschädigung zahlen müssen für ihr Steuervergehen am europäischen und damit auch am deutschen Fiskus. Glaubst du im Ernst, daß sie sich damit zufriedengeben werden? Die Ware ist immer noch auf dem Markt, und damit ist sie zu einer äußerst gefährlichen Konkurrenz für die kriminellen Brüder aus Ostasien angewachsen.«

»Komm auf deinen Vater zurück.«

»Könntest du dir vorstellen, daß er mit den Asiaten eine solche Aktion, jedenfalls für seinen Steuerbezirk, vereinbart hat?«

»Wozu, Morten? Wozu?« rief sie so laut, daß sich einige Gäste in den anderen Nischen nach ihnen umdrehten.

»Brüll nicht so«, mahnte er sie leise.

Die nackte Angst in ihren Augen verwirrte ihn. Doch nach einiger Zeit fuhr er fort und setzte ihr auseinander, daß der Oberfinanzpräsident damit nicht nur das Geschäft der Amerikaner empfindlich stören, sondern sich auch ausrechnen konnte, wann der Konflikt in offene Straßenschlachten münden würde.

»Damit stünden beide Parteien im Licht der Öffentlichkeit. Und zwar mehr, als ihnen lieb wäre. Kapiert?«

Rieke sah sich im Restaurant um und flüsterte ihm zu, daß sein Verstand an Bösartigkeit nichts zu wünschen übriglasse. Er möge doch so gut sein, solche hirnrissigen Gedanken nicht auf seinen Vater zu übertragen.

Morten schien ihr gar nicht zuzuhören.

»Der Haß auf diese Regelwidrigkeit von Amts wegen könnte ihn in meinen Augen noch halbwegs entschuldigen.«

»Regelwidrigkeit?« Ihre Mundwinkel verzogen sich nach unten, und er bemerkte, daß sie potthäßlich aussehen konnte.

»Warum grinst du so?« zischte sie ihn an. »Auf welche illegalen Förderungen sich die staatlichen oder gar Bundesbehörden auch immer eingelassen haben sollten, das Szenario, das du da eben entwickelt hast, wäre eine kriminelle Handlung – einschließlich doppelter Steuerhinterziehung, so wie ich das sehe –, die den Staat an seiner empfindlichsten Stelle treffen würde. In die Tat umgesetzt vom Vorstand einer staatlichen Behörde.«

»Völlig richtig«, gab er zu. »Und doch, es macht Sinn.«

Sie strich mit den Händen über die Tischplatte, wie um ein nicht vorhandenes Tuch zu glätten.

»Regt dich der Gedanke so auf?« fragte er.

»Du könntest also wirklich glauben«, fuhr sie, ohne seinen Einwurf zu beachten, fort, »daß der Oberfinanzpräsident eines Bundeslandes mit einem hochkriminellen, von Ausländern gesteuerten Verein eine Verabredung zuungunsten seines Landes getroffen hat?«

»Ich gehe sogar noch weiter und könnte mir denken, daß er Vorbereitung und Aktion, die wir in seinem Einvernehmen in Gang gesetzt haben, dazu benutzt hat, um die Triaden oder andere kriminelle Gruppen zum Angriff auf die illegalen Händler zu provozieren, die bereit waren, die amerikanischen Produkte anzubieten.«

»Du hast sie doch nicht alle!«

Sie fuhr hoch und machte Anstalten zu gehen, setzte sich aber sofort wieder hin.

»Vielleicht mag ihn die Inkonsequenz seiner Bundes- oder EU-Vorgesetzten dazu getrieben haben«, überlegte er weiter. »Das wäre immerhin eine verständliche Reaktion.«

»Eine kriminelle«, insistierte sie.

»Was grenzt heutzutage nicht ans Kriminelle? Die jüngsten, chaotischen Zustände in unserer Finanzbehörde lassen doch alles zu. Man hat einen Computerfehler dafür verantwortlich gemacht, daß die EDV Gebühren, Unterhalts- und Einkommenssteuerzahlungen im Wert von

65 Milliarden Euro verschlucken konnte. Viele Einzahler haben unter Androhung sofortiger Abmahnungen noch einmal den doppelten Betrag überweisen müssen und, trotz zugegebenem Computerfehler, ihr Geld noch immer nicht zurückerhalten.«

Rieke mußte sich weit zu ihm herüberbeugen, um seine geflüsterten Sätze zu verstehen. Plötzlich fing er zu kichern an. »Was würdest du dazu sagen, daß ein ehemaliger hoher Verfassungsschützer, wegen Verdacht der Steuerhinterziehung verfolgt, sich seit Jahren den deutschen Gerichten entzieht und irgendwo im Ausland, wahrscheinlich sogar in fernöstlichen Ländern, herumreist?«

»Der Computerfehler ging von einer Bank aus«, widersprach sie ihm, »man wußte nicht mehr, wer was eingezahlt hatte.«

»Fein. Und was sagst du dazu, daß unsere Beamten selbst sich nicht mehr in den über zweihundert Gesetzen und fast einhunderttausend Verordnungen des deutschen Steuerrechts auskennen? Steuerberater, die oft auch nicht mehr durchblicken, müssen Finanzbeamte auf neueste Änderungen aufmerksam machen.

260 000 Beschäftigte in der Bundesfinanzverwaltung kosten den Staat einen erheblichen Prozentsatz an Steuereinnahmen. Ihnen steht mittlerweile ein ganzes Heer von Steuerberatern gegenüber. Und wer kann sich die leisten? Doch nicht die Normalbürger. Die können ihr Auto oder ihre Bücherregale im Büro nicht absetzen. Wer von denen weiß schon, daß Prothesen und Herzschrittmacher mit dem ermäßigten Steuersatz, dazu passende Ersatzteile und Zubehör dagegen mit dem vollen Satz belegt werden?

Was für einen Sinn macht es, daß Vogeleier und Eigelb ermäßigt besteuert, ungenießbare Eier ohne Schale und ungenießbares Eigelb dagegen voll besteuert werden?«

Rieke lachte hell auf. Sie versuchte etwas zu sagen, mußte sich aber immer wieder unterbrechen, weil sie ihrem Lachen nicht Einhalt gebieten konnte. Morten lehnte sich zurück und betrachtete sie, ohne sich jedoch von ihrem Lachen anstecken zu lassen.

»Wer es einmal schafft, das Steuerrecht gründlich durchzulesen oder die Flut ständig neuer Verordnungen abzuarbeiten, kommt aus dem Lachen nicht mehr heraus. Oder aus dem Weinen.«

»Woran denkst du?« fragte Rieke, als sie sich wieder gefangen hatte. »Du trinkst viel zuviel. Wir sollten endlich mal bestellen.«

Morten hielt einen vorbeieilenden Kellner an und orderte ein neues Glas Rotwein. »Im Moment klappt es noch nicht so mit dem Essen. Das mag an dem Haufen Schmerztabletten liegen, die ich schlucken muß. Mach dir keine Sorgen. Das kommt schon wieder in Ordnung.«

»Hast du wirklich alle Verordnungen gelesen?« Jetzt fing sie an zu kichern.

»Und das Deutsche Steuerrecht dazu. Den Spaß mußte ich mir einfach gönnen.«

»Du scheinst ja manchmal wörtlich zitiert zu haben. Hast du das etwa alles auswendig gelernt?« Ihr Kichern wurde zu einem Lachen.

»Nicht alles«, widersprach er ruhig. »Wenn es dich so amüsiert, von den Albernheiten gibt es noch eine ganze Menge zu lesen. Weißt du übrigens, daß ein amerikanischer Ökonom einmal festgestellt hat, daß die Steuersprache Deutsch ist? Na, wenigstens auf dem Gebiet genießen wir internationales Ansehen. Außerdem hat er noch gesagt, daß Deutschland herausgefunden habe, wie man Steuern auf alles erhebt, was da kreucht und fleucht, läuft, schwimmt, steht oder einfach nur still dasitzt.«

»Hör auf!« keuchte sie. »Ich kriege einen Zwerchfellkrampf!«

Er sah sie mit unbewegter Miene an. »Es ist schön, daß

du so unbefangen darüber lachen kannst, obwohl du zu denjenigen gehörst, die am meisten abgezockt werden.«

»Noch«, widersprach sie und hob den Zeigefinger, »noch. Du kannst gar nicht so schnell gucken, wie ich zu den Großverdienern gehören werde.«

»Ich drücke dir die Daumen.«

Seine merkwürdige Stimmung begann sie anzustecken.

»Jetzt sag mir endlich, was mit dir los ist«, drängte sie.

»Ich bin mir immer noch nicht darüber im klaren, wer diese Glatzköpfe in die Bremer Reihe bestellt hat. Weißt du etwas darüber?«

»Die Asiaten waren es jedenfalls nicht«, antwortete sie.

»Das habe ich schon im Krankenhaus mitbekommen. Aber wer dann? Wenn du dir so sicher bist, müßtest du doch mehr wissen.«

Rieke zuckte die Schultern. »Frag den Kollegen Kuebl danach.«

Unvermittelt beugte er sich nach vorn und sah ihr drohend ins Gesicht. »Du weißt es, und du wirst es mir jetzt sagen«, stieß er hervor. »Bisher seid ihr mir beide nur ausgewichen. Ich verstehe euer Verhalten nicht. Und deines schon gar nicht.«

Sie ließ sich Zeit.

»Also?«

»Inörglü ist während des Transports im Notarztwagen gestorben.«

»Das ist mir bekannt.«

»Otmar Kuebl hat vergeblich versucht, die Polizei zu erreichen, und kam gerade dazu, als einer der Skinheads dir eine verpaßte.«

»Ich habe ihn dort nicht gesehen.«

»Er hat sich erst einmal um Inörglü gekümmert. Hat versucht, die anderen beiden Schläger von ihm wegzuhalten. Als Alfred angelaufen kam, konnte er ein bißchen aufatmen, weil die Kerle jetzt von ihm abgelenkt waren.«

»Ja? Und weiter?«

»Ich wünschte, du würdest deinen Freund Uebel-Kuebl darüber ausquetschen.«

Sie wurde zunehmend bissiger und wollte sich ihm entziehen. Doch er griff nach ihrer Hand und hielt sie eisern fest.

»Inörglü hat ihm noch etwas zugeflüstert, bevor man ihn in den Wagen schob.«

»Was hat er gesagt?« Sein Griff um ihre Hand wurde spürbar stärker. Sie verzog das Gesicht.

»Du tust mir weh, du Idiot!«

»Was hat er gesagt?«

»Er hat nur ein einziges Wort flüstern können. ›Großkotzkrüppel‹ oder ›-knüppel‹.«

Morten wurde noch blasser, als er ohnehin schon war, doch Rieke bemerkte es in ihrer Aufregung nicht.

»Ich weiß es nicht mehr genau. Uebel-Kuebl schien unter einem gewaltigen Streß zu stehen, als er mir das erzählte, und nahm mir auch gleich das Versprechen ab, dir gegenüber nichts verlauten zu lassen. Wie stehe ich denn nun da?«

Sie fing lautlos an zu weinen. Er ließ ihre Hand los und streichelte ihren Arm. So blieben sie sitzen, bis der Ober sie mit der Frage aufschreckte, ob er noch etwas für sie tun könne. Morten erwiderte, daß sie zahlen wollten.

Am darauffolgenden Montag ließ Morten sich mit dem Taxi ins Büro bringen, nachdem er es abgelehnt hatte, gemeinsam mit dem Oberfinanzpräsidenten im Dienstwagen zu fahren. Auf seinem Schreibtisch lagen die nicht beendeten Ermittlungsaufzeichnungen noch immer so herum, wie er sie vor seiner Einlieferung ins Krankenhaus zurückgelassen hatte.

Dazwischen fand er interne Rundschreiben und einige Zeitungsausschnitte, die den Fall Klaus Holser behandelten und die ihm Mitarbeiter seines Ressorts hingelegt hatten. Der Mann, ein ehemaliger Staatssekretär, wurde verdächtigt, an die zwei Millionen Euro Steuergelder hinterzogen zu haben. Seither war er spurlos verschwunden.

Kollegen aus anderen Bundesländern, die in diesem Fall ermittelten, waren informiert worden, daß er Fluchthilfe aus obersten Geheimdienstkreisen erhalten hatte.

»Mit diesem Fall würde ich mich gern beschäftigen«, dachte Morten, während er einen weiteren Zeitungsausschnitt las. »Es interessiert mich, in welchen Ländern der Mann Zuflucht gefunden hat.«

Im Amt wußte jeder, daß Morten besonders neugierig auf alle Vergehen war, in die hohe Beamte, wenn nicht gar Regierungsmitglieder der Länder oder des Bundes, involviert waren. Er archivierte jeden Fall. Seinem Vater, der sich hin und wieder nach dem Sinn dieser eigenartigen Sammelwut erkundigte, antwortete er stets mit einer Gegenfrage. Ob es denn nicht in ihrer aller Interesse läge, die staatlichen Behörden bis zu den Regierungsbänken hinauf einer permanenten Kontrolle zu unterziehen? Schließlich laste auf ihren Schultern eine schwere Verantwortung, die sie mit ihrem Eid, Ungemach vom Volk fernzuhalten, übernommen hatten. Der Präsident pflegte an dieser Stelle wohlwollend zu nicken und ging dann in sein Büro zurück.

Morten ließ diese Gespräche noch einmal an sich vorüberziehen. Hatte der Präsident einmal in irgendeiner Weise betroffen reagiert? Durch eine Geste, eine zweideutige Formulierung? Im Gegenteil. Der Eindruck des Wohlwollens, ja des Stolzes auf seinen Sohn, war nie zu verkennen gewesen.

Und doch – war der Oberfinanzpräsident schon damals in diese ungute Situation verstrickt, die ihn vielleicht zu illegalen Handlungen getrieben, ihn gar selbst zum Kriminellen gemacht hatte?

Morten überlegte, was er an seines Vaters Stelle getan hätte, wenn dem Staat auf seine berechtigte Forderung hin, der er sogar mit einem Prozeß hatte Nachdruck verschaffen wollen, von einem ausländischen Konzern eine zweistellige Milliardensumme überwiesen worden wäre.

Wenn dieser Konzern aber anschließend seine Billigprodukte weiterhin in den europäischen Ländern verteilte, sie wahrscheinlich sogar aus den ehemaligen Ostblockländern einführen ließ und deshalb in Deutschland eine weitaus geringere Steuersumme abzuführen hatte und wenn der hiesige Fiskus dabei ein oder gar beide Augen zudrückte, dann war das eine Handlung, der man zumindest sehr kritisch gegenüberstehen mußte. Da durfte es keine Rolle spielen, daß man eine so enorme Summe kassiert hatte.

Zweiter Teil

Wellsurf

Die Entscheidung zu seinem beruflichen Seitenwechsel wurde durch einen Besuch bestärkt, den Morten auf Empfehlung Otto Uebels erhielt.

»Schon der Besuch ist im Grunde eine illegale Handlung dieses Herrn«, hatte Uebel gewarnt.

Er sollte sich sehr gründlich überlegen, ob er diesen Mann überhaupt empfangen wolle. Noch dazu in den Amtsräumen. Andererseits, fuhr er fort, dürfe er nicht außer acht lassen, daß sich hier eine geradezu umwerfende Chance ergäbe, sein lang ersehntes Vorhaben mit einem Paukenschlag zu eröffnen.

Der »inoffizielle« Besuch war der Vertreter eines Unternehmens, dessen Name aus juristischen Gründen nicht erwähnt werden durfte. Morten empfing den Mann unter Vorbehalt und betonte, daß er sich als Mitglied einer Behörde betrachte und nur im Interesse dieser Behörde zuhören, sprechen oder raten könne. Diese »Raten«, absichtlich von Morten als versteckter Mutmacher formuliert, erfüllte seinen Zweck, denn der Besuch stellte sich umgehend als Edward Schiele vor, der sich die völlig legale und – wie er glaube – ihm zustehende Beratung eines Vertreters der Finanzbehörde erbitte. Die Tatsache, daß er hier im Amt erscheine, könne doch nur der Beweis für seine aufrichtigen Absichten sein, fügte er lächelnd hinzu.

Morten hatte ihn mit seinen großen Augen fixiert und, als er einen Anflug von Unsicherheit bei seinem Gegenüber wahrzunehmen glaubte, seinen bewährten Blick zurückgenommen und den Gast zum Sitzen aufgefordert.

»Was kann ich für Sie tun?« fragte er reserviert und ohne ein Anzeichen von echtem Interesse.

»Um es kurz zu machen«, begann Edward Schiele, »ich vertrete die Firma Wellsurf, ein Unternehmen mit europaweiten, um nicht zu sagen, interkontinentalen Verbindungen ...«

»Sie wollten sagen, Verbindlichkeiten«, unterbrach ihn Morten.

»So würde ich das nicht ausdrücken wollen«, widersprach Schiele, »aber darauf möchte ich nicht weiter eingehen.

Um es einmal ganz simpel zu sagen, unser Unternehmen hat vor einiger Zeit einen Konzern erworben, dessen Übernahme sich im nachhinein als erheblich überteuert herausgestellt hat.«

»Mit anderen Worten, der bilanzielle Substanzwert des übernommenen Konzerns ist deutlich geringer als der Kaufpreis«, ergänzte Morten, »ich erinnere mich, daß es da eine dramatische Übernahmeschlacht gegeben hat.«

»Sie sagen es. Meinen Respekt«, erwiderte Schiele und deutete in seinem Sessel eine leichte Verbeugung an.

»Der Wertverlust kam vor allem dadurch zustande, daß unsere Firma die Aktionäre des aufgekauften Mischkonzerns mit Aktien im Wert von 350 Euro pro Stück auszulösen hatte, das ganze Aktienpaket aber pro Stück nur einem Realwert von 290 Euro entsprach. Und auch diesen Kurs bezeichnete eine unserer Tochterfirmen eine Zeit später als völlig überhöht, reduzierte ihn auf 190 Euro, was in Summe zu einer Teilwertabschreibung von etwa 25 Milliarden Euro führte.«

»Können Sie beweisen, daß diese Aktienkurse keine

Phantasiekurse sind? Das wären ja gigantische Steuerausfälle, die der Staat hinnehmen müßte. Ich bin sicher, daß er das nicht so ohne weiteres akzeptieren wird«, hakte Morten nach.

»Die sind absolut korrekt und resultieren aus der überteuerten Übernahme dieses Mischkonzerns«, gab Schiele zurück.

»Habe ich Sie richtig verstanden«, unterbrach Morten amüsiert, »daß der buchhalterische Nettoverlust dazu führen soll, über Jahre hinaus, rückwirkend, keine Steuerzahlungen mehr leisten zu müssen?«

»Das könnte dabei herausschauen«, bestätigte Schiele.

»Und Sie sind sich darüber im klaren, daß dem Staat dadurch ein Verlust von an die vierzig Milliarden Euro entstehen könnte?« fragte Morten.

Schiele lachte laut auf. »Sie tun ja gerade so, als wolle ich mir diese Summe selber unter den Nagel reißen.«

Mortens Ton wurde um einige Grade schärfer. »Sie würden dem Staat immensen Schaden zufügen.«

»Schaden?«

Schiele zog erstaunt die Augenbrauen hoch.

»Ich spreche hier von Rechtmäßigkeiten, ich bin zu Ihnen gekommen, um von Ihnen die auch für unseren Staat günstigste Abwicklung zu erfragen, und Sie tun so, als würde ich unser normales Fußvolk um diese Gelder betrügen wollen.«

»Genau das wollte ich damit sagen, ja«, bestätigte Morten.

»Da würde ich mich doch selbst übers Ohr hauen!«

»Ach so!« Morten sah ihn erneut lange an, und wieder unterbrach kein einziger Wimpernschlag den eindringlichen Blick.

»Zum normalen Fußvolk würde ich Sie nicht unbedingt zählen wollen«, fügte er nach einer Weile hinzu, »ich vermute Sie zumindest im Vorstand Ihrer Firma.«

»Nicht ganz«, gab Schiele zurück, »ich habe lediglich den Auftrag, Sie um eine nochmalige Prüfung zu bitten. Es ist in unserem Interesse, daß die Angelegenheit rechtmäßig und zügig überprüft wird. Ich hoffe, dies wird im Rahmen der nächsten regulären Betriebsprüfung der Fall sein.«

»Dazu darf ich Ihnen nicht einmal Glück wünschen, Herr Schiele«, sagte Morten, »im Gegenteil, ich müßte Ihren Antrag sogar auf das rigoroseste zurückweisen.«

»Das würde Ihnen auch nicht viel helfen.«

»Ich weiß, ich weiß. Aber Ihr geplanter Weg durch die Instanzen würde unserem Finanzamt einen erheblichen Aufschub einräumen, nicht wahr?«

»Zugegeben, ja.« Schiele nickte.

»Natürlich nur, wenn ich mit Ihrem Antrag befaßt wäre«, fuhr Morten fort.

Schiele nickte wieder.

»Ich bin aber nicht mit ihm befaßt und frage mich, weshalb Sie sich ausgerechnet mich ausgesucht haben, da Sie doch sicher wissen, daß ich für Sie der falsche Mann bin. Oder etwa nicht?«

Schiele schien nun allmählich die Fassung zu verlieren. »Man hat Sie mir empfohlen«, sagte er zögernd und stand langsam auf.

»Wer sollte mich denn in Ihrem Fall empfohlen haben?« fragte Morten. »Ich bin zwar offiziell noch Steuerprüfer, im Grunde aber schon lange nicht mehr in diesem Ressort tätig.«

»In welchem Ressort dann?«

»Steuerfahndung«, entgegnete Morten knapp.

»Oh.«

»Aber ich könnte Sie natürlich an den zuständigen Kollegen weiterleiten. Unter der Voraussetzung, daß Sie mir verraten, wer mich Ihnen empfohlen hat.«

»Vielen Dank.« Schiele wurde immer verdrossener.

»Aber um Ihnen auf die Sprünge zu helfen, der Herr behauptete, mit Ihnen befreundet zu sein. Einen Namen möchte ich Ihnen nicht nennen.«

»Ich weiß Ihre Diskretion zu schätzen, Herr Schiele, und werde versuchen, den für Sie erfolgversprechendsten Kollegen zu finden. Vielleicht werde ich ja bei diesem Zusammentreffen auch wieder dabei sein. Wer weiß? Sie hören von mir.«

Damit verabschiedete er den verdutzten Schiele.

Konfrontation

Am nächsten Tag quälte er sich zum Büro seines Vaters hinüber und dachte darüber nach, um wie vieles billiger und praktischer man diese Ämter doch hätte einrichten können. Auch ohne Krücken hätte es eine ansehnliche Zeit gebraucht, um zum Präsidenten zu kommen.

War es klug, ihn ausgerechnet jetzt zur Rede stellen zu wollen? In seiner Situation? Mit den unhandlichen Krückstöcken, die ihn schon ermüden ließen, bevor er das Büro seines Vaters überhaupt erreicht hatte?

Auch er benutzt diese Gehhilfen, sagte er sich, und balanciert noch ungeschickter auf ihnen herum. Aber jetzt wird er in seinem imposanten Ohrensessel thronen und mich wieder in eine der niedrigen Sitzgelegenheiten vor seinem Schreibtisch hineinzwingen wollen.

Ich werde das umgehen und schnurstracks auf die Besucherecke zuhalten, nahm er sich vor. Entweder bequemt er sich dann zu mir herüber, oder er bleibt auf seinem Thron hocken, und wir werden uns eben zurufen müssen, was wir uns zu sagen haben.

Mit Erstaunen nahm er wahr, daß er sich unwohl fühlte und nervös wurde. Jetzt hätte ich gern Rieke an meiner

Seite, stellte er amüsiert fest. Ihr Mundwerk wäre sozusagen meine Artillerie-Unterstützung.

Schließlich stand er vor der Bürotür des Oberfinanzpräsidenten und wartete auf sein »Herein«. Doch es kam nicht. Statt dessen hörte er das rhythmische Klopfen der Gehhilfen und die aufgeregte Stimme seines Vaters.

Jon Claas bog am anderen Ende des Ganges um die Ecke und sprach unaufhörlich auf Rainer Appelmann ein, der immer wieder aufs neue versuchte, ihn unterzuhaken, und ebenso hartnäckig zurückgewiesen wurde. Das Gespräch der beiden Männer stockte, als sie Mortens ansichtig wurden, sie bewegten sich aber weiterhin forsch auf ihn zu.

»Was willst du?« fragte sein Vater und blieb dicht vor ihm stehen. Er war außer Atem, und auf seiner Stirn standen kleine Schweißperlen.

»Gibt es etwas Wichtiges?«

Vater und Sohn standen sich auf ihren metallisch glänzenden Stützen gegenüber, und Morten konnte ein Grinsen nicht mehr unterdrücken.

»Und was gibt es zu lachen?« erkundigte sich Jon Claas mit todernster Miene.

»Wir beide. Mit unseren acht Beinen«, erwiderte Morten. »Es macht mir nichts aus, wir können es gern auf ein andermal verschieben.«

»Obwohl, wenn wir verabredet waren.« Der Präsident sah seinen persönlichen Referenten und Steuerhauptsekretär an. »Sie hätten sicher auch noch einiges, das auf Sie wartet.«

Appelmann nickte. »Selbstverständlich«, murmelte er.

»Wir waren nicht verabredet, Vater«, sagte Morten.

»Selbst, wenn nicht«, Jon Claas versuchte zu lächeln, »Söhne haben nun einmal ein Vorrecht.«

»Nicht immer«, warf Morten ein.

»Es sei denn, sie machen keinen Gebrauch davon«, beendete Jon Claas seinen Satz.

Er nahm beide Krückstöcke in die linke Hand und öffnete seinem Sohn die Tür zu seinem Büro. Ohne zu zögern, strebte Morten, so schnell er konnte, auf die Besuchergarnitur zu, lehnte seine Krücken an die Armlehne und ließ sich in den Sessel hineinfallen. Der Präsident stutzte einen Moment, kam dann aber ebenfalls heran, setzte sich auf die breite Couch und stellte seine Krücken gegen den davorstehenden niedrigen Tisch.

»Du bist aber schon erstaunlich gut zu Fuß«, sagte Morten. »Du machst den Eindruck, als bräuchtest du die Dinger gar nicht mehr.«

»Irgend etwas bringt mich immer noch dazu, nach ihnen zu greifen. Wenn ich nicht an sie denke oder sie im Blickfeld habe, fühle ich mich schon einigermaßen standfest. Aber dann kommen die Ängste. Ich kann mir einfach nicht vorstellen, die Beine je wieder normal gebrauchen zu können.

Auch wenn ich es mir nur einbilde, die Unsicherheit bleibt. Und wie geht es dir?«

»Die Kniescheibe quietscht und knarrt, aber langsam gewöhne ich mich an das Metall. Wenn ich mich am Bettrand festhalte, komme ich schon ziemlich weit hinunter. Aber jetzt laß uns mal für eine Weile unsere Wehwehchen vergessen und zur Tagesordnung übergehen. Du entsinnst dich des Mannes, der die Goldmünzen verschluckt hat?«

»Ich weiß im Augenblick nicht, wovon du sprichst«, entgegnete Jon Claas.

»Mein erster Fall«, erklärte Morten. »Du hast ihn mir damals übertragen, weil du ihn so amüsant fandest.«

»Amüsant?«

»Na ja, vielleicht würdest du dich heute nicht mehr so darüber amüsieren. Der Mann hatte Pleite gemacht und war trotzdem von uns dazu verdonnert worden, eine Steuervorauszahlung zu leisten, die an seinen Umsatz aus den vergangenen drei Jahren angepaßt worden war.«

»Ich erinnere mich immer noch nicht.«

»Ein Deutschitaliener, der ein hübsches Lokal in Eimsbüttel führte und dadurch ein Problem bekam, daß direkt vor seinem Restaurant Trottoir und Straße aufgerissen wurden, um nach verrosteten Sielrohren zu suchen. Zum dritten Mal in einem Jahr, wie er uns sagte. Nach der letzten Sielsucherei blieb die Kundschaft endgültig weg. Er hat uns immer wieder klarzumachen versucht, daß die sture Veranlagung ihn in den Konkurs treiben würde, doch wir haben nicht darauf reagiert und sind hart geblieben.«

»Er hätte das Mehr an Vorauszahlungen doch aller Voraussicht nach zurückerhalten, wenn sich seine Angaben als richtig erwiesen hätten.«

»Das habe ich ihm auch gesagt und ihm vorgeschlagen, einen Kredit aufzunehmen, den er ja dann, wenn er die Vorauszahlung zurückbekäme, wieder tilgen könnte. Aber er hat mich nur ausgelacht und mich gefragt, ob ich ein Kreditinstitut wüßte, das ihm, trotz seiner finanziell angespannten Lage, einen Kredit einräumen würde.«

»Und? Hat der Mann seine Vorauszahlungen geleistet?«

»Nein, aber einen Offenbarungseid. Daraufhin habe ich seine Konten durchstöbert und herausgefunden, daß er kurz vorher noch eine verhältnismäßig große Summe abgehoben hatte. Als ich ihn deshalb zur Rede stellte, behauptete er, daß er verschiedenen Verpflichtungen hätte nachkommen müssen und die abgehobene Summe, bis auf einen kleinen Rest, ausgegeben habe. Auf die Frage, wie dieser Rest aussehe, zog er sein Portemonnaie aus der Tasche und holte zwei Hundert-Euro-Scheine und ein paar Zerquetschte heraus. Ich mußte lachen und ließ ihn laufen, wies ihn jedoch darauf hin, daß er sich zur Verfügung halten solle und nicht etwa in seine zweite Heimat verschwinden dürfe. Das war mein Fehler, den ich heute noch zutiefst bedauere.«

»Wieso? Ist er doch nach Italien verschwunden?« fragte Jon Claas.

»Nein. Ich nehme an, er hat sich mit der abgehobenen Summe größtenteils ausländische Goldmünzen verschafft, die er, als wir ihn schließlich unter Arrest stellten, verschluckte.«

»Wie bitte?«

»Es muß ein ordentlicher Batzen gewesen sein. Jedenfalls wurde der Mann todkrank. Kein Einlauf half mehr. Er starb an einer hochgradigen Vergiftung, wie die Autopsie ergab.«

»Kann man sich denn an Gold vergiften?« fragte Jon Claas ungläubig.

»Scheinbar ja.« Morten lächelte seinen Vater liebenswürdig an, und sie schwiegen eine Weile.

»Es wird wohl die Masse der Münzen gewesen sein«, vermutete der Präsident und griff nach seinen Krücken. »Er ist also tot?«

Morten nickte. »Mausetot.«

Er beobachtete, wie sein Vater sich mit einiger Mühe hochstemmte und seinen Schreibtisch ansteuerte.

»Und was geschah mit den Goldmünzen?« erkundigte er sich, nachdem er sich in seinem Lehnsessel niedergelassen hatte.

»Die hat man gründlich abgewaschen, desinfiziert und an die Finanzkasse weitergereicht.«

»Dann ist doch alles in Ordnung. Weshalb wolltest du mich also sprechen?«

»Für mich ist der Fall noch nicht in Ordnung, Vater«, widersprach Morten. »Wir haben den Mann zu Tode gehetzt. Wir haben ihn mit unserer herzlosen Beamtenhaltung zu einer Verzweiflungstat getrieben. Die Summe, die er in Gold verschluckt hat, wäre nicht einmal ansatzweise die Deckung für die von mir verlangte Vorauszahlung gewesen.«

»Die Tatsache, daß er sie verschluckt hat, ist doch schon der Beweis dafür, daß er sie illegal aus dem Land schaffen wollte«, behauptete der Oberfinanzpräsident.

»Diese Summe resultierte aus dem ordnungsgemäß versteuerten Gewinn seines Lokals. Das habe ich überprüft. Sie hätte dazu dienen können, sich komplett seiner tatsächlichen Steuerschuld zu entledigen. Über die verbleibende Differenz zu unserer Forderung hätte man dann reden können. Solche Stundungen sind möglich, wie du weißt.

Wie ich vorhin schon erwähnt habe, verfügte er noch über ganze zweihundert Euro und ein paar Zerquetschte. Wovon hätte er seine Gaststätte weiterführen sollen? Wovon hätte er leben sollen?«

»Wo kämen wir denn da hin, wenn wir ständig auf die sozialen Probleme unserer Steuerschuldner Rücksicht nehmen würden?«

»Von Rücksicht ist hier nicht die Rede, Herr Oberfinanzpräsident. Hier hat sich einer gegen eine unberechtigte Steuererhebung gewehrt, die ihn letztlich seine Existenz gekostet hat. Die von der Stadt angeordneten Baumaßnahmen hatten seine Gäste vertrieben und seine Einnahmen empfindlich herabgesetzt. Und die von uns geforderte Vorauszahlung, errechnet aus den weit höheren Verdiensten der vergangenen Jahre, war eine äußerst überzogene Maßnahme, die man sich hätte sparen können.

Die Höhe der Abgaben, die er am Jahresende tatsächlich hätte leisten müssen, wäre deutlich geringer gewesen. Ein Einlenken unsererseits hätte ihn über seine prekäre Lage hinwegretten können. Finanzämter anderer Bundesländer haben bereits ein derart kulantes Verhalten gezeigt und damit letztlich auch Arbeitsplätze gerettet.«

»Wir vergeben keine Almosen, Herr Steueramtmann, wir sind kein Wohlfahrtsinstitut.« Jon Claas stand plötzlich, ohne sich abzustützen, hinter seinem Schreibtisch und sah seinen Sohn, der sich immer noch auf der Besuchergarnitur herumfläzte, voller Empörung an.

»Kein Mensch verlangt irgendwelche Almosen von uns. Aber der Erhalt von Arbeitsplätzen, von menschlichen Existenzen, sollte uns mehr wert sein als ungerechtfertigte, wenn auch gesetzlich abgedeckte Maßnahmen.« Morten erwiderte ruhig den Blick des Präsidenten, aber die innere Spannung, in der er sich befand, blieb auch Jon Claas nicht verborgen.

»Weshalb denn überhaupt diese Diskussion, Herr Steueramtmann?«

Morten hatte den Eindruck, als hätte ihn sein Vater gerade eben angeschrieen.

»Der Mann ist tot«, fuhr der Präsident mit hochrotem Kopf fort. »Der Fall ist erledigt, und selbst wenn wir aus humanen Gründen eine Rücknahme unserer Forderungen erwägen wollten, würde das doch jetzt zu nichts mehr führen.«

»Da hast du recht.« Morten nickte mehrmals und veränderte seine legere Haltung. »Man könnte es verkraften, wenn es um eine einmalige Maßnahme oder um ein Versehen ginge. Wie ich jedoch herausgefunden habe, handelt es sich um einen ganz normalen Vorgang, eine gängige Praxis, die, so mein Eindruck, in letzter Zeit sogar verschärft angewandt wird.«

»Das kann dich doch überhaupt nicht belasten. Du bist Beamter, gehst deinen Verpflichtungen nach und brauchst dich um nichts weiter zu kümmern. Deine menschlichen Anwandlungen in allen Ehren. Aber sie sind für die Maßnahmen, in die du eingebunden bist, eher schädlich. Und da ich vorhabe, dich in Kürze als meinen persönlichen Referenten vorzuschlagen, bin ich doppelt an deiner seelischen Abhärtung interessiert.«

Morten sah den Mann an, der vorgab, sein Vater zu sein. Aufrecht stand er hinter seinem Schreibtisch, schien all seine Gebrechen vollständig vergessen zu haben und blickte mit einem Hochmut auf seinen Sohn herab, der jenen schaudern machte.

Dieser Kerl hat vielleicht zu meiner leiblichen Zeugung beigetragen, dachte er, ist aber in keiner anderen Hinsicht mit mir verwandt.

Er war ein Monster. Monströs wie der Staat, den er vertrat und mit dem er sich in geradezu libidinöser Weise identifizierte.

»Bist du dir darüber im klaren«, sagte Morten, »daß man dem Mann hätte helfen können, ohne sich eine Unregelmäßigkeit zuschulden kommen zu lassen? Was wäre uns weggebrochen, wenn wir die Folgen seines Verdienstausfalles erst einmal abgewartet und seine Einkommensteuererklärung am Ende des Jahres überprüft hätten? Wie heißt es doch so schön: Nicht der Bürger für den Staat, sondern der Staat für den Bürger.«

»So ist es, mein Junge«, unterbrach ihn Jon Claas. »Deshalb müssen wir dafür sorgen, daß die Steuern pünktlich gezahlt werden, damit der Bund all seinen sozialen Verpflichtungen den Bürgern gegenüber nachkommen kann.«

»Bitte hör auf, mich ›mein Junge‹ zu nennen. Dieser Bund, wie du ihn nennst, reduziert seine Verpflichtungen von Jahr zu Jahr mehr. Der einzige, der bei dieser sozialen Benachteiligung ausgespart wird, ist der öffentliche Dienst. Ein klarer Beweis für die moralische Verrottung, die das ganze System befallen hat. Wir nähern uns immer mehr einer modernisierten Form des Feudalismus. Die oberste Kaste hat nur den Namen gewechselt.«

Wider seinen Willen mußte Jon Claas schmunzeln.

»Morten«, sagte er, »dein Temperament ist beeindrukkend, aber du scheinst unter einen sehr merkwürdigen Einfluß geraten zu sein, denn deiner Intelligenz kann doch ein so hirnrissiger Blödsinn nicht entsprungen sein, oder?

Liest du denn die Wirtschaftsseiten in der Tagespresse nicht mehr? Du weißt doch, daß die Wirtschaftssysteme auf internationaler Ebene im Begriff sind, sich total zu verändern. Diese globalen Veränderungen geben uns in Deutschland eine harte Nuß zu knacken. Wenn wir unseren Lebensstandard auch nur in etwa halten möchten, müssen wir in Zukunft sehr viel vorsichtiger mit unseren Mitteln umgehen. Der Staat wird den Teufel tun, sich aufgrund der Nachlässigkeiten oder gar kriminellen Steuerhinterziehungstricks einiger Bürger in zusätzliche Schulden zu stürzen. Du vergeudest meine Zeit, Morten.«

»Davon rede ich nicht«, erwiderte Morten. »Ich spreche von der unmenschlichen Ausnutzung solcher Verordnungen, die dem armen Kerl das Genick gebrochen haben. Welchen Staat willst du denn so bedingungslos schützen? Etwa auch einen Staatssekretär, der sich mit Millionensummen ins Ausland abgesetzt hat? Der sich den staatsanwaltlichen Ermittlungen immer wieder erfolgreich widersetzen konnte, da er, so scheint es, aus obersten Geheimdienstkreisen Fluchthilfe erhält?

Oder einen Staat, der mit Aufklebern auf den Zigarettenpäckchen offiziell vor dem tödlichen Risiko des Rauchens warnt, während die Tabakindustrie vom Fiskus gleichzeitig immer schamloser abgezockt wird? Denn man ist sich ja sicher, daß der Süchtige unter keinen Umständen vom Rauchen abläßt.

Und erst die hinterhältige Politik in Sachen Benzinpreis. Man schraubt die Spritkosten hoch und höher. Aber damit die Leute nicht restlos auf die öffentlichen Verkehrsmittel umsteigen und so der Kraftfahrtindustrie schaden könnten, erhöht man parallel dazu auch deren Fahrpreise.

Komm mir jetzt ja nicht damit, daß allein die Öllieferanten an der Preisschraube drehen. Der größte Preistreiber bei den Energiekosten ist und bleibt der Staat. Wir sollten das doch am besten wissen. Ich erinnere an die Ökosteuer-

Subventionen für die Windenergie. Wohin soll denn der Bürger noch ausweichen?

Auch der gesammelte Liberalisierungsvorteil durch Wettbewerb ist in unserem Land vom Staat abgeschöpft worden. Andere Länder haben ihn an Verbraucher und Unternehmen weitergegeben, zum Vorteil für Wirtschaftswachstum und Beschäftigung. Bei uns zahlen auf jedem Gebiet die Verbraucher.

Wir, die Beamten, hätten am ehesten verhindern müssen, daß diese bösartige Maschinerie immer mehr Fahrt aufnimmt. Statt dessen überschütten wir die Bürger mit immer neuen Verordnungen, die den Knebel noch tiefer in ihren Hals drücken. Selbst wir kennen uns doch in den eigenen Verfügungen nicht mehr aus.«

Morten unterbrach sich und sah seinen Vater an. Der Präsident schien sich köstlich zu amüsieren.

Wenn er jetzt noch applaudiert, springe ich ihm an die Gurgel! dachte der Sohn.

»Selbst wenn es so wäre, wie du es schilderst, was hättest du anzubieten, um dem entgegenzusteuern?« fragte Jon Claas.

»Es gibt nur zwei Möglichkeiten. Entweder die ganz und gar radikale Reform oder die Zerstörung des Systems, bevor es das Land zerstört«, antwortete Morten mit ruhiger Stimme und fixierte seinen Vater.

»Das sind ja revolutionäre Gedanken, die du da vorträgst«, lachte Jon Claas. »Die haben nur im öffentlichen Dienst nichts zu suchen. Ich denke doch, wir leben noch ganz gut in diesem Land. Natürlich hat man schon besser gelebt. Jedenfalls der größere Teil der Bevölkerung. Aber im Vergleich zu anderen Gebieten dieser Erde …«

Was hat meine Mutter an diesem Menschen bloß für liebenswert gehalten? fragte sich Morten, während er dem Oberfinanzpräsidenten nur noch halb zuhörte.

Sie war eine außerordentlich attraktive Frau gewesen.

Erfolgreich im Beruf, bis zu dem Augenblick, da sie mit ihrem Krebsleiden konfrontiert worden war. Morten hatte nie genauer erfahren, wann und bei welcher Gelegenheit sich seine Eltern kennengelernt hatten. Er hatte seinen Vater auch nie danach gefragt. Vielleicht aus Angst, er könne Herabwürdigendes über seine Mutter hören.

Der Gedanke an sexuelle Intimitäten zwischen den beiden hatte ihn schon früh gleichzeitig erregt und ungewöhnlich abgestoßen. Irgendwann, so hatte er sich gesagt, würde er die Frage doch einmal stellen müssen. Wenn auch vielleicht nicht seinem Vater, so doch wenigstens sich selbst.

Hatte sie sich in den Mann verliebt, oder war es seine gesellschaftliche Stellung, die ihr imponiert hatte? Schon damals, als er zu einer speziellen Fahndung in München hinzugezogen worden war, genoß Jon Claas auch außerhalb seines Betätigungsfeldes einige Aufmerksamkeit.

Wer war diese Frau, die ihn aus harmlos blauen Augen freundlich anlächelte? Morten hatte das gleiche Foto auf seinem Schreibtisch und in seinem Schlafzimmer aufgestellt. Zeitweise konnte er den Anblick dieses ihm immer fremder werdenden Gesichts nicht ertragen, wollte aber auch nicht auf die Nähe des Bildes verzichten.

Deshalb trug er es oft in der Aktentasche mit sich herum, die ihm sein Vater zum Einzug in sein eigenes Büro geschenkt hatte. Eine Tasche aus ungewöhnlich weichem Leder mit zwei aufgesetzten großen Fächern, in deren einem er das gerahmte Bild verstaute.

Das Taschenleder erinnerte ihn auf irgendeine Weise an seine Mutter, die er sich sonst gar nicht mehr vorstellen konnte. Selbst ihre Stimme war ihm mit der Zeit abhanden gekommen. Manchmal jedoch, wenn er mit bayerischen Kolleginnen Informationen am Telefon auszutauschen hatte, tauchte dieser Klang wieder auf, der mit seinem fast vergessenen Namen verbunden war.

Morten bemerkte, daß ihn der Oberfinanzpräsident schon längere Zeit anstarrte.

»Kannst du dich eigentlich noch an meine Mutter erinnern?« fragte Morten. Als er sah, wie sein Vater zusammenzuckte, fuhr er fort: »Ich hätte dich eigentlich schon viel früher danach fragen müssen. Wo ihr euch beispielsweise kennengelernt habt. Hast du ihr an der Bühnentür aufgelauert? Habt ihr euch in einem Szenelokal getroffen? Hattet ihr überhaupt eine Beziehung zueinander?«

Jon Claas betrachtete seinen Sohn sehr genau. Er suchte in seinem Gesicht nach einem Merkmal, das ihn an die Frau erinnerte, mit der er sein einziges Kind gezeugt hatte. Aber er fand nichts in diesem jungen und doch so alten Gesicht. Sie schien sich dahinter versteckt zu haben und auf eine günstigere Gelegenheit zu warten, um sich zu erkennen zu geben.

»Du könntest deine Fragen nicht ganz so impertinent stellen. Dennoch will ich sie dir beantworten, da du ja ein Recht darauf zu haben glaubst. Nein, ich habe ihr weder aufgelauert noch mich mit ihr in einem Szenelokal getroffen. Ich habe meine Karte beim Bühnenpförtner abgegeben, mit einem Kompliment über ihre Leistung in der Aufführung, die ich besucht hatte, auf der Rückseite. Was unsere Beziehung angeht, so war sie durchaus echt, denn deine Mutter war kein leichtes Mädchen, sondern eine gestandene Schauspielerin, als die sie sich selbst bezeichnete.«

»Pflegst du deine Frauen immer als ›Sexualproviant‹ zu titulieren? Mir wäre so eine Formulierung nie eingefallen. Selbst wenn es sich um einen One-Night-Stand gehandelt hätte.«

»Was soll denn das heißen?« Jon Claas stand noch immer hinter seinem Schreibtisch und starrte Morten mit einer Mischung aus Abscheu und Wut an.

Morten dagegen wurde immer gelassener. »Ich habe es selbst mit anhören müssen.«

»Wann hätte ich je in deiner Gegenwart so über deine Mutter gesprochen?« erregte sich Jon Claas.

»In der Zeit meiner Sprachverweigerung hast du mich doch oft gar nicht wahrgenommen. Ich stand neben dir, als du diese Äußerung tatest. Ein andermal sprachst du in bezug auf mich von einem ›dummen Ausrutscher‹, der dir passiert sei.«

Mortens Heiterkeit steigerte sich fast zu einem Lachen. »Du hattest mich ins Büro mitgenommen. Ich war hinter die Besuchergarnitur gekrochen, als du einen Termin mit einem deiner höheren Kollegen hattest. Ihr müßt wohl befreundet gewesen sein. Denn einem dir Fremden gegenüber hättest du doch in dieser Weise nicht über mich gesprochen, oder?«

»Äußerungen dieser Art sind mir genauso fremd wie dir, wenn ich dir in dieser Hinsicht glauben darf. Ich hätte so etwas nie über die Lippen gebracht. Schon gar nicht …«

»Schon gar nicht?«

»Außerdem habe ich deine Anwesenheit, wie ich glaube, deshalb nicht wahrgenommen, weil du jeden Kontakt mit mir verweigert hast. Du hast mich dich oft vergessen gemacht und mich mit deiner Ablehnung geradezu verfolgt. Ich habe weiß Gott nichts unversucht gelassen, um dir näherzukommen. Schon um deiner armen Mutter willen.«

»Die du ja so innig geliebt hast, oder?«

»Es hat keinen Sinn, Morten. Du hattest doch vor, dir eine Wohnung zu suchen, nicht wahr?«

»Ich habe bereits eine. Wenn es dich beruhigt, ich werde morgen den Mietvertrag abschließen. Friederike Smolny hat sie für mich ausfindig gemacht.«

»Die kleine Smolny macht für dich Wohnungen ausfindig? Das ist lustig. Mir hat sie erzählt, daß sie dich für einen schwachen Typen hält, der noch nicht auf eigenen Beinen stehen kann. Das ist wörtlich zitiert.«

»Da hat sie recht. Diese verdammten Krücken werden

mich noch lange begleiten, fürchte ich. Wie seid ihr denn auf ›schwach‹ gekommen? Ich habe mich doch ganz kräftig in die Schlägerei eingemischt.«

Jon Claas schüttelte den Kopf. »Sie meint, du seiest noch zu jung und unerfahren für deinen Aufgabenbereich. Sie hat sich große Sorgen um dich gemacht, denn beim nächsten Mal könnte es ja noch ärger ausgehen, meinte sie.«

Morten grinste seinen Vater an. »Ich werde versuchen, sie zu beruhigen.«

»Ich kann es kaum glauben, daß sie dich für erwachsen genug hält ...«

»... einen eigenen Hausstand zu gründen«, vollendete Morten den Satz. »So sagt man doch in deinen Kreisen.«

»Es sind auch deine, Morten.«

»Wer weiß, wie lange noch. Ich werde immer neugieriger auf andere. Besonders auf die der kleinen Smolny. So lange ist ihr Abitur ja noch nicht her. Sie muß noch Verbindung zu den Highschoolkids haben. Das sollte man vielleicht bis zum Anschlag nutzen. Außerdem schreibt sie rasante Wirtschaftsthriller in ihrem Blatt. Hast du mal einen gelesen? Ich nicht. Aber sie soll der coolste Newcomer sein. Mit ihrem letzten Artikel hat sie mal wieder toll gepunktet.«

»Laß gut sein, Morten. Ich bin überzeugt. Wann also ziehst du aus?«

»Sagen wir übermorgen? Ich brauche noch einen Haufen Möbel.«

»Du kannst aus dem Haus mitnehmen, was du brauchst.«

»Auch kostbare Kästen?« Morten machte scharfe Augen.

»Ich sagte: Was du brauchst.«

»Ein weitläufiger Begriff.« Morten dachte nach. Dann fragte er: »Ist es eigentlich Appelmann gewesen, der die Glatzen angeheuert hat?«

Der Oberfinanzpräsident sah seinen Sohn fassungslos an und ließ sich, ohne auf seine Gebrechlichkeit Rücksicht zu nehmen, in seinen Ohrensessel fallen.

»Hast du meine Frage nicht mitbekommen?« insistierte Morten nach einer langen Pause, in der sie einander angestarrt hatten.

»Ich denke darüber nach, worauf du anspielen könntest«, gab der Oberfinanzpräsident zurück und versuchte, seine zusammengesunkene Haltung zu korrigieren.

»Günni – sein voller Name ist übrigens Günther Marschallinger – hat, als er am Boden lag, ein Paar elegante Wildledermokassins neben sich auftauchen sehen. Er war sich sicher, daß er sie schon einmal gesehen hatte, und erinnerte sich im nachhinein daran, daß er bei unserm ersten Zusammentreffen im Leinpfad voller Bewunderung für sie war. Er ist ein Fan von Wildledermokassins.«

»Und deshalb hältst du es für erwiesen, daß Appelmann zum Tatort kam, um den Schlägern ihren Lohn auszuhändigen?«

»Warum nimmst du an, daß er sie bezahlen wollte?« hielt Morten dagegen.

Jon Claas zögerte einen Augenblick. »Was soll er denn sonst dort gewollt haben?«

»Logisch wäre das schon, nicht wahr?« Morten grinste jetzt über das ganze Gesicht.

»Selbst wenn es so wäre«, sprach sein Vater weiter, »glaubst du wirklich, Appelmann wäre so blöde, daß er sich zu diesem Zeitpunkt am Tatort hätte sehen lassen? Bei meinem ersten Gespräch mit dem Herrn Marschallinger im Hospital hat er ausdrücklich betont, daß die hinzugekommene Person mit einem schweren Akzent gesprochen habe.«

»Ach, Herr Präsident, wäre das ein Grund für dich, einen Verdacht fallenzulassen?«

»Wie kommst du überhaupt auf diesen Verdacht?«

»Weil diese Jungens von euch angeheuert worden sind. Das steht einwandfrei fest.«

»Wer dir das wohl zugeflüstert hat?« sinnierte Jon Claas. »Wer außer den Schlägern könnte das gewesen sein? Der eine ist bekanntlich am Tatort gestorben, und die beiden anderen sind bis heute unauffindbar.«

»Denkst du!«

»Ich weiß es. Hinrichs ist wie der Teufel hinter ihnen her. Er läßt sämtliche einschlägigen Standorte beobachten, an denen sich solche Kerle gewöhnlich aufhalten.«

»Sämtliche?«

»Jawohl. Solltest du jedoch mehr darüber wissen und es den Ermittlern verschweigen, würdest du dich als Bürger und Mitglied des öffentlichen Dienstes strafbar machen. Das ist dir doch klar, oder?«

Morten erhob sich und humpelte auf seinen Vater zu. »Bevor unsere Aktion an den Start ging, hast du mich mehr als einmal mit aller Dringlichkeit davor gewarnt, ins Geschehen einzugreifen. Ich sollte den Orten einer möglichen Auseinandersetzung fernbleiben und nur den Drahtzieher abgeben, mich aber auf keinen Fall an einer Aktion beteiligen. Ist das richtig?«

»Exakt«, bestätigte Jon Claas. »Das gleiche galt übrigens auch für Hasan Inörglü und Otto Uebel. Und daß diese Order berechtigt war, ist ja am Schicksal des ersteren abzulesen, oder?«

»Du hast also von vornherein damit gerechnet, daß es zu solchen Gewalttätigkeiten kommen könnte, oder?«

»Hör auf, mich in deiner blödsinnigen Weise nachzuahmen«, fuhr Jon Claas auf. »Wir mußten damit rechnen. Das ist normal, wenn man gegen kriminelle Gruppen ermittelt, deshalb solltet ihr die Ermittlungen auch den dafür zuständigen Beamten überlassen. So war es ausgemacht.«

»Du weißt nur zu gut, daß die bösartige Schlägerei nichts

mit irgendwelchen Ermittlungen von unserer Seite zu tun hatte und daß die Polizei sich auffällig und beharrlich vom Tatort fernhielt.«

»Das mag ein Versehen oder eine Art Unachtsamkeit des Polizeiapparates gewesen sein. Du jedenfalls hattest dich dort auf keinen Fall einzumischen.«

»Ich habe versucht, Leben zu retten!« schrie Morten jetzt. »Ich bin von Otto Uebel informiert worden, daß die Polizei keine Anstalten machte, an den Tatort zu kommen. Was hätte ich denn tun sollen? Etwa dich anrufen? Hättest du denn eingegriffen, da sich die Polizei aus unerfindlichen Gründen nicht blicken ließ? War es überhaupt ein Zufall, daß plötzlich diese Totschläger auftauchten?«

»Es kann sehr wohl ein Zufall gewesen sein«, erwiderte Jon Claas ruhig. »In dieser Gegend treiben sie sich doch sehr oft herum. Man ist aber noch dabei zu eruieren, ob sie nicht tatsächlich von einer der Parteien vorgeschickt worden sind.«

»Welche Parteien meinst du, Vater?« fragte Morten scheinheilig.

»Oh, da gibt es eine ganze Menge. Die Albaner-, die Vietnamesen-, die Russenmafia, um nur ein paar zu nennen. Sie alle haben sich nebenbei auch auf den Zigarettenschmuggel geworfen, seitdem wir die Tabaksteuer immer weiter in die Höhe getrieben haben. Sie lassen das zu ihrem Drogenschmuggel nebenher laufen. Das Geschäft entwickelt sich anscheinend so lukrativ, daß wir den Eindruck haben, es könnte für sie zur Haupteinnahmequelle werden.

Deshalb war ich auch absolut dagegen, die Steuern derart zu erhöhen. Einige meiner Kollegen aus den anderen Bundesländern argumentieren, durch die enormen Preiserhöhungen würde sich besonders der Zigarettenkonsum reduzieren, und das wiederum käme der allgemeinen Gesundheit zugute. Aber ich halte stets dagegen, daß die Verbraucher dann nur in die Grauzone abdriften und sich vermehrt der Schmuggelware bedienen. Wir sind es, die sie in die Arme dieser Banditen treiben.«

Jon Claas hatte sich in einen stetig wachsenden Zorn hineingeredet, und Morten konnte sich ein leises Lächeln nicht verkneifen.

»Wenn wir nicht in allernächster Zeit zur Vernunft kommen, werden wir diesen Verbrechern auch noch die Chance geben, ihre Drogen bei den Rauchern loszuwerden. Man hat schon hin und wieder Tütchen zusammen mit Zigarettenstangen beschlagnahmen können.«

»Das ist ja alles gut und schön, Vater. Es ehrt dich, daß du dich darüber noch so aufregen kannst. Ich frage trotzdem noch einmal: War es Appelmann, der die Glatzen entlohnt hat? Und hat er es ohne dein Wissen getan?«

Jon Claas hatte sich wieder erhoben. Er stützte sich auf den Schreibtisch und schob seinen Kopf dicht an den seines Sohnes heran. »Ich möchte, daß du dich umgehend für deine Unverschämtheit entschuldigst. Sonst weiß ich nicht, wie du dich in dieser Behörde, die du so unflätig beschimpfst, noch weiter aufhalten kannst.«

»Das weiß ich, offen gestanden, auch nicht mehr so recht. Trotzdem bestehe ich darauf, daß du mich über die Unternehmungen des Herrn Appelmann aufklärst. Das Problem meines Verbleibs in diesem Amt können wir danach diskutieren.«

»Ich verlange weiterhin von dir«, flüsterte Jon Claas und überging damit den Einwurf seines Sohnes, »daß du dich in aller Form bei Herrn Appelmann entschuldigst.«

»Darauf würde ich sogar eingehen, Herr Oberfinanzpräsident«, flüsterte nun auch Morten. »Allerdings nur unter der Voraussetzung, daß er zum Entschuldigungstermin in den Schuhen erscheint, die er bei unserem ersten Treffen getragen hat. Und, zweite Bedingung, daß dieser Termin im Beisein des Herrn Günther Marschallinger stattfindet.«

Jon Claas richtete sich kerzengerade auf. »Ich halte das Gespräch für beendet, werde jedoch darauf bestehen, daß eine Gegenüberstellung mit Herrn Appelmann stattfindet.«

»Wie ich schon sagte, Vater. Zusammen mit Herrn Marschallinger. Andernfalls wäre ich sogar bereit, eine Dienstaufsichtsbeschwerde zu beantragen. Auf dem internen Dienstweg, selbstverständlich.«

»Gegen wen, beispielsweise?«

»Unter Umständen auch gegen dich, solltest du nicht widerlegen können, etwas mit den Manipulationen des Herrn Appelmann zu tun zu haben.«

Morten verließ seinen Vater ohne Gruß und kehrte in sein Büro zurück. Der erwartete Anruf Otto Uebels kam kurz vor Dienstschluß, als er schon im Begriff war, das Zimmer zu verlassen.

»Ich glaube sagen zu können, wie das Ganze abgelaufen ist«, deutete Uebel an. »Alles weitere in unserer Winterhuder Zentrale. Ich erwarte dich dort.«

Als Morten eintraf, war sein Freund gerade dabei, die Kaffeemaschine in Gang zu setzen. »Es ist eindeutig Appelmann gewesen, der die Skinheads bezahlt hat«, berichtete er. Und ich kann mir nicht vorstellen, daß dein Vater davon nichts gewußt hat. Nimm es mir nicht übel, aber ich bin sogar fest davon überzeugt, daß er der Anstifter gewesen ist.«

»Wer hat die Glatzen angeheuert?« wollte Morten wissen.

»Appelmann. Das ist erwiesen.«

»Aus welchem Grund sollten er und mein Vater sie auf uns losgelassen haben?«

»Sie haben sie nicht auf euch losgelassen. Die Sache sollte sich ganz anders abspielen. Du bist doch der Überzeugung, daß dein Vater mit allen Mitteln die Einführung verbilligter amerikanischer Zigaretten verhindern wollte, nicht wahr?«

»Genau.«

»Obwohl die Bußgeldzahlung des amerikanischen Konzerns an die europäischen und damit auch die deutschen Finanzbehörden eine gehörige Erleichterung für den Fiskus war.«

»Dagegen hätte ich ja gar nichts gehabt«, sagte Morten. »Daß sie aber den Überseeischen steuerliche Erleichterungen für ihre künftigen Importe versprechen, wenn sie diese nur ordnungsgemäß anmelden, dagegen habe ich eine ganze Menge.«

»Auch die Umsatzsteuer aus dem Ausland trägt zu guter Letzt der Endverbraucher, Morten.«

»Schon richtig. Doch je vorteilhafter der Preis, desto mehr kann eingeführt werden. Und desto unvorteilhafter ist es für die hiesigen Produzenten, die mit diesen Preisen nicht konkurrieren können. Dazu kommt, daß beim Endverbraucher in bezug auf die Umsatzsteuer für den Fiskus noch einiges zu holen ist.«

»Und du meinst, daß der Oberfinanzpräsident dem einen Riegel vorschieben wollte?«

»Eines der wenigen Vorhaben, die ich an ihm noch schätze.«

»Dann bist du ganz schön auf dem Holzweg, mein Lieber«, triumphierte Uebel. »Genau umgekehrt wird ein Schuh daraus. Die ganze Aktion fußte darauf, daß man die Preise der Asiaten unterbieten wollte. Die Konkurrenz sollte sie zu immer größerem Leichtsinn in puncto Gewalteinsatz verleiten. Man versuchte die Russenmafia zu mobilisieren, die die amerikanische Ware auf dem Schwarzmarkt anbieten sollte. Und so kam man auf den Gedanken, sozusagen eine eigene Firmenkette zu gründen. Angeregt durch deine originellen Vorschläge.«

»Mir war es darum zu tun, beide über den Jordan zu

schicken. Sie sollten sich gegenseitig an den Hals gehen. Und ich glaube, mein Vater dachte in der Hinsicht ebenso.«

»Wieder falsch«, sagte Uebel. Er goß Kaffee ein, gab eine beinah unanständige Menge Sahne und drei gehäufte Löffel Zucker dazu und schob Morten Flasche und Dose über den Tisch.

»Der Oberfinanzpräsident hatte von Anfang an vor, die Amis zu einer raffinierten Offensive gegen die Vietnamesen zu benutzen. Erst als die nicht so reagierten, wie sie sollten, ließ er Appelmann die Neofaschisten anheuern. Die sollten die Asiaten, so sie dort auftauchen würden, brutal zusammenschlagen.«

»Das ist deine Version. Aber warum sind sie dann auf Inörglü und unsere Gruftis losgegangen?«

»Weil man ihnen gegenüber lediglich von Ausländern gesprochen hatte. Ob das Absicht oder ein Versehen war, kann ich nicht beurteilen.«

»Deiner Meinung nach hätten sie unsere Gruftis also schützen sollen?« Morten fing an zu lachen und schüttelte ungläubig den Kopf.

»Da gibt es nichts zu lachen«, sagte Uebel. »Trink deinen Kaffee und hör mir gut zu. Das sollten sie nämlich wirklich. Mehr oder weniger. Sie wollten die Penner nur ein bißchen kitzeln. Aber dann tauchte Inörglü auf, und da hatten sie ihren Ausländer.«

»Worauf stützt sich deine absurde Theorie?«

»Auf die Aussage eines der Skinheads.«

Morten legte langsam seinen Löffel auf die Untertasse zurück.

»Ist er von der Polizei vernommen worden?« wollte er wissen.

»Nein. Kalle Obst hat ihn aufgespürt. Mit Hilfe Marschallingers und der von Hans-Rüdiger Beinlos.«

Morten stutzte.

»Totenkopf-Hannes. Du solltest dir endlich ihre wahren Namen merken.«

»Wo hat Kalle ihn aufgespürt?«

»In der Szene. Genaueres will er darüber nicht sagen.«

»Wo ist er jetzt?«

»Kalle Obst hat ihn aus der Schußlinie gebracht, wie er sich ausdrückt. Er sitzt irgendwo auf der Halbinsel Eiderstedt.«

»Und das hat er einfach mit sich machen lassen?«

»Er hatte keine Wahl. Du kennst doch Kalle.«

»Diese Art der Überredungskunst hat er bei mir noch nicht angewendet«, lächelte Morten. »Ich würde dem Glatzkopf gern einmal gegenübersitzen. Ob sich das machen läßt?«

»Kalle bittet darum. Lange kann er den Burschen nämlich nicht mehr verstecken, obwohl die Behörden kein sehr großes Interesse bei ihren Nachforschungen zeigen. Ich habe das Gefühl, man müßte sie geradezu mit der Nase darauf stoßen. Kalle ist der gleichen Meinung, findet aber, daß man dich nicht allzusehr einbeziehen sollte. Schließlich handelt es sich um deinen Verdacht gegen den Oberfinanzpräsidenten, deinen Vater.«

»Was kann denn dieser kleine Nazi schon über meinen Vater wissen. Hat man ihm den Grund für die Aktion erklärt oder ihn mit den Hintermännern bekannt gemacht?«

»Kalle hat ihm den Appelmann gezeigt, und er hat sofort auf ihn reagiert. Wie, wann und wo das passiert ist, kann ich dir nicht sagen. Kalle Obst wird dir das alles hinreichend erklären können. Du mußt ihn so schnell wie möglich kontakten. Er hat dem Kerl versprochen, ihn bald laufenzulassen.«

»Was?« Morten hatte sich hochgestemmt. »Er will ihn entwischen lassen? Diesen miesen Totschläger?«

»Er wird keine andere Wahl haben. Versprechen sollte man auch solchen Leuten gegenüber halten.«

»Man könnte wenigstens der Polizei einen Wink geben.«

»Ich sagte dir schon, daß man dort kein großes Verlangen danach hat, die Glatzen in die Mangel zu nehmen.«

»Die Schweinerei wird langsam immer stinkiger«, murmelte Morten und ließ sich vorsichtig wieder auf seinen Stuhl nieder.

Er goß sich Sahne in den Kaffee und fragte Uebel ganz nebenbei, ob es denn Beweise gegen den Präsidenten gebe. Auf die Gegenfrage Uebels, ob Morten denn annehme, daß Appelmann auf eigene Faust gehandelt habe, nickte Morten, und in Uebel kam langsam das ungute Gefühl auf, sehr unvorsichtig gehandelt zu haben.

»Könntest du dir vorstellen, daß es mein Vater aus Rache getan hat? Der Überfall hat ihn ja damals beinahe das Leben gekostet.«

Morten hatte ganz leise, mit einer beinahe schüchtern anmutenden Langsamkeit gesprochen.

»Ich würde es mir wünschen«, antwortete Uebel. »Obwohl ich deinem Vater solche Unbeherrschtheiten eigentlich nicht zutraue.«

»Es wären keine. Man könnte auf eine wohlüberlegte Planung schließen.«

»Wenn er sich denn tatsächlich so verhalten hätte ...«

»... wäre das ein Fall für den Staatsanwalt, der wegen Anstiftung zu kriminellen Handlungen gegen einen hohen Beamten der Landesfinanzbehörde ermitteln müßte«, unterbrach ihn Morten mit schneidender Stimme. »Das wolltest du doch sagen, oder?«

»So könnte es ablaufen. Schlimmstenfalls.«

»Es darf so nicht ablaufen!«

Die tiefe Erregung seines Freundes beunruhigte Otto Uebel immer mehr. Morten versuchte, seinen Oberkörper in eine aufrechte, souveräne Haltung zu zwingen, machte Anstalten, zu seinen Krücken zu greifen, wischte sie jedoch ungeduldig von der Tischkante, stand mit hochrotem, verschwitztem Gesicht vor Uebel und schlug mehrere Male mit der Faust auf den Tisch. »Dieser Fall betrifft nur meinen Vater und mich, und er wird auch nur zwischen uns beiden ausgetragen.«

Uebel gelang es, sich nicht von der Erregung seines Gegenübers anstecken zu lassen. »Dieser Fall, wenn er sich denn wirklich so verhält, wird früher oder später die Öffentlichkeit nur allzusehr interessieren.«

»Er darf gar nicht erst an die Öffentlichkeit gelangen!«

»Ich glaube nicht, daß du das verhindern kannst. Aber wie du meinst. Auf keinen Fall solltest du jedoch deinen Vater für das verantwortlich machen, was dir passiert ist. Damit konnte er einfach nicht rechnen.«

»So, damit konnte er nicht rechnen«, wiederholte Morten. »Nein, Otto«, er ließ sich aufatmend in den Sessel zurückfallen. »Hier sollten unsere Freunde aus Ohlsdorf verdroschen werden, die mit ihren billigen Amizigaretten versucht haben, die Preise zu unterlaufen. Das hätte ihm endlich die Gelegenheit verschafft, den halb legalen Handel zu behindern. In dieser Sache bin ich absolut mit ihm konform. Spiel das Szenario noch einmal durch, und du wirst sehen, daß das die einzige einleuchtende Erklärung ist.«

Am Nachmittag fuhren Morten und Kalle Obst mit dem Wagen in die Gegend von Welt, einem kleinen Ort auf der Eiderstedter Halbinsel. Dort besaß der Gärtner eine Kate, in der er den Skinhead untergebracht hatte. Morten konnte seine tiefe Abneigung gegen den jungen, dicklichen Kerl nicht unterdrücken, obwohl ihn das unfertige und angstverzerrte Gesicht beinahe gerührt hätte.

Kalle eröffnete dem kleinen Nazi, daß Morten keinen Wert darauf lege, seinen oder den Namen eines seiner »Kollegen« zu erfahren. Er sei lediglich neugierig auf den genauen Wortlaut, mit dem ihn sein Auftraggeber angeheuert hatte. Außerdem sei er sehr an einer möglichst exakten Beschreibung dieser Person interessiert.

»Wie hast du den Glatzkopf denn ausfindig gemacht?« wollte Morten auf der Rückfahrt von Kalle wissen.

»Das geht auf Hannes Konto. Er hat ihn in Wellingsbüttel wiedererkannt. Dort hat Hannes eine Gelegenheitsarbeit angenommen.«

»Das ist doch ein gutbürgerliches Viertel«, wunderte sich Morten.

»Er kommt ja auch aus einem gutbürgerlichen Haus. Ich habe mich auf die Lauer gelegt, ihn kurz vor seiner Haustür abgefangen und ihn gefragt, ob er mich zu seinen Eltern begleiten wolle.«

»Und woher wußtest du, daß er bei seinen Eltern in Wellingsbüttel wohnt?«

»Mein Geheimnis.«

Morten schlug ihm anerkennend auf die Schulter und grinste ihn an.

»Jedenfalls hat er sich beinahe in die Hosen geschissen vor Angst. Und ich hatte keine Mühe, ihn weiter in die Panik zu treiben. Ich habe ihn schnell davon überzeugt, daß er und seine Kumpane bereits mit großem Polizeiaufgebot gesucht werden, und ihm geraten, er solle sich besser nicht mehr in der Szene sehen lassen. Der Junge wollte auf keinen Fall nach Hause. Na gut. Aber mehr als ein paar Tage kann ich ihn in Welt nicht mehr gebrauchen. Um diese Zeit wird die Kate immer an Feriengäste vermietet.«

»Dann schick ihn heim, oder übergib ihn der Polizei. Über kurz oder lang krallen sie sich ihn ohnehin.«

»Davon bin ich nicht so sehr überzeugt. Anscheinend soll die Sache mit aller Gewalt unter den Teppich gekehrt werden.«

»Das müssen wir mit aller Kraft verhindern. Das ›Wie‹ überlegen wir uns noch.«

Als Morten tags darauf ins Amt kam, versuchte er, zu seinem Vater vorzudringen, und hatte Erfolg. Der Oberfinanzpräsident und Appelmann schienen auf ihn gewartet zu haben. Er wurde auf die Besuchercouch gebeten und mit seinem geliebten Burghof-Kaffee aus München bewirtet. Dazu gab es Kekse und Sandkuchen. Appelmann trug eine braune Cordhose, eine farblich dazu passende Harris-Tweedjacke und dunkelbraune, glänzend gewienerte Halbstiefel, die er ostentativ mit übergeschlagenen Beinen präsentierte. Morten zeigte amüsiert darauf. »Ist das Ihr einziges Paar, oder tragen Sie auch Halbschuhe? Weiche, sportliche vielleicht?«

Appelmann verneinte und erklärte, er könne nur Halbstiefel tragen. Aus festem Leder, versteht sich. Er schäme sich zwar ein bißchen, das zuzugeben, doch er habe Plattfüße und müsse handgefertigte Einlagen tragen, die ihm von der Krankenkasse genehmigt worden seien. So etwas sei ja heutzutage nicht mehr so leicht durchzusetzen. Er müsse festen Halt bis hinauf zu den Knöcheln haben und meistens eine Schuhnummer größer tragen, weil die Einlagen, mit einem federnden Stahlkern ausgestattet, eine Menge Platz in Anspruch nähmen.

»Sie Armer«, sagte Morten bedauernd. »Dennoch möchte ich Sie bitten, mir freundlicherweise eine Frage zu beantworten.«

»Und die wäre?« fragte Appelmann mit einem kurzen Blick auf den Oberfinanzpräsidenten.

»Von welchem Geld haben Sie die drei Skinheads angeheuert?«

»Ich weiß nicht, wovon Sie reden.«

»Herr Appelmann, ich rede von den drei Glatzköpfen, die in der Bremer Reihe meine Kniescheibe zertrümmert und meinen Freund Hasan Inörglü totgeschlagen haben. Über kurz oder lang werden die Behörden gezwungen sein, eine Gegenüberstellung vorzunehmen. Man kann die Aufklärung eines solchen Deliktes ja nicht ewig in der Luft hängenlassen. Das wäre doch auch nicht in Ihrem Sinne.«

»Selbstverständlich nicht«, stimmte Appelmann zu. »Aber was hat das eine mit dem anderen zu tun? Die Skinheads, von denen Sie reden, kenne ich lediglich vom Hörensagen. Glauben Sie wirklich, ich könnte diese Leute angeheuert und entlohnt haben? Womöglich auch noch mit Steuergeldern? Wie kommen Sie denn darauf, Herr Kollege?«

»Ganz einfach. Einer der Glatzköpfe hat Sie auf das genaueste beschrieben. Abgesehen von den Wildlederschuhen, die Sie öfter tragen und die Ihren Einlagen keine besonderen Schwierigkeiten zu bereiten scheinen.«

»Muß ich mir solche Anschuldigungen gefallen lassen?« wandte sich Appelmann an den Oberfinanzpräsidenten. »Entscheiden Sie bitte darüber, ob Sie eine Antwort von meiner Seite für nötig halten.«

»Antworten Sie«, sagte Jon Claas barsch und sah seinen Sohn mißbilligend an.

»Nun denn. Ich trage weder Wildlederschuhe noch kenne ich Ihre Glatzköpfe und muß darüber hinaus Ihre Anschuldigung, ich hätte mit diesen Herren in irgendeiner Weise verhandelt oder gar dienstlich zu tun gehabt, auf das entschiedenste zurückweisen.«

»Und Sie kennen sie nicht, sind ihnen nie begegnet?«

»Selbstverständlich nicht.«

»Das enthebt mich einer großen Sorge, Herr Appelmann, denn die, wie ich vermute, in Kürze bevorstehende Gegenüberstellung dürfte damit wohl kaum einen Schatten auf die Steuerbehörde werfen, der ja auch ich angehöre. Es ist nur schade, daß Herr Marschallinger heute nicht anwesend sein kann, da ich auf ein Dreiergespräch nicht vorbereitet war. Er hätte sich voraussichtlich zu gern mit Ihnen über Ihr elegantes Schuhzeug unterhalten. Allerdings hat er von Ihren federnden Stahleinlagen kein Wort verlauten lassen.«

Appelmann fuhr hoch, und einen Moment sah es so aus, als wolle er Morten eine herunterhauen. Doch dann entschuldigte er sich mit einer angedeuteten Verbeugung beim Oberfinanzpräsidenten, er müsse jetzt seinen Pflichten nachgehen. Im übrigen könne man auf dem Dienstweg eine interne Ermittlung gegen ihn einleiten, wenn es für den Herrn Oberfinanzpräsidenten von Bedeutung sei.

Jon Claas schickte ihn mit der Bemerkung hinaus, daß es seiner Meinung nach keinerlei Rechtsgrundlage für einen solchen Schritt gegen ihn gebe.

»Wenn dieser Kerl keinen Dreck am Stecken hat, heiße ich von jetzt an Maximilian Pippig.« Morten blinzelte seinem Vater zu.

»Das war doch schon immer dein Wunsch, oder?« grollte Jon Claas.

»Mitten ins Schwarze, Vater. Was machen wir nun?«

Der Präsident schien seinen Gedanken nachzuhängen. Nach einer Weile hob er den Kopf und fragte: »Wir?«

»Ja, willst du denn nicht mitziehen?« Morten wartete auf eine Antwort, die nicht kam.

»Na, dann kann ich nur hoffen, daß du dich nicht auch bekleckert hast.«

»Du hast dir eine Sprache angewöhnt, die einem den Magen umdreht.«

»Ich komme eben in der Welt herum.«

»Nun gut, was hast du wirklich vor, Morten? Eine Dienstaufsichtsbeschwerde? Interne Ermittlungen?«

»Die Dienstaufsichtsbeschwerde könnte ich nur als Außenstehender beantragen.«

»Eben. Und du wirst dich hüten, eine interne Ermittlung loszutreten. Dadurch würde ich als dein Vater unweigerlich mit hineingezogen, oder ist das deine Absicht?«

»Gegenfrage. Soll das eine Beichte werden?«

»Blödsinn. Aber Appelmann ist mein engster Mitarbeiter. Ich könnte mich gar nicht heraushalten.«

»Dann also doch eine Dienstaufsichtsbeschwerde.«

»Wie wäre es statt dessen mit Maul halten?« fragte Jon Claas ruhig.

»Man kann über alles mit mir reden«, erwiderte Morten belustigt.

»Außerdem kommt eine Dienstaufsichtsbeschwerde für dich gar nicht in Frage.«

»Das hatten wir schon.«

»Finde dich damit ab, daß Appelmann nicht der Mann ist, den du suchst, Morten. Ich kann deine Wut verstehen. Du hast auf grausame Weise einen engen Freund verloren. Man hat dir die Kniescheibe zerschmettert. Gewichtige Gründe, um nach denjenigen zu fahnden, die hinter diesen Rechtsradikalen stehen. Aber wenn du meinen Rat willst, hör auf, weiter herumzuschnüffeln. Es würde dich unweigerlich in eine Szene führen, aus der du nicht mehr lebend herauskommst. Die Polizei hat den Fall übernommen, und für dich heißt es jetzt: abwarten.«

»Die Polizei zeigt ein lebhaftes Desinteresse an einer Aufklärung.«

»Interne Ermittlungen auf dem Dienstweg würden zu gar einen engen Freundnichts führen. Das muß dir doch klar sein.«

Der spöttische Zug um den Mund des Präsidenten schürte Mortens geheime Wut noch mehr.

»Dann also doch eine Dienstaufsichtsbeschwerde? Laß mich ausreden, Herr Präsident!« rief Morten, als Jon Claas anfing, mit den Fingern auf der Tischplatte herumzutrommeln.

»Ich wollte dir schon vor einigen Tagen eröffnen, daß ich den Dienst in der Behörde quittieren werde.«

Augenblicklich kamen die Finger zur Ruhe.

»Bist du verrückt geworden?« fragte der Präsident nach einer langen Pause.

»Ich glaube nicht.«

»Du willst all das aufgeben, was du hier begonnen hast? Deine ungewöhnliche Karriere, die dich letztlich hierher auf meinen Stuhl führen soll? Die lebenslängliche Sicherheit, die eine solche Beamtenlaufbahn mit sich bringt?«

»Also, das ist ja nun besonders eklig, was du da aufzählst«, lachte Morten. »Das ist doch ein Käfig, den du da beschreibst.«

»Vielleicht«, nickte Jon Claas, »aber ein goldener.«

»Ich werde schon morgen um meine Entlassung bitten. Daran ist nichts mehr zu ändern. Wenn ich jetzt wüßte, daß deine Hände sauber geblieben sind, könnte ich beruhigt gegen den Kollegen Appelmann vorgehen, ohne dir ernsthaften Schaden zuzufügen.«

»Aus welchem Grund solltest du mich denn schonen wollen? Das würde mich wirklich interessieren. Dein Haß gegen mich hat ja inzwischen geradezu groteske Züge angenommen.«

»Ach was. Das mit dem Haß ist längst vorbei. Meine tote Mutter und die Erinnerung an sie verflüchtigen sich immer mehr. Und dein Verhalten gegen sie ebenfalls«, beruhigte ihn Morten. »Mach dir also darum keine Sorgen.«

»Was dann?«

»Ich brauche dich, Herr Präsident«, sagte Morten. »Ich werde die Fronten wechseln und möchte einen ernst zu nehmenden Gegner haben. Du vertrittst einen Verein, den ich nicht leiden kann. Und ich habe ihn zur Genüge kennengelernt.«

In einer Mischung aus Fassungslosigkeit und einer ihm rätselhaften Erleichterung lehnte sich Jon Claas in seinen Sessel zurück und betrachtete das Gesicht seines Sohnes, das ihm in letzter Zeit immer fremder geworden war und in dem er eine immer deutlicher werdende Ähnlichkeit mit seinen eigenen Zügen entdeckte.

»Laß mich nur noch eines wissen«, hörte er Morten wie

aus der Ferne fragen, »wolltest du dich mit dem Unternehmen ›Glatzköpfe‹ an den Asiaten rächen? Das könnte ich, ungeachtet der enormen Gesetzeswidrigkeit, verstehen. Daß Hasan Inörglü zur falschen Zeit am falschen Ort aufgetaucht ist, konntest du ja nicht ahnen. In meinen Augen würde dich das lange nicht so schäbig dastehen lassen wie die zweite Version.«

»Und was wäre die zweite?«

»Daß du dich mit den Asiaten, die dich beinahe zum Krüppel gemacht hätten, verbündet hast, um die dir verhaßten Amerikaner aus dem Land zu treiben.«

»Und wie sollte das vonstatten gehen?«

»Man schickt ihnen verschiedene Gruppen auf den Hals. Einmal die Glatzköpfe, dann wieder die Vietnamesen, die Russen oder die Albaner. Die Wahl ist reichhaltig.«

»Du vergißt, daß wir, daß du die ganze Aktion mitgetragen hast. Daß ihr die Lockvögel für diese Asiaten wart.«

»Das eben scheint mir der perfideste Trick zu sein. Selbst ich bin dir nicht zu schade für die Pläne gewesen.«

Jon Claas schlug mit der Hand auf die Sessellehne. »Ich möchte, daß du jetzt auf der Stelle mein Büro verläßt! Und überlege dir noch einmal deinen eben angekündigten Schritt.«

Morten erhob sich langsam. Im Hinausgehen sagte er: »Ich will dich nicht in Unkenntnis darüber lassen, daß ich das Büro eines Steuerberaters übernehmen werde, den du mehr oder weniger in den Tod getrieben hast.«

Sein Vater sah ihm mit offenem Mund nach.

Morten machte sich unverzüglich daran, das passende Viertel für sein Büro auszuspähen. Er war der Meinung, daß man in dieser Beziehung nicht sparen dürfe. Kalle Obst und Otto Uebel stimmten ihm zu, und so durchstreiften sie erst einmal die Gegend um die Binnenalster herum, stellten aber bald fest, daß die Mieten für sie, selbst bei Aufnahme riskantester Kredite, unerschwinglich waren.

Doch dann kam ihnen der Zufall zur Hilfe. Otto Uebel hatte in seiner Redaktion vom Fall eines Steuerberaters erfahren, dessen glänzende Karriere durch einen jähen Absturz zunichte gemacht worden war und dessen Büroräume seit geraumer Zeit zur Vermietung mit der Option auf einen späteren Erwerb angeboten wurden. Uebel hatte sie besichtigt und als für ihre Möglichkeiten und Absichten ideal bezeichnet. Weil die Räume schon seit längerem leer standen, hatte der Eigentümer die Miete immer mehr heruntersetzen müssen.

Der letzte Mieter hatte in den besagten Büroräumen eine Steuerberatungs-GmbH eröffnet und sich rasch als Spezialist für Film und Fernsehen einen Namen gemacht. Dabei setzte er seine Mitarbeiter so geschickt ein, daß er sich in kürzester Zeit viele große Filmproduktionen an Land ziehen konnte, denen er bald unentbehrlich wurde.

Doch schnell war er dieser Tätigkeit überdrüssig geworden und hatte seine Geschäfte mit Hilfe internationaler Produzenten auf das Ausland ausgeweitet. Er managte Finanzierungen in großem internationalem Rahmen und tat das so raffiniert, daß sie jeder noch so genauen Überprüfung der Finanzverwaltung standhielten.

Diese betrachtete seine Machenschaften jedoch mit zunehmendem Mißtrauen, da einige Filmgesellschaften aufgrund rasanten Wachstums und interner Defizite plötzlich Konkurs anmelden mußten und deshalb ihre riesigen Steuerschulden nicht abdecken konnten. Nur wenig später gelang es Oberfinanzpräsident Jon Claas, einen Ansatzpunkt für Ermittlungen gegen das Treiben des Steuerberaters zu finden. Er entfachte ein regelrechtes Kesseltreiben, setzte Betriebsprüfer auf gezielte Details an und fand bald heraus, daß auch der Steuerberater durch das rasante Wachstum seiner Firma ein hohes Defizit zu verzeichnen hatte.

Das nahm er zum Anlaß, die Angelegenheit in strafrechtlicher Hinsicht überprüfen zu lassen. Jon Claas war schon immer ein enorm harter Knochen gewesen. Nachdem er das belastende Material zusammengetragen hatte, leitete er ein Verfahren wegen Beihilfe zur Steuerhinterziehung ein, das er brutal durchzog. Die Staatsanwaltschaft beantragte ein hohes Strafmaß, dem das Gericht folgte. Natürlich ließen ihn daraufhin alle Klienten fallen, und das führte die Beratungsgesellschaft in den Konkurs.

Weil schon vorher einige rechtskräftige Urteile gegen den Steuerberater vorgelegen hatten, wurde er zu fünf Jahren ohne Bewährung verurteilt. Kurz danach nahm er sich in seiner Gefängniszelle das Leben.

»Wann genau, habe ich noch nicht herausfinden können«, erzählte Otto Uebel den Freunden, »es kann aber noch nicht allzu lange her sein.«

»Und warum sind die Räume bis zum heutigen Tag nicht vermietet worden?« wollte Kalle Obst wissen, »das muß doch einen Haken haben.«

»Würdest du dich in der Wohnung eines Selbstmörders aufhalten wollen?« fragte Otto Uebel ironisch zurück.

»Es könnte eher sein«, sinnierte Morten, »daß man befürchtet, der Fiskus würde noch eine Weile ein Auge auf die Nachmieter haben. Eine so erstklassige Geschäftsgegend schreit geradezu nach ähnlichen Neueröffnungen.«

»Also sollte man sich sehr genau überlegen«, gab Kalle Obst zu bedenken, »ob man dort einziehen will. Außerdem könnte es dein Vater als Kampfansage auffassen.«

Morten stimmte ihm zu. »Das wäre doch aufregend, nicht wahr?«

Sie gingen im festen Entschluß auseinander, die Räume, unter welcher finanziellen Belastung auch immer, zu mieten, sobald Morten seinen Job als Steueramtmann in der Finanzverwaltung gekündigt hatte.

Zwei Tage nach der letzten Auseinandersetzung mit seinem Vater leitete Morten seine Kündigung in die Wege, mietete die Kanzlei am Großen Burstah und ließ sich von Rieke bei der Einrichtung seiner privaten Räume unterstützen. Als erstes ließ er die Verbindungstür mit Glasfasertapete überziehen, mit der er auch die Büros hatte ausstatten lassen. Der wollige Teppichboden wurde herausgerissen und durch Ahornparkett im Fischgrätmuster ersetzt.

»Wir dürfen nicht kleckern, wir müssen klotzen«, sagte Rieke. »Es muß hell, freundlich und minimalistisch aussehen.«

Sie gestattete keine überflüssigen Gegenstände. Weder auf dem Boden noch an den Wänden. Mehr als zwei bis drei Besucher wollte Morten sowieso nie gleichzeitig empfangen, er brauchte also nicht viele Sitzgelegenheiten. Sollte sich in Ausnahmefällen einmal eine größere Besuchergruppe einfinden, konnte er Stühle aus seinen Privaträumen dazustellen, die er in einem ähnlichen Stil eingerichtet hatte.

Rieke überwachte alles sorgfältig. »Im großen und ganzen müssen wir nach der Devise handeln: Was man zum Fenster hinauswirft, kommt zur Tür wieder herein. Also, keine Angst vor Verschuldung. Du bist jung genug, um selbst bei mäßigem Anfangserfolg alles abzahlen zu können. Außerdem kannst du als gewesener Steueramtmann sicher bei nahezu allen Banken die günstigsten Konditionen aushandeln, wenn sie erfahren, daß du die Fronten gewechselt hast.«

Morten hörte ihr mit Bewunderung zu. Auch in den Augen von Kalle Obst hatte sich ein eigenartiger Glanz festgesetzt. Nur Otto Uebels Begeisterung fiel etwas gedämpfter aus.

»Mit deiner beruflichen Herkunft dürfte es keine Schwierigkeiten bei der Steuerberaterkammer geben, so daß wir umgehend die Eintragung ins Handelsregister beantragen können.«

Rieke stand mitten im gekonnt karg eingerichteten Sitzungszimmer und sah mit leuchtenden Augen auf die drei Männer, die auf ihren Stühlen hockten und ihre Sprachlosigkeit anscheinend nicht überwinden konnten. Nach einiger Zeit rang Morten sich schließlich dazu durch, die einschneidenden Veränderungen in ihrer aller Leben beim Namen zu nennen.

»Leute«, begann er, »ich kann mir vorstellen, daß wir eine sehr anstrengende, aber auch spaßige Zeit vor uns haben. Kommen wir gleich zur Sache. Gegen Riekes Logik kann man keine Einwände haben. Nur vergißt sie eines: Um eine GmbH zu gründen, braucht man zumindest einen Teilhaber. Wer von euch ist willens mitzumachen? Nicht nur als Zuträger oder Berater, der mich mit seinen Freundschaftsdiensten ab und zu ermuntert. Ich spreche von einem Fulltimejob, und das bedeutet, daß ihr eure bisherigen Arbeitsverhältnisse über Bord werfen müßtet.

Bei Kalle würde ich eine Ausnahme machen. Sein Arbeitsplatz soll ihm auf alle Fälle erhalten bleiben. Schon im Hinblick auf seine drei Gruftis, die uns noch nützlich werden könnten. Außerdem kann man sie so, ganz nebenbei, dem Reich der Toten entziehen und sie wieder in unsere ach so brodelnde Gesellschaft einordnen.«

Rieke mußte lachen.

»Wollen wir hoffen, daß sie diesen Schritt nicht eines Tages bereuen werden«, wandte Kalle Obst lachend ein. »Was, wenn die nun merken würden, daß es auf dem Friedhof viel rasanter zugeht?«

»Die Zeit dürfte gar nicht mehr so fern sein«, sagte Otto Uebel.

»Gut«, schloß Morten, »Rieke und ich werden alles Fehlende organisieren. Gleichzeitig werden sie und Otto Uebel darüber nachdenken, ob sie ihre bisherigen Jobs aufgeben wollen. Ich hätte volles Verständnis für ein eventuelles Sicherheitsbedürfnis. Nur wissen müßte ich es.«

»Womit hätte ich mich denn hier zu beschäftigen?« wollte Uebel wissen.

»Mit der Presse. Wir werden eine Pressestelle einrichten.«

»Und wie sieht es mit der Bezahlung aus?«

»Die ersten Monate werden wir alle aus einem Topf leben, danach sollte ein angemessenes Honorar für dich abfallen, denke ich.«

Er wandte sich an Rieke. »Das gleiche gilt für dich. Über die Art deiner Beschäftigung sprechen wir noch.«

Er grinste.

Doch sie blieb ernst. »Wir werden sehen«, sagte sie abschließend.

Morten Claas ging die Organisation mit eindrucksvoller Entschlossenheit an. Da Rieke und Uebel noch nicht entschieden hatten, ob sie ihren Beruf als Wirtschaftsjournalisten an den Nagel hängen sollten, der sich für sie mit der Zeit sehr lukrativ gestaltet hatte, packte er allein zu.

Zuerst war es notwendig, ein oder zwei Kollegen in seinem ehemaligen Ressort zu finden, die sich, wie er, darauf einlassen wollten, die Seiten zu wechseln und seine Teilhaber zu werden.

Er kannte im Grunde nur zwei unter seinen ehemaligen Untergebenen, bei denen Tüchtigkeit, Versiertheit und Geldgier so zusammenkamen, daß sie einem ernsthaften Test standhalten konnten. Aber ob sie auch die Courage hatten, eventuellen Verlockungen von seiten des Oberfinanzpräsidenten zu widerstehen? Und wie stand Appelmann zu ihnen? Wieviel wußten sie über den Alten? Waren sie nur Befehlsempfänger oder gar korrupte Schweine, die in viele krumme Touren eingeweiht waren?

Auf alle Fälle waren es durchtriebene Burschen, die mit allen Bällen spielen konnten. Wenn er die im Griff hätte und auf seine Seite ziehen könnte, wäre ein Erfolg vorprogrammiert. Er nahm sich vor, mit Rieke darüber zu sprechen. Vielleicht fand sie heraus, wo man bei den Männern die Hebel ansetzen konnte.

Kaum hatte er sich bei der Steuerberaterkammer vorgestellt und anschließend den Eintrag ins Handelsregister beantragt, als Uebel ihn aufsuchte, um ihm mitzuteilen, daß Edward Schiele von der Firma Wellsurf beabsichtige, ihn aufzusuchen.

»Ich habe den Eindruck«, so Uebel, »er möchte dir Steuerberatung und Vertretung seines Konzerns gegenüber den deutschen Finanzbehörden anbieten. Er sagte, es sei geradezu ein Glücksfall, dich während eines solchen Aufbruchs zu neuen Ufern wiederzusehen. Damit ließe sich doch einiges Gravierende anfangen.«

Morten nickte. »Er soll nicht so gestelzt daherreden, sondern die Beine in die Hand nehmen und mein noch unfertiges Büro aufsuchen. Der Mann könnte uns zu einem furiosen Start verhelfen.«

Ganz nebenbei teilte ihm Otto Uebel noch mit, daß er mit sofortiger Wirkung seinen Job gekündigt und damit seinen Eintritt in das Imperium seines Freundes Morten Claas eingeleitet habe.

»Dein Freund eröffnet mit dem heutigen Tage seine Steuerkanzlei im Großen Burstah 7«, sagte Morten triumphierend. »Soll ich nicht auch meinen Namen ändern?«

Uebel blickte ihn völlig verdutzt an. »Wozu das denn?«

»Ich glaube, es macht Sinn, wenn ich mich so weit wie möglich vom Oberfinanzpräsidenten Jon Claas distanziere. Findest du nicht?«

»Ganz und gar nicht!« rief Otto Uebel. »Das ist das Pfund, mit dem du wuchern kannst. Ehemaliger Steueramtmann, Sohn des Oberfinanzpräsidenten von Hamburg – die Leute werden nur so strömen.«

»Ich will, daß sie meinetwegen strömen. Hör zu, Otto. Falls wir einmal gezwungen sein sollten, meinem Vater wegen seiner fragwürdigen Aktionen die Leviten zu lesen oder andere uns damit zuvorkommen könnten, wäre es nicht schlecht, sich eine Strecke von ihm entfernt zu haben.«

»Er ist dein Vater, Morten.«

»Hat er sich jemals so benommen? Weißt du, wann er angefangen hat, mich als seinen Sohn zu behandeln? Von dem Tag an, als ich zum Steueramtmann befördert wurde. Bis dahin hat er mich als einen Betriebsunfall betrachtet, den ihm meine Mutter eingebrockt hat.«

»Das stimmt doch alles nicht!« entrüstete sich Uebel. »Deine Sprachverweigerung hat ihn eine Unmenge Geld gekostet. Die ständigen Schulwechsel. Privatinstitute vom Feinsten. Schließlich wir als deine Privatlehrer. Was hat er sich da nicht alles aufgeladen.«

»Hat er dich und Hasan eigentlich anständig bezahlt?« ging Morten dazwischen.

Uebel nickte. »Sehr.«

»Das wundert mich. Ich dachte, er hätte euch ausgebeutet, wie er meine verstorbene Mutter ausgebeutet hat. Als ihm ihre sich verschlimmernde Krankheit zunehmend auf den Keks ging, hat er sich eine Wohnung gemietet und sie einer dumpfen Tagespflegerin überlassen, die sie immer im Plural ansprach. ›Wie geht es uns denn heute so? Werden wir denn einen kleinen Spaziergang machen?‹ Ich konnte gar nicht so schnell kotzen, wie mir schlecht wurde.

Mutter hat mir dennoch immer zugelächelt und versucht, meinen Vater in Schutz zu nehmen. Er sei doch so mit Arbeit überlastet und müsse wenigstens seinen Nachtschlaf haben. Seit er zum Oberfinanzpräsidenten befördert worden sei, trage er doch die Verantwortung für das gesamte Vermögen der Stadt Hamburg.

Ich hätte heulen mögen, wenn sie mich bat, die Spiegel in den verschiedenen Räumen mit Tüchern abzuhängen und sie vor Ankunft der Pflegerin wieder wegzunehmen. Sie bat meinen Vater, eine Art Bibliotheksleiter zu besorgen, angeblich, damit ich ihr Bücher aus den oberen Regalen herunterholen konnte. In Wahrheit aber hätte ich sonst die großen Spiegel im Schlafzimmer und in der Flurgarderobe nicht abdecken können.«

Morten stockte. Dann stand er auf. »Sie hätte die Spiegel auch entfernen lassen können, aber ich vermute, sie wollte jedem möglichen Krach mit ihm aus dem Weg gehen. Ihr Gesicht verfiel von Tag zu Tag mehr. Damals wäre ich ihr so gern gefolgt, Otto.«

Morten öffnete die Tür zu den Büroräumen und lehnte eine Weile im Türrahmen. »Ich habe das Gefühl, ich bin es ihr schuldig, ihren Namen nicht einfach so verschwinden zu lassen.«

Otto Uebel stand wie versteinert. Erst nach geraumer Zeit ging er auf Morten zu und wollte ihm den Arm um die Schultern legen. Doch kurz bevor er ihn erreicht hatte, war Morten schon in die Geschäftsräume weitergegangen und in Richtung Toilette verschwunden.

Als er zurückkam, gab er sich betont sachlich, überfiel Uebel mit Fragen nach dem Verbleib Alfred Stierkopfs und wollte nicht wahrhaben, daß der Grufti immer noch einsaß.

Man müsse das Unkraut mit der Wurzel herausziehen, versuchte ihm Otto Uebel klarzumachen, und dieses weise ziemlich starke Verzweigungen auf. Man war der beiden Schläger immer noch nicht habhaft geworden, und das verzögerte die Arbeit des Staranwalts Dr. Fürst, den man inzwischen gefunden hatte.

»Alfred soll aber ganz zufrieden mit seiner Unterkunft sein. Unter uns, so gut wie im Knast hat er es lange nicht mehr gehabt. Außerdem wäre es gar nicht von Vorteil, die Killer an die Behörden auszuliefern. Die könnten später noch einmal wichtige Zeugen für uns werden.«

Morten ignorierte Uebels letzte Sätze.

»Quatsch!« beschied er ihn. »Ich brauche Alfred hier draußen. Es kann sein, daß ich bald eine Art Leibgarde benötige.«

»Aha«, sagte Uebel, »wenn das so ist, bleibt nur der Griff zur Kaution.«

»Einverstanden. Erkundige dich nach der Höhe.«

»Das könnte teuer werden.«

»Dann müssen wir eben den Kredit aufstocken.«

»Andererseits«, überlegte Uebel, »könnten wir es uns unter Umständen sogar leisten. Dein erster Klient wäre imstande, dir die Kaution zu finanzieren.«

»Edward Schiele? Mach einen Termin aus, mir ist jeder Tag recht«, antwortete Morten. »Und melde mich bei diesem verdammten Anwalt an. Ich will endlich mit ihm sprechen.«

»In Ordnung. Übrigens, Hannes läßt dich grüßen und dir ausrichten, er stehe in jeder Hinsicht zu deiner Verfügung.«

»Was meint er denn damit?« grinste Morten. »Denkt er, wir wollen eine neue Gang gründen?«

»Er ist ein hochintelligenter Bursche und sehr vielseitig einzusetzen«, sagte Otto Uebel abschließend.

»Er ist Mediziner.«

Bevor es zum Gespräch zwischen Morten und Schiele kam, tauchte Totenkopf-Hannes im Großen Burstah 7 auf und behauptete zu wissen, daß Rainer Appelmann sich in akuter Geldnot befinde.

Morten hörte schweigend zu, als Hannes berichtete, Appelmann lebe in Scheidung, habe ein ziemlich protziges Haus in Hummelsbüttel am Hals und wisse nicht mehr, wie er die Kredite, die er für den Erwerb der Villa aufgenommen hatte, weiter abzahlen könne. Er suche verzweifelt nach Nebeneinnahmen, da sich seine Noch-Ehefrau wohl auch das Haus unter den Nagel reißen wolle. Er war gerade zur Untermiete nach Fuhlsbüttel gezogen, um seinen beiden Kindern so nahe wie möglich zu sein.

Morten betrachtete Hannes und stellte fest, daß er sich überraschend gut erholt hatte. Auf seinem Schädel kräuselten sich die ersten blonden Haare – komisch, er hatte ihn eigentlich für einen dunklen Typ gehalten –, und seine Wangen waren voller geworden.

»Es geht Ihnen offensichtlich besser?« fragte Morten mitten in Hannes' Erzählung hinein. »Wie war doch gleich Ihr Name?«

Hannes stutzte, dann lächelte er ihn gutmütig an. »Hans-Rüdiger Beinlos.«

»Was für ein kurioser Name«, wunderte sich Morten, »oder ist das auch wieder ein Pseudonym?«

»Es ist ein sehr alter Name«, erwiderte Beinlos ernst. »Er stammt von einem Urahnen aus dem Dreißigjährigen Krieg. Im Jahr 1631 wurde ihm bei Magdeburg ein Bein weggerissen. Ob durch eine Kartätschenkugel oder durch die Streitaxt eines Evangelischen, läßt sich nicht mehr feststellen. Jedenfalls hat er unter Graf Tilly als Landsknecht Dienst getan und mußte sich später mit einer kunstvoll hergestellten Holzstelze als Marketender durchschlagen. Irgendwann hat er dann den Spitznamen, den ihm seine Kameraden gegeben hatten, als Familiennamen angenommen.«

»So weit können Sie Ihre Herkunft zurückverfolgen?« staunte Morten.

»Alter oberbayerischer Bauernadel«, nickte Beinlos. »Erzkatholisch.«

»Schön, Herr Beinlos, dann möchte ich Sie fragen, woher Sie die Informationen über Herrn Appelmann haben und zu welchem Zweck Sie sie mir mitzuteilen belieben.«

»Oh, der erste Teil Ihrer Frage dürfte sehr simpel zu beantworten sein. Ein mir bekannter Anwalt hatte die Ehre, die Frau des besagten Appelmann zu vertreten«, ahmte

Beinlos die gestelzte Ausdrucksweise seines Gegenübers nach.

Morten konnte nur mit Mühe sein Lachen unterdrücken und fragte betont ernsthaft, woher er denn nun wieder den Anwalt kenne.

»Ein ehemaliger Studienfreund aus der Münchner Zeit, der sich hier in Hamburg niedergelassen hat.«

»Und was soll ich mit diesen Informationen anfangen?«

Beinlos sah ihn scharf an. »Ich dachte, Sie seien vielleicht daran interessiert zu wissen, womit sich dieser feine Herr seine Nebeneinnahmen beschafft. Seine Wahllosigkeit in diesem Punkt scheint mir beinahe skandalös zu sein. Wie geht es eigentlich Ihrem Knie? Ich sehe, Sie nehmen keine Krücken mehr.«

»Ich hangle mich von Tisch zu Tisch und von Stuhllehne zu Stuhllehne.«

»Das sind doch beeindruckende Fortschritte. Meinen Glückwunsch. Dennoch sollten Sie nie vergessen, wer Ihnen das angetan hat«, sagte Beinlos. Sein Blick, voll gutmütiger Ironie, ging unversehens in einen harten, fast bösartigen Ausdruck über.

»Der Mann hat eine primitive Bande von Rechtsradikalen auf Sie losgelassen. Womit der zweite Teil Ihrer Frage beantwortet wäre.«

»Sind Sie sicher, daß Appelmann der Unbekannte war, der die Brüder am Tatort ausgezahlt hat?«

»Als ich mit Alfred durch die Bremer Reihe kam, bin ich von den Schlägern ziemlich unsanft an die Hauswand gedrückt worden, aber als Alfred sich mit ihnen beschäftigte, hatten sie keine Zeit mehr, sich um mich zu kümmern«, grinste Hannes boshaft.

»Der Mann soll doch eine Art Maske getragen haben, oder nicht?« fragte Morten, noch immer mißtrauisch.

»Er hat wohl angenommen, daß beide, Günni und Inörglü, über den Jordan waren. Das hat ihn scheinbar so durcheinandergebracht, daß er voller Panik seinen lächerlichen Damenstrumpf vom Kopf gezogen und den Kerlen leise Vorwürfe gemacht hat.«

»Haben Sie gehört, was er gesagt hat?«

»Nein, ich habe nur gehört, daß er weinerlich und mit fahrigen Gesten auf sie einredete. Der Ton ist mir im Ohr geblieben. Erinnern Sie sich an seine abgewetzte rote Aktenmappe, die er damals in der Diele des Hauses im Leinpfad abgelegt hatte?«

Morten überlegte, dann nickte er zögernd.

»Die trug er bei sich. Aus ihr hat er auch die Geldbündel genommen, die er den Glatzköpfen überreicht hat.«

Morten ließ eine lange Pause entstehen, bis er sich zu einer weiteren Frage entschloß. »Sie wissen doch, daß Appelmann ein enger Mitarbeiter des Oberfinanzpräsidenten, meines Vaters, ist?«

Beinlos nickte. Und Morten fiel auf, daß er auf einmal mit großer Spannung beobachtet wurde. »Glauben Sie, daß es etwas bringt, wenn man den Präsidenten auf die Gefahr aufmerksam macht, die so ein Mitarbeiter bedeutet?«

Beinlos schüttelte den Kopf.

»Warum nicht?« schrie Morten unvermittelt los. Er sprang auf und hielt sich mit schmerzverzerrtem Gesicht an der Tischkante fest.

Beinlos sah ihn unverwandt an. »Dieser Mann ist eine Beamtenseele. Durch und durch. Wahrscheinlich sogar eine fähige. Aber eben subaltern bis in die Knochen. Nie würde er zu so einem eigenständigen, riskanten Handeln in der Lage sein.«

»Er hat also eine Order befolgt. Das wollen Sie doch damit sagen?« Morten hatte sich etwas beruhigt und sich wieder in seinen Ledersessel fallen lassen, der in Form und Farbe sehr dem seines Vaters ähnelte.

»Sagen wir es mal so«, antwortete Beinlos, »er hat sich einen großen Gefallen sehr großzügig bezahlen lassen.«

»Das wäre dann ein Fall für die Kriminalpolizei, und die ist immer noch hinter den beiden Neofaschisten her, die zuerst einmal eingefangen werden müßten.«

»Was Gott verhüten möge«, lächelte Beinlos. »Wobei ich gar nicht sicher bin, daß es sich wirklich um Neonazis handelt.«

»Herr Beinlos!« Morten wurde nun sehr eindringlich. »Ich bitte um absolutes Stillschweigen in dieser Sache, bis ich Ihnen ein längerfristiges Einkommen anbieten kann. Es wäre für mich sehr, sehr wichtig, daß nichts von dem, was Sie mir soeben vorgetragen haben, an die Öffentlichkeit dringt. Auch, wenn es sich nur um Gerüchte oder falsche Verdächtigungen handeln sollte. Und ich bin der festen Überzeugung, daß es sich um genau solche handelt.«

»Da haben Sie sicher recht.« Beinlos erhob sich und streckte ihm die Hand entgegen. »Als Vater wäre ich bestimmt sehr stolz auf Sie. Lassen Sie mich Ihnen noch abschließend versichern, daß ich nicht gekommen bin, um ein festes Einkommen zu ergattern. Ach, das hätte ich beinahe vergessen: Kalle Obst läßt Sie recht herzlich grüßen.«

Morten hörte noch, wie er die Wohnungstür fast geräuschlos ins Schloß gleiten ließ, und hatte das Gefühl, gerade einer irrealen Szene beigewohnt zu haben.

Am Abend traf er sich mit Rieke in einem Nobelrestaurant auf dem Süllberg, um mit ihr die Abwerbung zweier ehemaliger Kollegen zu besprechen. Rieke wollte ihn unter der Bedingung einladen, daß er sie, bei sich anbahnendem Erfolg, nach Berlin kutschieren und in eine Prominentenkneipe in Mitte ausführen würde.

»Du bestellst«, forderte sie ihn auf. »Mach, ich habe Hunger.«

Er entschied sich für Seezungenröllchen und einen Chablis, Jahrgang 97. Dann setzte er ihr auseinander, was er vorhatte.

»Die Kollegen, die ich abwerben möchte, habe ich schon seit längerem beobachtet. Sie sind in fast jeder Hinsicht das, was ich mir unter meinen künftigen Mitarbeitern vorstelle. Geldgierige, ausgekochte Jungs, die vor nichts zurückschrecken.«

»Haben sie sich im Amt so aufgeführt?« fragte Rieke erstaunt.

»Ich bin sogar sicher, daß sie so manches unter den Teppich gekehrt haben, wenn man ihnen das nötige Kleingeld dafür geboten hat.«

»Nette Jungs. Und du glaubst, daß du dich auf sie verlassen kannst?«

Morten lachte kurz auf. »Wer will denn das?« fragte er zurück. »Es genügt doch, wenn ich weiß, was sie getrieben haben, und sie das ahnen lasse.«

»Ich kann mir kein passenderes Arbeitsverhältnis vorstellen. Kenne ich sie vielleicht?«

»Ich wüßte nicht. Jürgen Lippershey heißt der eine. Ein witziger Typ mit dunkelblondem, dichtem Kraushaar, von dem man nicht genau weiß, ob es nicht vielleicht doch eine geschickt geknüpfte Perücke ist.«

»Und der andere?« erkundigte sich Rieke.

»Lothar Wegehaupt. Ein Albino und blödsinnig langer Kerl. Er klagt ständig darüber, daß es so schwer ist, eine einigermaßen kostengünstige Altbauwohnung zu finden. Die Türrahmen in den Neubauten hätten ihn schon zu einem echten Duckmäuser werden lassen. Eine Zeitlang dachte ich, ich hätte einen wirklichen Kumpel in ihm.«

»Aber dann?« Rieke sah ihn erwartungsvoll an.

»Ich habe ihn mit Appelmann bei Max & Consorten getroffen. Er wurde sehr verlegen, als er mich sah, und fragte mich, ob ich öfter dort verkehre.«

»Das wollte ich dich auch gerade fragen. Das ist doch eine ziemlich dunkle Höhle, besonders für deinen Geschmack.«

»Wer weiß. Es müssen nicht immer Seezungenröllchen sein.«

»Das Doppelleben des Herrn Pippig. Sag mal, bist du ernsthaft entschlossen, deinen Namen zu ändern? Oder soll es nur der Firmenname sein?«

»Ich habe die Änderung schon beim Standesamt beantragt.«

»Wenn ich mir vorstelle, ich müßte bei einer eventuellen Heirat den Namen Pippig führen. Nichts gegen deine Mutter.« Sie streichelte seine Hand.

»Mußt du ja nicht«, sagte er.

Viel später stiegen sie in ihren Mini und fuhren zu ihr nach Hause.

Am nächsten Tag wurde er einfach nicht wach. Herrgott, ist diese Frau anstrengend, dachte er, während er ihr bei der Vorbereitung des Frühstücks zusah.

»Du könntest schon mal den Tisch decken«, sagte sie nebenbei, »oder betrachtest du mich als deinen Hiwi? Wann erwartest du Schiele?«

»Gegen Mittag im Großen Burstah.«

»Sag nicht immer Großer Burstah. Es ist dein Büro, Herrgott noch mal!«

»Ich kann mich einfach nicht daran gewöhnen.«

Rieke schaute ihn überrascht an. Er machte einen verzagten Eindruck.

»Du hast einen Kater und solltest dich ausschlafen. Den Termin kann man doch sicher verlegen.«

»Ich denke gar nicht daran.«

»Gut, dann komme ich mit. Ich habe erst am Abend ein Interview mit einem Quizmaster.«

»Hey, läufst du jetzt zu den Bildmedien über? Wo sind die Servietten?«

»In der Tischschublade. Ein interessanter Fall. Unter Umständen sogar einer für dich. Er kann auch singen. Wegen seiner Gesangseinlagen schalten die Leute zwar ständig um, aber er läßt sich trotzdem nicht davon abbringen. Und ich möchte erfahren, warum.«

»Laß mich bloß mit diesen Quatschköpfen in Ruhe. Mit diesen zähnebleckenden Grinsegesichtern. Die müllen den Leuten nur das Gehirn zu.«

»Der ist eine ältere Ausgabe. Trägt auch nicht solche Blecker im Gesicht und scheint im übrigen die Hosen gestrichen voll zu haben. Sie wollen ihn verknacken.«

Rieke stellte eine große Schüssel mit selbstgemachtem Müsli auf den Tisch und goß ihnen beiden Kaffee ein.

»Hochinteressant. Dann kann er ja demnächst die Knastbrüder zumüllen«, brummte Morten. »Aber den Schiele muß ich erst einmal unter vier Augen bearbeiten.«

»Ich bin doch deine Sekretärin.«

»Seit wann das denn?«

»Seit vorgestern.«

»Ist das dein Ernst?«

»Und ich verlange ein anständiges Gehalt. Wenn ich den Job bei dir nicht bekomme, bin ich ab nächsten Ersten arbeitslos.«

»In den ersten drei Monaten haben wir einen gemeinsamen Topf. Hast du das vergessen?«

»Aber danach bestehe ich auf einem festen Gehalt.« Rieke setzte die Kanne ab und beugte sich zu ihm. »Ich bin schon eine echt blöde Nuß, oder?«

Sie strich ihm langsam übers Haar, und er sah sie an.

»Wenn du das ›oder‹ wegläßt, könnte es hinkommen.«

Dann zog er ihr Gesicht zu sich heran und küßte sie mit einer müden Ausdauer, die sie schwindlig werden ließ.

Der erste Fall

Zwei Stunden später empfing Morten in der Kanzlei Edward Schiele. Nachdem dieser die elegante Leere der Büroräume ausgiebig gewürdigt hatte, kam er sofort zur Sache.

»Sie erinnern sich doch noch unseres ersten Gespräches in den beängstigenden Amtsräumen Ihres damaligen Arbeitgebers, nicht wahr?«

»Sicher, sicher.«

»Und auch der versteckten Drohung, die Sie damals gegen mich ausgestoßen haben?«

»Nicht, daß ich wüßte.«

»Dann darf ich Ihr Gedächtnis etwas auffrischen. Sie sprachen vom langen Weg durch die Instanzen, der der von Ihnen vertretenen Behörde einen gehörigen Aufschub verschaffen würde.«

»Ja, daran erinnere ich mich«, bestätigte Morten. »Aber von einer Drohung kann doch wohl nicht die Rede sein.«

»Ich sprach von einer versteckten Drohung, Herr Claas.«

»Außerdem wäre ich doch gar nicht in der Lage gewesen, Ihnen oder Ihrem Unternehmen einen Schaden zuzufügen. Ich war nicht mit dem Antrag befaßt und bin von Ihnen nur um einen unverbindlichen Rat gebeten worden.«

»Das mag wohl sein. Dennoch sagten Sie in etwa, Sie würden unseren Antrag, wenn Sie denn damit befaßt wären, auf das Rigoroseste zurückweisen müssen. Zitiere ich Sie da richtig?«

»Korrekt«, nickte Morten. »Ich hatte sogar hinzugefügt, ich hätte dem Amt einen gehörigen Aufschub verschaffen wollen, wenn der Antrag durch meine Hände gegangen wäre.«

»Richtig. Und nachdem wir nun auf eine, wie ich meine, sehr vorsichtige Weise aufeinander zugehen, möchte ich Sie bitten, mir ganz offen zu sagen, ob ich es hier mit einer Außenstelle der Finanzbehörde zu tun habe?«

»Wie kommen Sie denn darauf?«

»Der Sohn des Oberfinanzpräsidenten Claas quittiert seine Beamtenposition, um die sich viele seiner Kollegen reißen würden, und eröffnet ein Steuerberatungsunternehmen. Was soll ich davon halten?«

»Genau das, was Sie hierhergetrieben hat.«

»Und das wäre?« fragte Schiele lauernd.

»Ach, Herr Schiele, ich kenne zwar alle raffinierten Tricks, die gegen unsere Steuerbehörden angewandt worden sind, ich kenne aber auch alle Schlupflöcher, durch die man ohne jede Schwierigkeit hindurch kann, und bin daher im Besitz eines gediegenen Fundaments für meine neue Tätigkeit.«

Morten lächelte sein Gegenüber gewinnend an, Schiele lächelte nicht zurück.

»Wohl wahr«, meinte er. »Und doch scheint mir ungewöhnlich, daß Sie sich ad hoc ein so kostspieliges Ambiente leisten können.«

»Nun, an der Einrichtung hapert es noch etwas, wie Sie sicher bemerkt haben werden.«

»Dennoch«, widersprach Schiele, »das Wenige beweist einen erlesenen und aufwendigen Geschmack.«

»Es gibt Kredite, Herr Schiele. Und welches Geldinstitut würde mir einen solchen verweigern wollen, wenn es meinen bisherigen beruflichen Werdegang in Beziehung zu meiner jetzigen Tätigkeit bringt?«

»Wohl wahr«, kommentierte Schiele erneut, »wohl wahr.« Nach einer kleinen Pause sagte er: »Wenn dem so ist, möchte ich Ihnen die Alleinvertretung unseres Unternehmens gegenüber der Bundesfinanzbehörde anbieten.«

Morten blätterte zerstreut in seinem Terminkalender.

»Ich habe mir nach unserem ersten Zusammentreffen, aus reiner Neugierde, Ihre damalige Akte gründlich durchgelesen. Danach hatte ich den Eindruck, daß Ihre Teilwertabschreibungen absolut korrekt waren.«

Morten nahm einen in Leder gefaßten, nagelneuen Notizblock zur Hand. »Sie hatten auch erwähnt, daß die Aktionäre des aufgekauften Mischkonzerns mit Aktien im Wert von 350 Euro pro Stück ausgelöst werden mußten, der Realwert der Aktie jedoch nur bei 290 Euro gelegen habe. Ist das richtig?«

Und als Schiele nickte, fuhr er fort: »Aber auch das war noch zu hoch gegriffen. Eine Ihrer Tochterfirmen hat diesen Kurs als immer noch zu hoch bezeichnet und ihn auf 190 Euro reduziert, was in Summe zu einer Teilwertabschreibung von etwas 25 Milliarden Euro führt. Ist auch das korrekt?«

»Absolut.«

»Was gibt es denn nun Neues hinsichtlich der Entwicklung zu berichten?« fragte Morten.

Schiele lachte auf. »Die Finanzverwaltung hat genau den Weg beschritten, den Sie mir so locker vorausgesagt haben. Momentan steht man im dritten Prüfungsvorgang und gibt keine Auskunft darüber, wie viele es noch werden könnten. Ich bin der festen Überzeugung, daß man mit dieser Taktik die Verabschiedung neuer Verordnungen abwarten will, anhand derer man solche Forderungen dann eventuell abschmettern könnte.«

»So sehe ich das auch«, bestätigte Morten. »Meine Taktik wäre, sofort zum Angriff überzugehen. Es vielleicht sogar auf einen Prozeß ankommen zu lassen.«

»Das möchten wir unter allen Umständen vermeiden. Aber meine Auftraggeber könnten sich einen, sagen wir, lohnenden Vergleich vorstellen.«

Morten Claas lehnte das kategorisch ab. »Ein Vergleich ist mit mir nicht zu machen, sollte ich die Vertretung der

Wellsurf übernehmen. Mein Vorschlag wäre ein wesentlich härterer. Wie viele Arbeitnehmer gibt es in Ihrer Firma?«

»Das kann ich nicht so ohne weiteres ...« Schiele unterbrach sich. »Aber ich kann Ihnen die Firmenunterlagen zur Verfügung stellen.«

»Es handelt sich doch sicher um mehrere tausend Arbeitsplätze?« bohrte Morten weiter.

»Oh, ja«, sagte Schiele. »Bedenken Sie aber, daß unsere Vorstände auf alle Fälle erst einmal einen Vergleich anstreben wollen. Den weiteren Verlauf würden Sie sowieso mit ihnen besprechen müssen. Ich bin nur hier, um mit Ihnen zu einer Einigung in bezug auf eine Zusammenarbeit zu kommen. Ihre Arbeit in der Finanzverwaltung hat Ihnen großes Ansehen und eine Menge Respekt eingebracht.

Wir wären erleichtert, wenn Sie sich unserer Forderungen an die Finanzverwaltung annehmen würden. Wie Sie ja schon erwähnt haben, kennen Sie alle Möglichkeiten, mit denen man die Behörde in die Pflicht nehmen könnte. Eine Behörde, die Sie ja von Grund auf studieren konnten.«

»Sie sagen es.«

»Wie sehen also Ihre Bedingungen aus?« wollte Schiele wissen.

»Eine Million Vorschuß und ein Prozent der endgültigen Steuerersparnis. Zahlbar nach erfolgreichem Abschluß der Zusammenarbeit.«

»Das ist viel«, sagte Schiele nach einer Weile. »Ich würde fast meinen, das ist unverschämt.«

»Ich sagte, nach erfolgreichem Abschluß, Herr Schiele. Wir können guten Mutes sein. Hätten Ihre Herren Vorstände die Courage, im äußersten Notfall eine kleine Drohung auszustoßen? Ich glaube nicht, daß sich die Regierung noch weitere Firmenschließungen dieser Größenordnung erlauben kann.«

»Das ist aber harter Tobak.«

Morten nickte. »Wenn Sie auf halbem Wege stehenbleiben wollen, bekommen Sie gar nichts. Ich brauche Ihre rückhaltlose Unterstützung. Geben Sie das Ihren Herren Vorständen weiter. Alles oder nichts. Mein Risiko ist in gewisser Hinsicht das gleiche wie das Ihre.«

»Ich werde Rücksprache nehmen«, versprach Schiele und erhob sich.

Rieke Smolny traf erst ein, nachdem Schiele sich schon lange verabschiedet hatte. Als Morten ihr vom Inhalt des Gesprächs und seinen Forderungen berichtete, schrie sie leise auf. »Willst du den Staat zum Offenbarungseid zwingen?« empörte sie sich.

»Willst du reich werden oder nicht?« konterte Morten.

»Morten Claas, du bist im Begriff, dich zu einem Piraten zu entwickeln. Mich würde allmählich vor allem interessieren, wen du mehr verachtest, den Staat oder deinen Vater?«

»Mein Vater ist für mich der Staat, und der Staat ist Vater. Also Vater Staat.«

»Ich finde das gar nicht komisch!« rief Rieke, als sie in sein grinsendes Gesicht blickte. »Du scheinst ja einen geradezu krankhaften Haß gegen uns entwickelt zu haben.«

»Gegen uns?«

»Ich jedenfalls fühle mich dieser Gemeinschaft immer noch sehr verbunden.«

»Das kann doch nicht dein Ernst sein, Riekchen. Du bist einfach doof, pathetisch und sehr komisch.«

Er wollte sie an sich ziehen, aber sie wehrte ihn wütend ab.

»Dieser Staat hat in beinahe sechzig Jahren mühevollster Kleinarbeit zu der Struktur gefunden, von der wir alle profitieren. Und du willst jetzt dazu beitragen, daß man Kleinholz aus ihm macht. Nimm die Finger da raus. Es gibt genügend andere, die diese Arbeit für dich tun werden. Leider.«

»Zum Beispiel Vater Staat.«

»Kann sein. Du könntest ihn ja daran hindern, anstatt ihn in die Katastrophe zu treiben.«

»Je schneller wir ihn zerschlagen, desto gründlicher und vernünftiger können wir ihn wiederaufbauen. Diese korrupte, von purer Mittelmäßigkeit zerfressene Maschine dürfen wir keinesfalls an künftige Generationen weiterreichen.«

»Hast du nicht eben gesagt, du willst reich werden?« fragte Rieke erbost.

»Ja, bevor sich der Staat an mir gesundstößt, stoße ich zurück. Aber was ist mit dir? Deine Kontrollfunktion als Journalistin scheinst du ja schon lange aufgegeben zu haben. Du hast doch nicht etwa vor der Wegelagerei der Behörden kapituliert?

Nimm doch nur das Problem mit der Gesundheit. Man gibt vor, die Tabaksteuer unmäßig zu erhöhen, um den Menschen zu einem gesünderen Leben zu verhelfen. In Wahrheit aber wird nur die Situation von Abhängigen ausgebeutet. Du glaubst doch nicht, daß echte Raucher sich durch hohe Preise vom Rauchen abhalten lassen. Oder will der Staat mit den höheren Steuern etwa die Tabakindustrie zerschlagen? Bei der Wirtschaftslage?

Will er den Benzinhahn zudrehen und Raffinerien in den Konkurs treiben? Sind unsere Straßen und Autobahnen seit neuestem weniger verstopft? Will man die Autoindustrie knebeln? Nichts dergleichen! Die Hersteller bieten immer neuere, schönere Modelle an. Modelle, die weniger Benzin verbrauchen. Und sollten sie es eines Tages geschafft haben, den Verbrauch um die Hälfte zu reduzieren, wird der Staat eben den Benzinpreis verdoppeln und hat dafür immer eine Legitimation zur Hand. Man ist ja schon auf dem Weg dorthin.

Von dir habe ich jedenfalls nie Artikel solchen Inhalts zu lesen bekommen. Du hast dich in den seichten Gewässern der Gefälligkeit herumgetrieben, statt das kritische Messer zu schärfen.«

»Mit solchen Inhalten wäre ich nie dahin gekommen, wo ich heute bin und was ich jetzt im Begriff bin aufzugeben. Deinetwegen.«

Morten sah sie prüfend an. »Wenn du für mich arbeiten willst, mußt du erst einmal all deine Vorurteile über Bord werfen und lernen, unabhängig zu denken. Im übrigen kann ich dich beruhigen. Das, was ich mit Wellsurf vorhabe, erhält vielleicht Arbeitsplätze. Sogar eine ganze Menge davon.«

»Mit den Steuergeldern der Arbeitnehmer?«

»Mit welchem Geld denn sonst? Besser jedenfalls, als sie in die löcherigen Taschen des Finanzministeriums zu stopfen, wo sie unter anderem möglicherweise zur Erhöhung von Beamtengehältern und Diäten verkommen. Rieke, du bist aufgefordert, dem Staat die Steuergelder zu entziehen und ihn zu einer rigorosen Reform sämtlicher Ämter und ihrer Verordnungen zu veranlassen. Bis dahin geht es einfach nur darum, Arbeitsplätze zu sichern und die Industrie vom Auswandern in Billiglohnländer abzuhalten.

Daß ich für meine Arbeit entlohnt werden will, ist normal. Wie hat schon Goethe gesagt: ›Nur die Lumpe sind bescheiden.‹ Also, überleg dir lieber noch einmal, ob du hier einsteigen willst.«

»Wie soll ich hier noch rauskommen«, fragte sie und grinste ihn plötzlich unverschämt an. »Vor allem, weil ich dich im Auge behalten will.«

Hans-Rüdiger Beinlos wurde unvermutet und ohne Angabe von Gründen von der Straße weg verhaftet. Kalle Obst, dem erst nach Tagen durch Günther Marschallinger zu Ohren gekommen war, daß Beinlos in Fuhlsbüttel einsaß, machte sich umgehend zum zuständigen Ohlsdorfer Polizeirevier auf, dessen Beamte Beinlos aufgegriffen hatten.

Nachdem er dort erfahren hatte, daß der Grufti wegen Landstreicherei einkassiert worden war und mit Aburteilung rechnen könne, setzte er sofort Morten in Kenntnis und überraschte ihn mit einer polizeilichen Anmeldung des Inhaftierten, die ihn schon seit drei Monaten als seinen Untermieter auswies. Doch man habe ihn trotz Vorlage dieses Formulars mit der Begründung abgewiesen, er müsse erst einmal die Anhörung vor dem Schnellgericht abwarten. Dort könne er ja dann seine Berufung einlegen.

Vorerst sei klar erwiesen, daß Beinlos sich jahrelang ohne festen Wohnsitz herumgetrieben und seine Nächte auf Friedhöfen und in anderen öffentlichen Einrichtungen zugebracht habe. In diesem Zusammenhang seien ebenfalls Ermittlungen gegen die Friedhofsverwaltung und einige ihrer Angestellte eingeleitet worden.

Die Hinterbliebenen der dort zur letzten Ruhe Gebetteten hätten sich immer wieder beschwert und einen schriftlichen Protest mit vielen gesammelten Unterschriften bei der zuständigen Behörde eingereicht.

»Es wird nicht lange dauern, bis sie auch mir auf den Pelz rucken«, sagte Kalle Obst.

»Er ist cleverer, als ich dachte«, sagte Morten langsam.

»Wer?« fragte Kalle.

»Tut nichts zur Sache«, fuhr Morten fort. »Was ist mit Marschallinger?«

»Sitzt mit der Glatze und meinem Nachbarn in Nordfriesland und spielt Skat.«

»Sucht man noch nach ihm?«

»Es sieht so aus. Alle paar Stunden tauchen Bullen auf dem Friedhof auf. Es heißt, die Verwaltung habe sie angefordert.«

»Man hat dich also nicht offiziell darüber informiert?« fragte Morten erstaunt.

»Nicht die Bohne. Ich bin raus aus dem Geschäft. Man läßt mich meine Arbeit machen und tut so, als hätte es keine Absprachen über die Unterbringung von Obdachlosen gegeben.«

»Das ist toll!« Morten hatte so etwas wie Bewunderung im Ton. »Kalle, du mußt mir diesen Anwalt herbringen. Wie heißt er noch schnell?«

»Was, du hast noch nicht mit ihm gesprochen?« Kalle war einen Moment lang fassungslos. »Alfred schmort seit Wochen im Knast, wird immer depressiver, und du hast noch nicht einmal mit diesem Mann geredet? Weißt du, was du bist?«

Kalle beugte sich über den Schreibtisch, sein Gesicht nahm eine hochrote Farbe an, und Morten sprang erschrocken auf.

»Ich hab's einfach vergessen!« rief er schuldbewußt. »Ich dachte, ihr, du und Otto, hättet das alles im Griff.«

»Wie kämen wir denn dazu, ohne deine Einwilligung mit einem Anwalt zu verhandeln? Noch dazu mit einem so teuren?«

Kalle hatte Tränen in den Augen, als er auf den Tisch hieb. »Wir haben uns wie die Schweine benommen. Durch deine Schuld!«

Er ließ sich in den Sessel fallen und brachte erst nach einer Weile mühsam hervor: »Ich werde mir nie verzeihen, daß ich dir das überlassen habe.«

Morten stand völlig hilflos vor ihm. »Ich werde das wiedergutmachen«, wiederholte er mehrmals. »Wie heißt der Mann noch?«

Kalle erhob sich und wischte mit der Hand über seine Augen. »Ich habe ihn dir schon ein paarmal genannt. Udo Fürst. Dr. Udo Fürst.«

»Mach mit ihm einen dringenden Termin aus. Aber nicht vor morgen. Jetzt sei so gut und sag Otto und Rieke Bescheid. Ich erwarte sie in einer halben Stunde.«

»Und wenn der Anwalt in seiner Kanzlei hockenbleiben will? Der ist so hochnäsig, daß einem das Wasser in der Blase gefriert. Ich kann ihn ja wohl schlecht zwingen.«

»Laß ihn am großen Geld schnuppern. Dir wird schon was einfallen. Ich brauche ihn hier, Kalle. Hier auf einem kleinen Stuhl vor meinem Schreibtisch. Alfred und Hannes zuliebe. Wir müssen beide draußen haben, bevor ich zuschlage.«

Verdeckte Kampfansage

Morten ließ sich umgehend mit seinem Vater verbinden und bekam ihn auch sofort an den Apparat.

»Hast du auf meinen Anruf gewartet?« fragte er ihn.

»Ich habe Besseres zu tun«, antwortete Jon Claas feindselig.

»Da bin ich anderer Meinung, Herr Präsident. Ich möchte dir aus reiner Anhänglichkeit eine Warnung zukommen lassen. Es könnte Ärger geben.«

»Woher, wenn ich fragen darf?«

»Dein Assistent mit den schicken Mokassins scheint eigene Wege gehen zu wollen.«

»Ich verstehe nicht, wovon du sprichst. Sag mir lieber, wie weit du mit deiner Geschäftsgründung bist.«

»Es läuft gut an.«

»Und wen hast du schon unter deine fragwürdigen Fittiche genommen?«

»Hältst du mich für blöde? Das werde ich ausgerechnet dir auf die Nase binden! Ich rufe dich an, weil mein Büro herausgefunden hat, daß der gute Appelmann Verbindungen zu rechtsradikalen Gruppen hat. Und zwar ziemlich kostspielige.«

Von Jon Claas war nichts zu hören.

»Bist du noch da?« fragte Morten.

»Ich höre dir zu.«

»Mußt du nicht mehr. Jetzt bist du dran. Kümmere dich um seine Geldquellen.« Damit legte Morten auf.

Ein paar Sekunden später klingelte sein Handy. »Gib mir deine Büronummer«, forderte Jon Claas.

Kaum hatte Morten das Gespräch beendet, klingelten Handy und Bürotelefon gleichzeitig. Im Hintergrund hörte er die Eingangstür zum Büro zuschlagen und Stimmen, die sich seinem Arbeitszimmer näherten.

Er griff zuerst zum Handy und rief hinein, man möge sich doch bitte einen Augenblick gedulden, dann nahm er den Hörer des Festnetztelefons in die Hand. Edward Schiele bat um einen Termin für die Herren vom Vorstand und versuchte ihn zu überreden, daß dieses für beide Seiten entscheidende Gespräch doch besser in den Räumen von Wellsurf stattfinden solle, da man dort die Herren am ehesten versammeln und er einen bequemeren Blick auf Akten und Notizen werfen könne, die dort schon für ihn bereitlägen.

Morten widersprach und erklärte Herrn Schiele, daß für einen entscheidenden Zugriff seine volle Einsatzfähigkeit erhalten bleiben müsse, und das könne nur im Großen Burstah geschehen. Außerdem schlug er vor, einige seiner Mitarbeiter an den Verhandlungen teilnehmen zu lassen.

Trotz seiner zurückliegenden Beamtenlaufbahn war er ein Neuling auf dem Gebiet selbständiger Tätigkeit und glaubte insgeheim, es mit den gewieften Vorstandsmitgliedern eines so überragenden internationalen Unternehmens wie der Wellsurf nicht allein aufnehmen zu können. Er wollte auf keinen Fall auf den Beistand einiger zusätzlicher Augen und Ohren verzichten.

Gestreßt bat Edward Schiele um einen erneuten Aufschub und sagte, er werde sich wieder melden.

An Mortens Handy wartete die Kanzlei Dr. Fürst und bat ihrerseits um Geduld, da der Herr Doktor inzwischen mit einem anderen Gesprächspartner verbunden worden sei. Morten mußte geschlagene zehn Minuten warten, bedeutete den inzwischen eingetretenen drei Freunden, sich eine Sitzgelegenheit heranzuziehen, und hatte dann endlich den Chef der Anwaltskanzlei am Ohr.

»Udo Fürst«, hörte er einen sonoren Baßbariton.

»Maximilian Pippig«, antwortete Morten.

»Ich bin nicht mit der Steuerkanzlei Morten Claas verbunden?« Der Baßbariton schien irritiert.

»Sie sind mit ihr verbunden.«

»Dann möchte ich Sie bitten, mir Herrn Claas an den Apparat zu holen.«

»Sie sprechen bereits mit ihm.«

»Dann möchte ich Sie doch sehr darum bitten, mich nicht solchen Irritationen auszusetzen. Auch ich habe meine Zeit nicht gestohlen.«

»Herzlichen Dank, daß Sie auch mich für einen ähnlich beschäftigten Mann halten, Herr Dr. Fürst. Im übrigen habe ich meine Kanzlei heute unter meinem neu erworbenen Namen eintragen lassen, da ich sowenig wie möglich auf die Verwandtschaft mit dem Oberfinanzpräsidenten angesprochen werden will. Auch Ihnen wird er kein Unbekannter sein.«

»Was haben Sie gegen den Präsidenten? Ein honoriger Mann, Ihr Vater.«

»Drum, Herr Dr. Fürst. Ich möchte nicht, daß man mein Büro für eine Außenstelle seiner Finanzbehörde hält.«

Fürst lachte schallend. »Verständlich«, prustete er, »verständlich. Aber zur Sache. Sie hatten mich durch einen Ihrer Mitarbeiter, einen gewissen Herrn Obst, Kalle Obst, um eine Unterredung gebeten.«

»Korrekt.«

»Ich bin teuer.«

»Was soll das?«

»Das soll eine Warnung sein, mein Bester. Ich will doch nicht, daß Sie gleich zu Anfang Ihrer Firmengründung zum

Untermieterdasein in Ihrer eigenen Kanzlei gezwungen werden.«

»Und was macht Sie mir gegenüber so konziliant?«

»Ich kenne Ihren Vater.«

»Angst oder Freundschaft?« erkundigte sich Morten.

»Keines von beidem. Ich würde eher sagen, es handelt sich um Respekt. Ein unnachsichtiger Mann, der Herr Oberfinanzpräsident.«

»Ist er Ihnen schon mal auf die Füße getreten?«

»Oh, nein. Meine steuerliche Rechtsgläubigkeit ist stadtbekannt«, Fürst hörte sich an, als würde er schmunzeln.

»Auch meinem Vater? Am Leinpfad habe ich Sie bislang nie auftauchen sehen, oder irre ich mich?«

»Nie. Wenn Sie das Haus Ihres Vater meinen. Aber um was geht es denn nun, wenn ich fragen darf?«

»Darüber sollten wir persönlich, gewissermaßen von Angesicht zu Angesicht, plaudern«, sagte Morten.

»Gut. Eine Anmeldung am selben Tag genügt. Ich erwarte Sie also und bin neugierig.«

»Ich glaube, wir haben uns noch nicht so ganz verstanden, Herr Dr. Fürst. Ich möchte Sie bei mir erwarten.«

Es trat eine kleine Pause ein. Morten, der den Lautsprecher eingeschaltet hatte, wechselte einen Blick mit den anderen. Sie grinsten breit.

»Das wird noch teurer«, hörten sie Fürst brummen.

Das Gelächter war nicht mehr zu stoppen und Morten schaltete schnell den Lautsprecher ab.

»Wird da mitgehört?« fragte Fürst mißtrauisch.

»Meine Sekretärin hat scheinbar eine wichtige Frage an mich. Ich habe ihr Klopfen überhört. Sie entschuldigen? Es ist alles noch ein bißchen ungewohnt für uns alle hier.«

»Grüßen Sie Ihre Sekretärin. Ist sie hübsch?«

»Das dürfte im Auge des Betrachters liegen.«

Rieke zeigte ihm den gestreckten Mittelfinger, und Morten kontrollierte erneut den Lautsprecherknopf.

»Also, was ist? Kommen Sie hierher oder nicht?«

»Können Sie mich bezahlen oder nicht?«

»Ich werde Sie bezahlen. Wollen Sie einen Vorschuß?«

»Ich komme.«

»Großer Burstah 7.«

»Und für mich bleiben Sie Herr Claas junior. Bis auf weiteres.«

»Netter Strolch«, meinte Rieke und verdrehte die Augen.

»Der Mann soll einen internationalen Ruf haben«, konterte Kalle Obst.

»Wer sagt das?« fragte Rieke.

»Ich hab da so meine Verbindungen«, beharrte Kalle. Rieke fing wieder zu lachen an. Kalle wurde wütend.

»Du traust mir wohl gar nichts zu, du intellektuelle Pfeife!«

»He, he! Reiß dich zusammen«, sagte Morten, und Otto Uebel räusperte sich umständlich.

»Fürst hat tatsächlich einen interessanten Ruf«, bestätigte er Kalle. »Der Mann ist gefürchtet. Er auf unserer Seite ist schon die halbe Miete. Wenn er richtig loslegt, hat er unsere beiden Gruftis bald draußen. Das dauert keine Woche.«

»Vergiß nicht, mit wem wir es zu tun haben, Otto.«

»Doch hoffentlich nur mit der Justiz, oder?« Rieke sah von einem zum anderen, und Otto zuckte die Achseln.

»Der Mann ist gerade gut genug für die beiden. Das sind wir ihnen mehr als schuldig«, rief Kalle dazwischen.

»Ich möchte nicht in irgendwelche unangenehmen Sachen hineingezogen werden. Zwei Tote und Mortens gebrochene Knochen reichen mir.«

»Es waren doch nicht deine Knochen«, feixte Kalle Obst.

Der Kerl will mich provozieren, dachte Rieke, der will, daß ich ihm eine klebe. Aber das könnte ihm so passen.

Sie holte aus, und Kalle schaute gebannt auf ihre Hand, die in der Luft hängengeblieben war, als hätte sie jemand festgehalten.

»Nun gut«, sagte Morten, »gehen wir zur Tagesordnung über. Ich habe euch hierhergebeten, weil ich euch noch einmal die Gründe für meinen beruflichen Seitenwechsel zusammenfassen will. Da sind zuerst unsere Politiker. Sie müßten doch, sollte man meinen, eine ordentliche Ausbildung erhalten haben. Jeder speziell für seinen Aufgabenbereich. Es sei denn, er hätte sich schon vor seiner Berufung ins Staatsamt auf diesem Gebiet fachlich bewährt.

Statt dessen klammern sie sich aus Angst und Unsicherheit an vorgegebene Gesetze, saugen sich an alten Verordnungen fest, statt den Weg für zeitgerechte Reformen zu eruieren und sie gegebenenfalls auch durchzusetzen.

Es ist doch geradezu unerträglich, mit ansehen zu müssen, daß diese Verwaltung den Staat erst in eine immer stärkere Verschuldung treibt und letztendlich, darauf können wir warten, in die Katastrophe. Man überhäuft uns mit immer komplizierteren Verordnungen, mit denen sich selbst Finanzbeamte und Steuerberater jeden Monat aufs neue herumschlagen müssen.

Statt all den Unsinn über Bord zu werfen und den Bürger durch radikal herabgesetzte Steuersätze zu entlasten, um durch die so gestiegene Kaufkraft die Wirtschaft anzukurbeln und die Unternehmen zu Innovationen anzuregen, nimmt man ihm alle Vergünstigungen, läßt sogar die Renten besteuern, und seine Taschen bleiben weiter leer.

Gleichzeitig beklagen sich die Politiker darüber, daß der so behandelte Bürger mit seiner Konsumverweigerung den Staat ruiniert. Kündigt ihm den Kampf an, zieht die Steuerschraube noch fester, erhöht die Krankenkassenbeiträge, reduziert im gleichen Atemzug deren Leistungen und erweckt den Eindruck, als wolle man ihn abstrafen. Nach dem Motto: ›Wir werden schon sehen, wer den längeren Atem behält. Kauf oder Stirb!‹

Auf diese Weise will man ihn zur Raison bringen, und das kann sogar noch eine Zeitlang gutgehen. Sein Sparstrumpf ist noch nicht leer. Aber auch solche ordnungsgemäß versteuerten Gelder könnte man ja zur Not noch anzapfen.

All das kommt mit größter Wahrscheinlichkeit auf uns zu. Auf keinen Fall aber eine echte, zeitgemäße Erneuerung. Man läßt eher eine immer größer werdende Menge von Produktionsstätten veröden, Kaufhäuser, oft Mittelpunkt kleinerer Städte, zusammenbrechen, als eine mutige und volksnahe Entscheidung zu riskieren.«

»Moment«, widersprach Rieke, »die Kaufhauspleiten sind absoluter Eigenbau. Die unfähigen Manager sind doch nicht von der Regierung gestellt worden.«

»Das mag ja sein«, gab Morten zu, »andererseits, in einer weniger desolaten Wirtschaftssituation hätte man mit den Fehlern dieser Manager auch leichter fertig werden können.«

»Du glaubst doch nicht im Ernst, daß die momentane Situation von der Regierung bewußt herbeigeführt worden ist.«

»Also mit Absicht?« verstärkte Kalle Obst die Frage.

»Eher mit einer Mischung aus Angst und Unfähigkeit«, antwortete Morten ihnen beiden.

»Das würde ich so nicht stehenlassen wollen«, mischte sich Otto Uebel ein. »Wenn wir uns die letzten Veröffentlichungen des Bundesrechnungshofes ansehen, wie da Hunderte Millionen Steuergelder durch Verschwendung den Bach runtergehen, da kann einem ganz schön schlecht werden.«

»Also müssen wir es doch noch haben«, grinste Kalle Obst. »Das Dumme ist nur, daß die da oben meinen, es sei ihr eigenes Geld, das sie zum Fenster hinauswerfen.«

»Komm mal zur Sache.« Rieke erregte sich immer mehr.

»Langsam, langsam. Ich könnte vielleicht in den nächsten Tagen einen großen Fisch an Land ziehen, brauche dazu aber einen Finanzfachmann und Juristen. Ich denke da an jemand ganz Bestimmten. Der Mann, ein ehemaliger Kollege aus dem Amt, bedient genau das, was ich mir vorstelle. Mit Rieke habe ich schon über ihn gesprochen. Ein hervorragender Jurist. Ein Schlitzohr, das sich den Anschein von Gutgläubigkeit gibt. Er tut, als sei er der treue Diener seines Herrn, des Oberfinanzpräsidenten. Jürgen Lippershey ist sein Name.«

Als Otto Uebel fragte, ob er denn noch jemand zweiten im Auge habe, wich Morten aus. »Ein Notnagel, mit einigen linken Fähigkeiten, die vielleicht nützlich werden könnten.«

»Keine krummen Dinger«, warnte Rieke, »ich werfe sofort das Handtuch, wenn ich so etwas rieche.«

»Dann bist du jetzt schon arbeitslos«, stellte Morten trocken fest.

»Ich habe in der Redaktion sowieso erst einmal nur eine Auszeit genommen und kann mich ohne weiteres in meinen alten Job zurückfallen lassen.«

»Also dann eben nicht auf Gedeih und Verderb«, brummte Morten und blätterte nervös in seinen Notizen herum.

»Streich das Verderb, und ich bin dein.« Rieke quietschte beinahe vor Vergnügen und beobachtete ihn dennoch sehr gespannt. Mortens Stimmung war urplötzlich umgeschlagen.

»Noch einmal, ich brauche einen cleveren Wirtschaftsjuristen, der mir zur Seite stehen kann. Vielleicht schon in den nächsten Tagen. Es geht um eine Menge Geld und einen Haufen Arbeitsplätze. Das wäre es für heute.«

Kalle Obst wollte sich eigentlich noch nach dem großen Fisch erkundigen und war erstaunt, daß die beiden anderen so gar keine Neugier erkennen ließen, erhob sich jedoch mit ihnen allen.

Sieh an, der kleine Morten, dachte er. Schlußpfiff, und alles gehorcht.

Verwundert beobachtete er, wie die kesse Rieke sich noch einmal zu Morten wandte und zum Reden ansetzte, es dann aber doch aufgab und ebenfalls den Raum verließ.

Den Termin mit Udo Fürst hatte Morten kurzfristig angesetzt, und das Treffen war ohne Einwände akzeptiert worden. Fürst erkundigte sich lediglich nach dem Vorhandensein eines Dienstboteneingangs im Großen Burstah, und als Morten ihm erklärte, daß er damit nicht dienen könne, bat Fürst um die Verschiebung des Termins um ein paar Stunden. Er käme nach Geschäftsschluß und Anbruch der Dunkelheit.

Weil es für seine übrigen Klienten irritierend wäre zu erfahren, daß er Hausbesuche machte, wünschte er ein bißchen Camouflage für die gemeinsame Unterredung. Auch die Anwesenheit von Mortens Mitarbeitern lehnte er ab und bat dafür um Verständnis. Sein Ruf hatte einen bestimmten Level erreicht, den er nicht aufs Spiel setzen wollte.

Als Morten ihm versicherte, daß er persönlich für die Unantastbarkeit seines Rufes als Staranwalt sorgen wolle, bekam er ein sehr amüsiertes »Dankeschön« zu hören.

Nun saßen sie einander gegenüber und maßen sich. Morten war überrascht, sich mit einem noch relativ jungen Mann konfrontiert zu sehen. Das Haar war wenig sorgfältig gekämmt, der Kragenknopf offen, und die Krawatte hing lose vom Hals herab. Der Mann machte einen leicht ungebügelten Eindruck. Man mußte schon näher hinsehen, um zu erkennen, daß seine Kleidung von edelster Herkunft war.

Brioni, stellte Morten fest. Ich will mir kein vorschnelles Urteil bilden, dazu müßte ich erst noch seine Schuhe in

Augenschein nehmen. Aber im Augenblick möchte ich annehmen, daß mein Gegenüber eine Lässigkeit vortäuschen will, die nicht seinem Lebensstil entspricht. Sein schütteres aschblondes Haar läßt ihn älter erscheinen und steht im Gegensatz zu seiner straffen Gesichtshaut. Schwer einzuschätzen, der Mann.

Auch Fürst ließ kein Auge von Morten. Ihm schien keine noch so winzige mimische Veränderung zu entgehen. Jeans und Blazerträger, sagte er zu sich. Das muß er sich unbedingt abgewöhnen. So was tragen nur bessere Büroschwänze. Aber der Kopf. Die Augen! Ungewöhnlich.

Den ihm vorgestellten Herrn Obst hatte Udo Fürst sofort als stattlichen, aber wenig interessanten Bodyguard abgehakt und nahm sich vor, ihn gar nicht zu beachten.

»Ich habe einen harten Tag hinter mir, mein Bester. Sie verzeihen mir mein etwas derangiertes Äußeres. Außerdem dient das auch ein wenig meiner Tarnung. Sie haben es sicher sehr rasch und professionell herausfinden können. Ich trage bevorzugt italienische Kleidung. Man sollte sie in unseren grauen Städten noch viel intensiver protegieren. Besonders bei den Damen. Sie dürfen dem Hang zur Farbenfreude noch viel eingehender frönen. Wir sind da einzig auf unsere Krawatten zurückgeworfen. Sind Sie Hamburger?«

»Meine Mutter stammte aus München.«

»Aber doch nicht Ihr Herr Vater?«

»Nein.«

»Dachte ich mir doch. Ich habe ihn zwar nur kurz bei einigen öffentlichen Anlässen kennengelernt, aber er schien mir den Eindruck eines typischen Nordlichts zu machen.«

»Er ist Hamburger.«

»Na, sehen Sie.«

Sie verstummten, und Morten ließ seine Augen ohne einen Wimpernschlag auf Fürst ruhen.

Donnerwetter. Wie macht er das? Das ist ja einzigartig!

dachte Fürst. Wenn er doch nur sein Ladenschwengeljakkett mit den goldfarbenen Blechknöpfen ablegen würde. Seine Hemdsärmeligkeit wäre viel eher zu ertragen.

Morten wollte ihn noch eine Weile zappeln lassen.

»Sie haben mir übrigens einen sehr bequemen Sessel angeboten«, unterbrach der völlig ungerührte Fürst die Stille. »Tief, weich und bandscheibenschädlich.«

»Ich kann Ihnen gerne einen anderen anbieten.«

Fürst sah sich um. »Ich sehe keinen und werde das Risiko, mich zu erheben, an das Ende unseres Gesprächs legen, wenn Sie erlauben. Nun gut, kommen wir zur Sache. Es gilt, zwei inhaftierte Landstreicher aus dem Knast zu befreien, sagte mir einer Ihrer Mitarbeiter. Wie hieß er doch? Kuebl, nicht wahr?«

»Sie haben vornehmlich auf dem Ohlsdorfer Friedhof kampiert.«

»Sommers wie winters?«

»Beinahe.«

»Nun, im Winter ist das gegen Zahlung eines Obolus erlaubt, soviel ich weiß.«

»Das ist richtig.«

»Was also noch?«

»Einer von ihnen hat einen Menschen getötet.«

»Da sehen Sie wieder mal, wie einleuchtend Justiz und Vollzugsbeamte handeln können.«

»Warten Sie's ab. Er hat zur Rettung eines Menschen eingreifen wollen, auf den man in bestialischer Weise eingeprügelt hat.«

»War Ihr Klient bewaffnet?«

»Nein. Aber die glatzköpfigen Angreifer waren es. Mit schwarz polierten Eishockeyschlägern.«

»Das klingt nach echten Rowdies. Und mit denen ist er fertig geworden? Wie viele waren es denn?«

»Drei. Er ist ausgebildeter Ringer und früher vor allem auf Jahrmärkten aufgetreten.«

Fürst schmunzelte. »Da hätte er vorwarnen müssen. Wie hat er es denn angestellt?«

»Er hat einem von ihnen das Genick gebrochen.«

»Allerhand. Und was ist dem passiert, den er retten wollte?«

»Totgeschlagen worden.«

»Hat man die Rechtsradikalen ebenfalls eingebuchtet?«

»Nein.«

»Aha.« Fürst dachte kurz nach. »Und der zweite Ohlsdorfer? Kannten Sie sich?«

»Ja, der wurde von den Angreifern brutal gegen eine Hauswand geworfen. Er ist ein schwächlicher und kranker Mensch.«

»Konnte aber die weitere Auseinandersetzung mit ansehen?«

»So ist es.«

»Wer war noch anwesend?«

»Es gab noch einen dritten Kumpel. Ebenfalls ein Ohlsdorfer. Er lag schwer verletzt am Boden, und die Angreifer wollten sich gerade ein zweites Mal über ihn hermachen.«

»Noch jemand?«

»Ich.«

Fürst schwieg einen Moment. »Haben Sie mitgemischt?« fragte er dann.

»Ich habe ebenfalls versucht einzugreifen und war mir eigentlich nicht ganz klar, wem ich da beistehen wollte.«

»Doch wohl nicht dem Hockeyschlägerschwinger?«

»Wahrscheinlich wollte ich den Kampf unterbrechen, weil ich wohl ahnte, wie er ausgehen würde. Davor wollte ich Alfred bewahren.«

»Mutig, mutig. Ich nehme an, Alfred ist der Ringer. Hat er auch einen Nachnamen?«

»Alfred Stierkopf.«

Fürst schluckte und versuchte ernst zu bleiben.

»So heißt er nun mal.«

»Ich verstehe. Haben Sie auch etwas abbekommen?«

»Ich lag einige Wochen im Krankenhaus. Man hat mir die Kniescheibe zertrümmert.«

»Also, das verschlägt mir jetzt fast die Sprache.«

»Den Eindruck machen Sie mir gerade nicht.«

»Ach, wissen Sie, das ist Berufsroutine. Sie zeigt nichts von dem, was ich im Augenblick empfinde.«

»So etwas Ähnliches habe ich schon einmal in einer Operette gehört.«

»Ich fühle mich ertappt. Sie besuchen also Operetten?«

»Meine Mutter war am Theater.«

»Ich verstehe. Und nun soll ich Sie da heraushauen?«

»Aber nein.« Morten erklärte ihm, daß er die drei Ohlsdorfer als Zeugen in einer möglichen Strafsache bereitstellen wolle, das aber nicht könne, solange sie sich in Untersuchungshaft befänden und gegen sie ermittelt werde.

»Läppisch«, unterbrach Fürst. »Die Landstreicherei des einen könnte gegen Zahlung einer kleinen Ordnungsstrafe niedergeschlagen werden, sobald Sie ihm einen festen Wohnsitz verschafft haben. Das sollte Ihnen wohl nicht schwerfallen.«

»Er ist polizeilich gemeldeter Untermieter bei Herrn Obst«, unterbrach ihn Morten.

»Gut. Der Fall des Ringers Stierkopf dagegen hört sich ganz anders an. Um den Mann auszulösen, wird es wohl einer höheren Kaution bedürfen. Totschlag bleibt Totschlag. Solange die flüchtigen Rechtsradikalen nicht gefaßt sind, hat der obdachlose Ringer Stierkopf keine verständnisvolle Haltung von den ermittelnden Behörden zu erwarten. Es sei denn, Sie verschaffen auch ihm einen festen Wohnsitz.«

»Da kämen eine Menge Ausgaben auf mich zu.«

»Das fürchte ich auch.« Fürst konnte sich ein Grienen nicht verkneifen. »Einschließlich meines Honorars. Und ich bin nicht billig.«

»Sie erwähnten es schon. Wenn Sie für Ihr Honorar

fürchten, machen Sie mir bitte die Rechnung. Ich zahle bar«, sagte Morten und lehnte sich angemüdet in seinen Sessel zurück. »Dazu brauche ich allerdings noch Ihre Steuernummer.«

Sie betrachteten sich und schienen immer mehr Gefallen aneinander zu finden.

»Herr Claas«, begann Udo Fürst von neuem.

»Pippig, bitte«, unterbrach ihn Morten. »Ich habe den Familiennamen meiner Mutter angenommen und benutze jetzt offiziell auch nur noch meinen zweiten Vornamen. Maximilian Pippig.«

»Na schön. Wenn Sie es denn so wünschen, Herr Pippig. Ich wüßte nur zu gern, weshalb Sie sich derart für diese Friedhofsgesellen engagieren, sich ihretwegen sogar eine Kniescheibe zertrümmern lassen.«

Morten öffnete die Mittelschublade seines Schreibtischs und entnahm ihr ein umfangreiches Manuskript.

»Ich habe hier«, begann er, »den Überfall auf die Ohlsdorfer bis ins kleinste Detail beschrieben. Um Ihnen jedoch eine Entscheidung zu erleichtern, will ich vorausschicken, daß es sich dabei um eine breitgefächerte und verdeckte Ermittlung der Steuerfahndung gehandelt hat, deren Initiator ich gewesen bin, um eine sogenannte konzertierte Aktion mit den Kriminalbehörden des Landes Hamburg gegen Schmuggel, Steuerhinterziehung und Korruption im Amt.

Die drei Wilden von Ohlsdorf, so will ich sie mal nennen, waren offiziell als Lockvögel gegen den Zigarettenschmuggel eingesetzt. Als fliegende Händler sollten sie die Preise der verschiedenen mafiosen Gruppen in der Stadt unterbieten. Im Amt war man darüber nicht so ganz einer Meinung, was dazu führte, daß sich ein Teil der Kollegen in der Finanzbehörde dazu entschloß, die mafiosen Gruppen gegeneinander auszuspielen, und nicht davor zurückschreckte, gegen die von ihnen mitgetragenen Aktionen tätig zu werden.«

»Nennen Sie mir ein Beispiel.« Fürst hatte sich abrupt aus seinem Sessel hochgestemmt und versuchte ein paar Lockerungsschritte.

»Die Kollegen engagierten ein paar Skinheads und setzten sie auf die Ohlsdorfer an, um einen Überfall durch die von ihnen verhaßte asiatische Mafia vorzutäuschen, der man alles in die Schuhe schieben wollte. Doch der Schuß ging nach hinten los.

Die Glatzköpfe sind durch einen mit mir befreundeten Mann türkischer Herkunft abgelenkt worden, der gekommen war, um die Ohlsdorfer zu warnen. Die Glatzen schlugen mit einer Mordlust auf ihn ein, die mich im nachhinein auf den Gedanken hat kommen lassen, daß die Auftraggeber einen tödlichen Ausgang in Kauf nehmen wollten, wenn sie ihn nicht sogar ausdrücklich angeordnet haben.«

»Und wie sind Sie an den Tatort gekommen?«

»Ich bin leider erst informiert worden, als die Auseinandersetzung schon in vollem Gange war. Vergessen Sie nicht, daß sich ein großer Teil der Kollegen an die Abmachung hielt. Aber uns war aufgefallen, daß die von uns mit den Polizeibehörden getroffenen Verabredungen nur sehr zögerlich eingehalten wurden.«

»Was waren das für Verabredungen?«

»Unsere fliegenden Händler und die von uns eröffneten Kioske zu observieren und nötigenfalls vor Übergriffen zu schützen.«

»Das hätte doch nichts gebracht. Soviel ich verstanden habe, wollte man doch Gewalttätigkeiten provozieren«, insistierte Fürst.

»Schon richtig. Aber es gibt Grenzen. In den Kiosken saßen Beamte des Zollkriminalamtes.«

»Und? Ist denen auch etwas geschehen?«

»Teilweise.«

»Werden Sie mir verraten, wen speziell Sie als sabotierenden Kollegen im Auge haben?« fragte Fürst. »Oder probieren wir es einmal so herum: Werde ich mich mit einer hochrangigen Persönlichkeit anlegen müssen?«

»Möglicherweise. Aber nur im äußersten Notfall.«

Udo Fürst war auf seiner Wanderung inzwischen bis zur Tür gekommen. »Ich werde mir Ihre Aufzeichnungen mit größter Genauigkeit zu Gemüte führen. Haben Sie also ein bißchen Geduld. Leicht kann einem diese Entscheidung nicht fallen, aber damit haben Sie doch sicher gerechnet. Ich melde mich. Begleiten Sie mich hinaus?«

Morten stand wortlos auf.

Am nächsten Morgen rief Kalle Obst an und stotterte unverständliches Zeug in den Hörer. Morten konnte nur heraushören, daß er ihn so schnell wie möglich sprechen wolle, aber nicht am Telefon. Morten erkundigte sich nach Kalles Befinden. Ob er krank sei. Er hatte den Eindruck, daß der Freund sich nicht in der Gewalt hatte. Kalle erklärte ihm daraufhin etwas ruhiger, daß er kurz davor sei zu explodieren, den Grund dafür aber nur persönlich berichten wolle. Er könne sofort in den Großen Burstah kommen, es würde auch nicht lange dauern. Man müsse etwas unternehmen.

Er war kaum eingetreten, da platzte Kalle auch schon damit heraus, daß er Beinlos aus dem Knast hatte loseisen wollen – aufgrund des festen Wohnsitzes, den er nachweisen konnte –, man ihn aber wegen Beihilfe zur fahrlässigen Tötung in Untersuchungshaft behalten wollte, weil er angeblich jede Hilfeleistung zur Rettung menschlichen Lebens unterlassen habe. Die Anklageschrift werde ihm noch offiziell zugestellt.

»Sie verweigern ihm sogar jede medizinische Betreuung, obwohl sie über seine Krebserkrankung unterrichtet sind.«

Morten war sprachlos.

Kalle hatte den Behörden vorgeschlagen, einen Arzt zu konsultieren. Doch auch das war nicht akzeptiert worden. Man hatte ihm nur gesagt, daß sich der verantwortliche Gefängnisarzt darum kümmern würde. Der sei allerdings momentan sehr im Streß, da ein Grippevirus unter den Inhaftierten grassiere, zu dessen Bekämpfung man schon Hilfe von draußen angefordert habe.

Morten versuchte sich zur Ruhe zu zwingen und überlegte rasch, welche Vorteile bestimmte Leute von der Ausschaltung des Hans-Rüdiger Beinlos haben könnten. Er nickte Kalle zu und griff zum Telefon.

»Ich werde mich darum kümmern«, versprach er und bedeutete ihm, ihn jetzt allein zu lassen.

»Ist das alles?« fragte Kalle Obst verdutzt.

»Ich habe gesagt, ich werde mich darum kümmern«, wiederholte Morten scharf. Er nahm den Hörer und hielt ihn in die Höhe. »Los, ich will jetzt keine Zuhörer haben.«

Damit wandte er Kalle den Rücken zu und fing an zu wählen. Er hörte gerade noch, daß die Bürotür zuschlug, da vernahm er auch schon die Stimme seines Vaters.

»Hier Kanzlei Maximilian Pippig«, meldete sich Morten. »Vater, das reicht jetzt! Man hat Hannes den Totenkopf, mit bürgerlichem Namen Hans-Rüdiger Beinlos, wegen angeblicher Landstreicherei inhaftiert, man stellt ihn unter Anklage, angeblich wegen unterlassener Hilfeleistung für einen mörderisch aggressiven Rechtsradikalen, verweigert ihm im Untersuchungsgefängnis jeden medizinischen Beistand, obwohl man unterrichtet ist, daß der Mann gerade eine Chemotherapie und eine Kobaltbestrahlung hinter sich hat.«

»Na, dann ist er doch versorgt«, unterbrach ihn Jon Claas.

»Selbst dir gönne ich solche Schmerzen nicht. Als Mutter Tag und Nacht stöhnte und sich die Seele aus dem Leib kotzte, hast du dir ja eine andere Wohnung genommen. Angeblich, um näher am Amtssitz zu sein, weil die Arbeit sonst nicht mehr zu bewältigen gewesen wäre.«

»Ich weiß, mein Junge. Selbst harmloseste Reaktionen meinerseits wirst du immer ins Gegenteil verkehren. Übrigens, warum meldest du dich unter dem Namen Maximilian Pippig? Das ist nicht sehr geschäftstüchtig.«

Morten hatte den Eindruck, als würde sich sein Vater über ihn lustig machen.

»Der Name Claas«, argumentierte sein Vater weiter, »könnte doch bei potenziellen Kunden aufhorchen lassen. Siehst du das nicht auch so?«

»Gerade das will ich vermeiden«, erwiderte Morten.

»Na gut, dann eben Kanzlei Pippig. Also, was willst du von mir?«

Morten forderte die sofortige Entlassung des Hans-Rüdiger Beinlos aus der Haft, da dieser einen festen Wohnsitz nachweisen könne, an dem er seit mehr als drei Monaten gemeldet sei. Der Zahlung einer kleineren Geldbuße stehe ebenfalls nichts im Wege.

Die Anklage wegen unterlassener Hilfeleistung sei lächerlich. Die schwächliche Konstitution des Häftlings hätte ihm eine solche gar nicht erlaubt. Außerdem sei er von den Angreifern gleich zu Beginn des Kampfes brutal gegen eine Mauer geschleudert und so außer Gefecht gesetzt worden.

»Das muß er erst einmal beweisen, jeder in die Tat Involvierte hat das zu tun. Bis dahin ist es ein legitimer Rechtsvorgang, ihn in Untersuchungshaft zu halten. Vergiß nicht, daß es zwei Tote gegeben hat. Ich nehme an, daß man sich in Kürze auch an dich wenden wird. Vielleicht ist es ratsam, daß du dir beizeiten einen ordentlichen Anwalt nimmst.«

»Das würde ich dir genauso raten, Vater. Übrigens, die Tatsache, daß Appelmann vorerst vom Dienst suspendiert worden ist, nützt dir überhaupt nichts. Man weiß im Amt, daß er nichts ohne den Willen seines Herrn getan hat.«

»Anscheinend doch. Apropos, wie geht es deinem Knie?«

»Alles bestens. Bis zu dem Zeitpunkt, als du die Rechtsradikalen auf die Asiaten gehetzt hast. Aber diese Dumpfbacken haben sich vom Türken Inörglü ablenken lassen. Vielleicht haben sie ihn auch für einen Asiaten gehalten.«

»Kleinasien ist auch Asien.« Morten glaubte seinen Vater kichern zu hören.

Das Lachen wird dir noch im Halse steckenbleiben, dachte Morten.

»Was hast du da gerade gesagt?«

»Ich habe nur laut gedacht.«

»Schade, daß ich es nicht so ganz mitbekommen habe«, sagte Jon Claas. »Bist du nun fertig?«

»Noch nicht ganz. Ich erwarte von dir, daß zumindest Beinlos aus der Haft entlassen wird. Das fällt nicht in dein Ressort, ich weiß, aber da wird dir dein Freund Volker Hinrichs sicher einen geeigneten Weg aufzeigen.«

Jon Claas schwieg. Er schwieg so lange, daß Morten schon glaubte, er habe aufgelegt. Dann wiederholte er kurz und dezidiert, daß sich sein Sohn besser einen guten Anwalt suchen sollte.

»Du dir auch, Vater. Ich will doch nicht, daß dir etwas zustößt.«

Jon Claas hängte wortlos auf.

Zwei Tage später erschien Rainer Appelmann im Großen Burstah, wurde aber von Rieke Smolny so lange zurückgehalten, bis er damit herausplatzte, daß er im Begriff stünde, inhaftiert zu werden, und vorher mit dem natürlichen Recht der Selbstverteidigung aufdecken wolle, was den gesamten Claas-Clan in eine äußerst prekäre Lage bringen könne.

Selbst als Rieke ihm beizubringen versuchte, daß er im

Augenblick mit einer strafbaren Handlung drohe, die man Erpressung nenne, ließ er sich nicht davon abbringen, von Morten empfangen werden zu wollen. Im Gegenteil, er verstärkte seine Drohung noch mit dem Zusatz, daß auch Morten Claas, oder Maximilian Pippig, wie er sich seit neuestem nenne, auf das intensivste in diese Angelegenheit verwickelt sei. Die aberwitzige Firmierung seiner Steuerberatungs-GmbH würde ihm da auch nichts nützen.

Appelmann redete sich in immer stärkere Rage und wurde so laut, daß Morten seine Tür aufriß und vor Überraschung zurückprallte. Jeden hätte er hier erwartet, nur diesen Appelmann nicht. »Das Pokerface«, wie er ihn bei sich nannte, hatte vor Erregung eine dunkelrote Färbung angenommen. Er stierte Morten mit einer so hilflosen Wut an, daß Rieke unwillkürlich den Versuch machte, zwischen die beiden zu treten. Doch augenblicklich und mit großer Vehemenz wurde sie von Appelmann zur Seite geschoben.

Er trat dicht an Morten heran und eröffnete ihm, daß er ihn sofort sprechen müsse und sich nicht abweisen lassen werde. Morten ließ ihn wortlos passieren, und Rieke rief ihm nach, er solle sich in acht nehmen, der Mann habe eine Drohung nach der anderen ausgestoßen.

Morten schloß die Tür, ging langsam am wütenden Appelmann vorbei, ließ sich in seinen bequemen Sessel fallen, ohne den ungebetenen Gast zum Sitzen aufzufordern, und sah ihn an. Sein Eulenblick schien schnell Wirkung zu zeigen. Appelmann wurde zusehends unsicherer.

»Ich warte«, sagte Morten nach einer guten Weile. »Aber ich mache Sie darauf aufmerksam, daß ich Sie nach genau zehn Minuten hinauswerfen werde. Also schießen Sie los.«

Er griff nach dem Telefon und bat Rieke, die Herren von der Wellsurf nicht warten zu lassen, wenn sie kämen. Dann lehnte er sich zurück und schloß die Augen. Seine Kniescheibe fing wieder zu schmerzen an, und er fragte sich, wie er der permanenten Müdigkeit Herr werden sollte, die ihm immer stärker zusetzte.

»Worauf warten Sie?« fuhr er sein Gegenüber an. Teils um ihn zu beleidigen, teils um seine lästige Müdigkeit zu verscheuchen.

Appelmann fing beinahe zu stottern an. Er hatte sich eingebildet, Morten schnell auf seine Seite bringen zu können und ihn ebenso rasch davon zu überzeugen, seine Warnungen ernst zu nehmen. Statt dessen saß ihm ein Kerl gegenüber, der ihn unter halbgeschlossenen Lidern anstarrte und eine geradezu provozierende Gelassenheit zur Schau stellte, die ihn immer hilfloser werden ließ.

Nur mühsam und unter leichtem Gestotter fand er die Worte, mit denen er Morten erklärte, daß sein Vater, der Oberfinanzpräsident, ihm angetragen hatte, unbefristeten Urlaub zu nehmen, bis der Vorfall in der Bremer Reihe endgültig geklärt wäre. Man könne in diesem Zusammenhang nicht ausschließen, so der Oberfinanzpräsident, daß auch Ermittlungen gegen den einen oder anderen Kollegen eingeleitet würden.

Als Morten ihn mit der Frage unterbrach, ob man schon läuten gehört habe, wer von den Kollegen gemeint sein könne, fing Appelmann leise an zu schluchzen. Er schüttelte den Kopf und versuchte seine Tränen zurückzudrängen. Morten schob ihm eine Packung Papiertaschentücher über den Tisch und schwieg. Appelmann nahm die Taschentücher, benutzte sie jedoch nicht, sondern wischte sich mit der freien Hand über die Augen.

Er wollte es kurz machen und berichtete Morten mit großer Hast und meist hingestammelten Worten, daß er den ihm angeratenen Urlaub angenommen habe und sich des Eindrucks nicht erwehren könne, der Präsident werde diesen Urlaub über kurz oder lang erst in eine Suspendierung und dann in eine endgültige Entlassung aus dem Dienst umwandeln. Er, Appelmann, hätte jetzt nur die Wahl zwischen Stillschweigen oder einer umfassenden Klage gegen die Person des Präsidenten, dem er ein solch rücksichtsloses Handeln niemals zugetraut hätte. Er selbst sei doch immer nur das ausführende Organ gewesen, habe nie eigene Entscheidungen getroffen und stehe nun vor der Tatsache einer ruinierten Existenz.

Morten ergänzte Appelmanns Klage damit, er solle nicht vergessen, seine bald notleidende Familie zu erwähnen, seine nicht abbezahlte Villa und seinen teuren BMW.

»Wer den Schaden hat ... nicht wahr«, unterbrach Appelmann. Dann gestand er, daß zwei weitere Kollegen, die Morten sicher noch aus seiner Dienstzeit kenne, in die gleiche Lage gekommen seien und ebenfalls überlegten, die Seiten zu wechseln.

»Um wen handelt es sich?« erkundigte sich Morten.

»Um Lothar Wegehaupt und Jürgen Lippershey.«

»Tüchtige Leute«, murmelte Morten.

Dann erkundigte er sich, was das heißen solle, sie beabsichtigten ebenfalls, die Seiten zu wechseln.

Mit einem ersten, noch etwas wehmütigen Lächeln erwiderte Appelmann, daß sie sich an Morten ein Vorbild genommen hätten. Er könne sich gar nicht vorstellen, wie sehr man ihn für seine Haltung bewundere. Als Morten andeutete, Appelmann selbst könne sein Handeln doch nur als Verrat an Amt und Staat ansehen, widersprach dieser ihm auf das entschiedenste und beteuerte, er und seine beiden Kollegen wünschten, sie wären in der Lage, eine ähnliche Chance wahrzunehmen.

Mit der gebotenen Distanz erkundigte sich Morten, ob er das als eine Art Bewerbung zu verstehen habe. Doch das wehrte Appelmann sehr lautstark ab. So weit seien sie noch lange nicht. Erst müßten sie die weiteren Schritte des Präsidenten abwarten.

Morten versicherte ihm höflich lächelnd, daß auch er keinen Gedanken mehr daran verschwenden werde. Er respektiere sie zwar als tüchtige und erfahrene Beamte mit einem kostbaren Fachwissen, doch bevor man überhaupt darüber reden könne zusammenzuarbeiten, müsse erst rückhaltlos auf den Tisch gelegt werden, um welche Art von Bestechung es sich in der Bremer Reihe gehandelt habe, wer die Hintermänner gewesen, welche Summen gezahlt und ob Steuergelder dafür verwendet worden seien.

Doch darüber könnten sie sich ein andermal unterhalten. Seine Zeit sei um. Er werde sich gern vorbehalten, ein zweites Gespräch zu führen, und zwar mit ihm und den Herren Wegehaupt und Lippershey, denn es würde ihn doch sehr interessieren, wieweit sie in diese Affäre verwikkelt seien. Damit beendete er die Aussprache. Rieke kündigte per Telefon die beiden Herren von der Wellsurf an.

Die Vorstände fixierten Appelmann sehr eingehend, als er sich an ihnen vorbei zum Ausgang schob. Rieke, ganz souveräne Chefsekretärin, bat die Besucher in Mortens Büro, bot ihnen die Sessel vor seinem Schreibtisch an und zog sich selbst einen Stuhl heran. Dann zückte sie einen kleinen Notizblock, nahm einen Montblanc-Drehbleistift aus ihrer Minihandtasche, setzte sich brav in geziemender Entfernung vom Schreibtisch hin und wartete.

Die beiden Männer stellten sich als Markus Naegelein und Christopher G. Hartling vor. Naegelein kam rasch zur Sache. Er wies darauf hin, daß Mr. Hartling, aus dem englischen Sprachraum stammend, zwar dem deutschen Dialog folgen könne, jedoch die Sprache noch nicht so vollkommen beherrsche, um in einer eventuell komplizierter verlaufenden Diskussion mithalten zu können. Herr Claas, oder wie immer er sich nun nenne, werde also vorzugsweise mit ihm vorliebnehmen müssen.

Morten erwiderte, daß es ihm nur wenig ausmache, sich unter Umständen auch des Englischen zu bedienen, er aber viel Wert darauf lege, mit seiner Mutter Nachnamen angesprochen zu werden.

Herr Naegelein nickte bedächtig und fragte nach dem Konzept, das er vorzuschlagen habe. Morten versicherte ihm, daß er, nach eingehendem Studium der bisher vorliegenden Akten, eine realistische Chance sehe, der Wellsurf eine dreijährige und fast hundertprozentige Steuerersparnis zu verschaffen. Vorausgesetzt, man ließe ihm seitens der Firma absolute Handlungsfreiheit.

»What does this mean?« mischte sich Mr. Hartling ein, indem er sich ostentativ an Naegelein wandte.

»Sagen wir, daß ich unter Umständen zu einer kleinen, aber menschenfreundlichen Erpressung greifen könnte, wenn es mir angemessen erscheinen sollte.«

»Das verstehe ich nun wieder nicht«, sagte Naegelein.

»Dann will ich es Ihnen gern erläutern«, bot Morten an. »Sie kennen die wirtschaftliche Lage unseres Landes und wissen auch um die finanziellen Engpässe, mit denen unsere Regierung zu kämpfen hat.

Um es kurz zu machen: Ich verschaffe Ihnen den Steuererlaß, und im Gegenzug garantieren Sie dem Land, keine Firmenschließung und keinerlei Stellenabbau vorzunehmen. Nur dann können wir von der Regierung entsprechendes Entgegenkommen und eine rasche Abwicklung erwarten.«

»Die Sie, wie ich annehme, aber nicht garantieren können«, sagte Hartling in nahezu einwandfreiem Deutsch.

Morten konterte, daß man nie wissen könne, welche Veränderungen, auch auf politischer Ebene, zu erwarten seien. Deshalb sei es angebracht, den »Deal« möglichst noch vor der nächsten Bundestagswahl in der Tasche zu haben.

»Verordnungen können jeden Monat verändert, umgeworfen oder sogar gänzlich nivelliert werden. Fast möchte ich sagen, wir leben in einem Zeitalter willkürlicher Gesetzesentwürfe. Also müssen wir das Tempo unserer Entscheidungen diesem inflationären Verhalten anpassen. Überlegen Sie, aber überlegen Sie nicht zu lange.«

Hartling schüttelte den Kopf. Dann lehnte er sich zu Naegelein herüber und flüsterte ihm etwas in seiner Muttersprache ins Ohr. Rieke konnte ein Lächeln nicht ganz unterdrücken und beugte sich tiefer über ihren eleganten Block, als wolle sie eine Notiz wieder durchstreichen. Naegelein nahm ihr Tun erstaunt zur Kenntnis und bat sie, keinerlei Protokoll anzufertigen, da es sich bislang um ein rein informatives Gespräch handele.

Morten erklärte ihm, daß es sich bei den Notizen lediglich um grobe Stichworte zum Gesprächsverlauf handele und er seine Sekretärin gebeten habe, anwesend zu sein. Wenn es den Herren aber nicht genehm wäre, könne man das Gespräch ebensogut unter sechs Augen fortführen.

Sogleich stand Rieke auf und war mit ein paar schnellen Schritten an der Tür. Doch Naegelein erhob sich ebenfalls und entschuldigte sich wortreich bei ihr. Sie möge doch ihren Platz wieder einnehmen. Er hätte nur die Gewißheit haben wollen, daß hier kein detailliertes Protokoll angefertigt würde.

Dann wandte er sich wieder an Morten. Im Grunde seien sie einer Auflösung ihrer Firma auf deutschem Boden schon sehr nahe gewesen und eigentlich nur noch bei ihm erschienen, um einen Rat zu erhalten, wie sie die Firmenschließung auf eine humane und für den Konzern dennoch einträgliche Weise abwickeln könnten. Die deutschen Arbeitsplätze seien alles andere als billig, das wisse Herr Pippig ja selbst, und das Angebot in anderen Ländern, was die Produktionsstätten betreffe, doch sehr viel verlockender.

Morten unterbrach Naegelein vehement und sagte, daß er in diesem Fall der falsche Mann für sie sei. Bei allem Verständnis für Profitstreben, aber er sei ein deutscher Staatsbürger, der ein normales Interesse an der wirtschaftlichen Gesundung seines Vaterlandes habe. Und wenn er sich recht erinnere, sei das Weiterbestehen der deutschen Tochter des britischen Mischkonzerns damals eine Bedingung für die Einwilligung zu deren Übernahme durch die britische Wellsurf gewesen.

Die Beantragung eines Steuererlasses für eine Firma mit Plänen, wie Naegelein sie eben vorgetragen habe, sei mit ihm nicht zu machen.

Christopher G. Hartling erhob sich langsam. »Wo können wir uns für eine Weile zurückziehen?« fragte er.

Morten nickte Rieke unmerklich zu. »Meine Sekretärin wird Ihnen den Weg zeigen.«

Nachdem Rieke die beiden Herren in das leerstehende Büros Otmar Kuebls geleitet hatte, blieb sie auf dem Rückweg vor ihrem Schreibtisch stehen. Sie entnahm ihrem Portemonnaie einen kleinen Schlüssel, schloß das Mittelfach auf und zog eine Kladde heraus. Eine Zeitlang blätterte sie darin herum, nicht ohne sich ab und zu davon zu überzeugen, daß sie immer noch alleine war. Dann nahm sie die gesamten Notizen heraus, faltete sie rasch zusammen, verstaute sie in ihrer Handtasche und warf die Kladde achtlos ins Fach zurück. Sie hielt es nicht einmal für nötig, das Fach zu verschließen, bevor sie wieder zu Morten ging.

Während die beiden auf das Wiedererscheinen der Herren von Wellsurf warteten, kam ein Anruf von Udo Fürst.

Der Anwalt, verkündete er, könnte unter Umständen gezwungen sein, an Stricken zu ziehen, mit denen hohe und höchste Würdenträger der Stadt, wenn nicht sogar des Staates, ins Rampenlicht gezerrt werden würden.

Herr Pippig solle doch, im eigenen Interesse, noch einmal überdenken, was er vorhabe, im Falle seines unabänderlichen Entschlusses jedoch die nötigen Vollmachten ausstellen und übergeben lassen. Hinzuzufügen hatte Fürst noch, daß auch er persönlich seine Neugier darüber gern befriedigen würde, welche Hintermänner im einzelnen er da an Land ziehen werde.

Kurz darauf kehrten die Wellsurf-Vorstände aus ihrer Klausur zurück. Christopher G. Hartling, der nun in nahezu einwandfreiem Deutsch das Wort ergriff und nur einige wenige Male über fehlende Vokabeln stolperte, begründete seine Vorbehalte in sachlichem Geschäftston, dem eine kaum wahrnehmbare Aggressivität beigemischt war.

Sie, die Wellsurf, hätte ein Recht darauf, sich auf Jahre hinaus von ihrer Steuerpflicht befreien zu lassen, da die überteuerte Übernahme, die aus dem Jahr 1999 datiere, erst allmählich klargeworden sei und zu einem buchhalterischen Nettoverlust geführt habe, so daß Wellsurf über Jahre und rückwirkend keine Steuerzahlungen mehr leisten müßte und natürlich die Milliardensumme sparen könnte, die ihr nach gegenwärtigem Steuergesetz in Deutschland nun einmal zustünde.

Man warte seit nunmehr drei Jahren auf die Entscheidung der hiesigen Finanzbehörden, habe vor gut einem Jahr um eine, er rang um den Begriff »nochmalige Prüfung«, den ihm Naegelein umgehend zuflüsterte, gebeten, aber bis zum heutigen Tag keine befriedigende Antwort erhalten.

Er und, das könne er schon im voraus garantieren, auch die anderen Vorstandskollegen, würden sich zu keinerlei Entgegenkommen in bezug auf einen Verbleib der Firma in Deutschland bereit finden. Auf Vorschlag von Herrn Schiele wären sie an Morten herangetreten, um ihn zu einer Regelung in ihrem Sinne zu bitten. Sie würden es sich auch etwas kosten lassen, würden auf seine nicht gerade bescheidenen Wünsche eingehen, da sie darüber informiert seien, »what kind of an expert« – er sah Naegelein hilfesuchend an, doch Morten winkte ab und gab zu verstehen, daß er begriffen hatte.

Er beschrieb noch einmal genauer, weshalb er ihr Ansinnen in diesem Fall ablehnen müsse. Er käme sich wie ein Vaterlandsverräter vor und bitte um Verzeihung, daß ihm keine weniger pathetische Formulierung einfalle. Es sei an Hartling zu überlegen, ob er noch weitere Jahre verstreichen lassen wolle, da Regierung und im weiteren Verlauf auch das Bundeszentralamt alles daransetzen würden, um gerade in seinem und ähnlichen Fällen eine radikale Änderung der gegenwärtigen steuerlichen Verordnungen durchzusetzen.

»Es kann sich nur noch um Wochen handeln. Entweder Sie lassen Ihre deutschen Produktionsstätten und damit die bestehenden Arbeitsplätze weiter im Lande, oder Sie können Ihre Ansprüche in den Wind schreiben.«

Hartling sprang erregt auf und erwiderte, daß es auch noch andere Kanzleien gäbe, an die man sich wenden könne. Naegelein drückte ihn in den Sessel zurück und versuchte ihn zu besänftigen. Dann wandte er sich an Morten und fragte ihn, wie er es denn anstellen wolle, das Bundeszentralamt für Finanzen zur Akzeptanz der Wellsurf-Forderungen zu bewegen.

»Ihre Akte hängt, soviel ich weiß, immer noch im Landesfinanzamt in einer sehr trägen Warteschleife. Aus sehr einleuchtenden Gründen. Darüber hinaus werden Sie auch durch Herrn Schiele informiert worden sein, daß der Oberfinanzpräsident der hiesigen Steuerbehörde mein Vater ist. Es werden sich Mittel und Wege finden lassen, um ihn zum Einlenken oder wenigstens zu einem für Sie erträglichen Kompromiß zu überreden.

Sollten sich meine Hoffnungen auf Erfolg nicht realisieren lassen, bin ich bereit, unter Abzug der Berechnung meiner bis dahin erbrachten Bemühungen, das von Ihnen gezahlte Honorar zurückzuerstatten. Außerdem komme ich Ihnen noch so weit entgegen, Ihre Bereitschaft zur Erhaltung der Deutschlandtochter Ihres Konzerns auf, sagen wir, zehn Jahre zu begrenzen. Ein weiteres Entgegenkommen ist für mich nicht akzeptabel.«

Rieke wollte einfach nicht glauben, was sie da gehört

hatte. Es hielt sie nicht länger auf ihrem Stuhl, doch Morten kam ihr zuvor, indem er sich ebenfalls erhob.

»Ich schlage vor, die Herren ziehen sich noch einmal zurück. Ich bitte dringend um eine baldige Entscheidung. Wägen Sie ab, was Ihnen mehr Vorteile verschafft. Die Schließung Ihres Tochterkonzerns, oder der immense Steuererlaß, mit dem Sie ziemlich sicher rechnen können. Sie können gern telefonisch Rücksprache mit den anderen Vorständen halten.«

Hartling und Naegelein erhoben sich langsam und zogen sich zurück, nachdem Rieke ihnen zu verstehen gegeben hatte, daß sie den Weg wohl diesmal allein finden würden.

Kaum waren sie verschwunden, fuhr sie mit der ganzen Macht ihres Temperamentes auf Morten los. Ihre Eloquenz war überwältigend. Sie versuchte ihm klarzumachen, daß diese Leute, so oder so, den gesamten Rahm abschöpften. Blieben sie beim Standort Deutschland, würden ihnen die Milliardensummen wie Zucker in den Hintern geblasen, gäben sie ihn auf, hätten sie hier zumindest keine Verluste, dafür aber horrende Einsparungen durch billige Arbeitskräfte im Ausland zu erwarten.

Ihnen jetzt auch noch eine Begrenzung des Firmenverbleibs in Deutschland anzubieten, wäre purer Zynismus und ein Schlag ins Gesicht der hiesigen arbeitenden Bevölkerung. Außerdem könne sie sich nicht ernsthaft vorstellen, daß sein Vater dieses Unterfangen auch nur in Erwägung ziehen würde.

»Er wird dich mit allen Mitteln zu bremsen suchen, und glaube mir, seine Mittel sind nicht unerheblich, und seine Rigorosität im Falle einer Auseinandersetzung ist gefürchtet. Bildest du dir etwa ein, eure verwandtschaftliche Beziehung würde auch nur im geringsten von ihm berücksichtigt werden? Er kann, ohne Bandagen, so hart zuschlagen, daß du dich nie wieder davon erholst.«

Während sie ein wahres Angstgebäude vor ihm aufbaute, Satz auf Satz folgen ließ, fragte er sich voller Begeisterung, ob er nicht zwischendurch einmal applaudieren sollte. Sie sah hinreißend aus in ihrer Erregung.

»Du gerierst dich ja geradezu als vaterländische Amazone«, unterbrach er sie und konnte kaum noch ein Lachen unterdrücken, als sie sich, sprachlos vor Wut, vor ihm aufbaute.

»Du bis ein widerwärtiges, mieses Stück Mist!« brachte sie keuchend heraus.

»Jetzt komm doch zur Vernunft«, wollte er sie beruhigen. »Sie werden in jedem Fall ihre Zelte hier abbrechen. Gesetzeslücken lassen sich immer finden. Besonders heutzutage. Auf globaler Ebene.«

Er versuchte sie davon zu überzeugen, daß eine vertraglich festgelegte Frist den Arbeitnehmern eine Atempause verschaffe, um sich einen neuen Job zu suchen. Und sie solle doch nicht vergessen, daß für sie alle in der Kanzlei ein schönes Stück Geld dabei herausspringe. Einen kleinen Köder müsse man den Leuten von der anderen Kanalseite schon hinschmeißen.

»Das werde ich torpedieren, wo immer ich dazu in der Lage bin!« rief sie.

»Auch nur eine Intrige in dieser Richtung, und du bist gefeuert.« Etwas in seiner Stimme ließ sie nicht mehr weiterreden. Sie fing kurz seinen Blick auf. In seinen Augen, vor denen sie sich schon immer ein wenig gefürchtet hatte, sah sie den harten, bösartigen Glanz.

Was ist in diesen Kerl gefahren? Was trägt er mit sich herum, das ihn so hassen läßt?

»Wen willst du eigentlich vor mir schützen?«

Die Frage kam für sie völlig unerwartet. Sie sah ihn verblüfft an.

»Also, für wen setzt du dich so leidenschaftlich ein? Zu

meinem Schutz etwa? Ich kenne jeden Faltenwinkel im Gesicht meines Vaters, weiß jede leiseste Regung seines Mienenspiels auf das genaueste zu deuten. Ich konnte ihn ja, ohne mich äußern zu müssen, eine lange Zeit und ohne Hemmung beobachten. Eure Beziehung war mir, weiß Gott, nicht verborgen geblieben. Damit hättest du rechnen sollen.«

Rieke erstarrte. »Und obwohl du dir dessen sicher warst, hast du mit mir geschlafen? Das ist ja noch weit abscheulicher als die Tatsache ...« Ihre Stimme wurde so leise, daß er sie nicht mehr verstehen konnte.

»Ja?« sagte er und lächelte sie so provozierend an, daß sie vor Wut schäumte.

»Ich habe mit ihm geschlafen. Nicht nur einmal. Ich hatte große Sympathie für ihn, und ich wollte vorankommen. Weißt du, was es eine Frau kostet, nur den Bruchteil dessen zu erreichen, was einem Mann schon fast in den Schoß geworfen wird, du arroganter Scheißkerl? Welcher Einsatz da nötig ist? Davon könnt ihr ja nicht einmal albträumen. Und es wäre auch alles gutgegangen, hätte ich dich nicht kennengelernt. Dieser Krankenhausbesuch war *der* Fehler meines Lebens. Ich war neugierig. Auf den ungewöhnlichen Sohn eines ungewöhnlichen Vaters. Jede Einzelheit deines Lebens war mir bekannt, aber ich hatte nie ein Bild von dir gesehen. Warum konnte ich mir das nicht ersparen?« Sie hatte sich auf einen Stuhl fallen lassen und fing lautlos zu weinen an.

»Sag mir noch eines, Rieke Smolny, hast du von all den miesen Unternehmungen gewußt, mit denen mein Vater in Verbindung gebracht werden wird?«

Rieke ließ nicht erkennen, daß sie ihm zugehört hatte.

»Wolltest du die bestens informierte Journalistin sein, oder hast du ihn gar erpressen wollen?«

Rieke fuhr hoch. »Bist du der Meinung, daß du dich mit deiner Wellsurf besser verhältst?«

Morten dachte einen Augenblick nach. »Ich fürchte, da ist mir ein ziemlicher Fehler unterlaufen«, nickte er.

»Du bist ihm in die Falle gegangen, du blöder Kerl. Ihm bist du noch lange nicht gewachsen.«

»Wir werden sehen.« Er sah sie forschend an. »Auf jeden Fall bist du erst einmal suspendiert und wirst mit Otto eine Zeit vereinbaren, an dem du Schlüssel und Schreibtisch übergibst.«

Rieke atmete richtiggehend auf, als sich nach einem kurzen und energischen Klopfen die Tür öffnete und Otto Uebel im Rahmen stand. Irgendwann werde ich Morten sagen können, daß ich ihn nicht verraten habe. Jedenfalls nicht gravierend, beruhigte sie sich. So leicht wird er mich nicht los.

Sie erhob sich und versuchte ihren Schreibblock unauffällig verschwinden zu lassen, doch Morten streckte ihr mit einem fordernden Wink seine Hand entgegen. Otto Uebel sah sie gar nicht erst an, entschuldigte sich für die Störung und fragte, ob er einen Herrn hereinlassen könne, der auf Empfehlung des Oberfinanzpräsidenten Jon Claas vorsprechen wolle. Es handele sich um eine höchst eilige Sache. Rieke Smolny verließ wortlos das Büro, und Morten gab Otto Uebel ein Zeichen seiner Zustimmung.

Als Uebel den Mann hereinbrachte, wußte Morten sofort, wen er vor sich hatte, und bat den Freund dabeizubleiben. Der Talkmaster, Sänger und Kabarettist sah sich irritiert im Raum um. Er habe zwar schon einige Stunden in diesem Zimmer verbracht, sei aber von der jetzigen kargen, wenn nicht gar ärmlichen Einrichtung beunruhigt. Es handele sich doch noch um die Steuerberatung, die ihm empfohlen worden sei und die sich auf die Beratung von Mandanten aus seiner Branche spezialisiert habe?

Morten verneinte das und versicherte ihm, daß es ihm leid täte. Er befinde sich zwar im Büro einer Steuerberatung, aber diese habe sich nicht auf die Anliegen und

Probleme von Künstlern oder ähnlichen Persönlichkeiten spezialisiert. Dennoch hoffe er, ihm behilflich sein zu können, und wollte wissen, wie er zur Empfehlung des Herrn Oberfinanzpräsidenten komme.

»Oh, das ist schon lange her«, erklärte der Besucher. Er sei früher einmal vom Oberfinanzpräsidenten hierher empfohlen worden. An die Vorgänger der Herren, wie er gerade zu begreifen beginne. Schon der Name Pippig an der Hauswand hätte ihn eigentlich darauf bringen müssen.

Als Otto Uebel sein Erstaunen darüber ausdrückte, daß ausgerechnet der Leiter des Landesfinanzamtes ihm den Weg zu einem prominenten Steuerberater gewiesen habe, erwiderte der Besucher, er sei ja sehr weitläufig mit dem Herrn Claas bekannt, hin und wieder zu seinen Gartenparties – »Butterbrotbuffets«, wie er sie originellerweise genannt habe – eingeladen gewesen und habe jetzt aus purer Gewohnheit die Claassche Empfehlung genutzt. Man möge ihm verzeihen.

Er stellte sich als Anton Fiege vor, in Deutschland vornehmlich als Sänger und Kabarettist im Fernsehen beschäftigt, als Talkmaster, vor allem aber beim italienischen Sender RAI unter dem Namen Antonio Fiego in Lohn und Brot.

Daraufhin nannten auch Morten und Uebel ihre Namen und forderten ihn zum Platznehmen auf. Fiege fixierte Morten eingehend und gestand, daß er sich gut an ihn erinnern könne. Damals sei er ihm jedoch als Morten Claas, Sohn des Oberfinanzpräsidenten, vorgestellt worden. Ein Irrtum sei nicht möglich. Wer denn nun die Herren Pippig & Co wären, deren Namen dort unten an der Hauswand prangten.

Morten klärte ihn darüber auf, daß er den Namen seiner verstorbenen Mutter angenommen habe. Weniger aus Gründen der Distanzierung vom väterlichen Namen als vielmehr aus einer gewissen Pietät heraus, der er sich verpflichtet fühle. Er bat um Verständnis, daß sie jetzt aber zur Sache kommen müßten, da er diesen unerwarteten Besuch zwischen zwei Termine eingeschoben habe. Aus Gründen der Hochachtung, die ihm die Persönlichkeit seines Besuchers einflöße.

»Das ist aber reizend«, bedankte sich Anton Fiege. »Habe ich Sie also doch erkannt.«

»Wer, wenn nicht Sie, muß sich auf ein gut trainiertes Gedächtnis verlassen können«, warf Otto Uebel ein.

Fiege war vor geraumer Zeit vom Finanzamt aufgefordert worden, den Nachweis zu erbringen, daß er sich 1999 weniger als 183 Tage in der Bundesrepublik aufgehalten hatte, denn nur dann würde er als in Deutschland nicht steuerpflichtig eingestuft werden. Diesen Nachweis konnte der Entertainer fünf Jahre später natürlich nicht mehr erbringen, und er fand, das könne man auch nicht von ihm erwarten.

»Auf diese Antwort hörte ich eine gute Weile überhaupt nichts. Selbst als ich mich, beunruhigt durch das lange Amtsschweigen, beim zuständigen Beamten erkundigte, wie es denn nun in meinem Fall stehe, bekam ich lediglich die Auskunft, daß für meinen Fall jetzt ein anderer Sachbearbeiter zuständig sei, der sich nach Prüfung der Akte bei mir melden würde.

Statt dessen war am letzten Wochenende Nachricht gekommen, daß gegen mich ermittelt und zum geeigneten Zeitpunkt eine Aufforderung an mich ergehen werde, nach Kenntnisnahme der Ermittlungsergebnisse Stellung dazu zu nehmen.«

»Haben Sie das Schreiben dabei?« fragte Morten.

Fiege nickte und zog aus seiner Schultertasche einige Blätter heraus, die er Morten überreichte.

»Das sind alle Briefe, die ich bisher vom Finanzamt erhalten habe«, versicherte er.

Morten überflog die Papiere und blickte kurz zu Otto Uebel hinüber. Dann fragte er, ob Fiege von ihm vertreten werden wolle. Der Entertainer bejahte auch das und fügte mit einem breiten Lächeln hinzu, daß er sich bei ihm am besten aufgehoben glaube. Als Sohn eines so hohen und geschätzten Beamten kenne er sicher viele und geeignete Wege, die zu einem erträglichen Ergebnis führen könnten. Er habe doch nicht zufällig den Beruf des Steuerberaters gewählt.

Otto Uebel erklärte, daß die Kanzlei es gern auf sich nehme wolle, jede nur erdenkliche Chance für ihn zu nutzen, er aber nicht von der Mitarbeit entbunden sei und ihnen alle Fakten wahrheitsgemäß auf den Tisch legen müsse.

Erst einmal wollten sie die Ermittlungsergebnisse abwarten, denn vorher konnten sie keine Einsicht in die Akten verlangen. Dann bat er Fiege, im Vorzimmer Platz zu nehmen und sich von der Sekretärin die nötigen Vollmachten zur Unterschrift vorlegen zu lassen.

»Otto, der Sachbearbeiter heißt Wegehaupt und ist im Begriff, zu uns überzulaufen. Was hältst du davon?« fragte Morten, als sie allein waren.

»Ist der letzte Schrieb von ihm unterzeichnet worden?«

»So ist es.« Morten reichte die von Fiege übergebenen Blätter über den Tisch.

»Das Schreiben ist vom Freitag, dem Dreizehnten, datiert. Kurios, kurios. Wann hat Appelmann verlauten lassen, daß Wegehaupt Interesse zeige, hier anheuern zu wollen?«

»Am Freitag, dem Dreizehnten.«

»Dann laden wir sie doch gleich beide zum Gespräch ein.«

»Otto, du entwickelst dich«, schmunzelte Morten. »Vielleicht solltest du die Verhandlungen mit den Brüdern führen. Ich kümmere mich jetzt mal um Rieke. Ich hoffe, sie hat das Büro noch nicht verlassen. Die Leute von der

Wellsurf sitzen ja auch noch hinten. Im Notfall mußt du ihnen eben die nötigen Vollmachten vorlegen. Bis gleich.«

Er zeigte auf das Telefon. »Ach ja, du wolltest doch Appelmann noch anrufen.« Damit verließ er den Raum.

Doch Otto Uebel konnte mit Appelmann im Amt nicht mehr verbunden werden. Eine ihm unbekannte Damenstimme setzte ihn davon in Kenntnis, daß Appelmann unter dieser Nummer nicht mehr zu erreichen sei. Also bat Uebel höflich um die neue Nummer des Kollegen. Doch die Dame teilte ihm schroff mit, daß er überhaupt keine Amtsnummer mehr besitze. Die Verbindung wurde so schnell unterbrochen, daß er keine weitere Frage mehr stellen konnte.

Kurz entschlossen griff Uebel zu Mortens Adreßbuch, das auf dem Schreibtisch lag, und fand dort sofort die Privatnummer. Appelmann war verblüffend schnell am Apparat.

»Sie erinnern sich vielleicht noch an mich?« begann Otto Uebel das Gespräch. »Wir haben vor längerer Zeit einmal in der Villa Ihres Chefs zusammengesessen und über ein paar nicht ganz legale Dinge geplaudert.«

»Claas ist nicht mehr mein Chef. Ich habe die Konsequenzen gezogen.«

»Sie?«

»Ich.«

»Dann können wir ja jetzt ganz unbelastet miteinander reden.« Uebels Ton wurde schärfer. »Mein Chef wünscht Sie zu sprechen. So bald wie möglich. Können Sie das einrichten?«

»Wer ist Ihr Chef?« erkundigte sich Appelmann mit unschuldsvoller Stimme.

»Lassen Sie den Blödsinn, Appelmann. Ich nehme an, daß bereits intern gegen Sie ermittelt wird. Mein Chef heißt Maximilian Pippig, Ihnen wahrscheinlich unter dem Namen Morten Maximilian Claas bekannt.«

Appelmann schien zu überlegen. Dann fragte er: »Wann?«

»Noch heute. Ist Ihnen 20 Uhr recht?«

Appelmann zwang sich ein »Ja« ab und legte auf. Otto Uebel ließ eine kurze Notiz für Morten auf dem Schreibtisch und erhob sich, um die Tür zu öffnen, da er glaubte, ein leises Klopfen gehört zu haben, und auf sein »Herein« nichts erfolgt war. Draußen standen Naegelein und Hartling.

»Hier scheint ja inzwischen alles ausgeflogen zu sein«, mokierte sich Naegelein. »Sind Sie allein?«

Als Otto Uebel das bejahte, bedauerte Naegelein die Abwesenheit der charmanten Sekretärin. Er und Hartling hatten mit einem Abendessen gerechnet, bei dem sie, in Anwesenheit von Herrn Pippig, Ablauf und Verträge abstimmen und den Scheck mit den geforderten Einstiegssummen übergeben wollten.

Otto Uebel entschuldigte Herrn Pippig damit, daß er zusammen mit seiner Sekretärin zu einer dringenden Sitzung der Steuerberaterkammer abberufen worden sei und ihn ermächtigt habe, etwaige Fragen zu beantworten, weitere Termine abzuklären und so weiter und so fort.

Er war selbst überrascht, wie glatt ihm die Lügen über die Lippen kamen. Wohin sind die beiden verschwunden? Und was ist mit Anton Fiege geschehen? fragte er sich insgeheim, während er mit den Wellsurf-Vorständen übereinkam, das Essen am übernächsten Abend in einem Lokal ihrer Wahl nachzuholen.

Sie hätten ein passendes Restaurant im Auge und würden auch umgehend die Tischreservierung vornehmen, wenn die Adresse genehm wäre. Es heiße »Cölln's Austernkeller«.

»Eine sehr gute Wahl«, bestätigte Uebel schmunzelnd.

Allerdings, so wollten es die restlichen Vorstandsmitglieder, werde noch ein dritter Kollege zu ihnen stoßen, der, bei Zustimmung des Herrn Pippig, schon morgen eingeflogen werden könnte.

»Ich bin sicher, daß ich dem Vorschlag auch ohne Rücksprache mit Herrn Pippig zustimmen kann«, erwiderte Otto Uebel. »Ich werde Sie aber, zur größeren Sicherheit, heute abend noch benachrichtigen lassen. Die Herren wohnen doch sicher im Atlantic?«

»In den Jahreszeiten, wenn es recht ist«, betonte Naegelein.

Otto Uebel begleitete sie mit der gebotenen Höflichkeit zum Fahrstuhl und drückte für sie den Knopf.

Als er ins Büro zurückkam, saß Morten schon wieder hinter seinem Schreibtisch.

»Wo warst du?« fragte Uebel.

»Wo werde ich wohl gewesen sein?« brummte Morten.

»Schon gut. Und was ist mit Rieke?«

»Sie spinnt.«

Rieke hatte Fiege zwar noch abgefertigt, dann aber ihre Sachen zusammengepackt und die Kanzlei verlassen.

»Sie braucht eine Denkpause und wird sich wieder melden«, sagte Morten. »Wir müssen uns schnellstens nach einer nicht ganz so zickigen Sekretärin umsehen.«

»Schade, schade«, gab Uebel zu bedenken, »die Herren von der Wellsurf wollen euch übermorgen in Cölln's Austernkeller zur festlichen Übergabe eines Riesenschecks einladen. Mit Pomp und Pracht.«

»Zum Abendmahl, meinst du?«

»Hast du die Hosen voll?«

»Unsinn.«

»Hast du ihnen zuviel versprochen? Sei ehrlich, Maximilian Pippig«, Uebel versuchte seine Frage mit einem Grinsen zu begleiten, doch es gelang ihm nicht so ganz.

»Blödsinn!« Morten schlug mit der flachen Hand auf die Tischplatte, dann setzte er etwas leiser hinzu, daß er nur vor der Auseinandersetzung mit seinem Vater noch zurückscheue. Es sei ja auch nicht so einfach, ihn erpressen zu müssen.

Uebel riet ihm, sich wie ein guter Autofahrer zu benehmen und nach vorn zu schauen. »Ich glaube, daß es noch vor dem großen Abendmahl geschehen sollte.« Damit verließ er ihn. Nicht, ohne ihn jedoch davon unterrichtet zu haben, daß in einer halben Stunde Rainer Appelmann in der Kanzlei auftauchen werde.

Das große Geld

Sie trafen sich zu später Stunde in Cölln's Austernkeller, da der Vorstandskollege, aus Manchester kommend, seinen Anschlußflug in London verpaßt hatte. Maximilian Morten Pippig, Otto Uebel und Kalle Obst hatten sich pünktlich eingefunden und warteten ungeduldig auf die Herrenriege aus London.

Es hatte ziemlich lange gedauert, bis Morten seine Begleiter zur Teilnahme am Treffen überredet hatte. Übereinstimmend hatten beide nicht gleich einsehen können, was sie dabei sollten. Schließlich appellierte er an ihre kameradschaftliche Verbundenheit, an ihr gemeinsames geschäftliches Interesse, an den Profit, der ihnen doch letztendlich auch zugute käme, und an die Keule, die sie in Zukunft gemeinsam gegen die Korruption im Staat zu schwingen gedachten.

Daraufhin stimmte Otto Uebel sehr bald zu. Kalle Obst dagegen konnte seine Bedenken nicht so schnell überwinden.

»Einer Keule, die eine so horrende Summe aus dem Staatsetat für uns herausschlägt, kann man einfach nicht trauen«, meinte er. »Wer weiß, vielleicht schlägt sie eines Tages wie ein Bumerang zurück?«

Otto Uebel gab ihm den Rat, auf seinen Anteil zu verzichten, das würde seinen Vorbehalten doch sicher die Spitze nehmen. Doch Kalle Obst erwiderte, daß der Verzicht, wenn überhaupt, für alle gelten müsse. Also werde er wohl oder übel auf seinem Teil bestehen. Dann verabschiedete er sich, um sich auf die Suche nach einem guten und preiswerten Anzug zu machen.

»Wirf doch auch gleich noch einen Blick auf ein passendes Hemd und den dazugehörigen Binder«, rief Uebel ihm nach. »Und auf elegante Schuhe. An deinen jetzigen Tretern klebt doch noch der ganze Friedhofsmodder.«

Nun saßen sie also bei einer Flasche sündhaft teurem stillem Wasser in Cölln's Austernkeller und studierten schon einmal die Speisekarte mit den vier Menüvorschlägen auf vornehmem Büttenpapier.

Kalle Obst, in seinem veränderten Habit, hatte ganze Bewunderungstiraden bei Otto Uebel ausgelöst. Wenn auch mit der Einschränkung, daß er es sicherlich nicht alleine zuwege gebracht hätte. Ehe sie die Diskussion darüber fortsetzen konnten, trafen die Herren aus London ein. In Straßenanzügen. Sie entschuldigten sich, aber es sei keine Gelegenheit mehr zum Umziehen gewesen, weil sie ihre deutschen Freunde nicht länger als unbedingt nötig hätten warten lassen wollen.

Blödsinn, dachte Kalle Obst. Es war doch nur einer, der sich ins Flugzeug setzen mußte.

Seine Mutter, Gott habe sie selig, hätte jetzt sicher wieder ein paar Worte über das verlogene Albion verloren.

Die Engländer ließen unverzüglich eine Flasche Dom Perignon kommen, monierten in höflicher Form den angebotenen Jahrgang, sprachen ihm jedoch dann ausgiebig zu. Hin und wieder sahen sie irritiert auf die Apfelschorle, die sich Kalle Obst in kurzen Abständen nachschenken ließ.

Anfangs führte wieder Markus Naegelein das Wort.

Doch diesmal riß der aus London eingetroffene Gast, der sich als Sir Saul Isaly vorgestellt hatte, die Verhandlung an sich und erkundigte sich in fehlerfreiem Deutsch als erstes nach dem doch eminent hohen Vorschuß, den Herr Pippig gefordert habe.

Er halte die Summe für einigermaßen übertrieben, zumal, wenn man bedenke, daß diese Forderung in keiner Weise dem Gewicht eines gerade gegründeten und noch völlig unbekannten Steuerberatungsoffice entspreche. Ob denn da nicht ein wenig mehr Bescheidenheit angesagt wäre, fragte er anzüglich.

Morten quittierte das mit einem kurz angebundenen »Nein«, ließ sich dann aber doch zu einer Erklärung herbei, daß nämlich seine persönliche und speziell für dieses Anliegen äußerst vorteilhafte Ausbildung durchaus ein derartiges Entgelt wert sei.

Angesichts dessen, was letzten Endes dabei herausspränge, wäre diese eine Million Euro doch nur »Peanuts«. Er musse leider auf der Summe bestehen, da er dieses Kapitalpolster brauche, um rasch und ohne Umwege zu einem erfolgreichen Abschluß zu kommen.

Sir Saul sollte sich also schnellstens entschließen, möglichst noch im Laufe des heutigen Abends.

In den Medien schlug der Fall Wellsurf inzwischen hohe Wellen und löste Empörung unter der Bevölkerung aus. Morten rechnete damit, daß schon in allernächster Zeit versucht werden würde, ein Gesetz durchzubringen, das die von ihm geplanten Abschreibungen nicht länger zuließ. Der Wellsurf-Anspruch auf Teilwertabschreibungen war zwar jetzt und nach deutschem Bilanzrecht fällig geworden, doch ein Sprecher der Bundesregierung hatte sich darüber schon schockiert gezeigt.

Auch die hiesige Finanzverwaltung würde sich den Sachverhalt noch einmal genau anschauen und juristisch eingehend prüfen, ob alles mit rechten Dingen zugegangen war und ob Phantasiekurse von Aktien tatsächlich zu solch gigantischen Steuerausfällen führen konnten.

Sir Saul wies darauf hin, daß die Angelegenheit, nach nochmaliger Prüfung durch die Behörden, als rechtmäßig eingestuft worden war, weshalb er über die neuerliche Äußerung der Finanzverwaltung sehr irritiert sei.

Morten pflichtete ihm bei. All das Hin und Her diene nur dazu, die Angelegenheit in die Länge zu ziehen, um ein neues Gesetz, das offensichtlich gerade formuliert werde, abzuwarten. Er hatte schon läuten hören, daß man dieses kommende Gesetz das »Wellsurf-Gesetz« nennen wolle.

Sir Saul wurde blaß, und Otto Uebel begann zu husten.

Nachdem sich die Herren endlich über den immer wieder erwärmten Steinbutt hergemacht hatten und eine vierte Flasche Champagner geordert war, kreuzte Sir Saul sein Besteck und zog eine teuer aussehende Brieftasche aus braunem Krokodilleder heraus.

Er entnahm ihr einen Scheck und legte ihn behutsam in die Mitte des Tisches. Kalle Obst war versucht aufzuspringen, doch Morten drückte ihn zurück.

»Ich wäre Ihnen sehr verbunden, wenn Sie mir in einem etwas heiklen Punkt entgegenkommen könnten. Doch den würde ich gern unter vier Augen mit Ihnen besprechen«, sagte Sir Saul nach einer Weile

Morten erhob sich halb und schaute auf den Scheck hinunter, ohne ihn zu berühren.

»Die Summe stimmt. Sie können ihn ruhig in die Hand nehmen.«

»Knüpfen Sie irgendwelche Bedingungen an diesen heiklen Punkt?« wollte Morten wissen.

»Es handelt sich mehr um eine Bitte.«

»Kennen Ihre Herren Vorstandskollegen den Inhalt dieser Bitte?«

»Selbstverständlich.«

»Dann sehe ich keinen Grund, meinen Mitarbeitern den

Inhalt zu verschweigen. Reden Sie nur. Sie können sich auf ihre Verschwiegenheit ebenso verlassen wie auf die Ihrer Kollegen.«

Sir Saul wartete ab, bis der Ober das Dessert serviert hatte, und bat ihn, auch die Tür zum Vorraum zu schließen. Es würde ein wenig ziehen. Dann beugte er sich zu Morten hinüber und fragte sehr leise, ob es ihm etwas ausmachen würde, die Akonto-Summe als Schwarzgeld entgegenzunehmen. Man wolle in Manchester die Transaktion so diskret wie möglich behandeln und sei keineswegs daran interessiert, in den Verdacht zu geraten, durch höhere deutsche Finanzbeamte unterstützt zu werden, die möglicherweise Wege etwas außerhalb der Legalität beschritten.

Kalle Obst stöhnte tief auf, und Morten war einen Moment lang sprachlos. Die nun folgende Stille wurde nur ab und zu durch das leise Kichern Otto Uebels unterbrochen.

Es hört sich an wie ein Plätschern im Spülbecken, dachte Morten. Ohne ihn anzuschauen, bat er Uebel, seine Nervosität doch ein bißchen zu zügeln.

Dann fragte er Sir Saul, ob er ihm eine Falle stellen wolle. Er habe keinerlei Absicht, gegen das Gesetz zu verstoßen.

»Gegen welches?« fragte Sir Saul und lächelte leicht.

Er sprach beruhigend auf Morten ein, wobei er seltsamerweise seinen Blick permanent auf Kalle Obst gerichtet hielt. Er könne den Scheck zerreißen, wann und wo er wolle, wenn ihm die schriftlich abgefaßte Sicherheitserklärung, die von allen drei hier anwesenden Wellsurf-Vorständen unterschrieben sei, nicht genügen würde.

Damit zog er ein sorgsam gefaltetes Papier aus der Brieftasche und legte es neben den Scheck. Morten griff wortlos nach dem Schreiben. Er las es aufmerksam durch, sah auf und fixierte die Engländer in seiner wimperlosen Manier. Anschließend schaute er zu Kalle Obst und Otto Uebel hinüber. Kalle schüttelte beinahe unmerklich den Kopf. Fast schien es nur eine Bewegung der Augen zu sein. Otto Uebel dagegen ...

»Soweit ich Sie verstanden habe, Sir Saul«, sagte Morten, »haben und werden Sie keine Bedingungen an Ihre Bitte knüpfen. Ich werde also ohne Zeitverlust und in völliger Handlungsfreiheit darüber nachdenken dürfen, nicht wahr?«

Sir Saul nickte und gab zu bedenken, daß diese Abmachung auch für Maximilian Pippig von enormem Vorteil wäre.

»Vor allem für Ihr noch so junges und aufstrebendes Unternehmen«, lächelte er freundlich, und Morten glaubte eine leise Ironie aus diesen Worten herauszuhören.

Am nächsten Morgen schlug Rainer Appelmann vor, gleich mehrere Fliegen mit einer Klappe zu schlagen und seine Kollegen Lippershey und Wegehaupt zu einem erneuten Treffen mitzubringen.

Otto Uebel, der den Anruf entgegennahm, konnte kein Treffen mit Herrn Pippig versprechen, da dieser einen auswärtigen Termin wahrnehmen müsse und am gestrigen Nachmittag vergebens auf ihn gewartet habe.

Als er die Kanzleitür hörte, beendete er abrupt das Gespräch und erwartete, Morten zu sehen. Statt dessen stand Rieke Smolny an ihrem Schreibtisch vor einer geöffneten Schublade und kramte nervös darin herum.

»Ich suche die Akte Wellsurf«, sagte sie ohne ein Wort der Begrüßung. »Alles, was in unserem Heft darüber veröffentlicht wurde.«

Uebel erklärte ihr, daß er sie an sich genommen habe, da er den gegenwärtigen Stand noch einmal gründlich studieren müsse. Auf ihren Hinweis, daß es ihre gesammelten Ausschnitte seien, erwiderte er, sie seien ja schließlich Redaktionskollegen gewesen und als solche habe sie ihm bislang niemals irgendwelche Ausschnitte, die ihn interessierten, vorenthalten.

»Seid ihr nun endgültig an der Sache dran?« erkundigte sie sich, und als Uebel nickte, ließ sie sich über den hirnverbrannten Schwachsinn aus, mit dem hier eine hochbrisante Sache angegangen würde. Uebel solle Morten davon abhalten, den verspäteten Altachtundsechziger zu spielen, der den Marsch durch die Institutionen antritt.

Als Otto zu lachen anfing, wurde sie wütend und schrie, wenn Morten mit seinem Plan durchkäme, würde das die Republik Milliarden an Steuergeldern kosten. Einem solchen Mann werde sie jede Mitarbeit aufkündigen. Dann forderte sie erneut ihre Akte zurück.

Otto Uebel lehnte ab, da alles, was sich im Büro befinde, auch sein Eigentum sei. Außerdem müsse er ihr leider den Schlüssel zur Kanzlei abnehmen. Da sie gekündigt worden sei, dürfe sie keinen unangemeldeten Zugang zu den Büroräumen mehr haben.

Rieke setzte sich auf ihren Stuhl. Sie wollte Mortens Rückkehr abwarten, denn in der von Otto Uebel gedachten Form ließe sich die Sache nicht abwickeln.

Nun traf auch Kalle Obst ein und berichtete, daß Morten und die Wellsurf-Vorstände sich erneut getroffen hätten. Sie hatten am frühen Morgen auf einem weiteren Gespräch bestanden, weil sie ihren Rückflug nicht verschieben wollten. Es sei eine längere Prozedur gewesen, als Morten erwartet habe, aber letztlich war alles in seinem Sinne verlaufen.

»Wo haben sie sich getroffen?« fragte Uebel.

»In den Jahreszeiten. Wo sonst? Morten hat vorher noch versucht, dich zu erreichen, aber du hast nicht abgenommen.«

Da sei er, Otto Uebel, schon auf dem Weg in die Kanzlei gewesen. Im Gegensatz zu anderen Mitarbeitern komme er seiner Pflicht pünktlich nach. Dann ging er schnellen Schrittes ins Chefzimmer hinüber und schlug die Tür hinter sich zu.

»Dunnerkiel! Der spielt sich ja auf. Was hat er denn?«

»Er wollte mir meine Büroschlüssel abnehmen«, flüsterte Rieke.

»Hast du ihn geärgert?« fragte Kalle.

Rieke antwortete nicht. Sollte sie Kalle nach dem weiteren Verlauf der Verhandlungen mit Wellsurf fragen? Oder war es sinnvoller, den momentanen Stand der Dinge beim Herrn Oberfinanzpräsidenten persönlich zu erkunden? All das ging ihr durch den Kopf, während sie in seinem Gesicht nach einer Antwort suchte.

Kalle hielt ihrem Blick stand und schien ihre Gedanken erraten zu können. Langsam und bedächtig wandte er den Kopf zur Seite und bemerkte in einem eher beiläufigen Ton, daß er niemals etwas gegen seinen Chef unternehmen werde.

»Auch nicht, um ihn zu schützen?« wollte Rieke wissen.

Kalle Obst gab keine Antwort. Er stand auf und griff nach ihrem Mantel, den sie achtlos über den Schreibtisch geworfen hatte.

»Du kannst selbstverständlich den Schlüssel behalten. Der Weg zu uns zurück bleibt dir immer offen. Ich denke, das ist auch in Mortens Sinne. Doch bis dahin wäre es geradezu leichtfertig, dich über irgendwelche Geschäftsabläufe zu informieren.«

Er hielt ihr galant den Mantel hin, und sie schlüpfte, ohne ein Zeichen des Protestes, hinein.

Rieke Smolny bat Jon Claas telefonisch um ein Gespräch. Sie ließ ihm ausrichten, es seien einige perfide Gerüchte im Umlauf, die sie mit seiner Hilfe widerlegen wolle. Ihr ehemaliger Arbeitgeber habe sie um eine Gastkolumne gebeten, und sie könne sich denken, daß es auch zu seinem Besten sei, wenn die Gerüchte so bald wie möglich vom Tisch wären.

Jon Claas rief überraschend schnell zurück und willigte ein. Er schlug ihr ein Abendessen im Fischereihafen-Restaurant vor, dessen erlesene Küche weit über die Grenzen der Stadt hinaus bekannt ist.

Bei ihrem ersten Glas Grünen Veltliner fragte Rieke, ob er nicht eine Möglichkeit der Aussöhnung für sich und Morten sähe.

»Er heißt jetzt Maximilian«, verbesserte er sie umgehend.

Nein, im Moment sehe er keine Chance der Annäherung. Maximilian stehe unter dem Verdacht der Steuerhinterziehung und man ermittle gegen ihn. Wie weit die Ermittlungen bereits gediehen seien und welche Art der Steuerhinterziehung man ihm möglicherweise vorwerfen werde, darüber könne er natürlich noch nichts verlauten lassen.

Wie er, Jon Claas, sich solchen Subjekten, Sohn oder nicht Sohn, gegenüber verhalte, wisse sie doch zur Genüge. Sie seien ja immerhin längere Zeit eine gemeinsame Strecke zusammen gegangen, und er könne vielleicht sogar behaupten, sie habe ihm die beachtliche journalistische Karriere zu verdanken, die sie nun leider im Begriff sei aufzugeben.

»Oder hat dir sonst noch jemand so bereitwillig für Gespräche zur Verfügung gestanden?« Er lächelte sie anzüglich an.

Rieke bedankte sich für seine Großzügigkeit, indem sie sein Lächeln auf bezaubernd freche Art nachahmte, widersprach aber seiner Auffassung, daß Maximilian tatsächlich schon Geld gesehen habe, das er hätte versteuern müssen. Die Unterlagen, die sie ihm hatte zukommen lassen, würden das doch bestätigen.

Der Kellner kam, und sie bestellten gratinierte Jacobsmuscheln und Hummersuppe, als Hauptgang wählte Rieke gegrillten Lachs an Wildkräutern und Jon Claas Seezungenfilets mit frischen Steinpilzen. »Ganz genau wie bei unserem letzten Mahl, erinnerst du dich?«

Sie nickte und schaute versonnen auf die Positionslichter eines holländischen Frachters, der im letzten Tageslicht elbabwärts fuhr.

»Manchmal wünsche ich mir einfach mitzufahren«, sagte Jon Claas sanft, als könne er ihre Gedanken lesen.

Dann wurde er wieder sachlich und betonte noch einmal seine Überzeugung, daß Maximilian Pippig, seines Zeichens Steuerberater, eine erhebliche Summe abkassiert hatte.

»Keine Sorge«, sagte er mit fester Stimme, »wir werden es aus ihm herausquetschen. Aber nun zurück zu den Gerüchten. Das sollte doch unser Thema heute abend sein, oder?«

»Richtig«, pflichtete sie ihm bei. »Ich bitte um Verzeihung, daß ich mich in deine familiären Angelegenheiten eingemischt habe.«

Sie piekte ein Stückchen Jacobsmuschel auf ihre Gabel. »Die Gerüchte«, wiederholte sie, »wenn man all die Gerüchte, die um hohe und höchste Beamte im Umlauf sind, auf ihren Wahrheitsgehalt prüfen wollte, müßte man ganz neue Ämter ins Leben rufen.«

Der Oberfinanzpräsident lachte gequält und meinte, das sei nun doch ein wenig übertrieben.

»Na ja«, gab sie zu bedenken, »stell dir vor, an dieser Torpedobootaffäre wäre wirklich etwas dran. Man munkelt, es seien Staatsdiener aller Sparten darin verwickelt. Daß sie saftige Beträge in die eigenen Taschen gesteckt bekommen haben, damit das Geschäft zustande kommt.«

Jon Claas nahm den letzten Löffel Hummersuppe. »Munkelt man auch über mich?« fragte er geradeheraus.

»Zumindest über dein Ressort«, wich Rieke aus.

»Und du glaubst diesen Blödsinn?« bohrte er weiter.

»Säße ich sonst hier?«

Er horchte auf. »Wie meinst du das?«

Doch sie ignorierte seine Frage.

»Bei dem Überfall der Neonazis hast du doch auch Stein und Bein geschworen, nichts damit zu tun zu haben. Hattest du wirklich nicht?«

»Womit wir mitten im Interview wären?« fragte er und sah sie nachdenklich an. »Ich möchte dich dringend bitten, deine Finger aus dem Fall herauszuhalten, und dich warnen, irgend etwas an Anspielungen in dieser Richtung zu veröffentlichen oder einem deiner Kollegen derartiges in die Hände zu spielen. Das würde nicht nur eine einstweilige Verfügung gegen dich zum Erfolg haben.«

»Wenn du so willst.«

»Ich wiederhole. Ich hatte nichts damit zu tun. Obwohl ich dir, im Vertrauen und ganz unter uns, verraten will, daß ich den möglichen Opfern keine Träne nachgeweint hätte. Herrn Inörglü schließe ich da natürlich aus. Aber wer weint schon drei Männern nach, die sich mit illegalem Zigarettenverkauf über Wasser halten und sich bereits an den Ort zurückgezogen haben, wo sie hingehören: auf den Friedhof. Mein Sohn hat sie, sehr treffend, als Gruftis bezeichnet.«

»Man hat ihm die Kniescheibe zerschmettert.«

»Seine Schuld. Er hätte auf meine eindringliche Warnung hören sollen.«

Der Kellner brachte zwei abgedeckte Teller. Als er die schweren silbernen Hauben abnahm, breitete sich der delikate Geruch von frischen Kräutern aus.

Jon Claas lächelte. »Ich liebe dieses Restaurant.«

Rieke probierte genüßlich ihren Lachs und fuhr dann unerbittlich fort: »Nächste Frage. Warum waren es ausgerechnet verbilligte amerikanische Zigaretten, die du den Gruftis zum Verkauf zur Verfügung gestellt hast? Wolltet ihr die Asiaten zur Strecke bringen und gleichzeitig den Amerikanern in den Hintern treten?«

»Ich werde dir keine dieser Fragen mehr beantworten.«

Der Oberfinanzpräsident wich ihrem forschenden Blick aus. »Wenn wir die Asiaten zur Strecke bringen wollen, können wir auch die Amerikaner nicht ungeschoren lassen.«

Sie aßen schweigend.

»Eine letzte Frage, Jon«, begann Rieke noch einmal. »Warst du wirklich in mich verliebt, oder war ich nur Frischfleisch für dich?«

»Abscheuliche Formulierung. Ich hätte dich vom Fleck weg geheiratet, wenn mein Sohn mir nicht in die Quere gekommen wäre.«

Er nahm einen Schluck Chablis und sagte: »Übrigens, ich möchte deinen Text vorgelegt haben, bevor du ihn veröffentlichst. So haben wir das doch immer gehalten, oder?«

»Selbstverständlich.« Rieke nickte ihm zu und legte ihre Serviette zur Seite.

Kalle Obst gab nicht auf. Immer wieder ließ er sich mit der Kanzlei Fürst verbinden, und stets bekam er dort die gleiche Antwort: Der Amtsrichter ließe sich ungewöhnlich viel Zeit in der Sache Stierkopf. Man könne ihm leider keine weitere Auskunft geben. Das machte auch Morten unruhig, und er bat Kalle, hartnäckig zu bleiben.

Wenigstens bekam Kalle Obst endlich wieder eine Besuchserlaubnis im Gefängnis und fand Alfred Stierkopf in einem erbarmungswürdigen Zustand vor. Abgemagert, mit erloschenen Augen saß er vor ihm und sprach kein Wort. Er schien Kalle nicht einmal zu erkennen. Erst als er ein paar Worte über Hannes verlor, schien Alfreds Aufmerksamkeit geweckt. Er erkundigte sich mit fremd klingender Stimme, wo Beinlos denn geblieben sei. Er habe es bis zum heutigen Tag nicht für nötig gehalten, ihn zu besuchen.

Anschließend rief Kalle sofort in der Kanzlei an und

berichtete Morten vom Zustand Alfreds. Es müsse umgehend alles unternommen werden, um ihn dort rauszuholen, und wenn es erst mal nur in den Krankentrakt des Knasts wäre.

»Hast du denn beim Personal nicht nachgefragt, weshalb er so abgemagert ist?« erkundigte sich Morten.

»Natürlich habe ich das. Und bekam die flapsige Antwort, er schicke das Essen fast immer unberührt zurück. Man könne es ja schließlich nicht in ihn hineinstopfen.«

Morten versprach Kalle, sich unverzüglich mit Udo Fürst in Verbindung zu setzen.

Zwei Tage später, Kalle nahm wieder einmal ohne große Hoffnung den Hörer in die Hand, glaubte er die Sekretärin nicht richtig verstanden zu haben, denn er wurde direkt mit Udo Fürst verbunden. Dieser eröffnete ihm, daß er beide Mandanten, Alfred Stierkopf und Hans-Rüdiger Beinlos, bei Nachweis eines festen Wohnsitzes gegen eine Kaution freibekomme. Beinlos habe schon vor seiner Inhaftierung einen festen Wohnsitz nachgewiesen, erklärte Kalle, und auch für Alfred sollte es keine Schwierigkeiten bereiten. Wie hoch die Kaution sei, wolle er wissen.

Fürst schwieg einen Augenblick und nannte dann die Summen. 150000 Euro für Alfred Stierkopf, 25000 für Hans-Rüdiger Beinlos.

»Hat es Ihnen die Sprache verschlagen?« erkundigte sich Fürst, als Kalle stumm blieb.

»Ich gebe das sofort weiter«, antwortete Kalle schließlich.

»Noch eins«, fuhr Fürst fort, »ich habe mir die Akten der beiden Delinquenten angesehen.«

»Was sind Delinquenten?«

»Missetäter.«

»Sie sind keine Missetäter!« rief Kalle. »Das sind arme, unschuldige Schweine, die zu Unrecht in Haft gehalten werden.«

»Na, immerhin hat Stierkopf ein Menschenleben ausgelöscht.«

»Um andere Menschenleben zu retten!« schrie Kalle.

»Das mag ja sein, aber dabei ist ein anderes draufgegangen. Wenn auch ein neonazistisches.«

Kalle hörte ein kleines, amüsiertes Hüsteln im Hörer und sagte ruhiger, daß es Alfred wenigstens gelungen sei, Günther Marschallingers Leben zu retten. »Der hätte auch dran glauben müssen, wenn Alfred nicht eingegriffen hätte. Und vielleicht hätten die Glatzen auch noch Beinlos totgeschlagen. Der saß ja dort wie an die Hauswand gespuckt.«

»Der Meinung bin ich auch«, bestätigte Fürst. »Deshalb werde ich auch nicht eher ruhen, bis ich für sie einen Freispruch erreicht habe. Sagen Sie Ihrem Chef, daß ich meine Honorarforderung bis zum guten Ende hinausschieben werde.«

Wieder vernahm Kalle dieses leichte Hüsteln. Dann legte Fürst den Hörer auf.

Als Kalle Obst in der Kanzlei Pippig erschien, schob ihn Uebel sofort zu Morten hinein. Kalle nannte die Kautionssummen, und Morten schüttelte ungläubig den Kopf. »Weshalb denn bloß diese 25 000?« fragte er leise. »Wegen Landstreicherei?«

Kalle war sprachlos. Er konnte nicht fassen, daß Morten die 150 000 für Alfred einfach überging. Das war doch die viel unverschämtere Abzocke. Doch auch Morten erklärte ihm, daß Alfred, wenn auch nicht unberechtigt, jemandem das Genick gebrochen habe.

Dann griff er zum Telefon und ließ sich mit Udo Fürst verbinden. Er werde das Geld sofort überweisen, nur verstehe er die absurde Höhe der Kaution für Beinlos nicht.

»Das ist der Grund, weshalb ich diesen Fall, wenn es denn sein muß, bis vor das Bundesverfassungsgericht bringen werde. Ich bin gespannt, was da so alles ans Tageslicht kommen wird. Vorläufig würde ich jedoch an Ihrer Stelle die volle Summe auf den Tisch legen, damit die armen Kerle erst mal wieder ans Tageslicht kommen.«

Morten verabschiedete sich von Fürst, wählte anschließend sofort die Nummer des väterlichen Büros und schaltete die Mithöranlage ein. Er bedeutete Kalle Obst, im Zimmer zu bleiben, legte jedoch die Finger auf die Lippen, zum Zeichen, daß er sich nicht bemerkbar machen solle. Kalle drückte sich in seinen Sessel, zündete sich schnell noch einen seiner Stumpen an und flüsterte, daß man den Rauch ja nicht hören könne. Dann meldete sich Jon Claas.

Morten erklärte dem Präsidenten, daß er die Firma Wellsurf vertrete, alle Vollmachten zur Einsicht vorweisen könne und die Landesfinanzbehörde beschuldigen werde, den Fall schon an die zwei Jahre zu verzögern, mit dem Ziel, eine neue Gesetzesverordnung abzuwarten, mit der man einen Steuererlaß reduzieren, vielleicht sogar ganz ausschließen könne.

»Liege ich mit dieser Annahme richtig, Herr Präsident?«

»Kein Kommentar«, hörte er die Stimme seines Vaters sagen, und ob der Herr Steuerberater denn wisse, um welche Summe es sich bei der Gewährung eines Steuererlasses im Falle Wellsurf handele.

»Um etwa 25 Milliarden Euro, die das Finanzamt unter deiner Leitung noch auf 20 Milliarden herunterdrücken kann, wenn ich deinen Trickreichtum, die Finessen und deine Erfahrung mit einschließe.«

»Und du hast tatsächlich die Frechheit, die Durchsetzung einer solchen Forderung gegen mich zu vertreten?« donnerte Jon Claas plötzlich los.

»Ich muß dich korrigieren«, widersprach Morten. »Es handelt sich nicht um dein Geld.«

Kalle Obst wand sich in seinem Sessel und versuchte, die Zigarre von sich wegzuhalten, um nicht husten zu müssen.

»Ich werde dir jetzt etwas sagen, mein Junge.« Jon Claas schwieg unvermittelt, und Morten hörte ein unverständliches Gemurmel, das wahrscheinlich von seinem Vater ausging, der offensichtlich die Muschel zuhielt.

»Was willst du mir denn nun sagen, Vater?«

»Wenn du das tust, werden wir keine ruhige Minute mehr miteinander haben«, meldete sich Jon Claas zurück.

Morten wies in einem etwas schärferen Ton darauf hin, das die Teilwertabschreibungen der Firma Wellsurf nach deutschem Bilanzrecht längst fällig geworden seien. Er werde nicht davor zurückschrecken, den Oberfinanzpräsidenten des Landes Hamburg wegen Amtsmißbrauchs zu verklagen, sollte er weiterhin versuchen, anerkanntes Recht zu umgehen.

Jon Claas solle froh sein, wenn Morten nicht noch die Zinsen für die letzten zwei Jahre einfordere, die der Herr Präsident dann wegen unrechtmäßigen Hinauszögerns unter Umständen aus seiner eigenen Tasche bezahlen müsse.

»Morgen jedenfalls werden sämtliche Vollmachten in Kopie, zusammen mit der offiziellen Aufforderung der amtlichen Bestätigung aller Forderungen der Wellsurf an das Land Hamburg, auf deinem Schreibtisch liegen. Ob die Sache weiter eskaliert, hängt allein von dir ab. Ich appelliere an deine bewährte Vernunft, etwaige unangenehme Folgen zu vermeiden.«

Jon Claas antwortete nicht gleich. Anscheinend wollte er sich erst eine gebührend starke Erwiderung zurechtlegen.

»Womit habe ich es bloß verdient, eine solche Ausgeburt zum Sohn zu haben?«

»Das könnte ich dir genau erklären«, gab Morten schnell zurück, »aber das würde sich für ein Telefongespräch nicht eignen. Dazu müßte man sich in die Augen sehen, nicht wahr?«

»Du begibst dich auf einen Boden, der zu glatt für dich ist. Dafür sind nur Leute aus der obersten Liga geeignet.

Außerdem solltest du dich fragen, weshalb die Steuerberaterkammer noch immer die schriftliche Bestätigung deiner Mitgliedschaft zurückhält, Morten Pippig.«

»Wenn schon Pippig, dann bitte Maximilian«, erwiderte Morten kühl, doch da hörte er schon das Besetztzeichen, das den Abbruch des Gesprächs anzeigte.

»Das gibt Ärger, junger Mann«, sagte Kalle, während er sich aus dem allzu tiefen Sessel hochstemmte. »Glaub ja nicht, daß dein Vater schnell klein beigibt. Der fährt jetzt sämtliche Geschütze auf, die ihm zur Verfügung stehen. Mach dich auf was gefaßt.«

»Tu ich. Trotzdem wird ihm am Ende nichts anderes übrigbleiben. Er hätte gleich zu Anfang des Falles Wellsurf auf eine Reform der steuerlichen Verordnungen dringen müssen. Jetzt liegt die Klage auf dem Tisch. Damit unterliegt der Fall Wellsurf den bisherigen Steuergesetzen. Er wird viel Glück haben müssen, wenn er nicht aus dem Amt fliegt, sobald der Anspruch der Wellsurf akzeptiert worden ist.« Morten machte es sich in seinem Ohrensessel bequem. »Zu etwas anderem Kalle. Ich bin dabei, einen dicken Fisch an Land zu ziehen. Aber dazu brauche ich deine Hilfe. Frage: Wärest du bereit, in Ohlsdorf zu kündigen?«

Kalle Obst blickte ihn unverwandt an, ohne ein Wort der Zustimmung.

»Oder zumindest, eine längere Auszeit zu nehmen?« fuhr Morten fort. »Ich würde dein Ohlsdorfer Gehalt zuzüglich zu deinem Kanzleigehalt zahlen.«

Kalle Obst verweigerte weiter hartnäckig jede Antwort.

»Nun sag endlich was dazu.«

»Bisher haben sich Friedhofsjob und meine Botengänge für die Kanzlei problemlos verbinden lassen«, sagte Kalle schließlich.

»Das wird diesmal nicht möglich sein. Es handelt sich um eine längere Auslandsreise.«

»Wohin genau?«

»Erst einmal in den Fernen Osten.«

»Ich werde versuchen, eine Auszeit zu nehmen«, sagte Kalle mit unbewegtem Gesicht.

»Und wenn sie dir nicht gewährt wird?«

»Dann kündige ich eben. Unangenehm. Ohlsdorf wird mir fehlen. Aber kann man sich eine solche Reise entgehen lassen? Wenn ich allein an die völlig andere Pflanzenwelt denke. Ich kenne sie doch bisher nur von Abbildungen.«

»Für Botanik wirst du wenig Zeit haben«, sagte Morten.

Einige Tage später meldete sich Udo Fürst und kündigte an, daß Alfred Stierkopf und Hans-Rüdiger Beinlos bereits auf dem Weg zur Kanzlei seien. »Sie sind seit heute Morgen um neun Uhr auf freiem Fuß.«

Morten bat Kalle, sie im Vorzimmer der Kanzlei zu empfangen, beauftragte aber zugleich Otto Uebel, die Herren Appelmann, Lippershey und Wegehaupt in seinem Büro zu erwarten. Er gab ihm die Vollmacht, sie gleich einzustellen, falls sie tatsächlich bereit waren, die Seiten zu wechseln.

Uebel war der Meinung, daß man diesen miesen Kerlen in keiner Hinsicht trauen dürfe. Und selbst wenn Morten sich entschließen sollte, sie zu engagieren, könne man sie ja wohl nicht mit wichtigen Klienten in Kontakt bringen oder sie gar Bearbeitungen übernehmen lassen, die ihnen möglicherweise zu viele Einsichten vermitteln würden.

Morten sei doch sicher einverstanden, wenn sie einstweilen nur Aufträge erhielten, die nicht über die Verantwortung von Botengängen hinausreichten. Morten nickte nur, schlug Otto Uebel leicht auf die Schulter und verabschiedete sich von ihnen, um sich einem Angebot zu widmen, das ihm viel, sehr viel Geld, aber auch großen Ärger einbringen sollte.

Die Philosophie des Hans-Rüdiger Beinlos

Kalle Obst hatte die Ex-Häftlinge, nicht aber Günther Marschallinger erwartet. Nun saßen die drei Gruftis vor ihm, und Günni erzählte, daß er fast jeden Tag in Fuhlsbüttel aufgetaucht sei, um vor allen Dingen Alfred zu besuchen, der immer magerer geworden sei und das Sprechen nahezu verlernt habe.

Auch jetzt, auf dem Weg hierher, habe er seine Lieblingshörnchen, die er extra für ihn gekauft hatte, abgelehnt. Er sei einfach nur mitgetrottet. Stelle keine Fragen, freue sich nicht über seine Entlassung und sei reif für den Friedhof.

»Nicht über, sondern unter der Erde.«

Kalle beobachtete Alfred, der regungslos in sich zusammengesunken auf seinem Stuhl saß. Das war nicht mehr der Fettnacken, den sie kannten. Vor ihnen saß ein armes Würstchen, das nicht einmal mehr den Mut aufbrachte, sich auf irgendeine Art und Weise zu äußern.

Unvermutet und ohne jede Anteilnahme für seinen langjahrigen Freund ergriff Hans-Rüdiger Beinlos das Wort. Mit Blick auf Alfred bestätigte er Kalles Eindruck mit jeder Silbe und kam zu dem Schluß, daß es eine Art Selbstentsorgung sei, die Alfred gerade mit sich vornehme.

»In der ersten Phase«, erklärte er, »fängt man an, dem eigenen Leib zu mißtrauen. In der zweiten Phase fängt der eigene Leib an, einen unfaßbar zu quälen. In der dritten Phase kommt man mit der Zeit zum Entschluß, die eigene, fortgeschrittene Fäulnis zu entsorgen. Das ist der Augenblick, in dem der Tod zuschlägt.

Meistens erkennt man nichts. Die Oberfläche sieht aus wie eh und je. Die beginnende Fäulnis macht sich erst einmal an den inneren Organen zu schaffen. Der Außenstehende erkennt nicht, was vor sich geht. Das eigene Wissen ist es, das einem die ersten Signale anzeigt. Der Verfaulende spürt den rasant zupackenden Tod immer heftiger und fragt sich, wann unvermeidlich die Oberfläche durchdrungen wird und den unsäglichen Zustand sichtbar werden läßt.

Entweder durch auffällige Gewichtsabnahme, durch Entzündungen, fleckige Haut oder Bluterbrechen, das sich nicht mehr verbergen läßt. Das natürliche Selbstbewußtsein schwindet zugunsten von Unsicherheit, Scham und Selbstekel. Man will seiner Umgebung keinen solchen Anblick mehr zumuten, glaubt, sich dem Prozeß durch ein rasches und tatkräftiges Ende entziehen zu können. Notiert im Geiste alle Formen der Selbsttötung und schreckt doch meist vor dieser letzten Konsequenz zurück.

Also nehmen wir den Zustand krankhafter Verrottung auf uns. Ist es die Angst vor dem letzten Schmerz? Vor dem unausweichlichen Übertritt oder gar dem Rest überkommenen Glaubens, der sich am Gebot ›Du sollst nicht töten‹ festhält? Was meinst du, Kalle? Hast du je darüber nachgedacht?«

»Nein«, erwiderte Kalle Obst. »Und ich weiß auch nicht, was das hier soll. Mit Alfred hat das nichts zu tun. Es mag dein Zustand sein, der dich diese Erfahrungen gelehrt hat.«

»Richtig«, bestätigte Beinlos. »Und er trifft scheinbar auf Alfred nicht zu. Aber eben nur scheinbar. Denn in Wahrheit hat bei ihm die Fäulnis des Geistes eingesetzt. Der Geist, die Seele, hat jede Aktivität eingestellt, verweigert dem Körper die Signale des Hungers, der Gefährdung, der Gesichtserweiterung. Ja, im Gegensatz zu der die Gegenwehr verweigernden leiblichen Energie ist die des Geistes eine konsequentere, weil viel zu früh resignierende.«

»Quatsch!«

Alle fuhren herum. Alfred Stierkopf hatte den Mund aufgerissen, als wolle er langanhaltend gähnen. Er wiederholte jedoch nur das Wort »Quatsch!«.

Beinlos aber ließ sich dadurch nicht beeindrucken.

»Der geistige Tod, nicht zu verwechseln mit dem Hirntod, ist ein endgültiger. Er ist es, dem die wahre Auslöschung zuzuschreiben ist. Denn wem haben wir das allerletzte Resultat unserer Erscheinung zu verdanken? Dem Geist. Er begleitet uns vom Augenblick der Geburt. Er flößt uns den Gedanken ein, daß mit dem Beginn des Lebens der Tod schon seine Arbeit begonnen hat und der Druck einer begrenzten Zeit auf unserer Seele lastet, der uns die bestmögliche Nutzung unserer Lebensspanne befiehlt. Wird sie verschwendet, ist uns auch jedes individuelle Merkmal versagt. Wir verschwinden im Dunkel, sind von jeder Erneuerung ausgeschlossen.«

»Quatsch!« quakte Alfred wieder dazwischen.

»Was soll das?« fragte Beinlos und sah ihn irritiert an.

»Du redest Quatsch! Du bist ein philosophischer Nonsensquatscher.«

Kalle Obst fing an zu lachen, Günni fiel ein, und Alfred verzog sein Gesicht zu einem qualvollen Grinsen. »Meine Gesichtshaut brennt«, rief er leise. »Ich bekomme überall Pusteln, wenn ich dem Quatschkopf dort weiter zuhören muß.«

Das Telefon klingelte, und Otto Uebel teilte Kalle von nebenan mit, daß von den drei erwarteten Herren aus dem Finanzamt bisher nur Lothar Wegehaupt erschienen sei. Rainer Appelmann ließe sich entschuldigen. Er hätte es sich nun doch anders überlegt.

Man würde ihm zwar ein Disziplinarverfahren anhängen, hatte ihn aber gleichzeitig darüber informiert, daß es glimpflich verlaufen werde. Seinen Platz an der Seite des Oberfinanzpräsidenten müßte er allerdings räumen. Er würde herabgestuft und aller Voraussicht nach nur noch als simpler Steuerprüfer eingesetzt werden, doch das fand er immer noch besser, als sich auf freier Wildbahn betätigen zu müssen.

Die Tatsache, daß Morten Claas und er sich nie ganz

grün gewesen waren, hatte ihn in seiner Entscheidung noch bestärkt. Trotz Degradierung blieb er lieber im Amt, wo ihm auf alle Fälle seine Pension sicher war.

Kalle Obst bat Otto Uebel, Wegehaupt noch so lange hinzuhalten, bis er seine Gruftis verabschiedet hatte, und legte auf.

»Als was hast du uns eben bezeichnet?« fragte Hans-Rüdiger Beinlos.

»Wäre euch Friedhofspenner lieber?« fragte Kalle Obst zurück. »Ihr werdet jetzt alle drei in Ottos Bude am Winterhuder Markt kampieren, bis der Prozeß vorbei ist. Danach könnt ihr euch wieder in eure Frischluftapartments zurückziehen.«

»Und der dicke Nazi?« erkundigte sich Günni.

»Der bleibt in Welt. Und zwar so lange, bis ich sicher bin, daß man ihn nicht mehr gewaltsam zum Schweigen bringen will.«

»Wer will denn das?«

»Leute, die nicht wollen, daß seine Auftraggeber bekannt werden.«

»Kennst du sie?«

»Ja. Und jetzt raus mit euch. Ihr kennt ja den Weg. Otto hat den Kühlschrank gefüllt, und ich habe euch ein paar Geldscheine hingelegt. Eskapaden und Sauftouren durch Kneipen sind absolut verboten. Ihr habt nicht einmal Bewährung und könnt gar nicht so schnell gucken, wie ihr wieder hinter Gittern sitzen werdet. Viel Spaß also.«

Er brachte sie hinaus und schloß die Tür hinter ihnen. Dann begab er sich in Uebels Büro. Kalle schätzte Lothar Wegehaupt auf etwas über zwei Meter Körpermaß. Ein Albino. Die Haare, fast weiß, waren sorgfältig über die an vielen Stellen sichtbare Platte gekämmt. Seine Wimpern, lang und farblos, gaben den hellblauen Augen einen eigentümlichen Reiz.

Kalle Obst mußte immer wieder hinsehen. Er war gefaßt

darauf, daß sich bei diesem Mann zwischen Denken und Tun kein Blatt schieben ließ.

»Setzen Sie sich doch«, forderte er Wegehaupt auf und bewunderte im stillen Otto Uebels Geschmack. Sein Büro hatte eine helle lederne Sitzecke, davor eine niedrige Glasplatte auf Edelstahl, der Schreibtisch war aus dunklem Holz, dessen Maserung ihn an die Verkleidungen in teuren Autos erinnerte. Dahinter ein Ohrensessel, wie ihn Morten benutzte.

Otto Uebel zwinkerte Kalle zu und setzte sich ebenfalls ins beigefarbene Leder. Ohne weitere Aufforderung berichtete Wegehaupt von den schweren Auseinandersetzungen, die sich zwischen Claas senior und Appelmann abgespielt hatten. Appelmann hatte sich daran festgebissen, daß er, leider ohne es zu hinterfragen, einen sehr heiklen Auftrag ausgeführt hatte. Seine Naivität und Gutgläubigkeit seien ausgenutzt worden. Als Claas senior ihn bat, den Auftraggeber zu nennen, hatte Appelmann geschwiegen.

»Wer ist denn bei diesen Auseinandersetzungen noch dabeigewesen?« fragte Kalle Obst.

»Kollege Lippershey und Landeskriminaldirektor Hinrichs.«

»Hinrichs? Ach was!« Kalle Obst blickte zu Otto Uebel hinüber, der keine Miene verzog.

»Hat Hinrichs irgendwelche Fragen gestellt?«

»Er hat nur zugehört. Das Gespräch hat der Oberfinanzpräsident geleitet.«

Kalle Obst hätte sich nur zu gern nach den internen Reaktionen auf den Fall Wellsurf erkundigt, aber Otto Uebel deutete mit einem dezenten Kopfschütteln an, daß er lieber schweigen solle.

Über den Kollegen Lippershey ließ sich Wegehaupt nur sehr sparsam aus. Er hatte in letzter Minute ebenfalls vorgezogen, im Amt zu bleiben, um seiner Beamtenpension nicht verlustig zu gehen.

»Und wie sieht es mit Ihrer Entscheidung aus?« wollte Uebel wissen.

»Ich quittiere. Auch wenn ich hier nicht anfangen könnte.«

»Interessant. Und warum?«

»Was dem Appelmann passiert ist, könnte jedem von uns geschehen. Ich bewundere schon fast, mit welchem Gleichmut er diese Demütigungen erträgt.«

»Wer zwingt ihn denn dazu?«

Wegehaupt lachte bitter. »Legen Sie sich mal mit einem Vorgesetzten dieses Kalibers an. Der hängt Ihnen einen jahrlangen Prozeß an den Hals. Das überleben Sie nicht.«

Als hätte er zuviel gesagt, stand er abrupt auf und verabschiedete sich. »Es hängt von Ihnen ab, ob ich bei Ihnen anfange. Der Schritt des Kollegen Claas Junior hat mir imponiert. Es bleibt einem im Grunde auch gar nichts anderes übrig, wenn man sich nicht verbiegen lassen will.«

»Sagen Sie das nicht«, grinste ihn Kalle an. »Wenn Sie sich nicht verbiegen lassen wollen, fangen Sie am besten in der Spielwarenabteilung bei Karstadt an. Können wir Sie trotzdem unter irgendeiner Nummer erreichen?« fragte Otto Uebel.

Wegehaupt zückte seine Visitenkarte. Dann verließ er den Raum.

Eine Viertelstunde später traf Morton ein und bat Kalle in sein Büro. Er schloß die Tür, drehte den Schlüssel herum, warf den Briefpacken achtlos auf den Schreibtisch und setzte sich.

Seine Augen nahmen einen irren Ausdruck an, als er Kalle von dem scharfen Ding berichtete, das er am Haken hatte. Trotz äußerer Gelassenheit fühlte Kalle den ungeheuren Druck, die innere Anspannung, unter der Morten stand.

»Ich habe eben einen Scheck über eine halbe Million Dollar überreicht bekommen und soll die Interessen eines ehemaligen hohen Regierungsbeamten wahrnehmen, der sich angeblich über drei Millionen Schmiergelder unter den Nagel gerissen hat.«

»Na ja«, sagte Kalle Obst, »die Summe ist zwar reichlich unverschämt, andererseits gilt doch einer, der in diesen Kreisen Schmiergelder ablehnt, als reif für die Klapsmühle. Und was hat das mit uns zu tun?«

»Er hat keine Steuern abgeführt«, erklärte Morten triumphierend.

»Oh«, entfuhr es Kalle. »Warum machen die Leute immer wieder so dumme Fehler? Sie können den Hals nicht voll kriegen. Das Schmiergeld hätte doch wirklich genügt.«

»Das war auch meine Rede«, antwortete Morten. »Der Mann ist inzwischen in den Fernen Osten geflüchtet, und jetzt sollen wir ihn raushauen. Er ist von Anfang an zweigleisig gefahren. Hat, obwohl noch im Amt, zusätzlich einen hochdotierten Beraterjob bei einer Schiffswerft angenommen. Auf meine Frage, ob er, als Noch-Regierungsmitglied, sich der Fragwürdigkeit seines Verhaltens nicht bewußt gewesen sei, antwortete man, daß er den Job erst nach dem Quittieren des Staatsdienstes in vollem Maße aufgenommen habe.

Wie sich jedoch später herausstellte, hatte er in seiner Position im Verteidigungsministerium darüber zu entscheiden, Waffen in kriegsführende Länder zu liefern.«

»Dunnerkiel!« rief Kalle Obst. »Schlachtschiffe und Torpedobötchen etwa? Und dafür gab es die Schmiergelder.«

»Um welche Summen es sich exakt handelt, wollte man mir noch nicht verraten«, fuhr Morten fort. »Ich sagte aber, daß ich über jede Einzelheit aufgeklärt werden muß, denn böse Überraschungen, vor allem bei Verhandlungen mit der Bundessteuerbehörde, habe ich nicht so gern.«

»Wer ist ›man‹«, wollte Kalle wissen.

»Jetzt kommt der Clou: Die Lieferungen gingen in ein Land des Mittleren Ostens. Es ist die Familie eines Scheichs, die mich um die Vertretung des Angeklagten bei der Bundessteuerbehörde gebeten hat. Für wen sie die Kähne haben wollte, ist mir unklar. Die geographische Lage ihres Landes jedenfalls erfordert keine Schiffe.

Sie wollen, daß dieser Scheck nie zur Sprache kommt, und werden mich darüber hinaus mit einem ordentlichen Honorar entschädigen.«

»Mit anderen Worten, du sollst den Scheck lange genug anschauen und dann zu lächeln anfangen«, ergänzte Kalle Obst.

»So ungefähr«, bestätigte Morten.

Kalle wurde ernst. »Sag mal, auf wessen Seite stehst du eigentlich? Jahrelang bekämpfst du deinen Vater, weil er angeblich krumme Geschäfte macht, die den Staat und damit auch die Bürger schädigen. Ereiferst dich darüber, daß die deutsche Beamtenschaft korrupt und unser Steuersystem ein einziger Sumpf aus Bestechlichkeit und Schieberei ist, in dem jeder gierig und rücksichtslos in die eigene Tasche wirtschaftet.

Du planst eine gefährliche Aktion gegen kriminelle Schmuggelbanden, bei der einer deiner besten Freunde sein Leben verliert, und kündigst deinen Job in der Finanzbehörde, weil du auf der Seite des geneppten Bürgers stehen willst.

Und plötzlich, nur weil dir jemand mit einem dicken Scheck vor der Nase herumwedelt, wirfst du all deine Prinzipien über Bord und benimmst dich genauso korrupt wie die, die du bislang so zum Kotzen fandest. Was ist bloß in dich gefahren, Maximilian Pippig? Gib den Scheck zurück und laß die Finger davon. Das ist schon der zweite, den du unversteuert einstecken willst.«

»Kalle, du solltest in die Landesregierung einrücken. Du bist Klasse! Aber vorher mußt du noch für mich nach Yangon fliegen, wo sich unser Mann gerade aufhält.«

Morten nahm Kalles Kopf zwischen beide Hände, und

Kalle Obst stellte mit Erstaunen fest, daß der Junge ihn sogar noch um einige Zentimeter überragte.

»Du mußt versuchen, den Kerl nach Deutschland zurückzubringen. Mußt ihm klarmachen, das er nirgendwo sicherer ist als hier. Wenn Inörglü noch lebte, hätte ich ihn dir natürlich an die Seite gestellt. Jetzt kann ich dir nur Wegehaupt anbieten. Wenigstens bürgt der mir dafür, daß du gesund wiederkommst. Er ist nicht gerade gut auf meinen Vater zu sprechen und wäre heute schon Steueramtsrat, hätte Appelmann ihn nicht weggedrängt.

Kalle, ich will diesen Holser wieder in Deutschland haben. Unversehrt. Wenn er hier wahrheitsgemäß aussagt, vielleicht sogar als Kronzeuge, gegen Zusicherung einer Strafermäßigung oder eines Straferlasses, können wir Schweinereien einiger Diener des Volkes ans Licht zerren, an die selbst wir nicht zu denken gewagt haben.

Versuche mich zu verstehen. Ich habe eindeutige Beweise dafür, daß mein Vater da mit drinhängt, daß er sogar größere Summen für sich abgezweigt hat. Und das nicht zu knapp.

Dieser Scheck hier soll nur ein neuer Versuch sein, die ganze Torpedoboot-Affäre unter den Teppich zu kehren. Wenn die Welt erfährt, daß Deutschland dazu beiträgt, ein Land in einer gefährdeten Zone aufzurüsten, dürfte das auch unangenehme Folgen für unseren Scheich haben. Er hat sich schon, scheinbar erfolglos, an meinen Vater gewandt, aber der wollte sich nicht noch weiter in die Sache hineinziehen lassen.

Ich darf den Scheck also auf keinen Fall ordnungsgemäß versteuern. Außerdem brauche ich das Geld. Mehr als die Hälfte der Summe werde ich wahrscheinlich dafür ausgeben müssen, Holser zurückzuholen, ihn von der Anwaltskanzlei Fürst verteidigen zu lassen und dieser ganzen sinistren Bande die Tarnung wegzureißen. Das wird einen Mordsprozeß geben.«

Kalle Obst schob langsam Mortens Hände weg.

»Das kann ins Auge gehen. Wenn diese sinistre Bande, wie du sie nennst – was ist sinistre?«

»Finster.«

»Also, wenn diese finstere Bande erfährt, daß Holser wieder in Deutschland ist, werden sie mit allen Mitteln versuchen, ihn mundtot zu machen.«

»Das Risiko müssen wir in Kauf nehmen.«

»Es bringt dich auch in Gefahr«, warnte Kalle.

»Quatsch. Es würde eine internationale Empörung auslösen, wenn sie die Karten auf den Tisch legten. Sie können nicht annehmen, daß ich in diesem Falle den Mund halten werde.«

»Eben.« Kalle dachte darüber nach, wie draufgängerisch sich dieser sonst so vorsichtige Junge auf einmal anhörte. Er würde viel darum geben, wenn er Einblick in die schriftlichen Zusicherungen der Vertragspartner haben könnte.

»Ich wäre dir dankbar, wenn du mir wieder zuhören würdest, Kalle Obst«, vernahm er Mortens vorwurfsvolle Stimme.

»Mach zu, ich höre ja. Mir ist nur nicht klar, was ich dabei soll. Englisch spreche ich nicht, und von Schiffen verstehe ich noch weniger.«

»Das verlangt auch keiner von dir. Ich will nur, daß du in den Fernen Osten fliegst, ein paar Flugtickets übergibst und Holser bei der Gelegenheit ins Gewissen redest. Unser Freund muß an sein Geld in Bombay herankommen, aber über ein paar Umwege. Er fürchtet, daß ihm die deutschen Fahnder schon auf den Fersen sind.

Unterdessen kann ich hier in aller Ruhe seinen Spuren nachgehen. Der Mann hatte eine hohe Position in Regierung und Geheimdienst inne. Es ist ihm ohne Schwierigkeiten gelungen, das Land zu verlassen und sich in den Fernen Osten abzusetzen, obwohl schon nach ihm gefahndet wurde. Er muß also einflußreiche Helfer gehabt haben. Wenn es uns gelingt, diese Kerle ausfindig zu machen, haben wir den Rest unseres Lebens ausgesorgt. Wie heißt es doch so schön: Alles versilbern und ab auf die Bahamas.«

Damit schickte er Kalle Obst nach Hause und bereitete sich auf die erste Anhörung in Sachen Anton Fiege vor.

Als er am nächsten Morgen das Landesfinanzamt betrat, kam ihm sein Vater auf der Treppe entgegen. Er sah sehr blaß und übernächtigt aus.

»Er hinkt ja noch immer«, dachte Morten, während Jon Claas ohne Gruß an ihm vorbei nach unten ging.

Auf dem obersten Treppenabsatz sah Morten Rieke Smolny stehen. Hatte sie ihn beobachtet, oder war sie von seinem heutigen Termin informiert worden? Sie kam ohne ein Zeichen der Überraschung auf ihn zu und flüsterte, daß es eine turbulente Nachtsitzung gegeben habe, in deren Verlauf am frühen Morgen beschlossen worden sei, dem Wunsch der Wellsurf nachzugeben, weil man nicht den Verlust von Tausenden von Arbeitsplätzen riskieren wolle.

Es koste den Fiskus, wie sie gehört habe, zwar zwanzig Milliarden Euro, aber man versuche gerade, den Schaden um ein paar Milliarden zu reduzieren.

Sie bat ihn, einen Kaffee mit ihr zu trinken, wenn er seine Anhörung hinter sich hätte. Es mache ihr nichts aus, auf ihn zu warten. Übrigens sei, soviel sie gehört habe, der Steuerprüfer, dem er gleich gegenübersitzen werde, Rainer Appelmann, und die Anhörung solle in Mortens ehemaligem Amtszimmer stattfinden. Morten werde schon erwartet. Anton Fiege sei ein überpünktlicher Zeitgenosse und sitze schon auf seinem Beklagtenstühlchen.

Etwas wundere sie sich schon darüber, daß er, der doch jetzt in einer ganz anderen Liga spiele, die Vertretung dieses Anton Fiege oder Antonio Fiego, wie er sich nenne, übernommen habe. Namenswechsel seien wohl zu einer

Art ansteckenden Krankheit geworden. Ihn, Morten, müsse sie jetzt wohl auch nur mit Maximilian Pippig ansprechen.

Morten unterbrach sie, er dürfe Rainer Appelmann nicht länger warten lassen, und schlug ihr vor, sich nach der Anhörung in ihrem alten Restaurant zu treffen. Er eilte die Treppe hinauf und sah, als er sich oben noch einmal kurz nach ihr umdrehte, daß sie sich nicht von der Stelle gerührt hatte.

»Sie haben sich des Steuervergehens schuldig gemacht, als Sie sich über die erlaubte Anzahl von sage und schreibe 183 Tagen in Deutschland aufgehalten haben, ohne hier Ihre Steuern zu zahlen. Somit sind Sie zum Steuersünder geworden, Herr Fiege. Ihr Abgabenversäumnis schwingt sich da in ganz erstaunliche Höhen, zumal Sie im vergangenen Jahr sehr respektable Einnahmen hatten. Der Schaden, den Sie dem hiesigen Fiskus zugefügt haben, geht aller Voraussicht nach in die Hunderttausende.«

Rainer Appelmann sah sein Gegenüber erwartungsvoll an, ohne sich um Morten zu kümmern, der neben Fiege Platz genommen hatte.

Der schob seine Vollmachten über den Tisch. »Wie Sie daraus entnehmen können, vertrete ich Herrn Fiege vor dem hiesigen Finanzamt. Dies ist die Anhörung eines Staatsbürgers, dem bisher noch keine ungesetzliche Handlung nachgewiesen werden konnte.«

Appelmann blätterte in nervöser Wut in der vor ihm liegenden Akte. »Nun, das werden wir gleich haben. Ihr Jahresverdienst im Ausland, soll heißen in Italien und den Niederlanden, betrug ...«

»Das steht hier überhaupt nicht zur Debatte, Herr Appelmann«, unterbrach ihn Morten erneut. »Sie haben Herrn Fiege erst einmal die Anzahl der Tage nachzuweisen, mit denen er angeblich das erlaubte Limit überschritten hat.

Darüber möchte mein Mandant genauestens informiert werden. Haben Sie derartige Zahlen vorliegen?«

»Wir werden Ihnen Zeugenaussagen vorlegen, die beweisen, Herr Fiege, daß Sie sich vom 1.1.2001 bis zum 3. Juli desselben Jahres ausschließlich in Deutschland aufgehalten haben. Damit ist die erlaubte Zeit um zwei Tage überschritten worden. Auch wenn es hier nur um zwei Tage geht, so ist damit dennoch eine gesetzeswidrige Handlung vollzogen worden. Von einer Toleranzspanne sehe ich in unseren Verordnungsanweisungen keine Spur.

Also wird der Staat das Nötige veranlassen, um die von Ihnen geschuldete Steuersumme, zuzüglich anfallender Zinsen und einer entsprechenden Strafzahlung, einzufordern. Ich weise Sie ferner darauf hin, das Sie die Steuerzahlung in eine abzusitzende Gefängnisstrafe umwandeln können.«

Appelmann klappte den Aktendeckel zu und lehnte sich zurück. »Ich werde den Fall mit der entsprechenden Empfehlung an die zuständigen Gerichtsbehörden weiterleiten.«

Damit war die Anhörung für ihn zu Ende, und er machte Anstalten, sich zu erheben. Fiege warf Morten einen flehenden Blick zu, doch Morten stand ebenfalls auf.

»Da Sie, Herr Appelmann, die Anhörung nur dazu benutzt haben, um bereits ein Urteil und auch gleich das dazugehörige Strafmaß auszusprechen, was Ihnen in keinem Fall zusteht ...«

»Ich sprach von einer Empfehlung, Herr Pippig«, fuhr Appelmann dazwischen.

Doch Morten ließ sich nicht unterbrechen. »... werde ich Sie wegen Befangenheit ablehnen. Abgesehen von der Tatsache, daß Herr Fiege einen todkranken Vater zu betreuen hatte, der in den ersten Tagen des Monats Juli an den Folgen einer schweren Erkrankung verstorben ist, scheinen Sie in Ihren Berechnungen den Kalender des Schaltjahres

2000 zugrunde gelegt zu haben. Herr Fiege hat lediglich um einen Tag überzogen und das aus gutem Grund. Sein Vater starb am 2. Juli und Herr Fiege reiste am 3. des gleichen Monats aus, nachdem er in aller Eile das Nötigste veranlaßt hatte, um einen Begräbnistermin festzusetzen. Erst am 8. Juli 2001 ist er noch einmal eingereist.«

»Da haben wir es doch«, triumphierte Appelmann.

»Um dem Begräbnis seines Vaters beizuwohnen«, vollendete Morten seinen Satz. »Ich bin mir beinahe sicher, daß Ihr Verhalten ein sehr unvorteilhaftes Licht auf die Behörde werfen wird, die Sie mit diesem Fall beauftragt hat.«

»Das müssen Sie nachweisen können«, sagte Appelmann erschöpft und ließ sich in den Sessel zurückfallen, den Morten einmal für sich ausgesucht hatte.

»Die Beweise, Klinikberichte, Sterbeurkunde, Begräbnisdatum etc., hätten Sie einsehen können, wenn Sie Herrn Fiege die Zeit dazu gelassen hätten, die Unterlagen zusammenzustellen. Sollte uns das Gericht den Vorwurf der Überziehung eines Tages machen, so müßten wir das selbstverständlich anerkennen. Nicht aber eine Steuerhinterziehung, wie Sie sie uns vorgeworfen haben. Ich wünsche einen guten Tag. Sie hören von uns.«

Damit verließ er mit Fiege sein ehemaliges Zimmer.

Als Kalle Obst seine Gruftis in der Wohnung am Stadtpark aufsuchte, mußte er erfahren, daß Hans-Rüdiger Beinlos zusammengebrochen und ins israelitische Krankenhaus eingeliefert worden war. Der zuständige Professor, ein hochgewachsener, älterer Herr mit auffallend blauen Augen und kurz geschnittenem weißem Haar, den Kalle umgehend befragte, schüttelte nur bedauernd den Kopf und eröffnete ihm, daß man dem Herrn Beinlos nur noch die letzten Tage erleichtern könne. Es sei ein Wunder, daß er mit dem Tumor und den Metastasen überhaupt so lange durchgehalten hatte.

Jetzt stand Kalle in einem Vierbettzimmer und sah auf den schlafenden Hannes hinunter. Sein Anblick ließ an Endgültigkeit nicht zweifeln, und Kalle glaubte in das Antlitz eines Leichnams zu blicken.

Das Krankenzimmer war voll belegt, und der Patient neben Hannes wies stumm auf einen Stuhl neben seinem Bett. Kalle wußte nicht so recht, wie er sich verhalten sollte. Einerseits rechnete er nicht mehr damit, Hannes noch einmal aufwachen zu sehen, andererseits schämte er sich vor den anderen Patienten, nach so kurzer Zeit wieder zu gehen.

Keiner von ihnen versuchte, ihn ins Gespräch zu ziehen. Alle drei lagen apathisch da und starrten an die Decke oder hatten die Augen geschlossen. Aber niemand schien dem Tod so nah zu sein wie Hannes. Kalle schaute durch das Fenster in einen Birkenwipfel und hatte plötzlich das Gefühl, beobachtet zu werden. Beinlos hatte die Augen weit geöffnet, und Kalle erschrak vor der wachen Intensität dieses Blickes. Er fing an zu flüstern, und Kalle beugte sich zu ihm hinunter:

»Modevokabeln, alles nur Modevokabeln, Post Bubble Economy, Strategiebündel, Königsweg für mehr Vertrauen, Reform, Reformschritte, Reformmaßnahmen, Reformbedarf!«

Kalle legte seine Hand auf die Stirn des Sterbenden.

»Ich will keine Musik bei meinem Begräbnis«, sagte Hannes plötzlich mit lauter Stimme, und Kalle fuhr erschrocken zurück.

»Mir geht die Selbsttröstung der Hinterbliebenen über die endlose Dauer der Vergänglichkeit auf den Keks. Ich mag sterben, Kalle.«

»Es wird keine Kapelle an deinem Grab geben.«

»Versprochen?«

»Versprochen.«

»Besonders Trompeten. Trompeten haben etwas ganz Gemeines.«

Sein Bettnachbar fing an zu glucksen, und Beinlos versuchte seinen Kopf zu ihm hinzuwenden. »Du brauchst gar nicht so zu feixen. Trompeten sind von Grund auf bösartig. Sie meinen es nicht gut mit den Menschen.«

Kalle Obst stand auf und griff nach Hannes' Hand.

»Nach Ohlsdorf, Hannes? Willst du nach Ohlsdorf zurückkehren?«

Hannes gab keine Antwort. Sein Blick erinnerte Kalle an das wimpernlose Starren Mortens.

»Oder sollen wir dich nach München überführen?«

»Nicht zu den Bayern!« flüsterte Hannes nun, als sei ihm alle Kraft abhanden gekommen. »Nicht nach Bayern.«

Kalle mußte sich tief zu ihm herunterbeugen, um ihn zu verstehen.

»Das war meine einzig schöne Zeit im Leben. Ohlsdorf.« Er schloß die Augen und preßte die Kiefer fest aufeinander.

Kalle Obst war bereit, Mortens Auftrag anzunehmen. Als er in der Friedhofsverwaltung um eine Auszeit bat, war ihm seine Stellung nicht endgültig gekündigt worden. Im Gegenteil. Man hatte seinen Wunsch akzeptiert. Nun saß er mit Morten in dessen Lieblingsrestaurant, und sie sprachen über die Reise. Morten erzählte ihm die Geschichte des ehemaligen Staatssekretärs Holser noch einmal in aller Ausführlichkeit und beschwor ihn am Ende, sich in keinerlei Geschäfte mit dem Burschen einzulassen, keine zusätzlichen Aufträge anzunehmen, sondern sich stur an die hier am Tisch vereinbarten Direktiven zu halten.

Dann überreichte er Kalle die Flugtickets, die er Holser übergeben sollte. Zusammen mit einem dicken Geldumschlag.

»Deine Spesen«, erklärte er. »Otto Uebel hat dir außerdem ein Bankkonto in Yangon eingerichtet. Name und Adresse des Instituts findest du gleichfalls im Umschlag.

Und jetzt kauf dir endlich ein paar leichte Hemden, und laß deine Lederweste zu Hause.«

»Nie«, sagte Kalle. »Die ist meine Tarnung.«

Lothar Wegehaupt, den er ja schon kurz kennengelernt habe, werde sein Begleiter sein, sagte Morten. Er habe ein langes, klärendes Gespräch mit ihm geführt und halte ihn für zuverlässig.

»Hinzu kommt, daß er mir einige sehr aufschlußreiche Erkenntnisse über meinen Vater gegeben hat. Unter anderem auch über Rieke. Doch darüber reden wir, wenn du wieder zurück bist.«

»Was ist mit Rieke?« wollte Kalle wissen.

»Wenn du zurück bist. Sie hat eine Verabredung mit mir platzen lassen, hier in diesem Lokal, ohne mir Bescheid zu geben oder sich zu entschuldigen. Und das, nachdem sie mich selbst um das Treffen gebeten hatte.«

Kalle hörte die unmerkliche Trauer heraus, die Morten so gern verbergen wollte. Er wog den Briefumschlag in seiner Hand.

»Hast du die Vorauszahlungen erhalten?« erkundigte er sich beiläufig.

»Von beiden Auftraggebern«, antwortete Morten.

»Dann will ich nur hoffen, daß du dich hinreichend abgesichert hast«, sagte Kalle und stand auf. »Wir sehen uns bei Hannes' Begräbnis.«

Er strich Morten kurz über das Haar und beugte sich zu ihm hinab. »Paß auf dich auf, min Jong«, flüsterte er, und Morten überkam ein Gefühl von Verlassenheit, als er ihm nachsah.

Auf dem Ohlsdorfer Friedhof kam es, kurz nachdem der Sarg hinuntergelassen worden war, zum Eklat. Außer Günni und Alfred hatten sich auch Rieke Smolny, Otto Uebel, Lothar Wegehaupt und Rainer Appelmann eingefunden. Kalle Obst, der die Begräbnisvorbereitungen als vorläufig letzten Auftrag übernommen hatte, hielt vergebens Ausschau nach Morten und beobachtete stumm jeden einzelnen, wie er schweigend eine Handvoll Sand aus einem bereitstehenden Eimer nahm und in die offene Grube warf.

Kalle hatte sich vorgenommen, als letzter zu gehen, in der Hoffnung, dem doch noch eintreffenden Morten den Vortritt zu lassen. Gerade hatte Rieke in den Eimer gegriffen, da flüsterte der neben ihm stehende Appelmann, er könne verstehen, wieso Vater und Sohn Claas noch nicht erschienen wären und statt dessen ihre charmante Vertretung geschickt hätten. Die beiden wären ja schon immer auf das beste von ihr bedient worden. In vielerlei Hinsicht.

Kalle Obst schlug mit einer solchen Kraft zu, daß Appelmann sich auf den Hintern setzte und benommen den Kopf schüttelte. Ein Vorgang, der so lautlos verlief, daß bis auf das Klatschen der mächtigen Ohrfeige kein weiterer Laut zu den Anwesenden drang.

Sie sahen kurz hin und gleich wieder weg. Nur Rieke drehte sich heftig um und betrachtete prüfend den am Boden sitzenden Appelmann. Dann warf sie die Handvoll Sand auf den Sarg und ging rasch davon.

»Ich traue Ihnen nicht über den Weg«, sagte Kalle. Der Flug nach Bangkok war soeben aufgerufen worden. Sie standen am Flugsteig in Frankfurt und warteten darauf, daß ihre Maschine zum Einsteigen freigegeben wurde.

»Das kann ich Ihnen nicht verdenken«, entgegnete Wegehaupt. »Ich hoffe trotzdem, daß Sie Ihr Mißtrauen begraben. Es könnte ganz schön heiß da drüben werden. Da sollte man sich besser aufeinander verlassen dürfen.«

»Warten wir es ab«, gab Kalle zurück und reichte der Bodenstewardeß seine Bordkarte.

Als er im Businessbereich Platz genommen hatte, sah er mit Genugtuung Wegehaupt an sich vorbei in Richtung Holzklasse verschwinden. Schon glaubte er seinen Nachbarsitz unbelegt, denn eine der Stewardessen begann damit, die Klappen der Gepäckablage zu schließen, da drängelte sich eine ziemlich korpulente Dame an ihr vorbei, warf eine Tasche auf den Sessel neben Kalle, zog umständlich ihren dicken Wintermantel aus und reichte ihn an die Stewardeß weiter.

»Ich bleibe nur zwei Tage in Bangkok, dann fliege ich nach Kanada weiter«, sagte sie mit schwerem Schweizer Akzent und nickte Kalle freundlich zu, nachdem sie seinen erstaunten Blick wahrgenommen hatte. Sie nahm ihre Tasche wieder auf, setzte sich und öffnete sie.

»Ich hoffe, wir werden uns vertragen«, lächelte sie. »Ich mache diese Reise jedes Jahr. Meine beiden Töchter haben sich in diese Länder verheiratet. Eine nach Thailand, die andere nach Vancouver. Ich fliege immer abwechselnd. Dieses Jahr zuerst nach Bangkok, nächstes Jahr zuerst nach Vancouver. Beim ersten Stopp bleibe ich stets nur zwei Tage, beim zweiten vier Wochen.«

Sie steckte ihren Kopf tief in die Tasche. »Ich hätte schon längst meine Tabletten nehmen müssen«, murmelte sie. »Schon als ich in Zürich abgeflogen bin. Jetzt werde ich wieder große Mühe mit dem Einschlafen haben.«

Die Stewardeß machte sie darauf aufmerksam, daß sie noch nicht angeschnallt war. Die dicke Dame packte gottergeben ihr Zeug, das sie gerade auf dem Schoß deponiert hatte, in die Tasche zurück und bat darum, sie in die Ablage zu tun.

»Vielleicht werde ich es doch noch bereuen, daß Wegehaupt nicht neben mir sitzt«, dachte Kalle und schloß resigniert die Augen, während die Maschine ihren Anlauf zum Abheben nahm.

Noch vor dem Abendessen begann es.

Großer Gott! dachte Kalle, diese unsäglichen Dünste wird wohl nicht meine dicke Schweizerin ablassen?

Als das Essen aufgetragen wurde, fragte ihn die Stewardeß mit vorwurfsvollem Blick nach seinen Getränkewünschen. Nach dem Essem beschloß er, der Ursache der niederträchtigen Furzerei nachzugehen. Der in Wellen kommende Gestank war fast nicht mehr auszuhalten. Kalle überstieg die Beine seiner Sitznachbarin, die schon friedlich schlief, und flüchtete durch den Gang bis zum Notausgang. Dort holte er tief Luft.

»Die Toiletten sind frei«, eröffnete ihm eine Flugbegleiterin.

»Ich weiß«, erwiderte Kalle, »ich möchte nur kurz frische Luft schnappen.«

»O mein Gott«, rief die Stewardeß leise und hielt sich erschrocken die Hand vor den Mund.

Sie trat dicht an ihn heran und legte ihm leicht die Hand auf die Schulter. »Ich will mal sehen, was ich für Sie tun kann. Warten Sie bitte hier.«

Kalle überkam plötzlich eine bleierne Müdigkeit, daß er beinahe im Stehen eingeschlafen wäre. Er schrak zusammen, als die Stewardeß sachte seinen Arm berührte. Sie führte ihn in die Erste Klasse: »Hier sind noch zwei Plätze frei.«

»Aber lassen Sie die Eidgenossin nicht hinterherkommen«, brummte er schläfrig.

»Keine Sorge«, kicherte sie, und er merkte gar nicht mehr, daß sie ihn sorgsam zudeckte.

In Bangkok galt es, eine dreistündige Wartezeit zu überbrücken. Auf dem Weg zur Businesslounge sah er sich nach Wegehaupt um, konnte ihn aber nicht entdecken. Erst als der Flug nach Yangon aufgerufen wurde, entdeckte er ihn. Frisch gewaschen und gekämmt, rosig und glatt rasiert, hielt er über alle Leute hinweg nach ihm Ausschau.

»Dunnerkiel!« staunte Kalle, »Sie sehen aus, als hätten Sie gerade Ihre Morgentoilette hinter sich.«

»Habe ich auch. Während Sie wahrscheinlich inzwischen mit Ihren Stinkezigarren den ganzen schönen Flughafen verseucht haben.«

Wegehaupt drängte an ihm vorbei. »Ich muß wieder ganz nach hinten. Bis später.«

Als sie in Yangon aus dem Flieger stiegen, schlug ihnen eine feuchte Hitze entgegen, die er nie für möglich gehalten hätte. Den Leuten lief das Wasser nur so herunter. Und ihm tropfte der Schweiß sogar von den Fingerkuppen, wenn er die Hände herunterhängen ließ.

»Wozu der Riesenkoffer?« fragte er seinen Begleiter, der vor dem Taxistand auf ihn wartete.

»Man weiß nie, wo man am Ende landet«, antwortete Wegehaupt.

Sie stiegen in den Wagen und ließen sich zum luxuriösen Traders Hotel fahren.

»Schon bei der Gepäckausgabe hatte ich das Gefühl, beobachtet zu werden. Sie nicht?« erkundigte sich Wegehaupt.

»Nicht gleich nervös werden«, beruhigte ihn Kalle. »Wenn wir ein bißchen Schlaf nachgeholt haben, sieht alles ganz anders aus.«

Doch in der Hotelhalle wurde er gleich eines Besseren belehrt. Sie hatten eben eingecheckt, da wurden sie auf dem Weg zum Lift schon abgefangen.

»Ihr Gepäck findet auch ohne Sie den Weg. Darf ich Sie zu einem Drink einladen?«

Kalle Obst sah den Mann an, der ihnen in den Weg getreten war. Holser ist es nicht, dachte er.

Ein Asiat war es auch nicht. Der Mann sprach ein fehlerfreies Deutsch mit leicht hanseatischem Einschlag.

Lothar Wegehaupt war sofort an Kalles Seite. »Sehr freundlich von Ihnen«, sagte er, »vielleicht später, wenn wir uns ein wenig frisch gemacht haben. Sind Sie auch gerade angekommen?«

»Nein, nein«, antwortete der Fremde. »Ich halte mich schon eine ganze Weile in Myanmar auf.«

»Dann haben Sie aber schnell herausgefunden, daß wir

aus Deutschland kommen. An der Rezeption sind Sie mir jedenfalls nicht aufgefallen.«

Eine tolle Nummer, die der Wegehaupt da abzieht, dachte Kalle bewundernd und musterte den Unbekannten, der ihn entfernt an Jon Claas erinnerte.

»Es wäre dennoch sehr liebenswürdig von Ihnen beiden, wenn Sie mir einen Augenblick Gesellschaft leisten würden.«

Der Fremde wandte sich jetzt direkt an Kalle. »Sie, Herr Obst, werden sicher erleichtert sein, wenn ich Ihnen im Laufe des heutigen Tages noch einige Wege abnehmen werde.«

Kalle und Wegehaupt sahen sich überrascht an. Doch der ältere Mann bat sie, ihre Zimmerschlüssel wieder an der Rezeption zu deponieren, und führte sie nach draußen.

»Sie werden einsehen, daß wir uns in diesem Hotel nicht ungestört unterhalten können. Nahezu alle Gäste aus Europa oder den Staaten steigen hier ab.«

Er wies auf ein wartendes Taxi.

»Nicht doch, nicht doch!« griff jetzt Kalle Obst ein. »Wir sind gern bereit, einen Drink mit Ihnen zu nehmen. Hier im Hotel. Und wenn Sie sich uns vorstellen, sind wir auch für eine kleine Plauderei zu haben. Vielleicht sogar auf einem unserer Zimmer, wenn Sie es denn diskret wollen.«

Der Mann lächelte ihn an. »Ihre Vorsicht in allen Ehren, aber ich werde Herrn Holser nicht hierher ins Traders Hotel bringen.«

Kalle erklärte ihm kurz und bündig, daß sie sich auf keinerlei ominöse Einladung einlassen würden. Er sei offiziell in Myanmar, im Auftrag der Kanzlei Pippig aus Hamburg, und habe einem Herrn Holser einige Papiere zu überreichen. Die Kanzlei Pippig wiederum handle im Auftrag eines Herrn aus dem Mittleren Osten, der zwar Wert auf äußerste Diskretion, nicht aber auf verschwörerisches Verhalten lege.

Wenn Herr Holser sich scheue, ein paar Straßen zu überqueren, täte es ihm leid, aber er werde ihm die Papiere nur persönlich übergeben. Und zwar in diesem Hotel und in dieser zivilisierten Umgebung.

Er forderte Lothar Wegehaupt auf, ihm zu folgen, und betrat erneut die Lobby, ohne sich weiter um den Fremden zu kümmern. Sie verabredeten, sich nach einer gewissen Ruhezeit im Restaurant zu treffen, und suchten jeder ihr Zimmer auf. Kalle Obst kontrollierte den Inhalt seiner Reisetasche, sah, daß nichts fehlte, und warf sich auf das Bett.

Nur eine halbe Stunde die Augen schließen, dachte er.

Dann würde er unter die Dusche gehen und die Wäsche wechseln. Er würde durch Yangons breite Straßen mit den riesigen Schlaglöchern wandern, die unzähligen Verkaufsstände besichtigen und sich dieser freundlichen Menschen erwehren müssen, die in Scharen um ihn herumwieseln und nur dann zur Seite weichen würden, wenn die vorsintflutlichen Trambahnen mit ihrem ohrenbetäubenden Klingeln hinter ihnen auftauchten.

Sie kamen so dicht an ihn herangefahren, daß er anfing zu laufen. Zur Seite konnte er nicht ausweichen, da die Menschenmassen neben ihm her liefen und lachend zu klatschen anfingen, als wollten sie ihn anfeuern. Das Klingeln wurde unerträglich, so daß er sich abrupt umdrehte und vom Bett herunterfiel. Jetzt hörte er auch das starke Klopfen an der Tür. Er überlegte benommen, ob er erst den Hörer abnehmen oder die Tür öffnen sollte.

»Sofort!« rief er, »sofort!« sprach er auch in den Hörer hinein.

Draußen stand Wegehaupt. »Man will Sie dringend erreichen, es scheint wichtig zu sein«, sagte er. »Sie sind ja überhaupt nicht wachzukriegen.«

Kalle nahm den Hörer wieder auf.

»Obst«, meldete er sich.

»Holser«, kam es aus dem Hörer. »Wann können wir uns sehen?«

»So bald Sie wollen. Und bringen Sie Ihren Ausweis mit.«

»Keine Sorge. Wo?«

»In der Bar? Im Restaurant? Wo immer Sie wollen. Das Traders Hotel kennen Sie ja sicher.«

»In einer halben Stunde werde ich mit meinem Begleiter dort sein.«

Der Hörer wurde aufgelegt.

»Dann warte ich unten in der Bar«, meldete sich Wegehaupt von der Tür her und zog sie leise wieder zu.

Als sie einander dreißig Minuten später in der Hotelbar gegenübersaßen, musterte Holser interessiert Lothar Wegehaupt.

»Kennen wir uns nicht?«

»Wir haben uns nur kurz kennengelernt«, erwiderte Wegehaupt, »als wir zusammen ein neues Trockendock besichtigten.«

Auf Holsers fragenden Blick erklärte er, daß er einer der begleitenden Beamten des Oberfinanzpräsidenten der Stadt Hamburg gewesen sei.

»Jon Claas, nicht wahr?« erkundigte sich Holser, und sein Blick schweifte zu seinem Begleiter hinüber. »Ich erinnere mich. Er hat mir eine ganze Menge Kummer bereitet«, sagte er beiläufig.

Dann fragte er: »Herr Obst, hat die Namensänderung Ihres Chefs einen besonderen Grund? Mit der Beibehaltung seines früheren Namens wäre ihm doch weit besser gedient gewesen.«

»Wie kommen Sie denn darauf?« Kalle Obst sah sich unwillkürlich um. Sie saßen in einer ruhigen Ecke der nicht sehr gut besuchten Hotelbar, deren wenige Gäste aber durchaus des Deutschen hätten mächtig sein können. Kalle fand, daß das Gespräch eine unangenehme Wendung nahm.

»Es ist doch ganz normal, daß Herr Pippig dem Andenken seiner Mutter zuliebe ihren Mädchennamen angenommen hat.«

»Soweit ich mich erinnere, war Jon Claas nie verheiratet.«

»Sie erinnern sich richtig.«

»Er hatte also einen unehelichen oder Adoptivsohn und lebte in wilder Ehe mit einem Fräulein Pippig«, resümierte Holser.

»Maximilian Morten Pippig wurde erst nach dem Tod seiner Mutter von seinem leiblichen Vater anerkannt. Genügt Ihnen das? Wenn Sie das stört, gebe ich Ihnen Ihre Flugtickets unter der Bedingung, daß Sie Herrn Wegehaupt und mir die Reisekosten sofort und in bar auf den Tisch legen.«

Kalle Obst zückte sein Handy und schaltete es ein.

»Der leibliche Sohn ist mir entgangen«, sinnierte Holser. »Lassen Sie Ihr Handy stecken. Es war reine Neugierde. Schließlich habe ich es mit zwei ehemaligen Beamten eines Amtes zu tun, dessen Fahnder mir große Schwierigkeiten bereitet haben.«

Kalle Obst nahm aus einem großen braunen Umschlag seine Notizen heraus und legte sie vor sich auf den Tisch.

»Da Sie trotz eines Versäumnisses so ziemlich von allem unterrichtet sind, werden Sie sich der Ermittler sicher auch in Zukunft erfolgreich erwehren können. Ich bin überzeugt, daß Ihre einflußreichen Freunde Sie auch weiterhin nicht im Stich lassen.« Er hob den Kopf.

»Können wir also zur Sache kommen?«

Holser warf einen Blick zu seinem Begleiter hinüber, der sich immer noch nicht vorgestellt hatte.

»Ich habe nichts dagegen«, antwortete er.

Kalle schob ihm einen Stapel fertig ausgestellter Formulare hin.

»Ich bitte Sie, sich diese Papiere genau durchzulesen

und zu unterschreiben. Es handelt sich um Vollmachten zur Vorlage bei Finanzämtern und etwaigen Ermittlungsbehörden.«

»Ermittlungsbehörden?«

Kalle nahm einen Schluck von seinem Mineralwasser und zündete sich eine seiner kurzen schwarzen Zigarren an.

»Lesen Sie bitte«, sagte er und überging Holsers Frage. »Wenn Sie unterschrieben haben, möchte ich Ihnen einen Vorschlag übermitteln, der Herrn Pippig sehr am Herzen liegt.«

Während Holser sich den Vollmachten widmete, beobachtete Kalle abwechselnd ihn und den Namenlosen. Holser hatte inzwischen den vierten Daiquiri vor sich stehen, wogegen der Fremde, wie Kalle, ein Mineralwasser trank. Wer war dieser Mann, der sich weigerte, seinen Namen preiszugeben, in Erscheinung und Benehmen jedoch der Inbegriff eines hanseatischen Großbürgers war?

Holser dagegen? Beinahe so groß wie Wegehaupt, hätte ein gutaussehender Kerl sein können, wenn seine Gesichtszüge nicht so aufgedunsen gewesen wären. Kalle hätte nicht in seiner Haut stecken mögen. Er machte einen auffallend gehetzten Eindruck, obwohl er sich äußerlich selbstsicher bis zur Arroganz gab. Ab und zu sah er von seinen Formularen auf und blickte vor allem Wegehaupt an, der an seinem chinesischen Bier nippte und leise in sich hineinlächelte.

»Wozu die Bankvollmacht?« fragte Holser in ihr Schweigen hinein.

»Nur für den Fall, daß Sie mit einer Geldstrafe davonkommen für das, was Sie auf dem Kerbholz haben«, erwiderte Kalle, ohne zu zögern.

»Für alle Konten?«

»Haben Sie denn überhaupt noch welche in Germanistan?« grinste Kalle.

Holser legte die Blätter auf den Tisch zurück.

»Warum sitzt Herr Pippig in Hamburg und schickt mir einen Mitarbeiter, der mich offensichtlich verabscheut? Soviel ich weiß, hat er einen gehörigen Vorschuß eingestrichen.«

»Darüber bin ich nicht informiert«, sagte Kalle. »Jedenfalls ist mein Chef der Meinung, daß es seine Aufgabe ist, Sie in Deutschland zu vertreten und sich auf keinen Fall vor eventuell hier auftauchenden deutschen Ermittlern blicken zu lassen. Das könnte sich erschwerend auf seinen Auftrag auswirken.«

»Das verstehe ich nicht.«

Kalle Obst zuckte mit den Schultern. »Mehr kann ich Ihnen auch nicht sagen. Unterschreiben Sie, und ich werde Ihnen mitteilen, wie mein Chef über ein weiteres gemeinsames Vorgehen denkt.«

Holser suchte Hilfe bei seinem Begleiter, der sofort reagierte. »Ich denke, Sie sollten erst einmal unterschreiben«, schlug er vor.

Holser nahm die Blätter wieder zur Hand, sah sie noch einmal flüchtig durch und legte sie auf den Tisch zurück. Plötzlich hatte der Namenlose einen Kugelschreiber, Marke Montblanc, in der Hand. Holser nahm ihn und beugte sich unentschlossen über die Papiere. Dann unterschrieb er bedächtig ein Formular nach dem anderen. Kalle sammelte die Blätter ein und verstaute sie im Umschlag.

»Ich höre«, sagte Holser.

»Zuerst muß ich Sie bitten, diesen Umschlag zu quittieren. Es sind Ihre Tickets, die Sie von hier nach Bombay bringen. Ihre Flüge gehen über Bangkok, Singapur, Manila und Colombo bis zum Zielflughafen. Dort in Bombay heben Sie die gesamte Summe ab und lösen Ihr Konto auf. Bitte versuchen Sie noch am gleichen Tag Ihren Flug von Bombay nach Taipeh zu erreichen. Sollten Sie dort auch wieder belästigt werden, was allerdings nicht zu erwarten ist, müssen Sie sich ein anderes Ziel suchen.

In diesem Briefumschlag«, er zog ein dickes Couvert aus der Innentasche seiner Lederweste hervor, »befinden sich sämtliche Flugscheine und die Telefonnummern meines Chefs in Deutschland. Falls Sie Ihren Zielort wechseln müßten, bittet Sie Herr Pippig umgehend um Nachricht. Bitte bestätigen Sie mir hier den Erhalt der Flugscheine.«

Holser unterschrieb auch das gehorsam und steckte den Umschlag ein. Dann fragte er Kalle Obst, weshalb er ihn so verächtlich behandele. Er werde zugeben, daß ihn, Holser, das doch sehr irritieren müsse. Vor allem, da er über die Beamtenlaufbahn der Herren Pippig, Claas und Wegehaupt bestens Bescheid wisse. Nur über ihn, Kalle Obst, gebe es so gar keine Informationen. Das habe ihn von Anfang an stutzig gemacht. Er erwarte einiges über Kalle und dessen Stellung in der Steuerkanzlei Pippig zu erfahren. Weshalb beispielsweise sei ausgerechnet er nach Myanmar geschickt worden?

»Ich muß darüber keine Auskunft geben. Herr Wegehaupt und ich sind Angestellte der Kanzlei, und wenn Sie es denn wünschen, können Sie unsere Vollmachten einsehen. Wir werden uns noch ein paar Tage hier aufhalten und dann nach Bangkok zurückfliegen. Sollten Sie also noch Fragen haben, stehen wir Ihnen zur Verfügung. Herr Wegehaupt und ich sind Pflanzenliebhaber, und wir interessieren uns besonders für die hiesige Botanik.«

Holser sah mit trübem Blick von einem zum anderen.

»Herr Pippig läßt Ihnen also ausrichten«, fuhr Kalle fort und sah in das vor sich liegende Schreiben, »daß er es für das Beste hält, wenn Sie nach Deutschland zurückkehren und eher einen kleinen Gefängnisaufenthalt auf sich nehmen, als noch weitere Jahre auf der Flucht herumzuirren. Sie wissen doch, daß man auch Verjährungsfristen hinausschieben kann, wenn es dem Staat ums Geld geht. Nichts nimmt er so übel wie eine saftige Steuerhinterziehung.«

»Eben«, erwiderte Holser, aber Kalle Obst ging darüber hinweg.

»Vielleicht wären Sie mit einem kleinen Raubüberfall, oder einer versehentlichen Tötung besser bedient gewesen«, fuhr Kalle fort. »Wie auch immer. Für Steuerhinterziehung können Verjährungen jederzeit ausgeschlossen werden, sagte mein Chef.«

»Warum rät mir Herr Pippig dann zurückzukehren?«

»Wir wissen doch alle, daß Sie sehr einflußreiche Freunde haben. Die werden sich doch nicht outen wollen, wenn man Sie unbegrenzt einsitzen oder es zu einem Prozeß kommen läßt. Der Chef ist sich beinahe sicher, daß er Sie in wenigen Wochen draußen haben wird und Sie mit einer allerdings empfindlichen Geldstrafe davonkommen.«

»Es gibt andere Mittel, um mich zum Schweigen zu bringen«, sagte Holser nachdenklich.

Jetzt hatte Kalle Obst genug. »Das Risiko haben Sie so oder so an der Backe. Wenn Sie von der Knete, die Sie abgeschöpft haben, die Hälfte an die Steuer abgegeben hätten, wären Sie immer noch in der Lage gewesen, sich den Luxus eines steinreichen Pensionärs zu leisten. Die Schmiergelder hätte man Ihnen nicht weiter übelgenommen, wenn Sie ordentlich geteilt hätten. Man weiß doch heute gar nicht mehr, wer wen bescheißt! Sie sind ein hoher Beamter gewesen, haben auf drei Hochzeiten zugleich getanzt und sind erst ins Fettnäpfchen getreten, als Sie alles für sich behalten wollten. Also jammern Sie hier nicht rum, und schalten Sie endlich Ihren Denkapparat ein.«

Wegehaupt hatte sich kerzengerade aufgesetzt und starrte Kalle ungläubig an. Der Unbekannte schien ein leicht mokantes Lächeln nicht unterdrücken zu können. Holser beugte sich über den Tisch hinüber.

»Woher wissen Sie denn so genau, daß sich außer den Finanzbehörden nicht noch jemand daran beteiligen wollte?« fragte er. »Ich kann Ihnen versichern, daß für mich keine Pension herausgesprungen wäre, die mich steinreich gemacht hätte. Wenn Herr Pippig genauer darüber informiert werden will, braucht er nur seinen Vater zu fragen.«

Kalle erstarrte. »Sie wollen doch damit nicht sagen, daß er tatsächlich für seine Person ...?«

»Oh, nein. Das sage ich ganz und gar nicht. Nein, nein. Nicht für sich, möglicherweise.«

Er brach ab und stand auf. »Ich werde mir den Vorschlag Ihres Chefs genau überlegen und Sie wissen lassen, wie ich mich entschieden habe. Zahlen Sie bitte die Rechnung«, wandte er sich an den Fremden. »Sie wissen ja, ich muß erst einmal nach Bombay.«

Er lächelte allen freundlich zu und verschwand in Richtung Empfangshalle.

Der Fremde hatte ihnen angeboten, sie in seinem Wagen noch ein bißchen durch die Stadt zu fahren, und sie hatten zugesagt. Auf dem Weg vom Flughafen zum Hotel hatten sie nur einen flüchtigen Eindruck von der Stadt gewinnen können. Die Straßen waren holprig, der Verkehr enorm, und die Verkaufsstände breiteten sich teilweise bis auf den Fahrdamm aus.

Die Einladung zu einer Stadtrundfahrt kam ihnen recht gelegen. Offenbar war der namenlose Fremde schwer beeindruckt von Kalle Obst. Er schob seinen Arm unter den Kalles, und nachdem der den braunen Umschlag zur Verwahrung in den Hotelsafe gegeben hatte, steuerten sie auf den Ausgang zu. Der Unbekannte zückte seine Fernbedienung, und die Lichter einer noblen BMW-Karosse leuchteten auf.

Der Wagen glitt lautlos dahin. Es war dunkel geworden und die Straßen schon um einiges leerer, aber immer noch belebt.

»Es gibt einige Sehenswürdigkeiten, die ich Ihnen unbedingt zeigen möchte. Man darf dieses Land nicht verlassen, ohne vorher die Shwedagon-Pagode gesehen zu haben. Besonders am Abend ist dieses Gelände mit seinen wundervollen goldenen Tempelbauten an Schönheit nicht zu überbieten.«

Er trat auf die Bremse, um einen Handkarren die Straße überqueren zu lassen. Der Mensch, der ihn zog, war nicht zu erkennen. Auf der Gegenfahrbahn tauchte eine große Limousine auf und kam zum Halten.

»Keine Sorge«, beruhigte der Fremde seine Gäste, »die Leute sind manchmal ein bißchen ruppig gegen solche Fahrzeuge. Die sozialen Unterschiede sind hier doch sehr groß. Aber durch die dunklen Scheiben kann man uns Europäer nicht erkennen.«

Der Karren war auf dem gegenüberliegenden Gehsteig verschwunden, doch die Limousine auf der anderen Straßenseite fuhr an und stellte sich quer, so daß sie fast die ganze Breite der Fahrbahn einnahm. Der Fremde drückte auf die Hupe. Im gleichen Augenblick spürte Kalle einen schweren Schlag gegen das Heck und flog mit voller Wucht gegen die Rückseite des Beifahrersitzes. Wegehaupts Kopf war mit einemmal verschwunden. An der Limousine vor ihnen waren die Scheinwerfer ausgeschaltet worden, und auch hinter ihnen wurde es dunkel.

Kalle schaute benommen hoch und sah einen Mann, der sich der Fahrerseite näherte. Er zerschlug mit einem harten Gegenstand die Scheibe, und Kalle duckte sich unwillkürlich in den Zwischenraum hinter dem Vordersitz.

Der Kerl muß eine besonders bösartige Waffe in der Hand haben, dachte Kalle.

Der Krach war so stark, daß selbst der lärmende Straßenverkehr nicht mehr zu hören war. Kalle kauerte beinahe unter dem Sitz und hielt den Atem an. Der Mann schoß noch einmal, und Kalle spürte förmlich den Ruck, der durch die Rückenlehne ging.

Wenn sie jetzt durch die Fondscheibe sehen, bin ich dran,

dachte er und preßte sein Gesicht gegen den Wagenboden. Warum greift denn keiner ein? Es ist doch nicht möglich, daß von so vielen Leuten nicht zumindest einer die Polizei verständigt.

Der Killer entfernte sich. In aller Ruhe. Er hielt es nicht einmal für nötig zu rennen. Kalle vernahm noch das Anlassen des Motors, dann wurde es mit einemmal still. Nach einer Weile sah er einen Schatten auf den Rücksitz der Fahrerseite fallen. Er hob den Kopf und sah ein Gesicht, das seine Nase gegen die Scheibe drückte. Ein Kindergesicht. Eine kleine Hand erschien und klopfte zögernd gegen die Scheibe. Dann hörte er die Stimme eines Mannes, und das Gesicht verschwand. Draußen wurde ein riesiger Scheinwerfer eingeschaltet, und das Licht tastete den Wagen ab.

Mich können sie nicht sehen, dachte Kalle, solange ich mich im Fond aufhalte. Er spürte, daß Flüssigkeit über seine Hand lief. Benzin! dachte er panisch.

Gleich würde die Karre explodieren. Er hob den Kopf noch höher und sah, daß die Windschutzscheibe voller Blut war. Dann schaute er wieder auf seine Hand hinunter, die vom Scheinwerfer beleuchtet wurde. Es war kein Benzin.

Die Tür zum Fond wurde aufgerissen, und ein Uniformierter stand vor ihm. Er leuchtete sein Gesicht ab und streckte ihm die Hand hin. Dann rief er jemandem etwas zu und griff Kalle unter die Arme.

»Ich bin nicht getroffen«, sagte er. »Mir fehlt nichts.«

Der Uniformierte sah auf seine Hand. Er rief wieder etwas nach hinten und half ihm behutsam aus dem Wagen.

Der Fremde hatte keinen Kopf mehr. Er klebte an der Frontscheibe, während Wegehaupt mit offenem Mund in seinem Sitz lehnte und aussah, als wolle er jeden Moment losschnarchen. Er mußte ganze Salven in die Brust verpaßt bekommen haben. Sein Oberkörper sah aus, als wäre er mit dem Stemmeisen aufgebrochen worden.

»Mir fehlt nichts. Ich bin o.k.« Kalle sah den Uniformierten an, der ihn zu einem Polizeiwagen führte. »Ich bin wirklich o.k.«

Dann fiel er in Ohnmacht.

Drei Tage nach dem Attentat nahm Kalle Obst den ersten Flieger über Bangkok nach Frankfurt. Man hatte festgestellt, daß das viele Blut an seinem Arm nicht von ihm stammte. Das Verhör hatte die ganze Nacht gedauert. Der Dolmetscher, den die deutsche Botschaft gestellt hatte, begleitete Kalle ein zweites und ein drittes Mal zum Tatort, doch er konnte stets nur wiederholen, was er erlebt hatte, was die Beamten aber anscheinend nicht befriedigte.

Der Dolmetscher ließ ihn am Ende wissen, daß er zwar in sein Hotel zurückkehren dürfe, sich jedoch weiterhin zur Verfügung halten müsse. Am Abend des zweiten Tages bekam er dann die Nachricht, daß er nach Deutschland zurückfliegen könne. Allerdings erst, nachdem man seine Personalien noch einmal auf das genaueste überprüft und ihn erneut ins Krankenhaus gefahren hatte. Dort bekam er nach einer zweiten Untersuchung einen Stützkragen für das diagnostizierte Schleudertrauma angelegt.

Unmittelbar nach der Landung in Hamburg-Fuhlsbüttel ließ Kalle sich von Morten nach Welt auf die Eiderstedter Halbinsel bringen. Nun saßen sie einander im Wohnzimmer der kleinen, reetgedeckten Kate gegenüber. Morten wollte wissen, wo der dickliche Naziglatzkopf abgeblieben sei, und Kalle erwiderte, der wäre längst zu seinen Eltern nach Wellingsbüttel zurückgekehrt. Er sei wohl doch uninteressant für die ermittelnden Behörden.

Dann schwiegen sie wieder. Keiner von beiden wußte so recht, wie er das Gespräch beginnen sollte.

»Glaubst du, der Anschlag hat mir gegolten?« fragte Morten unvermittelt, und Kalle sah ihn überrascht an.

»Ich denke, die Killer haben eher damit gerechnet, Holser umzunieten.«

»Weshalb sollten sie?«

»Weshalb wohl?« fragte Kalle zurück. »Du kannst dir doch denken, daß da einiges zum Vorschein kommt, wenn der Kerl sein Maul aufmacht.«

Zu seiner eigenen Verwunderung stellte Kalle Obst bei sich einen ganz neuen, überraschend aggressiven Ton gegen Morten fest.

Ich bin wütend auf ihn. Auf seinen grauen Vogelblick, seine geschwollene Ausdrucksweise und auf seine Ichbezogenheit. Wie kommt er bloß auf den Gedanken, daß alles immer ihm gilt. Selbst der Anschlag in Yangon? dachte Kalle.

Laut sagte er: »Wer weiß denn nicht, daß du dich während der ganzen Zeit in Deutschland aufgehalten hast?«

»Wer kann sicher sein, daß ich dort war?« gab Morten zurück.

Kalle erhob sich langsam. »Willst du etwa behaupten, daß du ebenfalls in Myanmar gewesen bist?«

»Nein. Ich habe eine andere Maschine nach Bangkok genommen, bin aber von dort nach Bombay weitergeflogen.«

»Und warum hast du mich nicht davon unterrichtet?«

»Weil ich dich auf keinen Fall verunsichern wollte. Außerdem gehörte es zu den Bedingungen, die Holser mir mitteilen ließ. Ich sollte mich mit ihm in Bombay treffen und ihn bis zu seinem Abflug nach Taipeh begleiten. Er scheint mir nicht zu trauen und ist auch kein großer Fan meines Vaters.«

Morten lächelte unsicher und griff zu Kalles Hand auf dem Tisch. »Ich hätte mir das nie verziehen, wenn dir etwas passiert wäre«, sagte er leise. »Wer konnte denn ahnen, daß du in eine solche Situation geraten würdest?«

Kalle zog seine Hand zurück und beugte sich vor. »Wie kommst du dann auf den Gedanken, daß der Anschlag dir gegolten haben könnte?«

»Weil es Leute gibt, die von meiner Abreise nach Bangkok wußten. Mein Vater zum Beispiel. Und Lothar Wegehaupt.«

»Wegehaupt ist tot.«

»Ja, damit hat er nicht gerechnet. Er hatte in etwa meine Größe. Sein Haar war zwar schütterer und heller, aber das hat man ja im Dunkeln und in dieser Situation nicht so genau sehen können.«

»Du bist also nach Bangkok geflogen, ohne mir Bescheid zu sagen? Und wann bist du zurückgekommen?«

»Kurz vor dir. Ich hatte gerade noch Zeit, unter die Dusche zu gehen, bevor ich dich abholte. Übrigens scheint Holser eine Art ambivalentes Verhältnis zu dir entwickelt zu haben und verlangt genaue Auskünfte über dich.«

Kalle zündete sich eine seiner Zigarren an und stieß eine Qualmwolke in den Raum.

»Womit hast du ihn eigentlich so erschreckt?« bohrte Morten weiter.

»Ich habe ihm nur das wiedergegeben, was du mir eingetrichtert hast. Ich habe deinen Brief an ihn auswendig gelernt und ihm außerdem deutlich zu verstehen gegeben, daß er ein riesengroßer Scheißkerl ist.«

»Damit magst du recht haben«, pflichtete ihm Morten bei, »aber wir vertreten ihn indirekt. Es war der Wunsch des Scheichs, daß wir ihn mit allen Mitteln aus seiner vertrackten Situation befreien. Mit allen erlaubten Mitteln. Und er hat uns eine Riesensumme dafür geboten. Du erinnerst dich an unser Gespräch?«

»Du hast einen Vorschuß von einer halben Million Dollar erhalten.«

»Bei Erfolg gibt's noch ein paar Millionen Dollar obendrauf.«

Kalle Obst sog hörbar die Luft ein. »Weißt du, worauf du dich da eingelassen hast? Du verhilfst einem Kriminellen dazu, sein ergaunertes Geld zu behalten.

»Irrtum«, wandte Morten ein. »Er wird nur wenig davon behalten dürfen.«

»Egal«, fuhr Kalle fort, »du deckst einen Scheich, der sein Land aufrüsten will, um vielleicht einen Krieg vom Zaun zu brechen. Bist du noch bei Trost, Morten? Abgesehen von der Gefahr für dich selbst – ich nehme an, du wirst diese Summe doch versteuern wollen und dich infolgedessen mit sehr unbequemen Fragen konfrontiert sehen –, ist es eine amoralische Geschichte, auf die du dich da eingelassen hast.«

Morten sprang so abrupt auf, daß sein Stuhl zu Boden fiel. »Du weißt ja nicht, wovon du redest. Und vor allen Dingen weißt du nicht, wer alles in diese ›unmoralische Geschichte‹ verwickelt ist.«

Wo andere Leute schreien, flüstert er, dachte Kalle Obst. Der Junge hat sich zu einem gefährlichen Zeitgenossen entwickelt.

Morten hatte sich in eine rasende Erregung hineingesteigert. Leise schilderte er seine Ankunft in Bombay, die Fahrt zum Treffpunkt und die Aussprache mit Holser. Sie waren zusammen zur Filiale seiner Bank gegangen und wollten nach dem Abheben einer riesigen Dollarsumme das dortige Konto auflösen. Weil die Summe in die Millionen ging, bat die Bank um einen Zeitaufschub von ein paar Stunden.

Um die Zeit zu nutzen, hatten sie beschlossen, die Umbuchung der Flüge nach Taipeh direkt am Flughafen vorzunehmen. Dort wollten sie sich einen Wagen mieten und zum ehemaligen Haus von Mahatma Gandhi fahren, bevor sie zur Bank zurückkehrten. Doch am Leihwagenschalter erklärte man ihnen in gebrochenem Deutsch, daß ihr Auto leider erst in einer Viertelstunde zur Verfügung stehe. Als sie erstaunt fragten, was denn mit all den herumstehenden Wagen sei, behauptete der Angestellte, die seien alle fahruntüchtig.

Fünfzehn Minuten später legte sich der versierte Geheimdienstler Holser unter ihren Leihwagen, nachdem er den Innenraum sorgfältig durchgecheckt hatte. Am Unterboden fand er den primitiv angebrachten Plastiksprengstoff.

»Er hat beinahe lachen müssen über soviel Unfähigkeit«, erzählte Morten. »Ich nicht. Das kannst du mir glauben.«

Holser gab das Auto umgehend zurück, erklärte, es sei ebenfalls nicht fahrtüchtig, und sie nahmen sich jeder ein Tageszimmer in der Nähe des Flughafens. Dort krochen sie unter die Betten, suchten nach Wanzen in den Zimmern und Bädern und hatten keine ruhige Minute mehr.

»Dazu kam noch, daß die Bank die Millionen angeblich erst am nächsten Morgen zur Verfügung stellen konnte. Komisches Zusammentreffen von Ereignissen, nicht wahr?« fragte Morten. »Holser hat mir ein paar hochinteressante Dinge über meinen Vater erzählt. Als ich dann von eurem ›Unfall‹ erfuhr, gab's für mich kein Halten mehr. Ich wollte meinen Vater zur Rede stellen. Wollte endlich seine ganzen miesen Intrigen zur Sprache bringen. Ihn anzeigen.«

»Hast du's getan?«

»Nein.«

»Warum nicht?«

»Immerhin ist er doch der Oberfinanzpräsident und Steuerhinterzieher in einer Person.«

»Und?«

»Ich habe eine Vorladung von Hinrichs in der Tasche, die wahrscheinlich zu meiner Verhaftung führen wird.«

»Und Rieke? Wartet sie darauf?«

Morten nickte stumm.

»Traust du ihr das zu?«

»Ich denke schon.« Morten hatte sich wieder gesetzt und begann nervös mit den Fingern auf dem Tisch herumzutrommeln.

»Nun beruhige dich erst mal«, sagte Kalle Obst. »Wir

müssen darüber nachdenken, wozu diese Frau imstande sein könnte.«

Morten lachte bitter. »Was soll das?« fragte er.

»Jetzt nimm dich zusammen, und beantworte mir eine Frage, die ich dir schon lange stellen wollte.«

Morten deutete mit einer Handbewegung an, daß er sprechen solle.

»Hältst du es für möglich, daß Friederike Smolny deinen Vater besser kannte, als wir alle bisher angenommen haben? Schon vor eurer Zeit?«

Morten sah ihn nicht an.

»Frag sie doch selber, wenn dir soviel daran liegt.«

Als Kalle Obst am darauffolgenden Tag die Tür zum Büro öffnete, stand Rieke vor ihm. Er war so überrascht, daß er sie wortlos hereinließ. Ohne Begrüßung stieß sie hervor, daß der alte Claas jeden Augenblick mit einem ganzen Polizeikordon erscheinen werde, weil er es sich nicht nehmen lassen wolle, seinen mißratenen Sohn in Handschellen abgeführt zu sehen.

»Was wirft man ihm vor?« fragte Kalle Obst.

»Daß er das Millionenhonorar der Wellsurf nicht versteuert hat.«

»Das wäre doch, nach seiner Berechnung, erst im nächsten Jahr fällig«, wandte Kalle ein.

Doch Rieke erklärte ihm, daß das eine Ermessenssache der Finanzbehörde sei. Morten sei bei einer so großen und kurzfristig erhaltenen Summe zur sofortigen Angabe und vielleicht sogar zu einer umgehenden Vorsteuerzahlung verpflichtet gewesen.

Kalle konnte sich nicht vorstellen, daß man deswegen gleich ins Gefängnis wandern mußte. Doch Rieke erinnerte ihn daran, daß Morten zu einer Zeit das Land in Richtung Fernost verlassen hatte, in der schon gegen ihn ermittelt wurde. Wo Morten denn überhaupt sei? Kalle Obst berichtete knapp, daß er sein Büro in Ordnung bringe, seine Bankkonten aufräume und die Festplatte seines Computers blank putze. Alles weitere gehe sie einen feuchten Kehricht an. Zu ihm hinein könne sie auf keinen Fall. Sie schimpfte ihn einen naiven Schwachkopf und beschwor ihn, sie zu Morten ins Büro zu lassen. Allzuviel könne ihm gar nicht passieren, sie habe nämlich eine ganze Menge gegen den Oberfinanzdirektor in der Hand.

»Wir auch«, unterbrach sie Kalle.

Sie aber könne es an die Öffentlichkeit bringen, fuhr sie fort. Sie werde alles tun, um Morten da wieder rauszuhauen. Er müsse sein Studium wieder aufnehmen. Mit seinen Fähigkeiten könne er doch ein vorzüglicher Wirtschaftsanwalt werden.

Damit versuchte sie ihn von der Tür zu Mortens Büro wegzudrängen.

»Das hätte dir früher einfallen müssen«, blieb Kalle Obst ungerührt und schob sie zurück.

Ohne zu merken, daß sie zu weinen anfing, flehte sie ihn an, die Tür freizugeben.

»Ich will ihn um Verzeihung bitten. Wie hätte ich denn wissen können, daß ich mich ausgerechnet in ihn verlieben würde? Sein Vater ist nun mal zuerst dagewesen. Er hat mir alle Wege geebnet, mir durch meine Interviews mit ihm Eintritt zu den wichtigsten Wirtschaftsmagazinen des Landes verschafft. Wie hätte ich ahnen können, durch ihn auch noch den Mann meines Lebens kennenzulernen«, stieß sie erschöpft hervor und setzte sich auf die Platte ihres ehemaligen Schreibtisches.

Unschlüssig, wie er sich weiter verhalten sollte, hätte Kalle Obst beinahe das erneute Klingeln an der Kanzleitür überhört.

Er ging langsam zur Tür, um sie zu öffnen, doch das laute Klopfen hielt ihn einen Moment zurück.

»Polizei! Machen Sie die Tür auf!« hörte er eine hohe Männerstimme.

Kalle Obst zog den Sicherheitsriegel zurück und drückte auf die Klinke. Die Tür öffnete sich einen Spaltbreit. Wieder war die unangenehm hohe Männerstimme zu vernehmen, dann öffnete er die Tür so weit, daß er die beiden gelassen wirkenden Polizisten betrachten konnte.

»Wir möchten zu Herrn Morten Maximilian Claas alias Pippig.«

Noch ehe Kalle antworten konnte, sah er Jon Claas und Landespolizeidirektor Volker Hinrichs aus dem Aufzug steigen. Im gleichen Augenblick öffnete Morten die Tür von seinem Büro und bat die Polizisten zu sich herein.

»Ich bin soweit«, murmelte er und nickte Kalle zu. Rieke schien er überhaupt nicht zu bemerken. Die drei Männer verschwanden in Mortens Büro. Kalle war sicher, daß Morten ganze Arbeit geleistet hatte. Was immer sie auch suchten, sie würden nichts mehr finden. Nichts. Außer Beweisen, daß der Oberfinanzpräsident des Landes Hamburg Weltmeister im Steuerhinterziehen ist.

Hinrichs und Claas traten ohne Aufforderung ins Vorzimmer, das einmal Riekes Arbeitsplatz gewesen war.

»Sind Sie hier immer noch in Lohn und Brot?« fragte Jon Claas mit einem kühlen Lächeln. »Ich hörte, Sie seien zu Ihrem eigentlichen Beruf zurückgekehrt.«

»Falsch informiert«, gab Rieke zurück und versuchte mit einem Taschentuch, das Kalle Obst ihr reichte, ihr Gesicht in Ordnung zu bringen. »Im Augenblick bin ich auf Jobsuche. Mit dem Insiderwissen, über das ich in einer ganz bestimmten Sache verfüge, allerdings nicht mehr lange.« Sie bemühte sich um ein freches Lächeln, aber es gelang ihr nicht ganz.

Plötzlich trat Morten wieder ins Vorzimmer.

Rieke stand schnell auf. Ohne den Oberfinanzpräsidenten noch weiter zu beachten, nahm sie Kalles Hand. »Du wirst ihm doch sagen, worüber wir gesprochen haben, nicht wahr? Du wirst es ihm sagen?«

Erst als Kalle nickte, ließ sie ihn los und ging, ohne noch jemanden anzusehen, zur Tür hinaus.

Hinter Morten tauchten nun auch die beiden Polizisten auf.

»Aber meine Herren«, tadelte Hinrichs, »war das denn nötig?«

Als Kalle Obst jetzt sah, daß Morten Handschellen trug, verlor er die Beherrschung.

»Wie weit wollen Sie das Spiel noch treiben, Herr Oberfinanzpräsident«, rief er erregt.

Hinrichs wandte sich an den eben eintretenden Herrn von der Fahndung. »Bitte sorgen Sie für eine äußerst gründliche Untersuchung. Wir brauchen einwandfreies Material.« Damit ließ er die anderen stehen und verschwand im Treppenhaus, nicht ohne zuvor einen kurzen und auffordernden Blick an Jon Claas gerichtet zu haben.

Die beiden Beamten machten Anstalten, Morten hinauszuführen.

»Einen Augenblick, meine Herren. Ich habe mit dem Oberfinanzpräsidenten noch eine Kleinigkeit zu klären.« In die eintretende Stille wandte sich Morten an seinen Vater. »Hat Hinrichs den Anschlag auf Holser und mich geplant? Wollte er uns zwingen, für alle Zeit im Ausland zu bleiben? Auf einem indischen Friedhof?«

»Laß das«, mischte Kalle Obst sich ein, »er weiß doch gar nicht, von wem wir die Informationen über seine Geschäfte haben. Es wäre besser, ihn bis zur Gerichtsverhandlung über seine Fehler, die er haufenweise begangen hat, im unklaren zu lassen.«

»Reg dich nicht auf«, wies ihn Morten zurecht und trat dicht an seinen Vater heran. »Hast du Wegehaupt aus dem Amt geworfen, weil er an deinen krummen Geschäften beteiligt werden wollte? Eine ziemlich dilettantische Art,

Leute mundtot zu machen, ohne sicherzugehen, ob sich nicht noch ein Dritter im Wagen aufhielt, den man schlampigerweise übersehen hatte.«

»Die Polizei in Myanmar hat ein sehr genaues Protokoll aufgenommen«, unterbrach Kalle erneut.

»Du hast recht«, sagte Morten. »Es genügt, wenn wir ihm zum passenden Zeitpunkt und am entsprechenden Ort die unwiderlegbaren Beweise auf den Tisch legen.

Die Abmachungen mit den amerikanischen Zigarettenherstellern zum Beispiel oder die Beteiligung am Geschäft mit den Torpedobooten. Was war dem Scheich eigentlich der Schutz für Holser wert? Und wie kam er auf die Idee, meine zusätzliche Unterstützung anzufordern? Hatte er etwa Kenntnis von unserem Zerwürfnis?

Vater, die Beamten werden hier nichts finden, das dir helfen könnte, dich in Sicherheit zu bringen.« Er trat noch dichter an seinen Vater heran. »Wir werden bald viel Zeit haben, uns darüber zu unterhalten.«

Kalle Obst pflichtete dem mit einem Kopfnicken bei: »Und wenn Sie Pech haben, können Sie Morten im Knast gleich ablösen.«

Jon Claas verließ humpelnd die Kanzlei. Sein Rücken und seine Hüften schmerzten wie zu Beginn des Traumas. Als er auf die Straße trat, kam ihm unvermittelt die Idee, seinem Leben ein Ende zu setzen. Doch ebenso schnell verwarf er sie wieder und nahm sich vor, die Sache auszusitzen.

»Er ist der Sohn einer Frau, die zu schwach war, einen eigenen Standpunkt im Leben zu entwickeln. Er hat mehr von ihr, als er ahnt. Es muß also möglich sein, ihn auf meine Seite zu ziehen, oder? Eine Zukunft ohne mich wird es für ihn nicht geben.«

Der Oberfinanzpräsident lächelte in sich hinein und beschloß, den Weg nach Hause zu Fuß zurückzulegen.

ISBN-13: 978-3-550-08617-5
ISBN-10: 3-550-08617-2

Gesetzt aus der Sabon bei Pinkuin Satz und Datentechnik, Berlin
Druck und Bindung: GGP Media GmbH, Pößneck
Printed in Germany